Anette Schaumlöffel
In einem Land nach unserer Zeit
Teil II: Die Reisende

Das Buch

Was wäre, wenn das Schlimmste bereits geschehen ist und sich danach das Leben erneut regt und entfaltet? Die Kälteschläferin Ragin ist in einer solchen Welt erwacht, an deren Entstehung sie entscheidend mitgewirkt hat. Nun, im zweiten Band der Trilogie, lernt sie die Menschen kennen, deren kleine Gemeinschaften blühen und gedeihen. Wir begleiten sie in die Kommunen, in denen sie am liebsten bleiben, lernen und lieben würde. Die Katze Alice – ganz Geschöpf der neuen Zeit – ist mit dabei auf dieser Entdeckungsreise. Doch ist Ragins letzter Auftrag noch nicht erfüllt und sie wird auf der anderen Seite einer unwirtlichen Wüste erwartet. Inzwischen müsste sie ja auch gelernt haben, dass man in der Natur nur überlebt, wenn man sie ernst nimmt.

Die Autorin

Anette Schaumlöffel hat als Jugendliche gerne Robinsonaden und Science-Fiction gelesen. Dem Motto gemäß, dass man die Bücher schreiben sollte, die man selber gerne lesen würde, hat sie diese Genres einfach miteinander vermischt und nimmt ihre Leserinnen mit auf die Reisen, die sie in ihrem eigenen Kopf unternimmt. Dabei geht es unter der Haube immer auch um wesentliche Fragen des Miteinander-Lebens.

IN EINEM LAND NACH UNSERER ZEIT

DIE REISENDE

ANETTE SCHAUMLÖFFEL

TEIL 2

Bibliografische Information der Deutschen Nationalbibliothek:
Die Deutsche Nationalbibliothek verzeichnet diese Publikation in der Deutschen Nationalbibliografie; detaillierte bibliografische Daten sind im Internet über www.dnb.de abrufbar.

© 2025 Anette Schaumlöffel

Redaktion: Daniel Simon Richter
Korrektorat: Sigrid Minrath
Karte: Celina Grubba
Kapitel-Vignette: Silke Schäfer

Verlag: BoD · Books on Demand GmbH,
In de Tarpen 42, 22848 Norderstedt,
bod@bod.de
Druck: Libri Plureos GmbH,
Friedensallee 273, 22763 Hamburg

ISBN: 978-3-7693-7702-6

Ragins Welt

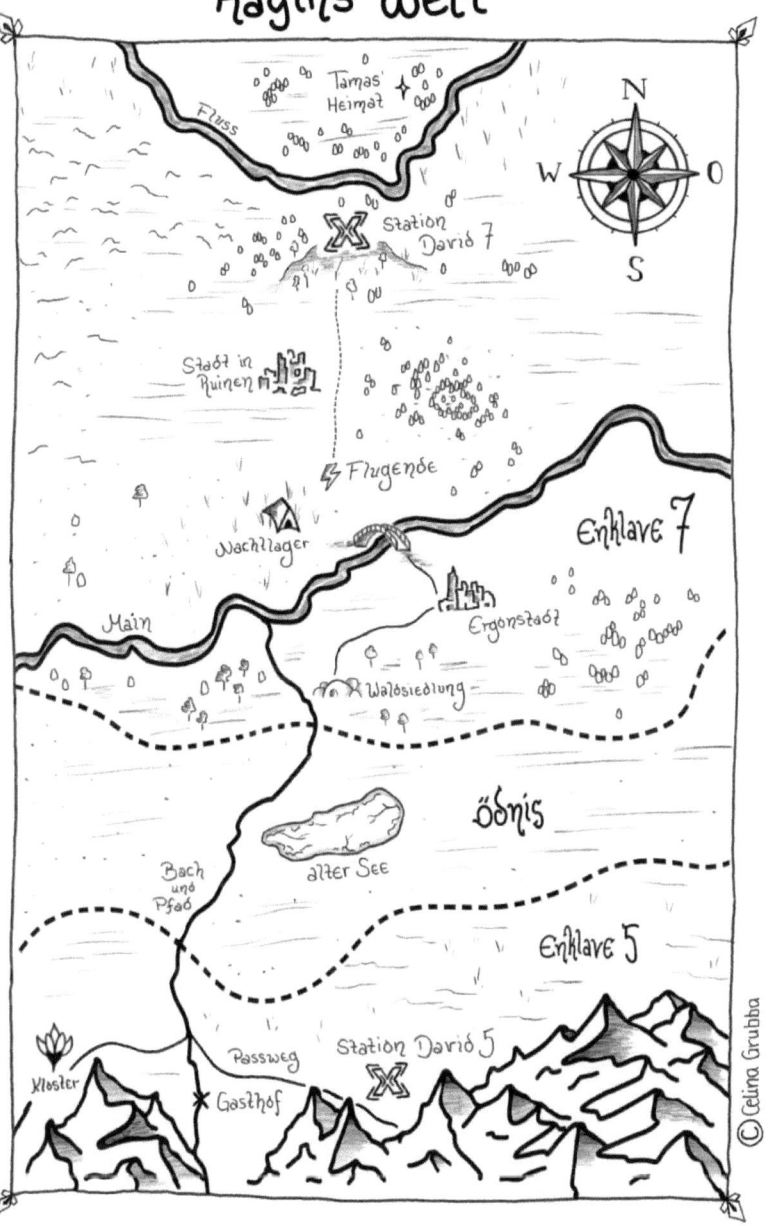

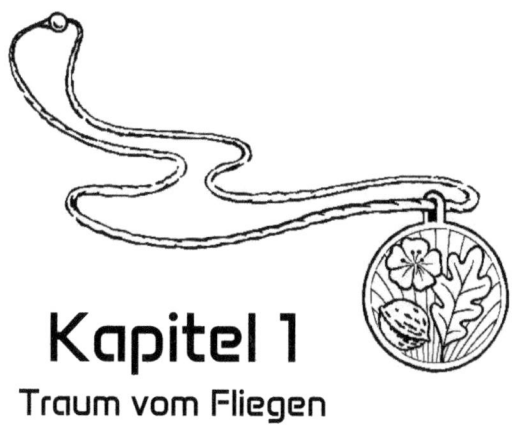

Kapitel 1
Traum vom Fliegen

Die schwarze Katze mit dem Namen Alice putzte sich in aller Ruhe. Während sie mit ihrer rosafarbenen Zunge die Unterseite ihrer rechten Pfote bearbeitete – die einzelnen weiß behaarten Zehen weit auseinandergespreizt und die schwarzledrigen Ballen nach oben gekehrt – fluchte ihre menschliche Begleiterin leise vor sich hin.

Wie wichtig so eine einzelne, kleine Schraube sein konnte. Besonders, wenn sie nicht mehr ihren Dienst tat, weil sie einfach zerbrochen, genauer noch: in Stückchen zerkrümelt war.

Ragin konnte von Glück sagen, dass der finale Zusammenbruch dieser Schraube nicht in der Luft stattgefunden hatte. Anderthalb Tage waren sie mit dem Kopter über die Landschaft geflogen, immer in Richtung Süden. Die dichten Wälder nahe der Station, von wo sie aufgebrochen waren, hatten Graslandschaften abgelöst, diese wieder Wälder. Sie hatten die stillen Ruinen einer Stadt überflogen. Kilometerweit hatte sie unter sich die von Bauwerken und Asphalt versiegelten Böden gesehen, durch die sich unaufhaltsam das Leben der vielfältigen Pflanzen kämpfte. Aktuelle Spuren menschlichen Lebens hatte Ragin zumindest bei ihrem raschen Vorüberflug keine entdecken können. Die Katze hatte nicht nach unten geschaut.

An ihrem ersten Flugtag war Ragin überrascht gewesen, wie schnell Alice sich daran gewöhnt hatte, in einer Box auf der kleinen Ladefläche des Kopters hoch über der Erde dahinzurasen. Die Katze verschlief tatsächlich die meiste Zeit ihrer erzwungenen Untätigkeit. Was sich als weise Voraussicht erwies, denn sobald sie gelandet waren, verschwand das ausgeruhte Tier und erkundete seine Umgebung. Dabei blieb sie so lange weg, dass sich ihre menschliche Freundin sorgte, sie könne nicht zu ihr zurückfinden.

Ragin hatte sich nach kurzer Überlegung dagegen entschieden, ihre pelzige Gefährtin festzubinden. Die kleine Katze hatte vor ihrem Zusammentreffen allein gelebt und war bei der Menschenfrau geblieben, nachdem sie einander das Leben gerettet hatten. Eine Freundschaft zwischen zwei Warmblütern, die auf Freiwilligkeit beruhte, sollte nicht durch Zwang vergiftet werden. Also sah Ragin mit einem mulmigen Gefühl das schlanke Geschöpf im hohen Gras verschwinden und kümmerte sich um ihre eigenen Angelegenheiten.

Zwar hatte sie den Rucksack vor ungefähr fünfhundert Jahren selbst bestückt und gepackt, doch hatte sie die Ausrüstung darin noch nie ausprobiert. Das Zelt hatte sich als die erste Überraschung herausgestellt. An dem grünen, eng gewickelten Päckchen aus einem seidigen Kunststoffgewebe hatte eine rote Schnur darauf aufmerksam gemacht, hier bitte zu ziehen. Ein Hinweis, dass man das erst an dem Ort tun sollte, der sich zum Zeltplatz eignete, wäre hilfreich gewesen, dachte Ragin, als sie das wundersam aufgeploppte Zelt über dem Bach balancierte, an dessen Ufer sie sich nach einem guten Platz umgesehen hatte. Es gelang ihr zu verhindern, dass sie mehr als eine Ecke des Zeltes ins Wasser tunkte und sie bugsierte das luftige Gebilde in das hohe Gras hinter sich. Nachdem sie auf ähnliche Weise eine Matte und einen Schlafsack aus ihrer hochverdichteten Verpackung befreit hatte, fragte Ragin sich, ob sie die jemals wieder so klein zusammenpacken könnte.

Aber das war das Problem eines anderen Tages. Am ersten Abend ihrer Reise freute sie sich erst einmal über die schöne Lichtung, auf der sich ein kleiner Wasserlauf zwischen Eichen hindurchwand. Das klare, leicht bräunliche Wasser war nach einem kleinen Umweg durch ihren handlichen Reinigungsfilter köstlich und erfrischend. Ihr Körper war nach vier Stunden in der Luft steif und sie würde morgen Muskelkater haben. Sie fühlte sich überaus lebendig im Grün des allüberall wuchernden Bewuchses.

Bevor sie in den Kälteschlaf gegangen war, hatte sie Natur stets als etwas wahrgenommen, das draußen stattfand und nicht mehr funktionierte, weil es von den kurzsichtigen Handlungen des Menschen an den Rand des Abgrunds gedrängt worden war. Die unter der Hitze, den Stürmen, den Überflutungen leidenden Wälder und Wiesen waren schließlich abgelöst worden von einem in Eis und Schnee erstarrten Friedhof, in dem sich die große Zivilisation der Menschen selbst begraben hatte. Nun, fünfhundert Jahre später, war es eine Lust, den Bäumen, den Sträuchern und Gräsern dabei zuzusehen, wie sie die bebaute, zerlegte, ausgelaugte Erde wieder zurückeroberten.

Eine solche Idylle wie hier an diesem Bachlauf hatte Ragin noch nie erlebt. Sie bemühte sich, nur totes Holz zu sammeln und bald brannte ein kleines Feuerchen in einem Ring aus Steinen, die sie aus einer trockenen Stelle am ausgewaschenen Bachufer gebrochen hatte. Beim Sammeln hatte das eiskalte Wasser an ihren Füßen sie entzückt. Der silbrige Fisch, der plötzlich an ihren Waden vorbei in die Strömung gesprungen war, erschreckte sie, doch pochte ihr Herz danach laut vor

Glück. Ein weiteres Lebewesen, das dem großen Artensterben entkommen war.

Auf einem aufgeklappten, feuerfesten Gitter stand nun ein Topf mit Wasser, in das sie nach dem Erhitzen ein Pulver einrührte. Das Ergebnis war ein Proteinbrei, den sie mit Alice zu teilen bereit war. Die jedoch ließ sich nicht blicken. Erst als Ragin im Zelt schon ein paar Mal eingeschlafen und wieder aufgeschreckt war – es war schon seltsam, nur durch eine dünne Plane geschützt, im Draußen zu schlafen – hörte sie endlich das Reiben einer Pfote an der Zeltplane. Die Katze, die durch den geöffneten Spalt hereinkam, bohrte sich schnurstracks in den Schlafsack ihrer Freundin und legte dieser sehr kalte Pfoten auf den warmen Bauch.

Der zweite Tag Fliegen hatte sie dann über die riesige Stadt geführt. Nach der üppigen Schönheit der Natur mit ihren weichen, abgerundeten Formen waren die eckigen Betonruinen eine Beleidigung für das Auge. Im Zentrum der Stadt, unweit des großen Flusses, der noch immer in seinem eingemauerten Bett gefangen war, ragten Hochhäuser in den Himmel, die Glasfassaden vielfach durchlöchert. Der Kopter wackelte in den Aufwinden, die sich zwischen den riesigen Gebäuden tummelten und Ragin war froh, als sie wieder ausreichend Abstand zu ihnen hatte. Doch die Häuser und Hallen und Straßen zogen sich noch weit unter ihr her und es war fast Mittag, bis sie endlich nur noch Wald unter und vor sich sah.

Nicht an allen Stellen hatte die Eroberung der Welt durch die Pflanzen so gut funktioniert. Woran es lag, dass manchmal nur trockene Wüste vom Tod des Lebens dort zeugte, wusste Ragin nicht. Sie würde sich später darum kümmern. In der Station, die sie bewohnte, lagerten noch Samen und eingefrorene Lebewesen vieler Arten, mit denen man vielleicht auch diesem ausgelaugten Boden wieder Leben einhauchen konnte. Doch zunächst hatte sie eine andere Aufgabe. Ein weiterer Kälteschläfer aus der Zeit des großen Vorher, der Zeit, in der die menschengemachten Katastrophen eine nach der anderen einschlugen, brauchte ihre Hilfe und so befand sie sich auf dem Weg zu ihm.

Die zweite Nacht war schon deutlich ruhiger als die erste, wieder hatte sie eine gute Stelle mit ausreichend Wasser gefunden, wieder kam die kätzische Herumtreiberin erst nach dem Zapfenstreich nach Hause, aber Ragins Schlaf war diesmal ruhiger. Beim Frühstück freute sie sich schon aufs Fliegen. Durch die Augments – in ihren Körper eingepflanzte Erweiterungen, die ihre Körperfunktionen unterstützten und verstärkten – waren ihre Muskeln schneller in der Lage, sich an neue Anforderungen zu gewöhnen. Und sie wurde es nicht müde, diese Welt ohne Menschen in ihrem Zustand der Genesung zu bewundern.

Doch brach am zweiten Morgen ihrer Reise beim Einsteigen in den Kopter eine Verbindung in zwei Teile, die die Sitzfläche der Fliegerin mit dem Rahmen verband, der die vier Propeller trug. Eine einzige Schraube. Sie war noch nicht mal so lang wie Ragins kleiner Finger. Bei der Wartung war sie ihr entgangen, sie hatte sich schlecht zugänglich unter einer festen Verblendung befunden. Diese musste jetzt Ragins verärgerter Untersuchung weichen. Der Bösewicht war gefunden, in orangefarbene Bröckchen zerkrümelt. Schlimmer noch war jedoch, dass die sieben anderen Schrauben, die an anderen Stellen die gleiche Funktion erfüllten, bei genauer Betrachtung preisgaben, dass auch sie nur noch ein Gebet und schiere Gewohnheit davon abhielten, ebenfalls zu Staub zu zerfallen.

Bei einer einzigen Schraube hätte sie vielleicht noch gewagt, diese durch ein hartes Hölzchen zu ersetzen. Alle Schrauben zu verlieren, kam jedoch einem sehr klaren Urteil gleich. Dieser Kopter konnte nicht mehr benutzt werden, bevor er nicht fachgerecht instandgesetzt worden war.

Ragins hochfliegendes Wohlbefinden fand ein jähes Ende. Alle Pläne, die sie geschmiedet hatte, waren zunichte gemacht und sie befand sich in einer Situation, aus der sie nicht so schnell wieder herauskam. Von wegen: schnell zu Roger, dem in Not geratenen Zeitgenossen, und dann rasch wieder zurück. Wenn sie ihren bisherigen Weg richtig auf das virtuelle Kartenmaterial übertragen hatte, befand sie sich genau in der Mitte zwischen den beiden Stationen. Grob überschlagen würde sie zu Fuß statt anderthalb Tagen zwischen zehn und zwanzig Wandertagen benötigen, je nachdem, ob sie begehbare Wege fände oder nicht. In ihrer Station gab es diese Schrauben sicher in ausreichender Anzahl, geschützt in dieser gelartigen Umhüllung, die die ganze Technik dort vor dem Oxidieren bewahrt hatte. Aber dann müsste sie den Weg zweimal gehen, bevor sie den Kopter wieder benutzen könnte. Und apropos Wege – sie schaute sich auf der Lichtung um – es war zu bezweifeln, ob sie diesen Platz überhaupt zu Fuß wiederfinden würde. Zwar verfügte die in ihren Schädel eingebaute Technik über ein Ortungssystem, das von Satelliten unabhängig war – die letzten dieser Orbiter waren bereits vor Jahrhunderten zur Erde zurückgetaumelt – doch wusste sie durch ihren Flug hierher sehr genau, dass es keinen Fußweg gab.

Und wie lange würde die in ihren Körper eingebaute Technik noch funktionieren?

Schon in der Station hatte das Team der Ökoterroristen, dem sie sich angeschlossen hatte, ihre b2is von den Providersystemen abgekoppelt. Ihre modifizierten Geräte funktionierten als Standalone-Systeme, die sich nach Bedarf mit vorhandenen Systemen in der Nähe verbinden konnten. Vor ihrem Aufbruch zu diesem kleinen Ausflug hatte sie sich vergewissert, dass die Geräte nicht auf Aufladungen von außen angewiesen waren. Die von ihnen benötigte Energie zogen sie direkt aus ihrem Körper. Ragin war jedoch skeptisch, ob das auch auf Dauer funktionieren würde.

Schließlich hatte sie immer in Umgebungen gelebt, in denen unauffällige Energieausstrahlungen dafür sorgten, dass sich kein Gerät je entlud. Seit dem Einbau ihrer Augments in ihrer Kindheit hatte sie nur in der sehr kurzen Zeit nach ihrem Erwachen aus dem Kälteschlaf ohne ihre Funktionen gelebt hatte. Daher wusste sie nicht genau, welche ihrer Erinnerungen und Fertigkeiten ihr ohne sie zur Verfügung standen. Die virtuellen Karten gehörten jedoch ebenso nicht zu ihrer biologischen Ausstattung wie der innere Kompass. Noch eine mögliche Komplikation. Ihre Laune sank von verdorben zu finster.

Die schwarze Katze hatte den Ernst der Lage noch nicht erkannt. Statt sich schon mal im Vorgeschmack auf harte Märsche die zarten Pfoten zu lecken, hatte sie einen Schmetterling entdeckt, der vor ihrer Nase gaukelte. Ob durch Glück oder Geschick – es gelang dem bunten Flügeltierchen, sich den verspielten Tatzenschlägen ein ums andere Mal zu entziehen und so gab das Ensemble ein possierliches Bild ab. Als sich Alice dann noch an einer von weichem Gras bewachsenen Stelle in einen dort gelandeten Sonnenfleck legte, sich auf den Rücken wälzte und ihren Bauch vom Licht wärmen ließ, bekam Ragins miese Laune einen ersten Knacks. Statt neben dem Kopter zu hocken und böse Löcher in die Verkleidung zu starren, legte sie sich neben die Katze. Die Sonnenstrahlen, die goldstückweise durch das Laub zu Boden sanken, spielten in Ragins Gesicht, blendeten sie in einem freundlichen Aufblitzen und verloren sich wieder im Schatten.

Vielleicht – so dachte sie – war es an der Zeit, den Notfallmodus zu verlassen. Ja, sicher, Roger wollte ein Notfall sein. Doch hatte der schon vor Jahren versucht, sie zu erreichen und es durchgehalten, bis es ihm gelang. Aber ansonsten – die Welt, die sie und ihre Freunde hatten retten wollen, war untergegangen. Sie hatten hart daran gearbeitet, ihr einen besseren Neustart zu verpassen und waren alle elf in die Kälteschlafkapseln gestiegen, damit dann jeder allein sein oder ihr Leben damit verbrachte, ihre Aufgaben zu erfüllen. Sie, Ragin, war die Letzte und wenn sie sich hier umsah, war schon alles getan, was getan werden musste. Ihr Auftrag bestand darin, den Stand der Welt festzustellen, ein paar lose Fäden zusammenzuführen und vielleicht Kontakt mit den anderen aufzunehmen, falls es außer Roger noch jemanden gab.

Selbst ihr Fluggerät gehörte einer bereits lange vergangenen Welt an. Und wenn es sich nun in Auflösung befand, gab es nicht allzu viel, was sie dagegen tun konnte. Eigentlich war der Modus, in dem Ragin sich nun befinden sollte, nicht mehr Dauernotfall, sondern endlich: Freies Spiel. Ab jetzt war alles Bonus. Das galt sowohl für die schönen Dinge, die sie erlebte, als auch für das, was sie der Welt noch zu geben hatte. Es war ihre Aufgabe gewesen, die Station zu sichern, sodass alle Kühlschläfer ungestört ihrer Schicht entgegenschlummern konnten, ohne überfallen, ausgehungert oder sonst wie gestört zu werden. Und das war ja nun nachweislich gelungen.

Der Schmetterling gaukelte nun über ihr in der Luft. Alice war in der Sonne eingeschlafen und das gelbe Flattervieh tanzte nur für Ragin. Seine heitere Nutzlosigkeit ließ sie an Tamas denken. Der junge Mann, der aus einer Siedlung im Norden der Station stammte, hatte seine Heimreise bei ihr kurz unterbrochen. Von ihm hatte sie ein wenig über die aktuell lebenden Menschen der Region erfahren. Zum Eintritt in das Erwachsenenleben musste sich jeder junge Mensch auf Wanderschaft begeben und durfte erst wiederkommen, wenn er oder sie genügend Erfahrungen gesammelt hatte. Sein Reisetagebuch in Form eines handgebundenen und eng beschriebenen Büchleins und einer selbstgemalten Landkarte hatte Tamas mit Ragin geteilt.

Sie rief sich die Aufnahmen, die sie davon gemacht hatte, in ihrem b2i auf. Tatsächlich hatten Tamas' Wanderungen ihn noch über ihren aktuellen Standpunkt hinaus in den Süden gebracht. Nur vierzig, vielleicht fünfzig Kilometer von hier lag die Ansiedlung, in die er nach seinem Heimatbesuch zurückkehren wollte, da er sich in ein dort lebendes Mädchen verliebt hatte. Das konnte doch schon mal ein nächstes Ziel sein und vielleicht gab es dort ja sogar acht Schrauben in der richtigen Größe – oder jemanden, der so etwas anfertigen konnte.

Die nächste halbe Stunde verbrachte sie damit, den Kopter zu verstecken. Sie brach belaubte Zweige von einem umgestürzten Baum ab und schleppte diese zu dem Lagerplatz, um das Fluggerät damit zu bedecken. Alice jagte das Laub, das Ragin über den Boden schleifte und machte sich nützlich, indem sie sie zum Lachen brachte.

Schließlich war alles geregelt. Die Ortungsbake im Kopter war aktiviert. Solange sie sendete, hatte Ragin gute Chancen, ihn wiederzufinden. Der Rucksack war gepackt – zum Glück hatten sich die Faltmechanismen ihrer Ausrüstung schon am ersten Morgen als ebenso genial entpuppt wie ihre Entfaltungstechnik. Das einzig persönliche Andenken in Form eines von ihrer Freundin Shree angefertigten Kissens nahm zu viel Platz ein, aber Ragin gefiel der Gedanke nicht, die Handarbeit einfach zurückzulassen. So zog sie den bunten Bezug ab und schob ihn gefaltet zwischen die anderen Dinge. Die Wasserschläuche hatte sie gefüllt und war bereit, loszugehen. Wenn sie doch nur Alice klar machen könnte, dass sich die Bedingungen ihrer Reise nun geändert hatten. Aber wie stets machte sie sich über die Katze zu viele Gedanken. Als sie losging, lief Alice einfach mit, als hätte sie nie etwas anderes getan.

In einer Ecke ihres Sichtfeldes hatte sie eine alte Geländekarte eingeblendet, in der sie den vermuteten Standort der Siedlung als Ziel markiert hatte. Von ihrer Position aus gab es keine vorgeschlagenen Wege, aber sie hatte die Richtung als permanenten Pfeil vor Augen und konnte sich ein grobes Bild von der

Landschaft um sie herum machen. Zunächst schien es sinnvoll, dem Bachlauf zu folgen. Dieser würde irgendwann von einer alten Brücke überspannt werden, die – wenn sie Tamas' Karte und ihre eigene richtig übereinandergelegt hatte – Teil eines noch immer benutzten Weges sein könnte.

Das wäre eine große Erleichterung. Am Bach entlangzulaufen war ein mühsames Unterfangen, denn sie musste über Baumwurzeln steigen, sich an Unterholz vorbei- oder hindurchschlängeln, was selten ohne Kratzer abging. Alice schaute mehr als einmal interessiert dabei zu, wie Ragin eine Ranke Dorne für Dorne aus dem Stoff ihrer Kleidung zupfen musste, um weitergehen zu können. Schließlich versuchte sie es damit, im Bachlauf selbst zu gehen. Doch hielt sie das nur eine Viertelstunde durch, da das erfrischende Nass ihre nackten Füße zu Eisklumpen gefror und das Verfolgen der zufälligen Windungen ihr zunehmend absurd erschien.

Als sie nach einer Stunde entnervt und erschöpft Pause machte, stellte sie mit Entsetzen fest, dass sie nicht einmal zwei Kilometer zurückgelegt hatte. Bei dem Tempo würde sie für zwanzig bis dreißig Kilometern mindestens zwei Tage benötigen, anstatt nur einem. Sie konnte nur hoffen, dass der Weg auf Tamas' Karte hielt, was sie sich von ihm versprach. Immerhin begegnete sie keinem wilden Tier, was vermutlich daran lag, dass sie sich knackend, raschelnd und fluchend so unüberhörbar ankündigte, dass jedes Wesen auf ihrem Weg sich tiefer in seine Schlafkuhle duckte oder rechtzeitig Reißaus nahm.

Nach einer Weile spürte sie, dass ihr die Umgebung, durch die sie sich bewegte, zunehmend feindlich erschien. Die Enge, die Unübersichtlichkeit des Urwalds um sie herum, das Gefühl, nicht voranzukommen, vielleicht sogar die Richtung zu verlieren, verdichteten sich zu einem Knoten der Angst. Und so blieb sie immer wieder stehen, um die Miniaturschrittchen ihres Fortschritts am Plan zu überprüfen. Ein ums andere Mal erschien ihr eine weiter entfernt liegende Öffnung im Pflanzendickicht als lohnende Verheißung. Doch nachdem sie wiederholt festgestellt hatte, dass diese scheinbaren Lichtungen am Boden genauso dicht bewachsen waren wie das Gestrüpp, durch das sie sich dahin gekämpft hatte, gab sie es auf, sich dadurch von der direkten Richtung abbringen zu lassen. Immerhin hatte sie das: eine direkte Richtung. Ragin war sehr bewusst, dass sie ohne die Karte in ihrem Kopf und den eingebauten Richtungszeiger verloren wäre.

Ihre Vorstellungen von dem Weg wandelten sich in Wunschträume, doch als sie ihn schließlich erreichte, übersah sie ihn beinahe. Die Brücke in Tamas' Zeichnung war in der echten Welt nur ein alter Baumstamm, der eines Tages über den Bach gestürzt war. Jemand hatte sich mit einer Axt und einem Hobel ausgetobt, um eine halbwegs ebene Oberfläche zu schaffen. Der Weg war nichts weiter als ein Pfad, den man nur sah, wenn man direkt darauf stand und feststellte, dass es in zwei Richtungen einen schmalen Streifen bloßer Erde im Laub gab, der sich um die Bäume und größeren Steine herumwand wie der Bach, den er kreuzte.

Auf der anderen Seite des Baches befand sich ein kleiner freier Platz. Zwei liegende Stämme umschlossen in dem Winkel zwischen sich eine aus Steinen gelegte Feuerstelle. Erleichtert wuchtete Ragin den Rucksack von der Schulter. Schnell war ein kleines Feuer gemacht und ein Brei angerührt, von dem sich auch Alice einen Teil schmecken ließ. Schließlich hatte die Katze ja auf Wanderschaft keine Zeit, sich um ihre eigene Wegzehrung zu kümmern.

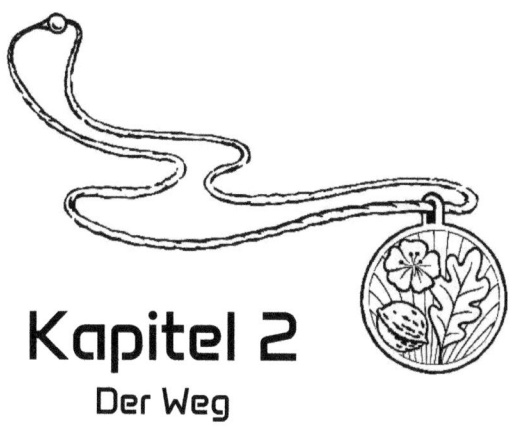

Kapitel 2
Der Weg

Die ersten Schritte auf dem Weg waren eine Wohltat, ihr befreites Gehen ein Triumph. Sie staunte darüber, wie schnell sie sich im Gegensatz Mensch-Natur wiedergefunden hatte. Während sie im Dickicht gegen die Panik angekämpft hatte, von den wuchernden Pflanzen für immer festgehalten zu werden, jubilierte Ragin nun in ihrer aufrechten Zweifüßigkeit. Der meist nicht mehr als eine Handbreit messende Streifen nackten, glattgetretenen Bodens bot ihr müheloses Ausschreiten, eine verlässliche Führung und – hier wurde es nun ganz sonderbar – Gesellschaft. Schließlich hatte es vieler Füße bedurft, um diesen Pfad zu treten. Und nun waren es ihre, die dieses Gemeinschaftswerk fortführten. So wie die sichtbare schmale Schneise durch den Urwald ihr Vorankommen beschleunigte und vereinfachte, so fühlte sie sich durch die Anwesenheit anderer Menschen – vor ihr und nach ihr – nicht mehr allein. Außerdem hatte sie nun – wo sie aus dem direkten Gewirr der Pflanzen befreit war – endlich Muße, sich den Wald anzusehen, durch den sie sich bewegte.

Es waren hauptsächlich Eichen, die hier wuchsen, als Sprösslinge mussten sie gemeinsam in Konkurrenz um das Sonnenlicht in die Höhe geschossen sein. Die Stämme waren gleich hoch und dick, das Astwerk setzte erst weit oben an. Die Kronen schlossen sich zu einer dichten Decke zusammen, mit sonderbaren Lichträndern, so als vermieden es alle Bäume, einander im Himmel zu berühren. Zwischen den Eichen standen Ahornbäume und an einigen Stellen hatten sich Holunderbüsche in eine Pfütze aus Licht gedrängt, ihre weißen Dolden jetzt im warmen Nachmittagslicht umschwärmt von kleinen Insekten. In Kniehöhe neigten sich krautige Pflanzen in Ragins Weg. Brennnesseln, mit denen sie in der Nähe der Station bereits Bekanntschaft geschlossen hatte, mied sie. Doch es wuchsen auch Gewächse mit Doldenköpfen auf hohen, kräftigen Stängeln, die dunkelgrüne, gezackte Blätter trugen und die ein oder andere gelbe Blüte zur Krönung. Am Rand wogten rosafarbene, einfach gestaltete Blumen über niedrigem Kraut. In den Sonnenstrahlen, die kreuz und quer durch die Kronen herausgefiltert wurden, summten Insekten: eilig ihres Weges brummende Hummeln, Schwebfliegen, die mitten in der Luft innehielten, bevor sie zum nächsten Punkt ihres Weges sprangen.

Natur – so stellte Ragin fest – war viel schöner, wenn man nicht ausweglos mitten in ihr steckte.

Wer auch immer den Rucksack geplant hatte, hatte es versäumt, einen Sitz für eine fußwunde Katze zu konstruieren. Nach einer Stunde befreiten Gehens auf dem Pfad hatte Alice laut miaut. Ragin hatte sich umgedreht und die Katze angeschaut, die wiederum sie anblickte. Und dann hatte die Katze sich im Laub ausgestreckt.

Klar. Für solche Märsche war eine Katze nicht geschaffen und Alice fehlten auch die Augments, die Ragins körperliche Leistung unterstützten und steigerten. Mit ein paar Bröckchen getrockneten Proteinen belohnte Ragin die Katze und sich selbst, setzte sich mitten auf den Pfad und dachte nach. Sie öffnete den Rucksack in der Hoffnung auf eine Eingebung und sah unter dem Kochgeschirr und den Beuteln mit Nahrungsmitteln das Muster von Shrees Kissenbezug hervorblitzen. Die vielfältigen Befestigungsmöglichkeiten am Rucksack unterstützten ihre Idee und schließlich baumelte an der Außenseite eine farbenfrohe Katzenhängematte.

Alice schien wirklich müde zu sein. Als Ragin sie hochhob, sah sie auch, dass eine der Pfoten blutete und bei einer anderen Pfote die samtige Haut aufgeraut war. Die Katze wand sich zwar kurz, als Ragin sie in den Kissenbezug hineinsinken ließ, aber dann akzeptierte sie ihren neuen Passagiersitz. Vorsichtig hob Ragin den Rucksack hoch und schwang ihn auf ihren Rücken. Die drei oder vier zusätzlichen Kilo machten sich deutlicher bemerkbar als gedacht, aber immerhin konnte sie Alice so weiterhin mitnehmen und das war das Wichtigste.

Als das Tageslicht schwand, war Ragin froh, dass sie aufhören durfte zu gehen. Ihr Nacken und ihre Schultern schmerzten, der Rücken unter dem Rucksack war klebrig vor Schweiß und ihre Fußgewölbe beklagten sich darüber, dass die Schuhe ihnen nicht die richtige Unterstützung gaben. Es war höchste Zeit, einen Rastplatz für die Nacht zu finden.

Wasser hatte sie genug, also suchte sie nur nach einem ebenen Plätzchen mit wenig Bewuchs, weit genug vom Pfad entfernt, dass sie andere Wanderer hören würde, bevor diese mitten im Zelt standen. Bei einem geeigneten Platz hievte sie den Rucksack vom Rücken. Alice wartete kaum, bis der Kissenbezug den Boden berührte, bevor sie heraussprang, frisch wie der junge Morgen. Sie schaute die müde Menschenfrau an und strich ihr um die Beine, bevor sie sich auf Erkundungstour begab. Kein Brei für Alice, die hatte Appetit auf etwas anderes. Das hatte Ragin auch, wie sie feststellte, als sie vor ihrem kleinen Lagerfeuer saß und das Wasser heiß zu werden begann. Sie kramte die Vorräte im Rucksack durch, die natürlich mehr den Anforderungen an Effizienz als denen verwöhnter Gaumen genügten. Es gab noch einen Beutel mit Streifen getrockneten Obstes, aber die anderen Behälter enthielten Pulver in unterschiedlichen Pastelltönen. Schon nach der Hälfte ihrer Portion blieb der Brei Ragin im Gaumen stecken und sie brauchte viel Wasser zur Unterstützung, um sich halbwegs satt zu essen. Vielleicht würde es helfen, wenn sie mit der Zubereitung variierte. Morgen zum Frühstück könnte es dann Brei-Pfannkuchen mit Obststreifen geben.

Ragin war so müde, sie konnte sich nicht erinnern, sich jemals so erledigt gefühlt zu haben. Während ihre Muskeln sich schwer anfühlten und nach Ruhe schrien, war ihr Geist noch im Dauerlauf, ohne jedoch wirklich etwas Bedenkenswertes dabei zu verarbeiten. Es war als ob ihre Wahrnehmung, die nun stundenlang von einer Seite des Pfads zur anderen, zu ihren Füßen, zu den Wipfeln über ihr und wieder von der einen Seite zur anderen gependelt war, einfach nicht damit aufhören konnte, auch wenn die Szenerie nicht mehr wechselte.

Sie saß einfach nur da, ohne etwas zu tun, ohne zu denken, bis das Feuerchen ausgebrannt war und sie ins Zelt kriechen konnte. Ihr Schlaf kam rasch und war tief und traumlos, tiefer noch, als endlich kalte Katzentatzen sich an ihrer Haut wärmten.

Der Morgen begann, noch ehe es richtig hell war, mit einem Vogelkonzert. Rund um sie herum gaben sehr viele Kehlen sehr kleiner Tiere ihr Bestes und die Lautstärke dieser Kakophonie war erstaunlich. Ragin war noch nicht so weit, drehte sich auf die andere Seite und versuchte, den Lärm zu ignorieren und einfach weiterzuschlafen. Alice jedoch schabte mit der Pfote an dem Reißverschluss und wollte rausgelassen werden.

»Es wird Zeit, dass du mal selber lernst, wie das geht«, brummelte Ragin, als sie sich aufsetzte, um die Katze rauszulassen.

Diese erste Bewegung enthüllte eine unangenehme Überraschung. Ihr ganzer Körper war steif und sträubte sich dagegen, seine Stellung zu verändern. Stöhnend ließ sich Ragin zurücksinken, nachdem sie die Öffnung hinter der durchschlüpfenden Katzenschwanzspitze wieder verschlossen hatte. Offenbar war es ihr trotz vieler Trainingsstunden in ihrem früheren Leben bisher nie gelungen, sich wirklich anzustrengen, denn eine derartige Nachwirkung einer sportlichen Herausforderung hatte sie noch nie gespürt. Dabei war sie doch einfach nur ein paar Stunden gegangen. Und heute würden es noch ein paar mehr Stunden werden, schließlich hatte sie den ganzen Tag vor sich und mit ihm so viel Strecke, wie sie nur machen konnte. Am Ende des nächsten Tages wollte sie die Siedlung von Tamas' Auserwählter erreichen. Im Moment vermutete sie, dass sie dabei mindestens ein bisschen humpeln würde.

Das mit dem Humpeln hatte sie schon am Abend erreicht. Die Schuhe, die sie vor dem Aufbruch aus ihrem Spind in der Station genommen hatte, waren fast ungetragen gewesen. Inzwischen wusste sie auch wieder, warum. Sie hatte sie bei einem ihrer Erkundungszüge in einer entvölkerten Stadt gefunden und mitgenommen. Nach dem ersten Gang mit ihnen – damals durch den zugefrorenen Wald um die Station – hatte sie festgestellt, dass die Schuhe an mehreren Stellen nicht ganz mit der Form ihrer Füße einverstanden waren.

Diesen Konflikt hatten nun nach intensivem Wandern eindeutig die Schuhe für sich entschieden. Ihre Füße schmerzten an den Stellen, an denen die Haut unter dem dauernden Scheuern Blasen gebildet hatte und Ragin war verwundert darüber, wie stur sie trotz der Schmerzen einen Schritt vor den anderen setzte.

In ihrem MedKit, das eine riesige Auswahl von Hilfsmitteln für alle möglichen medizinischen Bedarfe auswies, hatte nur eine lächerlich kleine Anzahl an Pflastern Platz gefunden. Die hob sie sich lieber für ernstere Verletzungen auf und so bluteten die geschundenen Stellen das eine ihrer beiden Paar Socken durch.

Sie hoffte sehr, dass Roger für diesen Einsatz die angemessene Dankbarkeit zeigen würde. Auch wenn sie bezweifelte, dass er insgesamt zur wertschätzenden Art gehörte. Aber inzwischen reichte allein die Hoffnung aus, in seiner Station würden noch die Kombinatoren funktionieren, um sich bereits in der Fantasie entlohnt zu fühlen. Die Idee mit den Obstpfannkuchen hatte eine minimale Verbesserung im Geschmack mit einer maximalen Erhöhung des Aufwands verbunden. Die Eintönigkeit der Nahrung könnte zu einem Problem werden.

Keines, mit dem Alice sich befassen würde. Der schmeckte der Brei als Ergänzung zu dem, was sie bei ihrem nächtlichen Ausflug gefunden hatte, ganz ausgezeichnet. Neidisch blickte Ragin auf die rosafarbene Zunge, mit der die Katze sich die Mundwinkel ausleckte, bevor sie den Zustand ihrer Pfoten checkte. Alice war nicht sehr scharf darauf, sich den aufgerissenen Ballen mit Alkohol betupfen zu lassen, also beließ Ragin es dabei, das Desinfektionsmittel aufzusprühen und das Beste zu hoffen. Immerhin hatte die Katze die verletzten Pfoten heute Morgen mit Hingabe gereinigt, während Ragin ihre Zeit mit kulinarischen Experimenten vergeudet hatte.

Die drei Kilo Katzengewicht waren am Morgen durch die aufgebrauchten Wasservorräte ausgeglichen und doch war Ragin sehr froh, als sie am Nachmittag wieder einem Bach begegnete, dessen Wasser sie in ihre Flaschen filterte. Es war warm geworden und Ragin schwitzte – nicht einmal der Wald bot noch eine ausreichende Kühle. Die Luft staute sich darin zu einem schweren Gemisch, durch das selbst die Insekten träge hindurchbrummten. Den Tiefpunkt des Tages erreichte Ragin, als der Nadelwald durch einen Bruchwald abgelöst wurde. Die zwischen den Stämmen glitzernden Wasserflächen waren eine Brutstätte von Mücken, die sich in Scharen auf die Wanderin stürzten. Schwitzend und klebrig versuchte sie zunächst einfach, die Zähne zusammenzubeißen und das verseuchte Gebiet möglichst schnell hinter sich zu lassen. Das erwies sich jedoch als ausgedehnt und schließlich durchkramte Ragin ihren Rucksack mit der einen Hand, während sie mit der anderen auf landende Blutsauger klatschte. In einer versteckten Innentasche fand sie ein kleines Sprühfläschchen, auf dem vielsagend eine Stechmücke abgebildet war und Ragin besprühte sich großzügig damit. Mit recht gutem Erfolg. Statt der vorher hundert Mücken, die gleichzeitig auf Ragin landen wollten, reduzierte sich die Zahl auf drei oder vier. Sich auf jede Stelle schlagend, an der sie eine Mücke zum Stich ansetzen sah, ging sie schließlich doch einfach weiter.

Alles in allem hatte sie verbissen dem Pfad fünfundzwanzig Kilometer abgerungen und war kurz davor, einfach bei der nächsten freien Stelle am Wegesrand niederzusinken, als sie Stimmen hörte.

Wie vom Schlag getroffen blieb sie stehen. Während sie die Ohren spitzte, um mehr über die Sprechenden zu erfahren, stellte sie fest, dass sie am liebsten umkehren würde. Irgendwie hatte sie es versäumt, sich auf die Begegnung mit anderen Menschen vorzubereiten. Und auch wenn sie sich generell für Sozialkontakte gewappnet fühlte – jetzt war sie einfach viel zu müde dazu, um allein in eine Gruppe starrender, urteilender Personen zu treten, deren Ehrlichkeit sie nicht abschätzen konnte. Ein Nachtlager in unbekannter Gesellschaft aufzuschlagen, kam nicht in Frage. Also drehte sie sich um und machte sich daran, den Weg wieder so weit zurückzugehen, bis sie außer Hörweite war und ungestört in ihr Zelt kriechen konnte.

Doch wurde ihr Plan vereitelt. Mit langen Schritten kam ihr aus der Richtung, aus der sie gekommen war, ein Mann entgegen. Seine Haut war dunkler als nur sonnengebräunt, er hatte schwarze Haare und einen schwarzen Bart von ein paar Tagen. Auch seine Kleidung war dunkel, Jacke und Hose in gedeckten Braun- und Grautönen. Als er sie erblickte, brach er in ein gewinnendes Lächeln aus und näherkommend streckte er ihr seine Hände entgegen.

Ragin blieb nichts übrig, als ihre Schultern zu straffen, obwohl sie am liebsten weinend zusammengesunken wäre. Um sich ihre Schwäche nicht anmerken zu lassen, strengte sie sich an, ebenfalls ein Lächeln auf ihr Gesicht zu packen und mit freundlichem Blick die entgegengestreckten Hände in ihre zu nehmen. Sie waren Arbeit gewöhnt, diese Hände, harte Schwielen in den Handflächen kratzten an Ragins weicher Haut. Der Griff war der eines Nussknackers, jene unbewusste Stärke, die man in Herzlichkeit übersetzen konnte, wenn man nicht direkt in die Knie ging.

Aber etwas aus der ansteckenden Energie seines Lächelns sprang auf Ragin über und sie hielt seinem Griff stand. Er strahlte weiter und sagte:

»Mein Name ist Ergon. Ich hatte schon befürchtet, heute allein am Lagerfeuer zu sitzen, aber es sieht so aus, als gäbe es etwas zu erzählen an diesem Abend.«

Damit ließ er ihre Hand los, nicht jedoch den erwartungsvollen Blick.

»Ich bin Ragin und auf der Suche nach einem ruhigen Nachtlager.« Sie hatte es sich nicht verkneifen können und wunderte sich, was er aus der Tatsache machte, dass sie ihm entgegengekommen war, anstatt zu der bevölkerten Stelle zu gehen, auf die er bald stoßen würde. Doch schienen ihn ganz andere Gedanken zu beschäftigen. Bei der Nennung ihres Namens hörten seine Augen auf, über ihre industriell hergestellte Kleidung und Ausrüstung zu gleiten und verharrten kurz an der Stelle, hinter der ihr b2i lag. Ragin fragte sich, ob unter den kurzen Haaren noch die feinen Narben zu sehen waren, die vom Einsetzen dieser Technik von vor fünfhundert Jahren geblieben waren.

Doch er sagte nichts weiter. Stattdessen ging er einen Schritt in die Richtung, aus der sie ihm entgegengekommen war.

»Ich weiß zufällig, dass in wenigen hundert Metern ein Rastplatz auf müde Wanderinnen wartet. Wenn ich mich nicht irre, könnte es dort angenehme Gesellschaft geben und lohnenswerten Tausch. Wobei es in dieser Richtung«, er wies mit dem Kopf hinter sich, »wenig mehr als Mücken zum Austausch von Gute-Nacht-Geschichten gibt.«

Die Erwähnung der Mücken gab den Ausschlag. Ragin war bewusst, wie widersinnig es wirken würde, wenn sie sich der Gesellschaft verweigerte. Also schob sie ihre Müdigkeit zur Seite, zapfte in ihrem Inneren die eiserne Ration an Zusatzenergie an und versuchte sich an einem gut gelaunten Lachen.

»Das klingt nach einer einfachen Wahl«, sagte sie und ließ sich von dem Schwung ihres neuen Bekannten in die alte Richtung tragen. Bevor zwischen ihnen ein Gespräch in Gang kommen konnte, hörten sie die fernen Ausläufer von Gelächter. Ergons Augenbrauen hoben sich erfreut.

»Das verspricht, ein wirklich interessanter Abend zu werden.« Damit beschleunigte er sein Tempo und zwang Ragin, aus ihren wehen Füßen das Letzte herauszuholen. Dennoch war sie ein paar Schritte hinter ihm, als er vom Weg abbog und auf die Lichtung trat, die schon von dem würzigen Rauch eines Holzfeuers erfüllt war – und auch von anderen Düften, die in Ragins Mund das Wasser zusammenlaufen ließen.

Einem Augenblick des Schweigens folgte ein großes Hallo. Ragin ließ Ergon den großen Auftritt und erfasste die Szenerie aus seinem Schatten heraus. Hinter und neben dem Feuer hatten sich vier Personen erhoben und reckten sich zum Handschlag mit dem Neuankömmling. Zwei Frauen, eine davon groß und mollig mit einer grauen Mähne, die sehr gut mit ihrer hellgrauen Tunika harmonierte. Die andere klein, mit einem feinen, spitzen Gesichtchen, das aus einer farbenprächtigen Bluse hervorschaute. Dann noch zwei junge Männer, die Ragin an Tamas erinnerten. Beide überragten Ergon um eine halbe Kopflänge, der eine mit rotem Gesicht und weizenblondem Schopf, der andere braun mit glänzend schwarzen Haaren. Sie trugen sandfarbene Hemden mit weiten Halsöffnungen, die einen Teil der tätowierten Signets sehen ließen, die Haut um die jüngsten noch gerötet und leicht angeschwollen.

Nachdem Ergon die Runde gemacht hatte, blickte er hinter sich, trat einen Schritt zur Seite und winkte Ragin in den Kreis herein.

»Und das hier ist Ragin«, sagte er einfach. Das Lächeln, das in die Gesichter hatte klettern wollen, machte einem Ausdruck von Erstaunen Platz.

»Ragin?«, kam es von den Lippen eines der jungen Männer. »Doch nicht etwa, ›die‹ …«

Ragin atmete tief ein, um das Unbehagen loszuwerden, das durch die ehrfürchtige Stille entstanden war. Dann sagte sie mit einer betont leichtherzigen Stimme:

»Ich kenne nur eine. Kann sein, dass ich ein bisschen länger geschlafen habe, als ihr alle zusammen …«

Die verwunderte Anspannung löste sich in leisem Lachen auf und dann sah Ragin sich von lächelnden Gesichtern umringt. Sie schüttelte die entgegengereckten Hände, hörte die Namen ihrer neuen Bekannten und vergaß sie sofort wieder. Dankbar ließ sie sich danach auf einem der liegenden Baumstämme nieder, während die anderen nun Ergon nach seinem Woher und Wohin ausfragten und ihr nur kurze interessierte Seitenblicke zuwarfen. Schließlich setzte sich auch Ergon, öffnete seinen riesigen Rucksack – ein handgefertigtes Modell im Gegensatz zu Ragins Überbleibsel aus einer hochtechnisierten Zeit – und kramte einen Beutel und einen einfachen Holzteller hervor. Aus dem Beutel schüttelte er ein paar braune Plätzchen auf den Teller und stellte diesen auf den Boden. Ragin bemerkte, dass jeder in der kleinen Gruppe eine Speise vor sich stehen hatte. Sah so aus, als würde man sich bei der Begegnung gegenseitig Mitgebrachtes anbieten.

Sie suchte ihre Schale aus dem Rucksack, füllte sie mit Wasser und stellte sie auf das bereits aufgelegte Gitter, auf dem ein paar Pilze und irgendetwas Undefinierbares schmorten. Während das Wasser sich erwärmte, wählte sie einen der Proteinpulverbeutel aus – den, dessen Aroma in ihrer Erinnerung die geringste Abscheu hervorrief. Als Dampf aus der Schale hervorstieg, nahm sie diese vom Feuer, maß ein paar Löffel Pulver hinein und rührte um. Dann schüttelte sie aus dem Beutel mit dem getrockneten Obst eine kleine Portion in ihren Becher und stellte diesen neben die Schale.

Während sie ihren Beitrag zubereitet hatte, war es still geworden und als sie aufschaute, blickte sie in ehrfürchtige und neugierige Gesichter. Das erste entspannte Lächeln bahnte sich den Weg in ihr Gesicht. Doch dann bewegte sich etwas im Schatten hinter der zarten Frau. Ragins Herz blieb fast stehen, als sich aus dem Hintergrund ein Monster erhob, die Karikatur eines Menschen mit lang-zotteligem roten Fell, in das farbige Bänder eingewoben waren, einem monströs breiten Gesicht und überlangen Armen. Ein Arm streckte sich ihr nun entgegen und zeigte eine grotesk geformte Hand mit riesigen Fingern, jeder länger als ihre ganze Hand – bis auf den Daumen, der absurd kurz wirkte, obwohl er in etwa so lang war wie Ragins. Tiefliegende dunkle Augen blickten sie auffordernd an.

Die zarte Frau sah Ragins erschrockene Miene und sagte:

»Ich glaube, Horst ist an dem Obst in deinem Becher interessiert. Ob du ihm ein Stückchen davon geben könntest?«

Ragin nahm den Becher und hielt ihn dem Monster entgegen. Die langen Finger umschlossen das kleine Gefäß, als Horst es ergriff und es nah an sein Gesicht führte. Doch statt sich den Inhalt einfach in den lippenlosen Mund zu kippen, fischte das Geschöpf ein paar der Obstbröckchen mit den Spitzen von Zeigefinger und Mittelfinger heraus und reichte das Töpfchen an seine Fürsprecherin weiter. Ragin beobachtete gebannt, wie eines der Obststückchen erst berochen und dann in den Mund gesteckt wurde, während der Becher in der Runde wanderte, bei jeder Person um ein bescheidenes Stückchen erleichtert. Als der Becher einmal die Runde gemacht hatte, streckte das Monster erneut seine Hand danach aus. Dieses Mal schüttete das Wesen den Rest des Inhalts in seine schwarz-ledrige Handfläche, bevor es den Behälter schließlich an Ragin zurückgab. Mit der leeren Hand vollführte es eine Reihe feiner Gesten und seine Sprecherin übersetzte:

»Horst möchte wissen, ob das Obst aus dem großen Vorher ist und wie es heißt.«

»Äh.« Die Komplexität der Situation überforderte Ragin. Sie kramte den Obstbehälter aus dem Rucksack und las von dem Schild ab: »Mango, getrocknet«. Dann ließ sie die Tüte wieder im Rucksack versinken und schaute ratlos.

»Was ist Horst für ein Wesen?«, fragte sie und wurde sich im selben Moment bewusst, wie unhöflich sie war.

Horst hatte gerade ein weiteres Stückchen Obst zwischen den Lippen und ließ Ragin nicht aus den Augen, während seine Sprecherin lachte.

»Horst ist ein Orang-Utan. Ein Menschenaffe, ein Cousin sozusagen.«

Ragin kramte in ihrem Gedächtnis. Stimmt, es hatte diese Wesen gegeben, sie erinnerte sich, dass sie darüber von ihrer Lehrerin erfahren hatte. Einmal hatten sie auch einen Zoo besucht, in dem solche menschenähnlichen Tiere gefangen gewesen waren. Es gab noch andere, aber die Namen fielen ihr nicht ein. Doch etwas stimmte nicht.

»Lebten Orang-Utans nicht ganz woanders? Im Dschungel?«

Wieder lachte die Sprecherin und Horst machte eine kringelnde Geste mit seinem Zeigefinger.

»Ja, das stimmt. Aber Horst ist ein Nachkomme aus einem Forschungsprojekt.«

»Und er kann nicht sprechen?« Ragin kam sich sehr dumm vor, weil sie nicht wusste, wie sie sich dem Wesen gegenüber verhalten sollte, das so tierische Züge hatte, jedoch so kluge Augen.

»Nein, er kann keine menschlichen Laute bilden. Daher verständigt er sich in einer Finger- und Gestensprache, die für stumme Menschen entwickelt wurde. Ich begleite ihn auf seinen Reisen, um für ihn zu übersetzen. Was hast du denn da in deinem Topf?«

Ragin beschloss, nicht weiter zu bohren. Sie verstand, dass dies in dieser Runde unhöflich war. Schließlich war sie auch froh, nicht weiter über ihre Herkunft gelöchert zu werden. Sie hoffte, sie würde noch eine Gelegenheit finden, mehr über dieses sonderbare Wesen zu erfahren.

»Das ist ein Brei mit allen notwendigen Nährstoffen, vor allem Proteine. Möchtest du probieren?«

Die zierliche Frau nickte enthusiastisch und nachdem sie Ragins Topf entgegengenommen hatte, machten auch die anderen Behälter ihre Runde und bald hatte jeder einen Teller oder ein Brettchen vollgehäuft mit den Kostproben, die sie zusammengetragen hatten. Als sie etwas von den schmorenden Pilzen nahm, gestikulierte Horst aus dem Hintergrund. Ragin begegnete seinem Blick und fragte:

»Sind die von dir?«

Der Orang-Utan knüllte seine riesigen Finger zu einer Faust zusammen, die er in der Luft hielt und dreimal absenkte, als klopfe er an eine unsichtbare Tür.

»Das heißt ›ja‹«, sagte die Übersetzerin.

Dann holte Horst mit der flachen Hand etwas aus und führte die Hand, Handfläche nach oben, in einem leichten Bogen zu seinem immensen Brustkorb.

»Gern geschehen.«

Ragin lachte.

»Ich habe noch nicht probiert.«

Eine Faust, mit der Innenfläche nach oben, der Daumen abgespreizt, Zeige- und Mittelfinger streckten und beugten sich dreimal, als würde Horst Ragin zu sich locken.

»Er lacht«, sagte die zierliche Frau.

Die anderen hatten – ebenfalls mit ihren vollen Tellern – höflich gewartet, bis diese Konversation beendet war. Schließlich sagte Ergon:

»Ein Segen liegt auf guter Gemeinschaft. Glück liegt im Teilen. Lasst uns einander stärken.«

Die anderen murmelten etwas wie »So möge es sein, heute und für immer« und dann gab es kein Halten mehr. Jeder konzentrierte sich auf seinen Teller und bald war die Lichtung erfüllt mit den Lauten, die Menschen und ein Orang-Utan bei Wohlgeschmack von sich geben.

Ragin war selig, der Eintönigkeit bei der Nahrungsaufnahme entkommen zu sein. Die Bissen und Bröckchen auf ihrem Teller konnten unterschiedlicher nicht sein und ohne sicher bestimmen zu können, welche Substanzen sie sich gerade einverleibte, versank sie in der Vielfalt und der Abwechslung. Jeder hatte nur ein bisschen beigetragen und doch schien es so, als würden alle mühelos davon gesättigt werden. Nur an eine war noch nicht gedacht worden.

»Miau!« Alice beherrschte den großen Auftritt. Mit weit geöffneten grünen Augen erschien sie lautlos im Licht des Lagerfeuers und erschreckte erst einmal alle.

Einer von den jungen Männern ließ sogar seinen Teller klappernd fallen. Ragin streckte ihre Hand aus und kraulte die Stelle zwischen den Ohren der Katze, bis ihr lautes Schnurren in der gespannten Stille dröhnte.

»Das ist Alice«, sagte Ragin. »Eine Katze. Sie begleitet mich.«

»Miau!«

»Und ich glaube, sie hätte auch gern etwas zu essen«, sagte Ragin und allgemeines Gelächter brach den Bann. Es fanden sich noch ein paar Bröckchen getrocknetes Fleisch, die Alice aus Ragins leerer Schale aß. Dann spazierte die Katze in aller Ruhe an den Sitzenden vorbei, schnupperte hier an einem Knie, dort an einem Rucksack, bis sie schließlich bei dem Orang-Utan angekommen war. Der hielt ihr seine Hand hin, die Innenfläche nach oben. Alice schnupperte aufmerksam daran und rieb dann die Seite ihres Kopfes daran. Schließlich ließ sie sich nieder, an das untergeschlagene Bein mit dem rotbraunen Fell gelegt und fing an, sich zu putzen.

Der Orang-Utan blickte seine Begleiterin an und machte zweimal mit der Hand neben seinem Mund eine Geste, als würde er zwischen Daumen und Zeigefinger ein Schnurrhaar gerade ziehen.

»Genau«, lachte die Frau. »Eine Katze.«

»Ja, ja, sehr interessant.« Ergon nickte in die Runde. »Aber ich habe eine Information für euch, die vielleicht noch interessanter ist. Seid ihr alle in Richtung Süden unterwegs?«

Alle Köpfe nickten.

»Die Brücke über den Main ist wohl kurz davor, auseinander-zufallen. Darum wollte ich euch fragen, was eure Kenntnisse sind. Vielleicht können wir sie zusammen reparieren. Ich bin Erbauer und mit Horst und den beiden jungen Stieren hier, hät-ten wir schon mal jede Menge Körperkraft zusammen. Nichts für ungut.« Er nickte in Richtung der Frauen. Ragin winkte ebenso ab wie die zierliche Begleiterin des Affen; der mollige Grauschopf lachte nur.

»Ich arbeite ohnehin lieber mit dem Kopf.«

»Entschuldige Anka, du hast natürlich recht.« Ergon lachte. »Wir brauchen auf jeden Fall mehr als Muskeln. Ich war schon lange nicht mehr hier und habe vergessen, welche Materialien in der Brücke verbaut sind. Wir müssten uns morgen vor Ort ein Bild machen. Ich hatte nur das Gefühl, dass wir unter uns eine interessante Kombination von Fähigkeiten haben könnten. Seid ihr dabei oder habt ihr es eilig?«

Die jungen Männer zuckten mit den Schultern, sahen einander an und blickten dann in die Runde.

»Wir haben Zeit.«

»Ich bin auch dabei«, sagte die große Frau. »Mein letzter Beitrag für den Weg ist schon ein Weilchen her.«

»Sehr gut!« Ergon nickte. »Wie sieht es mit euch aus?«

Er blickte an Ragin vorbei, wo Horst und seine Begleiterin die Finger flattern ließen.

»Könnte interessant werden«, sagte die zierliche Frau und Horst pochte wieder mit der Faust an eine unsichtbare Tür.

Ragin fühlte sich unsicher. In der kurzen Zeit, die sie in dieser zusammengewürfelten Runde verbracht hatte, war ihr Eindruck gestiegen, dass es so viele Dinge gab, die sie nicht verstand, nicht kannte und sie fühlte sich so ahnungslos wie zu dem Zeitpunkt, als sie gerade erwacht war. Aber sie wollte auch nicht die Einzige sein, die unbekümmert über eine Brücke spazierte, die eigentlich dringend ein paar helfende Hände brauchte.

Sie zuckte mit den Schultern.

»Ich weiß nicht, ob ich was beitragen kann, aber klar, ich bin dabei.« Auf diesen Tag oder zwei käme es nun auch nicht mehr an, bei der gigantischen Verspätung, mit der sie bei Roger antanzen würde. Außerdem könnten ihre Füße eine kleine Pause vom Marschieren gebrauchen.

»Dann ist das geklärt«, sagte Ergon und strahlte. »Und jetzt möchte ich eine schöne Geschichte hören, bevor ich mich schlafen lege. Wer hat was zu bieten?«

Auch wenn alle Augenpaare verstohlen zu Ragin wanderten, beschäftigte die sich damit, voller Konzentration ihre Schuhe aufzuschnüren, als hätte sie nichts gehört und schließlich nickte die große Frau und begann zu erzählen.

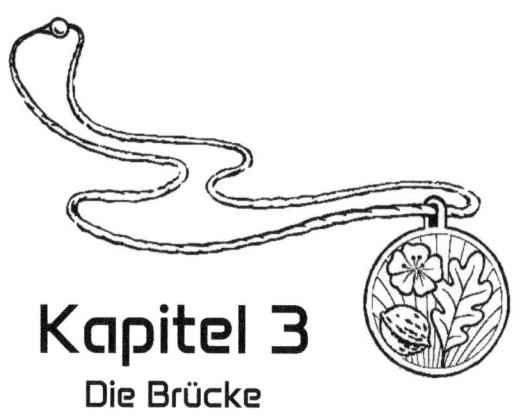

Kapitel 3
Die Brücke

Als die Dämmerung sich in den Wald stahl, gab Ragin ihr Ringen um Schlaf auf. Gefühlt war sie alle zwei Minuten wieder wach geworden. Einer der jungen Männer sprach im Schlaf, Ergon schnarchte mit enervierender Regellosigkeit und irgendjemandes Atem pfiff ganz leise, aber leider laut genug, um hörbar zu sein, wenn sonst alles still war.

Weil die anderen sicher gewesen waren, es würde in der Nacht nicht regnen, hatte Ragin darauf verzichtet, als einzige ein Zelt aufzustellen. Vielleicht hätte sie dann mehr Ruhe bekommen, besonders, wenn sie sich dazu ein paar Schritte vom Feuer entfernt hätte. Aber es wäre ihr unhöflich vorgekommen, sich zu separieren, wenn alle anderen sich in Sicht- und Hörweite voneinander ausstreckten. Wie hatte sie das nur damals in der Station ausgehalten? Sie konnte sich gar nicht daran erinnern, in den Schlafräumen so unruhig geschlafen zu haben. Entweder hatte sie es verdrängt, oder sie war einfach daran gewöhnt gewesen. Einen Moment lang erinnerte sie sich an das Gefühl, eng umschlungen mit Shree einzuschlummern. Da war jedes Erwachen in der Nacht ein Geschenk der Liebe gewesen, ein Bewusstwerden des Glücks, von dem sie wussten, dass es nicht von Dauer sein würde.

Nun gut. Sie fühlte sich gerädert und fürchtete sich davor, ihre Füße zu benutzen. Als sie am Abend ihre Socken mühevoll von den blutigen Füßen gezogen hatte, hatte Horst auf sich aufmerksam gemacht. Seine Begleiterin – Liane, wie Ragin dann noch einmal erfragt hatte – erklärte, dass er ein Heiler sei, und er ihr gerne etwas geben würde, das ihre Schmerzen lindern und die Heilung der offenen Stellen beschleunigen könnte. Verwundert und dankbar hatte Ragin das Angebot angenommen. Der Orang-Utan hatte sie mit einer kleinen Geste zu sich gewunken und sie hatte sich humpelnd aus dem Kreis bewegt, hinter ihm auf den Boden gesetzt und ihre Füße ausgestreckt, die klebrigen Socken noch in der Hand. Horst hatte seinen Kopf ganz nah an die Füße gebracht, geschaut, gerochen und dann waren seine langen Hände mit großer Geschicklichkeit tätig geworden. Aus einem braunen Sack, der bislang unsichtbar auf dem Laub gelegen hatte, zog er eine kleine aus Holz geschnitzte Schale, in die er etwas aus einer Flasche goss. Mit einem sauberen Stück Stoff, das er von einer Rolle abzog, nahm er etwas von der Flüssigkeit auf und betupfte sanft die offenen Blasen und blutigen Stellen an Ragins Fuß. Es tat weh, doch reduzierte sich das schnell, als ob die Medizin auch etwas Schmerzlinderndes enthielte.

»Hast du saubere Socken?«, fragte Liane. Ragin nickte und zeigte auf ihren Rucksack, den die zierliche Frau ihr brachte. Nach der Reinigung trug Horst eine weiß-grünliche Salbe auf die offenen Stellen auf und nickte dann Ragin zu.

»Socken drüber«, ergänzte Liane und Ragin gehorchte, vorsichtig darauf achtend, die Salbe nicht zu verschmieren.

Immerhin hatten die Füße sie in der Nacht nicht gestört. Wie es sich anfühlen würde, wenn sie sie am Morgen wieder in die Schuhe zwängen würde, war eine ganz andere Frage. Horst hatte zum Abschluss seiner Behandlung eine schnelle Gestenfolge auf sie abgeschossen: zuerst auf sie gezeigt, dann mit dem Zeigefinger zweimal an die unsichtbare Tür geklopft, die Faust geballt, den Daumen abgespreizt aus der Waagerechten in die Senkrechte gebracht und schließlich beide Fäuste aneinandergestoßen.

»Was meint er?«, fragte sie Liane.

»Du brauchst dringend andere Schuhe«.

Ragin lachte. Als ob sie das nicht selber wüsste. Aber woher nehmen? Und womit bezahlen? Also nickte sie nur und neigte den Kopf in Richtung Horst.

»Danke sehr!«

Der Orang-Utan nickte und räumte dann seine Medizin wieder in den Sack zurück.

Jetzt im Morgengrauen wackelte Ragin mit den Zehen und beschloss, die Socken einfach anzulassen und heute keine Schuhe anzuziehen.

Doch die schafften es auch weiterhin, lästig zu sein. Nachdem endlich alle aufbruchsbereit waren, gingen sie im Gänsemarsch auf dem Pfad. Die Schuhe hatte Ragin außen an den Rucksack geschnürt und jetzt baumelten sie bei jedem Schritt nach links oder rechts. Immerhin hatte Alice beschlossen, sich heute von einem der jungen Männer tragen zu lassen. Bei denen hatte sie auch schon die Nacht verbracht, was Ragin einen kleinen Stich der Eifersucht versetzt hatte. Aber das Gewicht auf ihrem Rücken fehlte ihr nicht. Pieder hieß der junge Mann, seine rotblonden Haare hingen etwas ungewaschen und in einer ungünstigen Länge um ein rundes, freundliches Gesicht. Bis zum Zopf waren es noch einige Monate hin, jetzt fielen ihm die Strähnen in die Augen, bis er schließlich einen dünnen Schal nahm und ihn sich einfach um den Kopf band. Auf seinem breiten Rucksack war oben ein flacher Katzenschlafplatz und Ragin sah ihre treulose Gefährtin entspannt und königlich darauf liegen.

Das Gehen ohne Schuhe war tatsächlich weitestgehend schmerzfrei, gesetzt den Fall, sie achtete deutlich mehr auf den

Weg, als sie es gestern getan hatte. Einmal hatte sie schon ihr Gewicht auf einen sehr spitzen Stein verlagert, das brauchte sie nicht noch einmal.

Es war seltsam, sich wieder als Mitglied einer Gruppe zu bewegen. Wie es ihr schon gestern ergangen war, als sie mit dem Betreten des Weges in eine von anderen bestätigte Richtung mit eingestimmt hatte, fühlte sie heute noch einen weiteren Teil der Verantwortung von sich abfallen. An der ersten Wegkreuzung fiel ihr auf, welches Glück sie gestern gehabt hatte, dass der Pfad ihr keine Entscheidung abverlangt hatte. Heute spazierte sie einfach den anderen hinterher, die sich hier auskannten und schaute nur neugierig in den Verlauf des abzweigenden Pfades hinein, als sie daran vorbeikam.

Als sie sich einmal umschaute, sah sie, dass Horst nicht Teil der Gruppe war, die auf dem Pfad ging. Fragend warf sie Liane einen Blick zu, die lächelte und auf eine Stelle links von ihr, oben in den Baumkronen zeigte. Dort bewegte sich ein rotbraunes Fellbündel, schwang an enorm langen Armen von einem zum nächsten Ast, von Baum zu Baum, mühelos die Geschwindigkeit der Bodenbewohner haltend.

Sie waren zwei Stunden gegangen, als Horst mit grunzenden Rufen auf sich aufmerksam machte. Liane blickte in die Runde.

»Er hat etwas zu Essen gefunden, wir sollten zu ihm gehen.«

»Warum nicht?« Die grauhaarige Frau – Anka? – zuckte die Achseln und machte sich auf den Weg durchs Unterholz. Die anderen folgten ihr nach.

Horst hockte im Geäst eines mittelgroßen Baumes, dessen Äste sich zu einem schönen Kronenrund ausgebreitet hatten. Zwischen den lanzettförmigen, dunkelgrünen Blättern blinkten überall gelbe Früchte hervor, so groß wie ein Kreis zwischen Daumen und Zeigefinger. Ragin hatte nicht viel Erfahrung mit Obst in seiner natürlichen Umgebung, sie blickte in die Runde. Anka sah ihren fragenden Blick.

»Ich denke, das ist eine japanische Wollmispel«, sagte sie. »Und sie trägt überraschend spät. Wir haben Glück, auf sie zu stoßen. Die Früchte sind echt lecker, besonders, wenn man sie ein bisschen erhitzt hat.«

Ragin lächelte zum Dank. Liane hatte sich zu Horst in den Baum begeben und auch die Männer hatten schon angefangen, sich in die Zweige zu recken und die Früchte zu pflücken. Alice hopste vom Rucksack auf einen umgefallenen Baumstamm und ging ihrer Wege. Ragin konnte nur hoffen, dass sie sich beizeiten wieder anschließen würde.

»Was können wir tun?«, fragte Ragin.

»Wir sollten unser Gepäck nach Behältern durchsuchen, Beuteln, Taschen und so weiter. Zur Not knoten wir den Hosen die Beine unten zu.«

Ragin machte sich ans Werk und reichte bald den Pflückern alles aus ihrem Gepäck, das zur kurzfristigen Aufbewahrung der Mispelfrüchte geeignet war. Zum Schluss musste sogar Shrees Kissenbezug aka Katzensitz daran glauben. Als der Baum zur Hälfte abgeerntet war, rief Anka, die sich ein paar Schritte entfernt hatte, um sich einen Überblick zu verschaffen:

»Genug. Die andere Hälfte gehört nicht uns.«

Damit war das Pflücken beendet und jede und jeder belud sich mit den prall gefüllten Taschen und improvisierten Beuteln. Zurück auf dem Weg sagte Ergon:

»Es ist nicht mehr weit bis zur Brücke, noch eine halbe Stunde, das schaffen wir, oder?«

Zustimmendes Nicken und Gemurmel und die Gruppe setzte sich wieder in Gang. Ragin hatte sich die zugebundene Hose über die Schulter gelegt, rechts und links hatte sie einen der improvisierten Beutel in der Hand, in denen sich die Früchte beulten und sie fand heraus, dass Shrees Bezug, gefüllt mit Mispeln, deutlich schwerer war, als wenn ein mageres Kätzchen darin saß. Aber da alle ähnlich beladen waren wie sie, selbst Horst, der ein Gebilde aus Taschen und Stricken um seinen Körper gewunden hatte, mühte sie sich ab, im Tempo nicht nachzulassen. Sie hatte nicht geahnt, dass die Beanspruchungen ihrer Muskeln den Möglichkeiten ihrer Augments immer einen Schritt vorausbleiben würden. Alice schlüpfte aus dem Unterholz auf den Weg, frisch wie eine Rose und trabte unbeschwert vor ihr her.

Ragin roch das Wasser, bevor sie es sah. Der leicht muffige Duft von Süßwasser in der Mittagshitze begrüßte die Wandernden, als sie aus dem Wald ans Ufer traten. Anka legte ihren Anteil der Mispelernte in den Schatten eines Baumes, trat zum Flussufer und reckte sich. Die anderen taten es ihr nach.

Die Brücke hatte wirklich schon bessere Zeiten gesehen. Vermutlich war es einmal eine Straßenbrücke gewesen, die auf vier breiten Pfeilern aus großen, grauen Steinen geruht hatte. Der den Fluss überspannende Beton war dem Rost in seinen inneren Stahlgittern zum Opfer gefallen, über die Jahrhunderte herabgebröselt und von der Strömung davongetragen worden. So oder so ähnlich musste es allen Brücken ergangen sein, zumindest allen, in denen Eisenelemente verbaut worden waren. Die Steinpfeiler standen jedoch noch fest und findige Reisende hatten aus Holzbalken und Steinen eine Konstruktion geschaffen, auf der ein schmaler Brettersteg über den breiten Fluss führte.

Platsch! Der junge Mann, der nicht Pieder hieß, hatte seine Kleidung abgestreift und war wie ein Pfeil, mit den Armen voran in den Fluss gesprungen. Er tauchte auf, prustend wurde er von der Strömung erfasst und lachte.

»Kommt und erfrischt euch!«, rief er und die anderen ließen sich das nicht zweimal sagen. Ehe Ragin bis drei zählen konnte, schaute sie auf nackte Körper in allen Größen und Formen. Nicht jeder wählte den Sprung, Anka suchte sich am Ufer einen

Einstieg, mit dem sie würdevoller in den Fluss stieg. Ergon folgte ihr und blickte sich nach Ragin um. Seine Augen in dem dunkelbraunen Gesicht strahlten grün auf, als er den Kopf zum Fluss ruckte.

Was stand sie noch da? So wie man den Pfad nutzte, die Früchte pflückte, die Hitze ertrug wie das Schnarchen, aber auch die Gesellschaft genoss, so nahm man jetzt ein erfrischendes Bad im Fluss, wenn man noch alle Sinne beisammen hatte. Ragin schlüpfte aus ihren vollgeschwitzten Sachen und genoss einen Moment lang das seltsame Gefühl, nackt im Gras zu stehen. Die wundersam haltbaren Socken ließ sie an – vermutlich war es eine sehr gute Idee, diesen improvisierten Verband einweichen zu lassen, bevor sie ihn von den Füßen zog. Auf Ankas Spuren fand sie den Zugang: ein paar erdige Stufen, die ihr den Abstieg zum Fluss erleichterten. Die anderen quietschten, planschten und prusteten bereits miteinander und Ragin trat einfach ins Wasser, erst bis zum Knöchel, der nächste Schritt ließ sie bis zur Wade versinken und hier spürte sie schon den starken Zug der Strömung, in die sie sich nach kurzer Überwindung gleiten ließ. Der Strom umschloss sie mit erfrischender Kühle und trug sie ein Stück zu den anderen hin. Die schwammen mehr oder minder gegen die Kraft des Wassers an und auch Ragin tat es ihnen nach. Mit einigen Schwimmstößen gelang es ihr, sich auf gleicher Höhe zu halten, dann ließ sie los, legte sich flach ins Wasser und überließ sich dem Fluss.

Sie hatte noch nie so etwas erlebt. Die Gewässer ihrer Kindheit waren salzig gewesen und die, in denen sie hatte baden dürfen, stets lauwarm und still. Dieser Strom hier war wie eine eigene Macht mit seiner unbeeindruckten Richtung, zu der sie sich verhalten musste, entweder sich passiv hingeben oder aktiv dagegen anschwimmen. Ihre Beine streiften lange, in der Strömung wedelnde Krautpflanzen, die die Wasseroberfläche mit kleinen weiß-gelben Blüten schmückten. Die erfrischende

Kälte, die ihr den Schweiß abgestreift hatte, drang in ihren erhitzten Körper ein, der sie dankbar annahm. Fast war sie schon um eine Biegung herum getrieben, als sie sich im Wasser umdrehte und zu schwimmen begann. Die anderen wirkten schon weit fort und zunächst schien es nicht so, als ob Ragins Schwimmstöße irgendeine Auswirkung auf ihre Bewegungsrichtung hatten. Doch schließlich sah sie im Vergleich zu den Steinen an der Uferböschung, dass sie ihre Position hielt und dann auch langsam, langsam gegen den Strom vorankam. Die Balance zwischen Kälte und Anstrengung fühlte sich ungeheuer belebend an und Ragin hatte das Gefühl, dass sie genau so ewig weiterschwimmen könnte. Kein Grund zur Eile, der Tag war noch jung, jetzt gab es nur sie und den Fluss.

Alle hatten die Erfrischung sehr genossen und die Stimmung in der Gruppe war ausgelassen. So lange die Sonne hoch stand, bot es sich an, die Nähe zum Wasser zu nutzen und Wäsche zu waschen. Liane hatte etwas stromaufwärts eine Stelle am Fluss entdeckt, wo ein flaches Kiesbett dazu einlud, sich von dort aus in das Wasser zu beugen und die Stoffe auszuwaschen und durchzuspülen. Auf der Wiese bei der Feuerstelle lagen schon einige Stücke zum Trocknen ausgebreitet in der Sonne, als Ragin sich auf den Weg machte, ihre Socken und ihre verschwitzte Garnitur zu reinigen. Sie hatte in ihrer Ausrüstung kein Stück Seife gefunden, aber Ergon hatte ihr nach einem kurzen Seitenblick seines gereicht.

»Verlier es bloß nicht in der Strömung«, brummte er und sie hatte gelächelt.

Sie fand auf der Kiesbank eine flache Kuhle, in der sich nicht allzu schlammiges Wasser sammelte. Dort legte sie ihre nassen Kleidungsstücke hinein, und strich mit der Seife über sie, bis sie den Schaum in den ganzen Klumpen hineinkneten konnte. Von ihren Socken bearbeitete sie beide Paare, erstaunt darüber, wie gut das Material des einen dem langen Marsch standgehalten hatte. Nach dem Bad hatte sie ihre Füße leicht entkleiden können und wenn auch ein bisschen durch das Wasser aufgeweicht, waren die wunden Stellen so gut angeheilt, dass sie sich traute, barfuß zu gehen. Es hatte etwas sehr Befriedigendes, die ungut verfärbten Socken nun durch das fließende Wasser zu ziehen, wo sie mit dem Schaum auch ihren ganzen Schmutz verloren. Als sie dachte, fertig zu sein, sah sie noch einen Flecken, dem sie mit der Seife zu Leibe rückte.

Ein Schrei ertönte aus dem Waldrand, ganz kurz, als habe jemand ihn mit einer auf den Mund gelegten Hand schnell zum Verstummen gebracht. Sorgsam legte Ragin die Seife zur Seite, bevor sie sich aufrichtete. Mit einem Sprung war sie auf der Wiese. Die anderen schienen nichts gehört zu haben und ein kurzer Blick zeigte ihr, dass Liane fehlte. Ohne bewusst eine Entscheidung darüber zu treffen, aktivierte der Adrenalinanstieg den Kampfmodus und sie rannte – barfuß und nur in Höschen und Hemdchen – zum Waldrand. Sie war schnell und sie war leise. Im Schutz der ersten Bäume rangen zwei Personen miteinander. Ragins Denken füllte sich mit kühler Wut und ihr Körper vibrierte vor Einsatzbereitschaft. Der fremde Mann, der hinter Liane stand und ihr den Mund zuhielt, war fast doppelt so groß wie die kleine Frau. Er sprach leise und aufgeregt auf sie ein, doch sie konzentrierte sich nur darauf, von ihm loszukommen. Mit dem anderen Arm hielt er sie an der Schulter fest und hinderte sie daran, sich zu ihm umzudrehen. Verbissen versuchte Liane, ihm gegen das Schienbein zu treten. Auch wenn sie ihn nicht mit ausreichend Schmackes traf, zog sie damit seine ganze Aufmerksamkeit auf sich, sodass Ragin sich dem Kerl unbeachtet von hinten nähern und ihm mit einem gezielten Schlag seitlich gegen die Arterie am Kiefer das Licht ausknipsen konnte. Während der Fremde bewusstlos zusammenbrach, hatte Ragin Liane von ihm weggezogen und sie in eine feste Umarmung genommen. Als Horst wie ein Tornado aus dem Wald herausbrach, hatte Lianes Zittern schon aufgehört und sie wankte von Ragins Armen auf Horsts Schoß. Auch die anderen kamen herbei. Verwundert betrachteten sie den ohnmächtigen Übeltäter.

»Was für ein Trottel«, sagte Liane und schüttelte sich, um den Schrecken loszuwerden. »Er muss uns von hier aus schon beobachtet haben. Er hat aus dem Gebüsch nach mir gegriffen und mir den Mund zugehalten. Irgendwas hat er geflüstert, aber ich wollte einfach nur von ihm weg.«

Ergon fesselte dem Bewusstlosen, der sich unruhig auf dem Boden wand, die Hände und Füße. Liane umarmte alle der Reihe nach, dann wuschelte sie sich durch die Haare und entließ ein herzhaftes »Brrrrr!«.

»Und alles nur, weil ich die da entdeckt habe!«, rief sie und zeigte den anderen, was sie an diese etwas verborgene Stelle gelockt hatte. Zwischen den langen Kiefernadeln, die den Boden bedeckten, standen dottergelb und mit welligen Krempen Pilze wie eine Armee ertappter Waldbewohner.

»Pfifferlinge!«, rief Ergon aus, packte Liane und pflanzte ihr einen schmatzenden Kuss auf die Stirn. »Lass uns diesen Wurm hier rüber in die Brennnesseln ziehen und dann wollen wir Pfifferlinge pflücken!«

Ragin, die selbst nie bewusst Pilze gegessen hatte, erinnerte sich an längst vergangene Gespräche in der Station. Shree hatte mit Minjun, einem der anderen Biologen, diskutiert, welchen Schaden Pilze von der fast 15-jährigen Eis- und Dunkelperiode davontragen würden. Zunächst hatte keiner der Tiere und Pflanzen sammelnden Fachleute im Team der Ökoterroristen an Pilze gedacht und eines Tages war ihnen aufgefallen, was für ein fataler Fehler das war. Ragin hatte damals still dabeigesessen und staunend gelernt, dass nicht nur die Wurzeln der Bäume sich weit und tief in den Boden ausdehnten. Pilze schienen eine weitgehend unbeachtete, nichtsdestotrotz essentielle Rolle im Wald zu spielen. Und diese hatte nur wenig mit dem Nährwert ihrer Knollen für die Tiere des Waldes zu tun. Offenkundig durchzog ein feines Wurzelgeflecht aus Pilzen – das sogenannte Myzel – den Waldboden und verband unterirdisch all die Pflanzen, die oberirdisch scheinbar einzeln standen. Über dieses geheime Netzwerk bildeten Bäume und Pilze eine Gemeinschaft, in der die einen aus Licht Zucker herstellten, während die anderen Mineralien aus dem Boden zogen. Erst durch das Teilen der jeweiligen Beute erfüllten sie gemeinsam ihren Nahrungsbedarf. Der Schnee und das Eis hatten schon längst alle Fruchtkörper bedeckt und verrotten lassen, dennoch hatte Shree alle dazu angehalten, an möglichst unterschiedlichen Orten im Wald Erdproben zu sammeln und diese dann einzufrieren.

Nun, der fröhlichen Pracht auf diesem speziellen Fleck Waldboden zufolge, hatten diese Pfifferlinge den Frost der Schneeballerde und die darauffolgenden Jahrhunderte überlebt und würden heute in der Pfanne landen. Ragin ließ sich zeigen, wie man die Pilze fachgerecht pflückt, indem man sie kurz über dem Boden greift, vorsichtig abdreht und danach etwas Erde über die Ansatzstelle schiebt. Wieder wurde die Ernte beendet, als noch die Hälfte der Pilze übrig war.

Pieder hatte die Behälter gebracht, mit denen sie die Mispeln hierher transportiert hatten und als Ragin mit zweien der improvisierten Beutel zum Lagerplatz zurückkehrte, sah sie dort schon, wie Anka und der andere junge Mann die Mispeln weiterverarbeiteten. Anka entsteinte die Früchte und warf sie in einen Topf, unter dem schon ein kleines Feuer brannte, während der Jungmann besonders makellose Mispeln vorsichtig auf eine Schnur aufzog. Zwei dieser Schnüre erblickte Ragin schon weit oben an der Hinterwand des Unterstandes, der hier den Lagerplatz zu einer Luxusunterkunft machte. Dort hingen auch andere Lebensmittel, die bereits einige Zeit zum Trocknen gehabt hatten. Offenbar hinterließ man sich hier gegenseitig das, was die Natur gerade im Überfluss hergab.

Anka blickte hoch und lächelte, als sie Ragin sah.

»Lass dir von Lars hier etwas von der Schnur abschneiden. Die Pfifferlinge werden späteren Wanderern getrocknet ganz besonders gut schmecken.«

Ah. Lars. Lars und Pieder waren also die beiden jungen Kerle. Ragin nahm eine lange Hanfschnur entgegen und fädelte die großen und besonders festen Exemplare ihrer Pilzbeute darauf auf.

Ergon gesellte sich dazu und nahm sich der Pilze an, die Ragin übrigließ, putzte sie und schnitt sie klein.

»Ich habe gesehen, dass jemand ein paar Kartoffeln und sogar etwas Mehl dagelassen hat. Wir können heute schmausen wie die Könige. Bratkartoffeln mit Pfifferlingen und wenn wir das Mehl gut strecken, gibt es Mispelkuchen.«

Ragin lächelte, ihr wurde warm ums Herz. Als sie allein in der Station erwacht war und sich dort langsam orientiert und aufgepäppelt hatte, waren die Mahlzeiten Höhepunkte ihrer Tage gewesen. Das schien sich hier in der neuen Gegenwart, mit der Gesellschaft weiterer Menschen nicht anders zu verhalten.

Anka warf eine Mispelfrucht mit abschließender Geste in den Topf, rührte darin und schaute dann auf.

»Ich habe mir die Brücke angesehen«, sagte sie und Ergon nickte interessiert.

»Da sind einige Bretter gefährlich vermodert, wir müssten bestimmt zwanzig von den Bohlen austauschen.«

Ergon wies mit der Hand, mit der er das Messer zum Pilzeputzen hielt, an eine Stelle hinter dem Unterstand.

»Da liegen schon ein paar vorbereitete Stämme. Wir müssen sie nur in Bohlen aufspalten und gegen die morschen austauschen.«

»Wollen wir hoffen, dass sie noch nicht zu lange da liegen«, meinte Anka.

»Das werden wir sehen. Aber ehrlich? Bretter machen ist mir zehnmal lieber, als einen Baum zu fällen.«

Ragin staunte. Wie kam es, dass hier alles so ineinandergriff? Wer hinterließ hier einen Stamm? Wer die Kartoffeln?

»Wer organisiert das eigentlich alles?«, fragte sie schließlich. Die drei Menschen der Gegenwart schauten sie nur ganz kurz überrascht an, dann wandten sie sich wieder ihren Beschäftigungen zu.

»Lars, erklär!«, forderte Anka den jungen Mann auf, »bei dir ist es noch am frischesten.«

Lars verdrehte die Augen, dann lächelte er aber gewinnend in Ragins Richtung, um zu zeigen, dass er das nicht so gemeint hatte.

»Die Kommunen haben miteinander Regeln aufgestellt, an die sich alle halten.«

»Sowas, wie immer nur die Hälfte von etwas zu nehmen?«, fragte Ragin.

»Genau. Und auch, vom Überfluss etwas haltbar zu machen und zurückzulassen, wenn das möglich ist.« Lars wies auf die Stränge getrockneten Gemüses in dem Unterstand und die aufgefädelten Früchte.«

»Verstehe.« Ragin war beeindruckt. »Und was hat es mit dieser Brückenreparatur auf sich?«

»Brücken sind wichtig«, fing Lars an. »Aber sie müssen gepflegt werden. Wenn eine Brücke nahe genug an einer Kommune ist, kümmert die sich darum, dass schadhafte Teile ausgetauscht werden. Aber Brücken wie diese, mitten in der Wildnis, sind auf Reisende angewiesen, die sich Zeit nehmen und ihre Gewerke einbringen.«

»Ah.« Ragin nickte. »Also waren irgendwann Holzfäller hier und haben einen Stamm hiergelassen. Und wir machen daraus Bretter und reparieren die Brücke.«

Lars hob die Schultern und nickte.

»Mehr ist das nicht«, sagte er und stand auf, um seine Mispelschnur an der Rückwand des Unterstands aufzuhängen.

Als ob es nichts wäre, dachte Ragin, wenn Menschen sich auf solche Formen der Kooperation einigten und dann die Fähigkeiten der einen sich mit denen eines anderen ergänzten. Es war das absolute Gegenteil der Welt, in der sie aufgewachsen war und die sie hatte untergehen sehen.

Na ja. Nicht das absolute Gegenteil, dachte sie, als aus den Brennnesseln bei der Pfifferlingsstelle auf einmal Geschrei ertönte. Die übergriffigen Kerle waren offenbar immer noch nicht ausgestorben.

»Was schreit der so?«, fragte Anka.

Ergon schaute in die Richtung, aus der die Beschwerden kamen.

»Kann sein, dass seine Hose runtergerutscht ist, als wir ihn rüber in die Brennnesseln geräumt haben.«

Ragin konnte sich ein Auflachen nicht verkneifen. Dann aber wurde sie ernst.

»Was machen wir mit ihm? Wir können ihn ja nicht hier liegen lassen. Aber laufen lassen möchte ich ihn auch nicht.«

»Wir werden Zeit haben, darüber nachzudenken und zu beraten«, sagte Anka. »Wenn wir die Bretter machen und die Brücke reparieren, werden wir mindestens eine Nacht hier verbringen. Und dann können wir uns diesen Blödmann in aller Ruhe genauer ansehen, um über weitere Schritte nachzudenken.«

Das genügte Ragin erst einmal. Den Hilfeschreien hatte sich jetzt eine andere Stimme hinzugesellt. Liane hatte sich vor dem Waldrand aufgebaut und erzählte dem Übeltäter, was sie von seiner Attacke auf sie hielt. Neben ihr saß Horst und warf ab und zu ein furchterregendes Grunzen ein, seine Hand umspannte die zarte Schulter der Frau. Aus den Brennnesseln kamen keine Widerworte.

In dem Unterstand des Lagerplatzes hatten sie gehobelte Bohlen gefunden, die sie auf zwei Böcken als niedrige Tafel aufbauten. Während die goldene Masse der gekochten Mispeln weiter am Rand der Feuerstelle brodelte und einen süß-aromatischen Duft verströmte, versammelte sich die Gruppe um den improvisierten Tisch. Alle hatten sie herausgerückt, was sie an Kochgeschirren oder Pfannen mit sich trugen und nun häuften sie sich Bratkartoffeln und geschmorte Pfifferlinge in ihre Reisenäpfe. In der Mitte kühlten kleine Mispelküchlein ab, die sie auf flachen Steinen gebacken hatten.

Es war bereits später Nachmittag und entsprechend hungrig war die Gesellschaft als sie ihre Mahlzeit begann. Die Kartoffeln waren nur gewaschen, nicht geschält worden und es war das erste Mal, dass Ragin den Geschmack von knuspriger Kartoffelschale würdigte. Die Pilze ergänzten mit ihrem waldig-erdigen Geschmack die zarte Süße der Kartoffeln. Ergon hatte tief in seine Salz- und Gewürzsäckchen gegriffen und das leise Schmatzen der Runde belohnte sein Opfer. Sonst war es still, bis auf die gelegentliche Äußerung eines Vogels im Wald und das Rauschen der Baumkronen im Wind. Als zweiten Gang gab es für jeden ein Mispeltörtchen in der Größe einer Handfläche und die Süße entlockte den Essern Töne des Wohlbehagens. Schließlich war jeder Krümel verputzt und die Gesättigten gähnten und lächelten. Ergon griff nach seinem Rucksack und rückte ihn sich als Kissen zurecht.

»Nach einem kleinen Schläfchen unterhalten wir uns darüber, wie wir die Brückenarbeiten einteilen.«

Das Stichwort nutzten auch die anderen, um sich einen bequemen Platz herzurichten, sie hatten bereits viel geschafft an diesem Tag und nun mit vollem Bauch war es am klügsten, ein bisschen auszuruhen.

Ragin fand am Flussufer zwei Weidenbäume, die im richtigen Abstand zueinander standen und befestigte zwischen ihnen die

Hängematte aus seidig-leichtem Stoff, die ihr beim Kramen nach einer Pfanne im Rucksack in die Hände gefallen war. Nachdem sie die richtige Spannung hergestellt hatte, setzte sie sich rücklings in die Stoffrinne und ließ sich der Länge nach hineingleiten. Sofort erfasste sie ein Gefühl der Geborgenheit und der Leichtigkeit. Seufzend streckte sie sich aus und blickte in das Dach aus schmalen, hellgrünen Blättern, die sich im leichten Wind bewegten. So wie sie sich übereinander und dann wieder auseinanderschoben, zeigten und verbargen sie den blauen Himmel darüber und das Licht tanzte im trunkenen Taumel mit dem Schatten.

Die leichte Bewegung, die ihr Einstieg in die Hängematte verursacht hatte, versetzte Ragin in eine Entspannung, die sich mit jedem Hin und Her vertiefte und ohne es zu merken verfiel sie von einem glücklichen Dösen in einen kurzen, aber tiefen Schlaf.

Das Geraschel hätte sie vermutlich nicht geweckt, wäre es nicht aus der Richtung gedrungen, die sie für sich als bedrohlich markiert hatte. Es klang so, als ob sich der Gefesselte die friedfertige Stimmung am Flussufer und den Schlaf seiner Bewacher zunutze machen wollte, um sich aus dem Staub zu machen. Ragin lugte vorsichtig über den Rand der Hängematte und sah auf der anderen Seite der Lichtung, wie sich der Gebundene auf dem Boden wand, unterdrückt fluchend, denn die Brennnesselstelle war zu ausgedehnt, um sie auf diese Weise schnell verlassen zu können. Doch sah Ragin auch, was dem Mann verborgen war: Nur wenige Schritte entfernt hockte reglos eine in rötliche Zotteln gekleidete Gestalt. Horst würde den Angreifer auf keinen Fall entkommen lassen.

Doch hatte Horst auch die leichte Bewegung der Hängematte wahrgenommen und blickte nun in Ragins Richtung. Sie nickte ihm zu und griff mit jeder Hand eine Kante der Hängematte, um sich leise über eine Seite hinaus gleiten zu lassen. Als der

Gefangene endlich mit den Schultern aus dem Brennnesselgelände herausgerobbt war, blickte er auf ein paar nackte, vom Wandern gezeichnete Frauenfüße. Er schaute nach oben und als er Ragins kaltem Blick begegnete, sackte er mit einem »Oh nein!« auf dem Boden zusammen. Horst war ebenso lautlos wie Ragin herangekommen, griff den liegenden Mann und hob ihn ohne Aufsehen hoch, um ihn wie eine Puppe auf seinen Hintern zu setzen. Derart platziert starrte der Kerl den Orang-Utan mit weit aufgerissenen Augen an und hielt sich sichtbar davon ab, rückwärts von dem Ungeheuer wegzurobben.

»Was wollt ihr eigentlich von mir?«, fragte er mit brechender Stimme. Ragin war kurz davor, ihm eine Antwort in Form von ein paar kurzen schmerzhaften Schlägen zu liefern, doch dann fand sie, dass jeder eine Chance verdiente, sich zu äußern.

»Was meinst du damit?«, fragte sie und ging vor ihm in die Hocke.

»Wieso habt ihr mich gefesselt und in die Brennnesseln gelegt? Wer tut so was?«

Der Kerl tat sich absolut authentisch leid.

»Erinnerst du dich nicht an einen möglichen Grund?« Ragin bemühte sich um eine Art freundlicher Neutralität.

»Ich habe friedlich geschlafen und bin dann so aufgewacht.«
»So?«

Sie blickte in das lange Gesicht, das sie ein bisschen an eine Ratte erinnerte, mit den kleinen runden Ohren, einer langen Nase und dem leicht spitz nach vorne zulaufenden Gebiss. Jetzt fiel ihr ein, an wen er sie erinnerte. Garcia war der Hauptmann der Söldner auf der Jacht ihrer Eltern gewesen. So freundlich und unterwürfig er sich auch den Offizieren und ihrem Vater gegenüber gebärdet hatte, Ragin wusste, dass die Frauen, die den Söldnern ›Gesellschaft leisteten‹, ihre blauen Flecke und zugeschwollenen Augen von ihm erhielten. Männer, die wussten, dass sie mit Gewalt davonkamen, solange sie sich an Schwächeren austobten und sich nicht dabei erwischen ließen, waren Ragin seither ein besonderer Dorn im Auge.

Horst gab einen leisen Laut von sich und nur wenige Augenblicke später stand Liane neben Ragin.

»Du willst uns nicht verkaufen, dass du vergessen hast, dass du mich angefallen hast?«, fragte sie und blitzte den Sitzenden an. Der schaute verwundert zu der wütenden Frau und schüttelte den Kopf.

»Ich kenne dich doch gar nicht.«

Auch Liane erstarrte in ihrem Zorn und schaute den Kerl ungläubig an. Dann flatterten ihre Hände in Richtung Horst. Der näherte sich dem Gefangenen und schnupperte an ihm. Dann tanzten auch seine langen Finger. Liane übersetzte.

»Horst sagt, der Arsch hier hatte was genommen, irgendwelche Pilze, die ihn vielleicht ein bisschen neben sich gebracht haben.«

»Ja! Ja!« Der Gefangene wurde aufgeregt und lächelte versuchsweise in das Tribunal. Inzwischen waren auch die anderen aus der Gruppe auf das Gespräch aufmerksam geworden und nähergekommen. »Ich habe eine kleine Portion magischer Pilze gegessen, weil ich ...« Er verstummte. Sein Publikum starrte ihn weiter ungnädig an.

»Weil ich ...«, setzte er wieder an und zum Entsetzen aller, einschließlich seiner selbst, füllten sich seine Augen mit Tränen. Er schniefte und wischte sich die Nase an seiner Schulter ab, die Hände waren noch immer hinter seinem Rücken gebunden. Dann versuchte er es nochmal neu.

»Ich bin doch nur hier, weil ich aus der Kommune geflogen bin. Meine Margerit hat mich verlassen und ich konnte einfach nicht glauben, dass es vorbei ist. Vielleicht habe ich ein bisschen viel getrunken und vermutlich bin ich ihr ein wenig zu sehr auf die Pelle gerückt. Aber ich liebe sie doch so und habe einfach nicht verstanden, warum sie mich nicht mehr haben wollte. Ihre Mutter ist einflussreich bei uns und eines Tages bin ich aus meinem Rausch aufgewacht und hatte das hier.« Er blickte auf ein lieblos eintätowiertes X an seinem Fußknöchel und dann in die Runde aus mitleidlosen Gesichtern.

»Sie haben gesagt, ich solle anderswo den Leuten auf den Geist geben. Ein durchreisender Garnhändler hat mich bis hierher mitgenommen. Ich sollte dann hier warten und den nächsten Reisenden, die sich um die Brücke kümmern würden, zur Hand gehen. Dann würde ich das hier loswerden und könnte eine neue Kommune finden.«

Ragin schaute zu dem X und dann fragend zu Pieder, der leise erklärte:

»Sowas kriegst du gestochen, wenn du Mist gebaut hast. Und wenn du es wieder gut gemacht hast, sieht es dann so aus.« Er lenkte Ragins Blick zu Ergons Knöchel, die beide in zwei Reihen von sechseckigen Signets umlaufen wurden. Auf Ergons zusammengezogene Brauen ergänzte Pieder hastig:

»Also die sechseckigen Dinger, die kriegst du, wenn du was Wichtiges beigetragen hast. Dafür musst du vorher nix verbockt haben.«

Ragin kicherte über Ergons bösen Blick, dann wandte sie sich wieder dem Mann auf dem Boden zu.

»Und warum hast du dann Pilze genommen?«

»Es war so langweilig«, jammerte der Mann. »Und ein Reisender hatte diese Pilze, die mir halfen, von meiner Margerit zu träumen. Und was anderes habe ich nicht getan und dann wache ich auf und liege gefesselt in den Brennnesseln.«

»Das liegt daran, dass du unsere Freundin hier angefallen hast«, sagte Pieder und seine blauen Augen schwankten zwischen Empörung und belustigter Ungläubigkeit.

»Ich?« Der unschuldige Blick wanderte suchend von einem unfreundlichen Gesicht zum anderen. Doch dann schien sich eine vage Erinnerung einzuschleichen und der Mann am Boden seufzte.

»Nichts kann ich richtig machen«, sagte er leise und dann schaute er Liane an, die kopfschüttelnd das Theater verfolgte.

»Es tut mir sehr leid«, sagte der Mann. »Ich habe dich wohl für Margerit gehalten und wollte ihr doch nur noch einmal erklären, wie sehr ich sie liebe. Wenn ich dir wehgetan habe, dann habe ich die Brennnesseln wohl verdient.«

Liane schnaubte.

»Zum Glück ist sie rechtzeitig gekommen.« Mit einer Seitwärtsbewegung des Kopfes wies sie auf Ragin, die sie anlächelte.

»Ja«, fügte Pieder hinzu. »Und zu deinem Glück hat sie dich am Leben gelassen.«

Der Blick, der ihre magere Gestalt in kurz aufblitzendem Unglauben streifte, zeigte Ragin, dass hinter der reumütigen Oberfläche ein noch immer zu selbstbewusster Kerl steckte. Sie würde auf keinen Fall heute Nacht zu Bett gehen, ohne ihn zumindest an einen Baum gebunden zu haben. Aber bis dahin konnte man auch gut seine Talente nutzen.

»Wie ist dein Name?«, fragte sie.

»Nicola.« Ein linkisches Grinsen erschien und erzählte von anderen Zeiten, wo sich sein Besitzer für durchaus unwiderstehlich gehalten hatte.

»Also gut, Nicola«, sagte Ragin langsam. »Was kannst du denn, dass du hier beim Brückenbau helfen möchtest?«

»Ich bin Schreiner und ich kann Bretter machen. Unter anderem.«

»Hast du denn Werkzeug dabei?«

Er lächelte – und verstärkte damit seine Ähnlichkeit mit dem ach so charmanten Garcia bei Ragin – und wies mit dem Kopf auf eine Stelle hinter sich.

»Das haben sie mir zum Glück gelassen, als sie mich zu Hause rausgeworfen haben.«

»Na dann, lasst uns anfangen«, brummte Ergon. Er trat auf Nicola zu und hievte ihn an einem Oberarm in eine stehende Position. Der Schreiner war sehr hochgewachsen und taumelte, als er mit seinen Fußfesseln das Gleichgewicht zu halten versuchte.

»Mir wäre es lieber, wir würden ihn nicht ganz losmachen«, sagte Ragin und zeigte Nicola ein kaltes Lächeln. »Nichts für ungut, aber ich muss daran denken, was vielleicht passiert wäre, hätte ich ihn nicht rechtzeitig gestoppt.«

Nur sie sah das kurze Aufblitzen von Zorn in seinen Augen, bevor er den Kopf senkte und sagte:

»Ich hätte ihr nichts angetan, aber das kann ich nun leider nicht beweisen.«

»So ist es«, stimmte Liane zu. Sie stand plötzlich mit einem Messer vor ihm und genoss, wie er zurückzuckte, sich fast in seinen Fußfesseln verhedderte und nur durch Pieders kurze Hilfestellung davon abgehalten wurde, würdelos auf dem Hintern zu landen.

»Dreh dich um.« Liane schwenkte das Messer. »Mit gefesselten Händen kannst du ja wohl kaum Bretter spalten.«

Die Fußfesseln fielen wenig später ebenfalls. Es stellte sich heraus, dass Nicola die Zeit zwischen seinen Pilzträumen gut genutzt hatte. Er hatte den Schaden genau begutachtet und vermessen, wie viele Bretter welcher Größe sie bräuchten. Zudem hatte er schon eine ganze Menge kleiner Zapfen hergestellt, mit denen die neuen Bretter auf der tragenden Konstruktion befestigt werden konnten. Ragin schaute ihm zu, wie er ein scharfes Eisen in den Baumstamm schlug und den dadurch entstehenden Riss durch eine Serie Holzkeile weitete, bis sich ein Brett in der gewünschten Stärke abspaltete. Pieder ging ihm dabei zur Hand, während Ergon die Bretter an den Seiten mit einem kleinen Beil gerade zurechtschlug. Anka und Lars lösten derweil die beschädigten Bretter von der Brücke. Diese trugen sie zu dem wachsenden Bretterstapel, um Brett für Brett die Stellen zu kopieren, an denen die Zapfen saßen und die mit der Unterkonstruktion der Brücke korrespondierten. Liane bohrte mit einem Handbohrer die benötigten Löcher in die Bretter, die Horst teils mit seinem Körpergewicht, teils mit seinen Händen festhielt.

Ragin hatte nicht viel beizutragen und als Alice aus dem Wald herausspazierte und sich am Ufer niederließ, um sich zu putzen, setzte sie sich daneben. Die improvisierte Brückenkonstruktion faszinierte sie. Um die Distanz zwischen den Brückenpfeilern aus Naturstein zu überbrücken, hatten findige Bauleute lange Bohlen auf den Pfeilern aufgelegt und an der Auflageseite mit Steinen beschwert, sodass sie nicht ins Leere kippten. Mit jeder weiteren aufgelegten Bohle wuchs auch das Gewicht oberhalb der Pfeiler und schließlich trafen sich die aufeinander zustrebenden Bretter über dem fließenden Wasser, einfach gehalten von dem großen Gewicht auf den tragenden Elementen. Noch zwei weitere Schichten in dieser Bauart rundeten die Brücke ab, die durch eine begehbare Oberfläche in Form von quer darauf befestigten Brettern abgeschlossen wurde.

Ergon gesellte sich zu ihr und folgte ihrem Blick.

»Wir mussten zurück bis zu den Kelten gehen«, sagte er, »um ein geeignetes Konstruktionsprinzip zu finden.«

Ragin schaute zu ihm auf.

»Wieso habt ihr nicht einfach was mit Steinen gebaut?«

»Einfach?« Ergon lachte und spülte seine Axt im fließenden Wasser ab. Danach nahm er einen Lappen aus einer Hosentasche und tropfte aus einem kleinen Fläschchen ein paar Tropfen Öl darauf. Während er damit die scharfe Klinge einrieb, erklärte er: »Steine müssen gebrochen und hergebracht werden. Für Ziegelsteine brauchst du eine bestimmte Lehmerde und man sollte sie brennen, damit sie auch ein Weilchen halten. Dann brauchst du gebrannten Kalk für einen Mörtel, der halbwegs was taugt und damit wäre man auch schon mal ein halbes Jahr beschäftigt, bis der soweit ist. Wer sollte so einen Aufwand hier mitten im Wald, weitab von jeder Siedlung, treiben?«

»Ich verstehe«, sagte Ragin, die sich noch nie Gedanken über die Erbauung und den Erhalt von Brücken gemacht hatte. Und obwohl die menschlichen Gemeinschaften offenbar miteinander in einem lebendigen Kontakt standen, waren die Wege – zumindest hier – ausschließlich für Fußgänger gemacht.

»Gibt es eigentlich noch Handel?«, fragte sie.

»Na sicher«, sagte Ergon. »Wir leben doch nicht hinter dem Mond.« Auch wenn er vermutlich ahnte, wie primitiv seine Welt in Ragins Augen sein musste, spürte sie seinen Stolz darauf, was sie sich als Nachfahren einer gescheiterten Zivilisation aufgebaut hatten.

»Es gibt ein Netzwerk von Händlern, die die handwerklichen Spezialitäten zwischen den Kommunen zirkulieren. Ich habe das ein paar Jahre gemacht. Ein spannender Beruf, weil du in jedem Dorf herumläufst und Dinge aufstöberst, die woanders fehlen. Außerdem hast du überall ein weiches Bett und immer einen gut gefüllten Teller und Becher. In jeder größeren Siedlung hat das Netzwerk ein eigenes Haus, in dem es sich gut und sorglos leben lässt. Die Kommunen lassen sich nicht lumpen, wenn sie ihre Dankbarkeit für diesen Beruf ausdrücken.«

»Aber wie transportiert ihr die Waren? Gibt es noch Zugtiere? Und Wege dazu?«

»Die meisten häufiger genutzten Wege sind für robuste schmale Wagen geeignet, die von einem Menschen gezogen werden können. Ich hab sogar mal einen gesehen, der hatte zwei Ziegen vorgespannt. Aber der hatte mehr Ärger mit ihnen als die Arbeitsersparnis wert war. Ich hatte einen einfachen Karren. Wir handeln nicht mit sperrigem Gut. Schau dir Liane und Horst an, die sind mit bunten Garnen unterwegs – auch wenn ich nicht weiß, was sie jetzt auf dem Heimweg dabeihaben.«

Er steckte die Axt in seinen Gürtel.

»Komm, beim letzten Akt können wir alle mithelfen.«

Ragin nahm die Hand, die er ihr reichte und ließ sich hochziehen, während Alice es sich in dem Sonnenfleck gemütlich machte, in dem Ragin gerade gesessen hatte.

»Kriege ich dann auch so ein Tattoo?«, fragte sie lachend.

»Vielleicht ein ganz kleines.«

Am Ende dieses ereignisreichen Tages hatte Anka am Lagerfeuer hantiert und Dinge ausgebreitet. Dann hatte sie Nicola zu sich gerufen. Ragin folgte aus Neugierde. Die Instrumente zum Tätowieren waren denkbar einfach: eine lange, vorne sehr spitze Nadel, die in einen Holzgriff eingesetzt war, ein Fläschchen mit schwarzer Tinte und ein Töpfchen mit Fett.

»Hast du einen Lappen?«, fragte sie Nicola kühl. Er nickte und ging zu seinem Rucksack. Das Unterhemd, das er ihr brachte, war zwar nicht das Sauberste aber noch weit von einem Lappen entfernt, doch Anka nickte. Ergon zückte eine Flasche mit einer klaren Flüssigkeit.

»Geh sparsam damit um«, mahnte er und Anka kicherte.

»Ich werde schon nicht deinen ganzen Schnaps verbrauchen.«

»Ich bitte darum«, sagte er ein wenig steif und suchte sich einen Platz auf der anderen Seite des Lagerfeuers.

Die Nadel hatte Anka bereits in den Flammen erhitzt und wischte nun den Ruß mit dem Lappen ab, auf den sie etwas Alkohol getropft hatte. Mit einer sauberen Stelle des Stoffes desinfizierte sie die Haut rund um das lieblos eingestochene X und rieb ein bisschen Fett darauf.

»Setz dich bequem«, forderte sie Nicola auf. »Du weißt selbst, dass es ein bisschen dauern wird.«

Der nickte und richtete seinen Blick in die Ferne, als Anka mit ihrer Arbeit begann. Mit flinken Stichen setzte sie die in Tinte getauchte Nadelspitze schräg unter die Haut und bald entstand eine neue Linie aus winzigen Punkten, die den kruden Buchstaben ergänzte. Nach etlichen Stichen, dem Abwischen der überschüssigen Tinte und drei Wiederholungen schlossen zwei neue Striche oben und unten den Abstand zwischen den X-Strichen, sodass das Tattoo nun wie eine primitive Sanduhr wirkte.

»Das genügt fürs Erste«, sagte Anka und Nicola nickte mit einem nicht wirklich glücklichen Gesicht.

»Du kommst sowieso mit uns.« Anka packte ihr Werkzeug zusammen. »Jeden Abend können wir ein bisschen weiterarbeiten – wenn du dich gut benimmst.«

Am nächsten Morgen stritten sie freundschaftlich darüber, wer von ihnen zuerst die Brücke betreten durfte. Nicola war kein Kandidat, aber die Gruppe einigte sich schließlich darauf, dass Anka, gefolgt von Ergon die Ehre zuteilwerden sollte. Ragin bildete freiwillig das Schlusslicht und setzte ihre nackten Füße ehrerbietig auf die querliegenden Bohlen. Es wechselten sich neue und alte Bretter ab und die neuen mussten vorsichtig betreten werden, denn ab und an hatte sich ein scharfer Holzspan doch vor dem Hobel weggeduckt, mit dem Nicola die Oberflächen geglättet hatte. Nicola ging vor ihr. Sie hatten beschlossen, ihn bis zur nächsten Siedlung mitzunehmen. Den anderen schien seine Erklärung halbwegs plausibel und sie wollten ihn einfach noch ein bisschen beobachten. Er hatte sich nicht dagegen gewehrt, es war offensichtlich, dass er sich in der Gesellschaft anderer wohler fühlte als allein. Ragin kam es vor, als hätte er im Laufe des vorigen Tages Stück für Stück realisiert, dass er die Kontrolle über sich verloren hatte und dass ihn das zunehmend beunruhigte. Dennoch verhinderte ihre Erinnerung an den verschlagenen Garcia, dass sie sich von Nicolas Geschichte restlos überzeugen ließ.

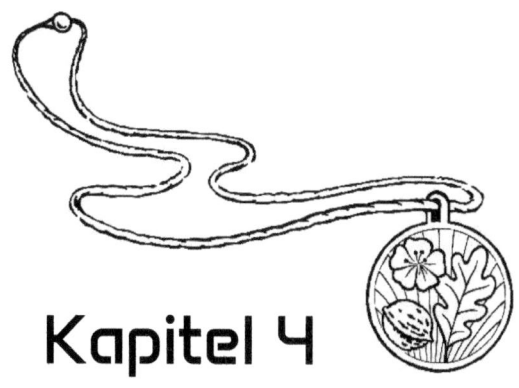

Kapitel 4

Weiterkommen oder auch nicht

Ragin schaute Alice dabei zu, wie die Katze mit aufgerichtetem Schwanz neben den im Gänsemarsch gehenden Wandernden her tänzelte, als plötzlich die Schlange zum Halten kam. Aus ihrem meditativen Zustand des Gehens gerissen, versuchte sie, die Ursache für den Stopp zu ergründen und ging weiter zu Liane, die sich mit Ergon und Anka unterhielt. Als sie Ragin näherkommen sahen, wandten alle drei ihr das Gesicht zu.

»Wir sind nicht sicher, wie es für dich weitergeht«, sagte Ergon und deutete zu Liane.

»Liane und Horst werden sich von uns trennen und du müsstest entscheiden, wem du dich anschließt«, fügte Anka hinzu und Liane nickte lächelnd.

»Ich hätte dich sehr gern bis zu unserer Kommune begleitet, aber Horst und ich haben eine Verabredung, für die wir einen Umweg machen müssen. Die anderen werden weiter in deine Richtung gehen.«

Überrascht stellte Ragin fest, dass sie sich überrumpelt fühlte und gar nicht bereit war, sich jetzt schon von Liane zu trennen, von der sie noch viel zu wenig wusste. Horst war ihr ein bisschen unheimlich, aber vermutlich steckte hinter ihm noch die weitaus interessanteste Geschichte von allen. Sie schluckte und lächelte dann ein bisschen traurig.

»Vielleicht treffen wir uns ja wieder?«

»Es kann gut sein«, sagte Liane, der es zu schmeicheln schien, dass Ragin ihrer Bekanntschaft Bedeutung zumaß. »Wenn du weiter nach Süden gehst, ist unsere Kommune auf deinem Weg, aber vorher wirst du noch durch Ergons Heimat hindurchgehen. Warte einmal.«

Liane nahm den Rucksack ab, hockte sich hin und kramte darin herum. Schließlich zog sie ein Armband hervor, das sie Ragin hinstreckte. Zögernd nahm Ragin es entgegen. Es bestand aus kleinen Holzperlen, unregelmäßig geformt und poliert, sodass die feine Maserung jedes einzelnen Stücks zur Geltung kam.

»Zeig das vor, wenn du bei uns ankommst, selbst wenn wir nicht da sind, werden die anderen dich – Entschuldigung: euch – willkommen heißen.«

»Vielen Dank!« Ragin wünschte, sie hätte auch etwas, was sie zum Abschied verschenken könnte … natürlich, sie hatte doch mehr als genug. Nun war es an ihr, sich in den Inhalt ihres Rucksacks zu vertiefen und schließlich streckte sie Liane zwei schmale Streifen hin, die in silbrige Folie eingepackt waren.

»Dies sind zusammengepresste Früchte und Nüsse, ich hoffe, sie sind noch gut. Ich würde mich freuen, wenn ihr sie annehmen würdet.«

»Sehr gern.« Liane errötete, nahm die Riegel und umarmte Ragin. Dann packte sie ihren Rucksack, verschloss ihn und hob ihn auf ihren Rücken.

Lianes Abschied von den anderen war herzlich, aber deutlich weniger emotional. Statt des Austauschs von Geschenken gab es mehr oder weniger intensive Umarmungen. Nicola bekam einen scharfen Tritt vors Schienbein, der ihn empört auffahren ließ, nur ganz kurz, bevor er vor Lianes glühendem Blick wieder in sich zusammensank.

Schließlich hatten alle wieder ihr Gepäck hochgenommen und wandten sich ihrem jeweiligen Weg zu, als Horst durch das Unterholz gerauscht kam. Er kam vor Ragin zum Stehen und hielt ihr seine Hand entgegen. Auf seiner riesigen, schwarzledrigen Handfläche lag ein kleines Döschen. Ragin nahm es, es bestand aus einem Naturmaterial, das sie nicht zuordnen konnte. Liane rief aus der Ferne:

»Das ist noch etwas von der Salbe«, und Horst nickte. Mit einem abschließenden zweifachen Aufeinandertreffen seiner Fäuste drehte er sich weg.

»Schuhe?«, fragte Ragin und lachte. »Ja, ich brauche auf jeden Fall vernünftige Schuhe.«

Pieder hatte sich beim Gehen zu Ragin gesellt und sie erst schüchtern, dann immer interessierter, auszuhorchen begonnen. Er stellte Fragen zu der Station und sie erzählte ihm alles, bei dem sie keine Bedenken hatte, dass es die Sicherheit ihres Verstecks gefährden würde. Seine Reaktionen waren begeistert, oft ungläubig.

»Niemals!«, rief er aus oder »Wirklich?« und Ragin erwärmte sich für seinen Enthusiasmus. Wie Tamas hatte auch dieser junge Mann viel über ihre Gruppe gelernt, was für sie immer noch sehr gewöhnungsbedürftig war.

»Welche Tiere leben denn dort, wo du aufgewachsen bist?«, fragte sie schließlich, um seinem unerbittlichen Fokus zu entkommen. Und die Frage war ein Volltreffer. Seinen Vorfahren war es gelungen, eine kleine Gruppe Ziegen und Schafe durch den jahrelangen Winter zu bekommen. Pieder erging sich in Schwärmereien über den Geschmack der vielen Käsesorten, die seine Kommune aus deren Milch herstellte. Den anderen Kommunen war dieses Lebensmittel inzwischen fremd geworden, seine Erzählungen riefen oft angewiderte Reaktionen hervor. Doch Ragin erinnerte sich noch an Käse und Milchprodukte aus ihrer Kindheit – in der sie natürlich überhaupt nicht gewusst hatte, dass diese Speisen dem Euter von Vierbeinern entstammten. Darum machten ihr Pieders Schilderungen den Mund wässrig und als er das merkte, leuchteten seine Augen noch blauer als vorher.

Nachdem draußen wieder Gras und krautige Pflanzen gewachsen seien, die nicht unmittelbar von den Menschen gebraucht wurden, hatten Pieders Leute mehr und mehr ihrer vierbeinigen Mitbewohner länger leben lassen – wobei das eher auf die weiblichen Schafe und Ziegen zutraf, die männlichen fanden sich dann doch im jungen Erwachsenenalter meist mit der Klinge an der Kehle auf dem Weg in Töpfe und Pfannen. Die Proteinspeicher, die die gereiften und haltbar gemachten Käse darstellten, hatten sich in vielen Wintern als nützlich erwiesen. So musste Pieders Gemeinschaft weniger jagen oder einfach weniger hungern in den Monaten, in denen die Natur ihren Reichtum verschloss.

Wie verrückt das doch war, dachte Ragin, dass schon vor undenklichen Zeiten Menschen eine Möglichkeit gefunden hatten, die für sie unerreichbar in Gras eingeschlossene Energie über solche Umwege nutzbar zu machen und haltbar noch dazu. Zu gern hätte sie ein Stückchen dieses Käses gekostet, von dem Pieder schwärmte, aber er bedauerte, dass er schon vor Monaten alles aufgegessen hatte.

»Woher habt ihr gewusst, wie man Käse macht?«, fragte Ragin, denn so wie sie sich an die Zeit des Vorher erinnerte, gab es nur noch wenige Menschen, die etwas selber gemacht hatten. Alles war irgendwie dagewesen (bis es auf einmal nicht mehr zu bekommen war), man musste nur an einen Ort gehen, wo es Dinge, Lebensmittel, zu kaufen gab. Was dort nebeneinander in endlosen Regalen und Kühlfächern lag, war weit von seinem Ursprung und seinen Produzenten entfernt. Natürlich hatte sie als Kind extrem reicher Eltern nur wenige

Berührungspunkte mit ›normalen‹ Menschen gehabt, doch stellte sie sich vor, dass auch von denen kaum jemand gewusst hätte, wie man überhaupt Milch aus so einem Tier herausbekommt, geschweige denn, diese dann in etwas verwandelt, was einen nach einem halben Jahr nicht umbringt, sondern auch noch gut schmeckt.

»Die Mehrzahl der Alten wusste nicht mal, woraus Käse und Butter hergestellt wurden. Aber es gab die Familie, die die Ziegen und Schafe mitgebracht hatten und die brachten es den anderen bei«, erklärte Pieder.

Wie kostbar doch Wissen war, wenn es sich so sehr ausgedünnt hatte. Auf der Jacht hatte es sicher auch die ein oder andere Person gegeben, die gewusst hatte, wie man frische Milch so behandelt, dass am Ende haltbarer Käse herauskam. In den unteren Decks vermutlich, in der Küche. Ragin stellte fest, dass sie große Lust dazu hatte, solches Wissen zu sammeln, zu bewahren, und – wo auch immer es möglich war – weiterzugeben. Das wäre doch eine schöne neue Aufgabe.

Beschwingt durch diese Idee fragte sie Pieder nach allem aus, was er über Käse wusste. Im interessierten Gespräch verging die Zeit wie im Flug und erst als der junge Mann erwähnte, dass die Katzen in ihrer Kommune immer gern beim Melken in den Ställen herumstrichen, um etwas von der Milch abzubekommen, fiel Ragin auf, dass sie Alice schon eine Weile nicht gesehen hatte. Sie ließ sich in der Schlange der Gehenden zurückzufallen, als Ergon, der vor ihnen gegangen war, Pieder ansprach. Er hatte ihr Gespräch mit angehört und nun wollte er wissen, wie weit Pieders Heimat entfernt war und was es zu bedenken gäbe, wollte man diese Wundertiere auch in einer anderen Kommune halten.

Ragin hatte sich in der kurzen Zeit ihrer Reise daran gewöhnt, Alice nicht immer sofort auf den ersten Blick zu finden. Doch auch nach gründlichem Umherschauen – bei den

Mitwandernden, im Unterholz vor, hinter und neben ihr – war die Katze nicht zu sehen. Sie spürte Panik in sich hochkriechen, doch konnte sie auf einen wohltrainierten, grimmigen Optimismus zurückgreifen und dachte nach. Wann hatte sie ihre Freundin zuletzt gesehen? Sie war vor ihr hergelaufen, als die Gruppe angehalten hatte, um sich von Liane und Horst zu verabschieden. Doch als sie den Weg wieder aufgenommen hatten, war die Katze nicht mehr dabei gewesen. Weder auf dem Rucksack eines anderen Wanderers noch neben dem Weg. Ragin schätzte, wie weit sie seit der Aufspaltung der Truppe gegangen war und kam auf gute zwei Kilometer. Inzwischen hätte Alice längst bei irgendwem eine Tragegelegenheit geschnorrt.

»Wartet!« Ragin blieb stehen und brachte mit ihrem Ruf auch den Rest der Truppe zum Halten. »Ich muss zurück.«

»Warum?« Die verwunderten Blicke wichen suchenden und schnell hatten die anderen erfasst, wer in dem Bild fehlte.

»Verdammt. Die Katze«, entfuhr es Anka. Darin zeichnete sich die erfahrene Reisende aus, die wie eine Hirtin die Schäflein ihrer Herde eigentlich immer im Blick hatte.

»Sie muss ihrer eigenen Wege gegangen sein, als wir uns trennten und dann unseren Aufbruch nicht mitbekommen haben.«

Sorgenfalten zeigten sich nun auch Ergons Gesicht. Er schaute zum Himmel, zu Ragin und schließlich einmal in die Runde.

»Um meine Kommune vor der Dunkelheit zu erreichen, müssen wir weitergehen. Wir haben keine Zeit, nach der Katze zu suchen.«

»Verstehe.« Ragin spürte in sich hinein. Weder wollte sie, dass der ganze Trupp wegen ihr eine weitere Nacht im Wald verbringen musste, noch konnte sie Alice zurücklassen. »Ich gehe zurück. Falls es zu spät wird, um deinen Ort noch zu erreichen, komme ich halt erst morgen.«

Anka schaute besorgt.

»Bist du sicher?«

Ragin lächelte, ein wenig unbesorgter, als ihr zumute war, denn zum einen hatte sie sich an die Gesellschaft gewöhnt, zum anderen wollte sie ganz schnell Alice finden.

»Ich bin sicher.« Sie hob die Hand und lächelte in die Runde. »Wir sehen uns spätestens morgen.«

Ergon schien zu überlegen, ob ihm keine bessere Alternative einfiele, doch es zog ihn gewaltig nach Hause, jetzt, wo es schon in Reichweite war.

»Nun gut. Es geht ja auch nur noch geradeaus, du kannst dich also nicht verlaufen. Pass gut auf dich auf, Alte«, sagte er und nach einem Moment der Empörung verstand Ragin, dass dies ein Ehrentitel war. Sie hatte es vorher schon einmal gehört. Wo sie nicht mit ihren Gefährten auf der Station ›die Elf‹ gewesen waren, hatte ab und an mal jemand über ›die Alten‹ gesprochen.

»Mache ich, du Küken! Bis später.« Damit drehte sie sich um und ging den Weg zurück, den sie gekommen war.

Sie wartete, bis sie sicher war, außer Hörweite der anderen zu sein, bevor sie das leise Rufen begann.

»Alice, Aliiiiice, Kätzchen!«

Ragin war sich alles andere als sicher, dass die Katze irgendwas mit dem Namen verband, mit dem sie sie vor Kurzem bedacht hatte. Aber bisher hatte das Tier große Anhänglichkeit gezeigt und vielleicht suchte sie ihre menschliche Freundin auch schon. Und ihre Stimme würde Alice erkennen, da war Ragin sich sicher. Sie war sehr froh, dass ihr das nicht in der Station passiert war, als sie sich noch wie ihr kindliches Selbst gefühlt hatte, dessen Verzweiflung und Negativphantasien sie tief in ihrem Innern blubbern fühlte. Ragin hatte zu viele Katastrophen überlebt, um sich eine weitere herbeizufantasieren. Bislang sprach nichts gegen ihre Hypothese, dass die Katze einfach den

Anschluss verloren hatte und in der Nähe ihrer letzten Begegnung warten würde.

Es war ein ganz anderes Erleben, den Pfad allein zu gehen, anstatt ihn im Gespräch nur nebenbei an sich vorbeigleiten zu lassen. Sie ließ den Blick durch das prächtige Grün wandern, das durch schräg einfallende Sonnenstrahlen einen besonders lebendigen Schimmer bekam.

»Alice, Aliiiiice! Kätzchen!«

Sie rief immer aufs Neue, wenn sie ein bisschen gegangen war und fand in ihrer Stimme viel Zärtlichkeit. Alice konnte schon auf sich aufpassen. Ihr wäre nichts passiert. Wenn sie bloß nicht den Weg zurück gegangen war, auf der Suche nach ihrer Gefährtin. Aber noch hatte Ragin nicht einmal die Hälfte der Strecke zurückgelegt. Und wenn die Katze Liane und Horst gefolgt war?

»Alice, Aliiiiice! Kätzchen!«

Ach, du lieber Gott, dem ich nie begegnet bin und der so viel Leid nicht verhindert hat, könntest du bitte dafür sorgen, dass mir diese kleine Katze nicht verloren geht? Ich möchte sie doch zu gern an meiner Seite haben! So viel zu Ragins Überlegenheit gegenüber ihrem kindlichen Selbst. Ragin schüttelte den Kopf und versuchte, sich auf das Gehen, auf die Pflanzen um sich herum, den Himmel über den Kronen zu konzentrieren.

»Alice, Aliiiiice! Kätzchen!«

Sehr weit konnte es nun nicht mehr sein. Ragin erkannte eine alte Eiche wieder, die vermutlich kurz nach dem Auftauen der Erde gekeimt war und die ihre Äste in alle Richtungen gereckt hatte, bevor die Konkurrenz um Licht und Wasser auftauchte.

»Maaaaaao!«

Ragin schrak zusammen. Dann sah sie weit vor sich auf dem geraden Pfad eine schlanke schwarze Gestalt auf sie zulaufen. Das dreieckige Gesicht öffnete eine zahnspitzige

Raute zu einem weiteren vorwurfsvollen Miauen, von den rund aufgerissenen, vorwurfsvollen Augen betont.

»Alice!«

»Maaaaao!« Das hieß ganz eindeutig: »Wo warst du? Auf einmal warst du verschwunden! So was kannst du doch nicht machen!«. Und Ragin gab ihr so sehr recht, dass sie in einen leichten Trab verfiel und sich dann das Kätzchen einfach griff und hochhob, es an ihre Brust presste und beglückt in das pelzige Gesicht schaute. Nach einem letzten »Maao« begann Alice laut zu schnurren und rieb ihre Wange an Ragins Nase. Entgegen ihrer sonstigen Gewohnheit ließ sich die Katze mehrere Atemzüge lang halten und erlaubte es sogar, fest gedrückt zu werden. Dann wand sie sich, wie gewohnt, in dem Griff und Ragin ließ sie herunter. Alice ging zu einem nahen Baumstamm und schärfte ihre Krallen in der glatten Rinde, während Ragin den Rucksack abnahm und sich hinhockte, um einen der getrockneten Fleischstreifen für Alice und die Flasche mit Wasser für sich herauszuholen. Während Alice mit seitlichem Kieferhacken das Futter bearbeitete, befestigte Ragin Shrees bunten Kissenbezug an der Außenseite des Rucksacks. Die Katze schnurrte noch lange, während sie auf Ragins Rücken durch den Wald geschaukelt wurde, in dem langsam, aber unaufhaltsam die Dämmerung niederging.

Die Nacht verlief ereignisfrei. Ragin hatte – nun, wo sie niemanden damit vor den Kopf stoßen konnte – ihr Zelt aufgeschlagen, die Katze war direkt mit ihr hineingekrochen und hatte den gemeinsamen Schlafsack die ganze Nacht nicht verlassen. Niemand schnarchte, niemand seufzte, niemand raschelte sich aus seinen Decken, um krachend im Unterholz zu verschwinden und plätschernd zu urinieren. Oder vielleicht hatte das jemand getan, aber Ragin hatte so fest geschlafen, dass sie nichts davon mitbekommen hatte. Sie erwachte mit der Schwere ungestörten Schlafes in ihren Gliedern und einem glücklichen Strahlen im Herzen. Auch

Alice schnurrte, sobald sie die Augen aufschlug. Da sag noch mal einer, Katzen wären die Leute um sie herum egal.

Nur das Frühstück war langweilig, da niemand da war, der zu ihrem Brei etwas Würziges oder Knuspriges hinzufügen konnte. Die Sonnenstrahlen vom gestrigen Abend waren am Morgen nicht wieder aufgetaucht und während Ragin ihre Dinge einpackte, fielen schon die ersten Tropfen. Als Frau und Katze den Weg auf dem Pfad wieder aufgenommen hatten, verstärkte sich das vereinzelte Plickern zu einem weiträumigen Rauschen. Es gab eine Regenhaut in ihrem Aladins-Schätze-Rucksack, das wusste Ragin genau und sie ahnte, dass diese sich unter all den anderen Kostbarkeiten verbarg. So waren sie beide durchaus nass, als sie schließlich von der wasserdichten Plane umhüllt (Alice in der Hängematte) ihren Weg fortsetzten.

Der Regen war gekommen, um zu bleiben. Das vieltönige Strömen bekam durch die Ebene der Baumkronen, die den Pfad meist vollständig überspannten, eine Unterbrechung verpasst. Doch rannen neben den Tropfen, die dennoch einen geraden Weg gefunden hatten, in unregelmäßigen Abständen die gesammelten Megatropfen von den Blättern und boten spontane Einzelregen, deren Aufkommen nicht berechenbar war. Alice war vermutlich eingeschlafen, doch Ragin hatte diesen Luxus nicht – eine musste ja sehen, dass sie vorankamen. Die Kapuze umschloss ihren Kopf, deckte ihre Ohren ab, was ihr eigenes Rascheln lauter machte als alles andere um sie herum und rutschte immer wieder über die Augen. Beim Zurückschieben rann ein befreiter Wasserstrom über Ragins Stirn, schnurstracks am Ohr vorbei in den Nacken.

Der Weg veränderte seinen Aggregatzustand, die festgetretene Erde legte sich eine glitschige Haut zu, durch die die spitzen Steine immer noch in Ragins nackte Füße piekten. Da war es gar nicht so schlecht, dass ihre Füße inzwischen von der

Kälte des Wassers fast taub waren. Schuhe, sie brauchte wirklich vernünftige Schuhe. Ihre alten hatte sie für eine Person mit kleineren Füßen in dem Unterstand bei der Brücke gelassen und bereute es jetzt sehr. Ob es inzwischen überhaupt Schuhe gab, die sich an Wasserfestigkeit mit den High-Tech-Materialien dieser antiken Schätzchen würden messen können? Aber das war jetzt egal, sie würde keinen ganzen Tagesmarsch zurücklegen, um sich die Folterinstrumente wieder an die Füße zu schnallen, so viel Salbe hatte ihr Horst nun auch nicht überlassen. Wie weit mochte es wohl noch sein bis zu Ergons Kommune? Ragin hatte den Punkt, an dem sie sich gestern von den anderen getrennt hatte, schon hinter sich gelassen und vermutete, nur noch eine Stunde vor sich zu haben. Angesichts dessen, was sie schon hinter sich gebracht hatte, war das doch ein Klacks.

Wie machten das eigentlich die Tiere? Zuallererst blieben die vermutlich da, wo sie waren und dort wurden sie einfach klaglos nass. Falls sie nicht in Höhlen oder Bauten lebten. Zum Glück war der Pfad gut und wurde besser, was Ragin als Zeichen dafür nahm, dass sie der Siedlung immer näherkam. Schließlich hörte auch der Wald auf. Bei etwas weniger Nässe von oben wäre Ragin vermutlich das Herz aufgegangen. Mit Sicherheit hätte sie dann auch mehr gesehen von der Szenerie, die vor ihr lag. Jetzt ahnte sie es mehr, als sie es sah, dass sie auf eine Ansammlung von Häusern blickte, die von einer Mauer umgeben war. Der Raum zwischen ihr und dem Dorf war mit bewirtschaftetem Land gefüllt. Sicher genossen die dort gedeihenden Pflanzen den Wassersegen, aber Ragin seufzte, als sie sich aus dem herausbegab, was sich im Nachhinein als ›Schutz des Waldes‹ herausstellte. Im Freien prasselte das Wasser ungehindert auf die Regenhaut, die inzwischen an ihren nackten Armen und dem schweißnassen Nacken festklebte. Auch Alice musste dieses penetrante Geklopfe spüren, Ragin meinte, von hinter ihrem Rücken ein tiefes Knurren zu hören. Noch jemand, der den Regen nur liebte, wenn der draußen stattfand, während man selber drinnen war.

Apropos ›drinnen‹ … der nächstmögliche Innenraum war ja in Form eines dieser Häuser in Sichtweite hinter dem Vorhang herabfallenden Wassers. Ragin riss sich zusammen und ging einfach weiter drauflos. Die Pflanzen auf den Feldern konnte sie später genauer betrachten, im Moment war alles, was von ihr forderte, den Blick zu heben oder den Kopf zu wenden, der Mühe und der spontanen Rinnsale nicht wert. Also behielt sie lieber die ein, zwei Meter vor ihren Füßen im Blick, während sie stur einen Fuß vor den anderen setzte. Es begann, auf eine schräge Weise meditativ zu werden und sie ergab sich ihrem Schicksal. Auch wenn das gerade beinhaltete, für eine nicht näher zu bestimmende Zeit mit einem knurrenden Katzentier auf dem Rücken, eiskalten Füßen und dem zunehmenden Drang, der aufdringlichen Enge der Regenhaut zu entfliehen, unterwegs zu sein.

Ihr Durchhaltevermögen wurde belohnt, als sie spürte, wie sich der Untergrund unter ihren Füßen änderte. Statt mehr oder minder fester Erde unter der obersten Schlammschicht spürte sie glatt behauene Pflastersteine. Es konnte nicht mehr weit sein und ihr Schritt federte, als sie ihn beschleunigte. Endlich stand sie vor der Mauer. In diese war eine Tür eingelassen, die einen oberen und einen unteren Teil hatte. Sie fummelte ihre Hand aus der Regenhaut heraus und pochte gegen das geglättete Holz. Nach einer Weile hörte sie, wie ein Riegel zur Seite geschoben wurde und der obere Teil der Tür wurde nach innen geöffnet. Hinter der Mauer schien direkt ein Haus gebaut zu sein, denn die Person, deren Gesicht sich nun zeigte, war trocken. Der ältere Mann mit braunen runden Augen und roten Wangen betrachtete das klatschnasse Folienbündel mit mäßigem Interesse.

»Ausweis?«, fragte er. Ragin war sicher, sich verhört zu haben.

»Wie bitte?«

»Möchtest du ins Dorf?«, fragte der Wächter.

»Ja.« Darum stand sie hier. Ins Dorf. Ins Trockene. Bitte. Jetzt.

»Dann möchte ich deinen Ausweis sehen.«

»Ich habe keinen Ausweis.«

Nun war es an dem trockenen Herrn, verwundert dreinzuschauen. Anscheinend war Ausweislosigkeit nichts, was in seiner Welt vorkam.

»Darf ich mal dein Handgelenk sehen?«, fragte er, in einem etwas unbeholfenen Versuch, hilfreich zu sein. Wie gut, dass sie bereits eine Hand zum Klopfen benutzt und schon aus dem Regenschutz befreit hatte. Sie hielt sie ihm hin, er schaute darauf.

»Andere Seite?«, fragte er.

Ragin drehte ihre Hand und betrachtete den Mann, wie er ausdruckslos auf ihre nasse, blasse Haut starrte. Dann schüttelte er den Kopf. So kamen sie nicht weiter.

»Tut mir leid«, sagte er schließlich, trat einen halben Schritt zurück und griff nach der offenen Türhälfte, um sie zu schließen.

»Äh, Moment!« Fieberhaft überlegte Ragin, was sie zu ihren Gunsten anbringen konnte. »Ich war bis gestern mit einem Ergon unterwegs, der hier lebt.«

Die braunen Kulleraugen zeigten fast so etwas wie Mitleid. Er wies mit dem Finger auf etwas, das sich über ihrem Kopf befand. Da hing ein Schild und Ragin ging ein paar Schritte zurück, um die Schrift darauf zu lesen, während der Regen in ihr Gesicht prasselte.

Ergonstadt stand darauf.

»Ich verstehe nicht ganz«, sagte sie und trat wieder näher an das Fenster heran.

»Nein?« Ja, ganz klar, der Kerl hielt sie für einen sehr seltsamen Vogel mit nicht gerade herausragenden geistigen Fähigkeiten. Er seufzte und dann erklärte er:

»Ergon war unser Stadtgründer und im Laufe der Jahrhunderte wurden viele Jungen nach ihm benannt. Die aktuelle Ergondichte im Dorf müsste so an die zwanzig betragen.«

»Ah«, sagte Ragin. Ihr gingen so langsam die Ideen aus. Egal, einfach weiterreden, Hauptsache, die Tür ging nicht zu. »Das macht die Identifikation natürlich schwierig. Ich würde ihn ja gern persönlich suchen, denn wir hatten verabredet, uns hier zu treffen.«

Der Mann wiegte das Haupt.

»Ja«, sagte er, »das ist eben schwierig. Du hast keinen Ausweis. Niemand hat keinen Ausweis. Schau!« Er hielt ihr sein Handgelenk hin und Ragin sah auf der Außenseite ein weiteres der hier so vielfältig genutzten Signets tätowiert. »Das kriegt jedes Kind in seinem ersten Lebensjahr. Jedes. Darin sind der Geburtsort und die Familien der Eltern tätowiert. Zeigt, dass man zu einer der Kommunen gehört. Alle Mitglieder von Kommunen haben freien Zugang zu unserem Dorf. Das geht noch auf die Zeit zurück, als es noch Rogues gab.«

»Könntest du nicht vielleicht bei mir eine Ausnahme machen?« Verzweifelt überlegte sie, ob ihr Rucksack etwas enthielte, mit dem sie den Wächter gewogen stimmen könnte. Es gab da eine kleine Sammlung an edlen Metallen und Steinen, für den Fall der Fälle.

»Ich hätte vielleicht etwas Gold …«, sagte sie vorsichtig.

»Was sollte ich damit denn anfangen?«, fragte er, »außerdem hoffe ich, dass du nicht gerade versuchst, mich zu bestechen.«

Ragin klappte den Mund wieder zu, damit das Wasser, dass unverdrossen weiter vom Himmel über ihr Gesicht zu Boden strömte, keinen Umweg machen musste und schwieg.

Der Wächter schaute sie an, forschend, ein bisschen hilflos, schien mit sich zu ringen.

»Ich will keine Regel brechen«, sagte er. »Und ich habe in meinem ganzen Leben noch keine Person gesehen, die keinen Ausweis hat.«

Inzwischen war Ragin so weit, dass sie ernsthaft erwog, diese Scheißtür einzutreten, also den unteren Teil davon, und sich in seiner gemütlichen trockenen Hütte das Regenzeug vom Leib zu reißen, um ihm dann …

»Hey Ludo«, rief eine bekannte Stimme, deren Besitzer von der anderen Seite den Wachraum betreten haben musste. »Ich hatte ganz vergessen, dir eine Frau anzukündigen, die heute …«

»Ergon!«, rief Ragin erleichtert. Tatsächlich war das ihr Ergon und als er an die Türöffnung herangeeilt war, röteten sich seine Wangen.

»Es tut mir so leid«, sagte er, während er Ludo zur Seite drängte und den Riegel der unteren Tür aufschob. »Mir ist erst eben eingefallen, dass du Schwierigkeiten bekommen könntest, weil du ja keinen Ausweis hast.«

»Was glaubst du eigentlich, was du da machst?«, fragte Ludo, nicht willens, seine Autorität untergraben zu lassen, Ergon hin oder her.

»Ich lasse die Letzte der Alten herein, du Torfkopf. Das ist Ragin, falls du dich noch an deinen Unterricht in der Schule erinnerst.«

»Das?« Die runden Augen wurden um noch einen Kuller größer. »Das ist eine fünfhundert Jahre alte Frau?« Er schaute Ragin ins nasse Gesicht. »Du hast dich gut gehalten, das kann man nicht anders sagen.«

Ragin schnaubte nur und schob sich durch die Tür ins Trockene. Dass sie dabei den Wächter mit ihrer nassen Regenhaut streifte, geschah ihm sehr recht. Mit einem Laut des Abscheus trat er einen Schritt zurück, weg von der Nässe, die ihm die Fremde in seine schöne Stube tropfte.

»Komm gleich hier durch«, sagte Ergon. »Wir gehen zu mir nach Hause, wo du dich trocknen kannst.«

Stumm und ohne ihren Quälgeist eines weiteren Blicks zu würdigen, verließ Ragin das Wachhaus und trat hinaus in die ummauerte Siedlung. Der Weg war auch hier mit Pflastersteinen befestigt, am Rand schluckte eine Rinne das überlaufende Wasser und leitete es in die Lücken zwischen den Häusern weiter. Die Gebäude, die die Straße säumten, sahen aus, als würden sie in einem Märchen der Gebrüder Grimm stehen. Ragin sah durch das strömende Nass hindurch kleine Backsteingebäude und Fachwerkhäuser. Sehr idyllisch.

»Die Führung verschieben wir auf später«, meinte Ergon, hielt sich seinen Umhang über den Kopf und ging schnellen Schritts voran, nachdem Ragin ihm zugenickt hatte. Die Straße war leicht gewölbt gebaut und bot ihnen sicheren Tritt ohne Regenbäche. Sie kreuzten erst einen, dann einen weiteren ebenso sauber gebauten Weg, bogen ab und überquerten einen Bach, dessen Gluckern vom Prasseln der Tropfen geschluckt wurde. Schließlich betraten sie einen gepflasterten Innenhof, der an drei Seiten von Häusern umstanden war. Anstatt jedoch die Stufen zur Haustür emporzuklimmen, führte Ergon Ragin an der Treppe vorbei zu einer kleineren Tür, zu der sie ein paar Stufen hinabsteigen mussten.

»Das ist die Waschküche«, sagte er und ließ Ragin in einen leicht im Souterrain liegenden Raum ein, dessen Boden mit Backsteinen belegt war. Seinen Umhang hängte er an einen Haken, dann wandte er sich Ragin zu.

»Ich helfe dir.« Mit diesen Worten zog Ergon die Regenhaut an den Seiten vorsichtig nach oben und schälte eine verschwitzte Frau heraus. Ragin fuhr sich mit den Fingern durch die kurzen Haare, um die Erinnerungen an die lästige Kapuze herauszukämmen. Sie setzte den Rucksack ab, bevor Alice aus dem Kissenbezug kletterte. Die Katze schüttelte den Kopf, dass die Ohren schlackerten und danach korrekt sortiert aussahen. Dann streckte sie sich in einen Buckel, gähnte einmal ungeniert und sah so aus, als wäre sie frisch wie der Morgen aus einem erholsamen Schlaf erwacht. Ragin beneidete sie.

Ergon ließ seinen Blick an ihr herabwandern. Seine Augen weiteten sich.

»Deine Schuhe!«, sagte er und beide gedachten der abwesenden Dinger. Ragin nickte.

»Ein Handtuch wäre toll«, sagte sie und blickte auf ihre Füße, die schon einen leicht blauen Schimmer hatten – sofern man die Farbe der Haut unter den Schlammspritzern erkennen konnte. »Oder vielleicht sollte ich meine Füße kurz waschen, bevor ich einen weiteren Schritt mache?«

Der Sinn dieser Waschküche als Schleuse für alles Schmutzige in das – vermutlich – saubere Haus erschloss sich Ragin sofort.

»Gute Idee«, sagte Ergon. Er überlegte kurz. »Kaltes Wasser hätte ich hier, das ginge schnell. Ich kann aber auch warmes Wasser von oben aus dem Ofen holen.«

»Keine Umstände, bitte.« Ragin schüttelte den Kopf. Sie hatte nur wenig Lust, zu warten, bevor sie sich ihr sauberes Paar Socken anziehen konnte.

Als sie schließlich auf Strümpfen am Fuß der Treppe ins Erdgeschoss stand, wurde Ragin Zeugin der komplizierten Verhandlungen, die das Leben von Katzen ausmachen, sofern sie sich nicht aus dem Weg gehen können. Ganz oben auf der Treppe saß eine Artgenossin von Alice, ein getigertes Exemplar mit weißem Brustlatz und starrte das fremde Kätzchen mit aufgerissenen Augen an. Der Schwanz war eine dicke Bürste und stand steif vom Körper ab. Alice tat ein bisschen so, als würde sie die Feindseligkeit über sich gar nicht bemerken, hatte es sich aber auf einer Stufe im unteren Drittel bequem gemacht, anstatt einfach die Treppe hochzusteigen.

Ergon lachte leise, dann umging er die Pattsituation auf Zehenspitzen und winkte Ragin, ihm zu folgen.

»Das kann noch ein Weilchen dauern«, sagte er. »Bis die sich einig geworden sind, möchte ich dir doch schon mal einen Tee angeboten haben.«

Auch Ragin machte einen Bogen um die Katzen auf dem Weg nach oben, unbeachtet von beiden. Noch gestern hätte sie das Haus vermutlich angenehm kühl gefunden, heute wünschte sie sich etwas mehr Wärme. Der Flur, den sie betrat, war mit schmalen roten Fliesen ausgelegt, die in einem Fischgrätmuster angeordnet waren. Die Kälte des Fußbodens bohrte sich durch ihre Sohlen, da halfen auch die Socken nicht. Ergon führte sie in die großzügige Küche, in der noch die Reste eines Frühstücks auf dem Tisch standen. Er griff einen Becher aus dem Regal und stellte ihn dazu.

»Setz dich«, forderte er Ragin auf und sie nahm auf dem freien Holzstuhl Platz.

»Tee?« Sie nickte und Ergon wickelte eine bauchige Kanne aus ihrem Warmhalteschal aus. »Was für ein Scheißwetter.«

Der Tee war zwar nicht mehr heiß, aber er wärmte ihre Hände, die sie um die etwas grob getöpferte Tasse schmiegte. Ragin nahm einen Schluck, dann noch einen und dann trank sie den Becher leer. Der undefinierbare Kräutertrank tat ihr gut. Ein leises Grummeln ihres Bauches ließ Ergon aufblicken.

»Wo sind bloß all meine Manieren hin?« Er erhob sich von dem massiven Stuhl, auf den er gerade gesunken war, und griff hinter sich. Bald stand ein flacher Teller vor Ragin, nebst einem Messer und Ergon schnitt von einem großen Laib Brot eine bewundernswert gleichmäßige Scheibe ab.

»Du hast sicher nichts gegen einen Happen?«, fragte er und rückte die Reste seines Frühstücks in Ragins Nähe. »Honig, Schmalz, Nusscreme und hier gibt es einen Linsenaufstrich.«

»Lebensretter!« Ragin strahlte Ergon an und hielt ihm den Becher zum erneuten Auffüllen hin. Wenig später kaute sie das erste Sauerteigbrot ihres Lebens. Auf der Jacht hatte es zwar auch frisches Brot gegeben, aber das war immer ganz hell, fluffig gewesen und schmeckte nicht nach viel. Dieses hier hatte Körper, es fühlte sich nach einem richtigen Nahrungsmittel an und eine feine Säure beförderte die Lust nach immer noch einem Bissen.

»Köstlich«, brachte sie hervor, bevor sie das nächste Stück abbiss.

»Das kannst du Dorothe gleich selber sagen. Und das ist nur das alte Brot. Heute Abend wirst du frisches kosten.« Er wies auf einen Tisch am anderen Ende des Raumes, auf dem unter Tüchern eine ganze Armada von Brotlaiben ruhte. »Heute ist Backtag.«

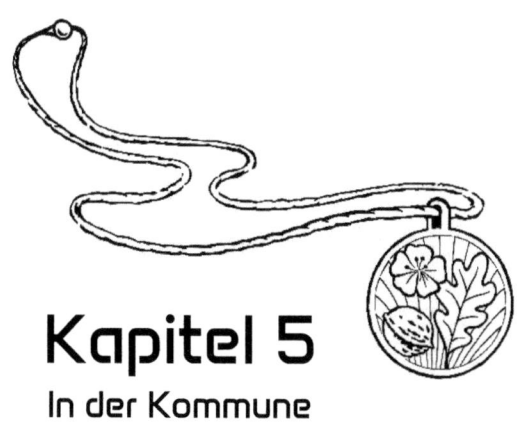

Kapitel 5
In der Kommune

»Die ganze Woche war es trocken, wieso muss es ausgerechnet heute schütten wie aus Eimern?«, schimpfte Dorothe. Ergons Frau hatte sich als ebenso klein erwiesen, wie ihr Mann groß war. Sie hatte honigfarbenes Haar, das sie in einem geflochtenen Zopf über der Schulter trug und verband eine angenehme Pummeligkeit mit einer leicht aufgeregten Wesensart, mit der sie jeden Raum, den sie betrat, um ein bis zwei Umdrehungen beschleunigte. Gerade trug sie vor der Brust ein Brett mit sechs Brotlaiben, während Ergon und Ragin mit einer über ihr gehaltenen Plane ihr Bestes gaben, sie und ihre Last vor dem unverdrossen herabprasselnden Regen zu schützen.

Der Weg zum Ofen war nicht weit und dort wartete eine vermummte Gestalt auf sie, ein riesiges Paddel in der Hand. Kaum waren sie heran, öffnete die Person die schwere Ofentür und schob das Paddel unter den ersten Laib. Dieser landete im Handumdrehen im Inneren des Ofens, auf dessen äußeren Rand sich die Tropfen zischend in Dampf auflösten. Mit wenigen weiteren Handgriffen waren bald alle Laibe im Ofen verteilt und Dorothe dankte der Paddelschwingerin, bevor sie sich umdrehte und wieder nach Hause eilte, Ergon und Ragin im Gefolge. Aus dem Augenwinkel sah Ragin einen weiteren Zug von Menschen mit Brotlaiben sich dem Ofen nähern, doch kam sie erst in der Küche dazu, danach zu fragen.

Bevor sie antwortete, schob Dorothe Ragin ein Holzbrett und einem Korb voller Kräuter hin, zusammen mit einem großen Messer.

»Hack das bitte mal klein«, sagte sie und zu Ergon gewandt: »Die Kartoffeln müssen aufgesetzt werden.« Sie selbst nahm sich aus einer zugedeckten Schüssel einen Rest von dem grauen Brotteig und knetete ihn durch.

»Wir teilen uns den Ofen mit der ganzen Straße. Abwechselnd ist jedes Haus für das Anfeuern zuständig. Ist das Holz zu Asche gebrannt, wird diese rausgefegt und die Brote können in den Ofenraum. Es ist Platz genug, dass jeder Haushalt sechs Laibe einschießen kann.«

»Und nachher dann noch die Bleche.« Ergon strahlte, während er Kartoffeln schälte und kleinschnitt. »Da gibt es dann grünen Kuchen und später Mispelkuchen! Du erinnerst dich doch, Ragin?«

Ragin warf einen prüfenden Blick auf die Kräuter und begann damit, die dicken schnittlauchartigen Röhren in Stückchen zu schneiden.

»Natürlich erinnere ich mich.«

Ab da übernahm Dorothe das Reden und erst als Ergon von einem weißen Block Speck feine Scheiben abschnitt und Ragin diese in Semmelbröseln wälzte, wurde der Strom der Sätze durch einen Ausruf des Entzückens unterbrochen.

»Wer ist denn das?«, fragte Dorothe und ohne eine Antwort abzuwarten, fischte sie sich ein Speckstückchen vom Tisch und kniete sich vor Alice auf den Boden. Die Katze akzeptierte den Leckerbissen und wanderte weiter in die Küche, als ob ihr diese gehörte. Was mit der anderen Katze geschehen war, konnte Ragin von ihrem Platz nicht erkennen.

»Du brauchst ja nun wirklich noch ein bisschen Speck auf den Rippen«, gurrte Dorothe und blitzte Ragin vorwurfsvoll an.

»Deine Katze ist ja halbverhungert.«

Bevor Ragin zu einer empörten Antwort ansetzen konnte, schaltete sich Ergon ein.

»Mach bloß nicht unser Käthchen eifersüchtig. Immerhin muss es sich seinen Platz im Trockenen mit dem Fangen von Mäusen verdienen.«

»Aber die gibt es in Hülle und Fülle. Auf den Rippen dieses armen Tierchens hier könntest du Klavier spielen!«

Ragin holte erneut Luft für eine Antwort, aber Ergon schüttelte stumm den Kopf. Nun gut, wenn Dorothe sich einbildete, Alice aufpäppeln zu müssen, warum sollte sich Ragin dem in den Weg stellen?

Als sie die Bleche mit dem grünen Kuchen und dem Obststreusel beim Ofen ablieferten, hatte der Regen endlich aufgehört. Die Brote waren fertig gebacken und wurden von der Paddelschwingerin aus den hintersten Winkeln des Herdraumes gefischt. Ihres unförmigen Umhangs beraubt, erwies sich die Backgehilfin als eine junge Frau, die aussah wie eine Tochter Naledis. Auch ihr Haar war kurz geschoren worden und hatte noch eine ziemliche Strecke zurückzulegen, bis es im Nacken zusammengefasst werden konnte. Dies war die erste junge Frau auf Wanderschaft, die Ragin sah und sie strahlte eine ebensolche frische Unbekümmertheit aus wie die männlichen Exemplare. Sichtlich erleichtert über die Freiheit von dem triefenden Cape machte sie Dorothe und Ergon Komplimente über die gut gelungenen Brote. Diese waren zu noch größeren Laiben aufgegangen, deren glutheiße Oberfläche braun und hart war. Dorothes prüfendes Klopfen ergab einen lauten Ton.

»Eine schöne lockere Krume«, sagte die junge Frau und nickte auch Ragin zu, als hätte diese etwas dazu beigetragen. Ragin lächelte zurück und ließ sich von Dorothe beladen. Als sie in der Küche ankamen, war gerade ein Mann dabei, die Unordnung auf den Arbeitsflächen zu beseitigen, während ein Kleinkind und ein Teenager am Tisch saßen und die Krusten des letzten alten Brotes wegmampften. Dorothe stellte ihre Last ab und fiel dem Mann um den Hals, um in einen intensiven Zungenkuss mit ihm zu verfallen. Ragin stand wie erstarrt und blickte zu Ergon, der gerade den Raum betrat. Aber außer einem leicht genervten Augenrollen zeigte der keine Reaktion, die einem Ehemann Dorothes zugestanden hätte. Außer, dass er das Kichern des Teenagers mit einer Grimasse erwiderte, nachdem sich Dorothes Hände knetend zu dem wohlgeformten Hintern des Mannes bewegt hatten. Das sah nach ziemlich frischer Verknalltheit aus, der es an jeglicher vornehmen Zurückhaltung mangelte.

Ergon fegte mit einem Handbesen einen Schrank aus, dessen obere Fächer nicht aus Brettern, sondern aus Holzgittern bestanden. Dann räumte er die Brote auf Stäbe, die er auf einer Kommode ausgelegt hatte, sodass die Laibe gut auskühlen konnten. Als Dorothe schließlich aus ihrer Begrüßung auftauchte, drehte sich der Geküsste um und nahm errötend das Publikum in Augenschein.

»Alter«, sagte er zu Ergon und streckte ihm die Hand hin. Nach dem wortlosen herzlichen Händedruck der beiden war Ragin dran.

»Ich bin Karno«, sagte er und fügte entschuldigend hinzu: »Ist noch ziemlich frisch.«

»Ja«, maulte der Teenager, »und vor allem ziemlich peinlich.«

»Fisches Boot!«, rief das Kleinkind, um auf die wesentlichen Dinge hinzuweisen. Ergon lachte.

»Ja, frisches Brot! Das muss aber noch ein bisschen abkühlen, bevor wir es essen.«

»Essen!«, strahlte das Kind und Ragin bewunderte seine Fähigkeit, sich auf den wesentlichen Inhalt einer Botschaft zu konzentrieren.

Ragin erwachte aus einem Traum, in dem sie versuchte, Teiglaibe durch ein Gewitter trocken zum Backen zu bringen. Die Aufgabe wurde dadurch erschwert, dass die Tropfen zischend auf dem Ofen verdampften und der Nebel die Herdöffnung verbarg. Mit zunehmender Nässe wurden die Brote immer glitschiger und drohten, ihr vom Brett zu gleiten.

Aufzuwachen war eine sehr gute Entscheidung. Es war dunkel in dem Raum unterm Dach, der ihr als Gastquartier angeboten worden war. Der Heusack unter ihr raschelte leicht, als sie sich auf den Rücken drehte. Ein leises Gurren zeigte, dass sie Alice mit ihrer Bewegung geweckt hatte, die sich unter der Decke an sie geschmiegt hatte. Doch die Katze legte sich zurecht und strahlte weiter Wärme aus. Ansonsten war es still, nur Ergons Schnarchen war leise aus einem entfernten Raum zu hören.

Ihr Wanderfreund hatte ihr auf ihr gut sichtbares Erstaunen erklärt, dass in Ergonstadt nichts in einen Topf geworfen wurde, was nicht unbedingt zusammengehörte. Lebenslange Ehen waren ebenso abgeschafft worden wie vererbbares Eigentum. In ihren Zwanzigern waren Ergon und Dorothe ein Paar gewesen und hatten in diesem Haus zusammengewohnt. Wohnen war ein Grundrecht und wenn die Nachfahren eines Bewohners bereits in dem Haus lebten, wenn dieser starb, durften sie auch darin wohnen bleiben. So war Ergon zu Dorothe gezogen, nachdem ihre Mutter gestorben war. Sie waren lang genug zusammen gewesen, um zwei Kinder gemeinsam aufzuziehen, doch als die Jüngste die Zwölf überschritten hatte, machte sich Ergon den Traum wahr, mit seinem kleinen Karren voller Waren wieder auf Wanderschaft zu gehen. Sein Wohnrecht blieb rudimentär bestehen, die Gemeinschaft mit Dorothe lösten sie jedoch einvernehmlich auf. Beide hatten keine Lust, sich zurückzuhalten, wenn sich etwas Angenehmes ergeben sollte und ihre heiße Romantik war ohnehin schon längst einer freundschaftlichen Verbundenheit gewichen, die sich im Praktischen außerordentlich gut bewährte. So kam es, dass Ergon nach dem Ende seiner großen Wanderung wieder ein eigenes Zimmer im Haus beziehen konnte, ohne die Liebesbeziehung mit Dorothe wieder aufleben zu lassen. Der Dachboden blieb derweil für Gäste frei.

Für Ragin, die vor dem Zusammenbruch von Klima und Zivilisation geboren und aufgewachsen war, war dies ebenso seltsam wie einsichtig. Ihre Herkunftsfamilie zeigte noch alle Merkmale von der absoluten Herrschaft des Geldes über jeden anderen Wert. Ihr Vater hatte seinen Reichtum ausschließlich geerbt, nichts davon verdient. Seine Mutter hatte sich auf die Ehe (gern) eingelassen, weil sie darin versorgt war, wenn sie nur die ihr zugedachte Rolle ausfüllte. Durch die Isolation, in die sich viele Superreiche im fortschreitenden Klimakollaps auf ihren Jachten begeben hatten, musste sie noch nicht mal fürchten, im Nachlassen ihrer körperlichen Attraktivität durch eine jüngere Frau ersetzt und vor die Tür gesetzt zu werden. Gemeinsam mit ihrer Tochter verbrauchten sie ungehemmt Ressourcen, die einer vielköpfigen Anzahl von Menschen deutlich weiter gereicht und für diese einen Unterschied zwischen Leben und Sterben ausgemacht hätten.

Ragin lachte noch einmal, als ihr das Bild der hemmungslos knutschenden Dorothe und dem peinlich berührten Karno erneut vor Augen stand. Hatten ihre Eltern eigentlich wirklich gelebt? Oder hatten sie sich nur die stets wachsende Langeweile vertrieben?

In dieser neuen Gemeinschaft gab es keine Langeweile. Es war ihr nie bewusst gewesen, wie viel Zeit es in Anspruch nehmen konnte, für die Dinge des täglichen Bedarfs zu sorgen. In ihrer Kindheit hatte sie es als selbstverständlich hingenommen, dass alles, was man brauchte, sauber verpackt in kleinen oder großen Portionen verfügbar war. Man entnahm es, nutzte es und dann warf man den Rest weg – oder die Sache selbst, wenn sie nicht mehr neu, schön und glänzend war. In ihrem Halbschlaf schien es ihr, als sähe sie nun zum ersten Mal die langen Reihen von Fertigungsstraßen und Produktionswegen, die vielen Menschen, die hinter dem banalsten Päckchen Zucker standen, bevor die Köchin es aufriss und der verwöhnten kleinen Regina auf der Jacht Kekse buk. Zucker, so hatte sie gelernt, gab es auch nicht mehr. Zumindest nicht in der Nachbarschaft dieser Kommune und irgendeiner, die mit dieser verbunden war. Möglicherweise gab es irgendwo auf der Welt wieder einen Acker voller Zuckerrüben oder Zuckerrohr. Doch ohne die Industrie, die den ganzen Prozess orchestrierte und durchführte, war Zucker von der Bildfläche verschwunden.

Ergon hatte sie durch den Ort geführt. Hier gab es Bauern – wobei irgendwie jeder Bauer war, denn ohne ein eigenes Feld mit Gemüse schien niemand auszukommen. Und auch nicht ohne eine Handvoll an Nutztieren. Hier gab es Hühner und Schweine. Ergon hatte von einer seiner Reise auch Gänse mitgebracht, doch die erfreuten sich wechselnder Beliebtheit, weil sie für mancher Leute Geschmack zu aggressiv waren, allerdings war das Schmalz sehr beliebt, das man nach ihrem Tod gewinnen konnte. Katzen gab es natürlich auch, denn diese hielten die Mäusepopulation im Griff. Ergon hatte im Scherz gefragt, warum die Alten nicht die ganzen Plagen der Menschen und der Landwirtschaft in ihren Kühlschränken gelassen hatten. Doch war auch ihm klar, dass es ohne Mäuse keine Füchse, keine Raubvögel, ohne Mücken keine Spinnen, keine Singvögel gäbe. Ohnehin war das Netz an gegenseitigen Abhängigkeiten der Lebewesen durch die Auswilderungen aufgetauter Spezies nur sehr löchrig wieder aufgebaut worden. Ragin erinnerte sich an die Diskussionen der Biologen in der Station. An schlechten Tagen hatte besonders Shree angezweifelt, dass es Sinn machte, nur diesen winzigen Prozentteil der Lebewesen wieder ins Leben zu rufen, den sie hatten retten können. Sie wussten viel zu wenig über die komplexen Zusammenhänge in der Natur. Und sie war Wissenschaftlerinnen genug, um zu sehen, wie vermessen es war, sich einzubilden, dass man eine stark eingeschrumpfte Version davon wieder zum Leben erwecken konnte.

Doch Olan, der als erster begonnen hatte, Tiere und Pflanzen zu sammeln und einzufrieren, hatte immer gelächelt, wenn Shree damit anfing.

»Was bleibt uns denn außer unserer Hoffnung?«, hatte er gefragt und hinzugefügt: »Willst du sie einfach alle sterben lassen?«

Ragin drehte sich auf ihre andere Seite. Das in einen Sack gestopfte Heu war deutlich bequemer als ihre flache Isomatte und es reflektierte ihre eigene Wärme mindestens ebenso gut. Ein Kind rief im Schlaf, doch schien sein Traumbedürfnis nur kurz und vorübergehend zu sein.

Was sie allein in dieser Kommune an Handwerken gesehen hatte, war schon mehr, als sie als reicher Leute Kind hätte aufzählen können. Ergon hatte sie zur Schuhmacherin geführt und diese hatte sich mit amüsiertem Blick die Geschichte des Kampfs der Funktionsschuhe gegen Ragins Füße angehört. Diese Füße mit den mittlerweile fast abgeheilten Blasen standen derweil auf dem kalten Boden der Werkstatt herum, sodass Ragin als erstes ein Paar Mokassins herausgesucht bekam. Diese waren aus Schweinsleder und Birkenrinde angefertigt und schon ziemlich eingetragen. Nach einem kurzen Kampf mit sich selbst – oder eigentlich eher einer mehr theoretischen

Überlegung, dass man sich vor fremden Füßen ekeln müsse – schlüpfte sie in einen der flachen Schuhe. Das Augenmaß der Handwerkerin erwies sich als hervorragend und Ragin überlegte schon fieberhaft, was sie dagegen zum Tausch anbieten könnte. Selbst wenn es in dieser Kommune eine Währung gäbe, war ihr klar, dass sie nichts davon besäße. Doch Ergon drehte sich von einem Korb mit Lederresten zu ihr um und fragte:

»Passt?«

Ragin nickte.

»Na dann, zieh sie an, damit ich deine erbärmlichen Blasen nicht mehr sehen muss.«

»Die sind doch schon fast verheilt!« Empört wandte sich Ragin zu der Schuhmacherin, die ihr lächelnd den anderen Schuh gab.

»Viel Freude daran!«, sagte die Handwerkerin und setzte sich an einen Werktisch, um sich einem halbfertigen Schuh zu widmen.

»Äh?«, fragte Ragin. »Muss ich nichts bezahlen?«

Ergon rollte die Augen, während die Schuhmacherin sehr verwirrt dreinsah.

»Veraltetes Konzept. Ich erklär's dir gleich«, brummte er nur zu Ragin und zog sie durch die niedrige Tür nach draußen.

Dann hatte der Bummel durch die Kommune sie aber an einem Schweinestall, einer Webstube, einer Holzwerkstatt und einer Tauschbörse für Kleidung und allerlei nützlichen Gegenständen vorbeigeführt, sodass sie nicht dazu kamen, sich über das aktuelle Wirtschaftssystem zu unterhalten. Beim Abendessen waren noch die Freunde der Kinder und ihre Mutter dabei gewesen und sie alle hatten einander so viel zu erzählen, dass die Anwesenheit der Fremden am Tisch mehr oder minder unterging.

Sie würde jetzt gern mal wieder einschlafen, dachte Ragin, die solche wachen Perioden in ihren Nächten überhaupt nicht kannte. Was war es nur, das sie daran hinderte, sich im kleinen Vergessen versinken zu lassen? Sie zählte ihre Atemzüge und konzentrierte sich darauf, wie die Luft in sie einströmte und wieder hinausfloss. Und doch konnte sie keine richtige Entspannung erreichen, weil dieses Blinken sie so nervte. Dieses Blinken? Das war es!

In ihrem inneren Sichtfeld, dort, wo ihr eingebautes Kommunikations- und Datenmodul, das b2i, seine Nachrichten absetzte, dort blinkte es. Nur ein klitzekleines, freundlich grünliches Blinken, aber die Frequenz war ein bisschen schneller als ihr entspannter Herzschlag. Darum hatte es sie vermutlich ein wenig aufgeregt, ohne dass sie es bewusst bemerkt hatte. Während der Wanderung war die Anzeige verschwunden gewesen, vermutlich in einen Ruhemodus gefallen, aber jetzt war sie wieder da und wollte eine Interaktion von ihr.

Na gut. Sie wählte das Blinken an und es vergrößerte sich zu einem Brief-Symbol. Sie hatte eine Nachricht bekommen? Wer in aller Welt würde ihr eine Nachricht schicken? Außer vielleicht Roger. Und schon war ihre aufkeimende Neugierde wieder dahin. Aber da sie mit Sicherheit nicht einschlafen könnte – jetzt erst recht nicht, wenn ihre Fantasie begann, sich blöde Vermutungen auszudenken – wählte sie die Nachricht an.

Der Brief war nicht von Roger. Wie gemein war sie eigentlich, dass sie das derart erleichterte? Der Brief war … von Ergonstadt. Wie konnte eine Stadt, die – soweit sie es zumindest bis jetzt gesehen hatte, ohne Elektrizität auskam – ihr einen elektronischen Brief schreiben? Was stand denn darin? Offenbar hatte ihr b2i einen Näherungssensor aktiviert, der nun ein Programm geweckt hatte, das sie einlud, sich die gesammelten Daten anzusehen.

Und da fiel es ihr ein. Ihre Aufgabe war es doch gewesen, zum Abschluss der Arbeit des Teams die Daten einzusammeln, die die Entwicklungen während der Jahrhunderte nach dem Kollaps zeigen würden. Sie hatten dazu in den Kommunen, die sie erreichen konnten, technisches Equipment verteilt. Das gute Zeug, also das, bei dem alle metallischen Teile vor dem Korrodieren geschützt waren. Sensoren sollten die Wetterdaten messen, der Rest hing von den Menschen ab, die von dieser Technik wussten. Was auch immer sie für erfassenswert hielten, würden sie eingeben – hatten sie vermutlich hier in Ergonstadt eingegeben. Und jetzt kam Ragin, um zu ernten. Sie schaute auf den Ort, zu dem sie eingeladen wurde. Es gab hier eine Bibliothek? Die hatte Ergon nicht erwähnt, aber herauszufinden, wo die war, war nun wirklich eine Frage für das Tageslicht.

Ragin gähnte und spürte in der Gegend ihrer Füße ein leichtes Gewicht auf ihrer Decke. Alice hatte sich wohl doch von Dorothe oder sonst wem loseisen können – vielleicht war sie ja auch draußen gewesen, immerhin hatte auch sie hier Artgenossen, die es vielleicht kennenzulernen lohnte. Staksend navigierte das Tier zu der Stelle, an der sich zwischen Ragins ausgestrecktem und dem angewinkelten Bein eine Kuhle in Katzengröße anbot und legte sich dort mit entschlossenem Ruckeln hinein. Ragin hatte noch nicht mal Zeit, zu spüren, wie die Körperwärme ihrer Freundin durch die Decke drang, so schnell war sie eingeschlafen.

Der Dachboden bot keine Öffnung, durch die sie abschätzen könnte, wie weit das Tageslicht schon herangekommen war, doch Ragin hätte schwören können, dass es noch stockfinster war, als sie das erste Rumoren in der Küche hörte. Sie drehte sich auf die andere Seite, vorsichtig bedacht, Alice nicht zu stören, die nicht die leiseste Neigung zeigte, ihren Modus als Wärme ausstrahlende Deckenbeschwererin zu verlassen. Aus dem unruhigen Schlaf, in den sie fiel, wurde sie nach unbestimmbarer Zeit durch ungehemmte Laute der Lust geweckt.

Dass Dorothe sich stimmlich gehen lassen würde, hätte Ragin vermutet. Sie drehte sich wieder zurück, ohne noch Alice zu spüren. Die Katze saß bereits am Kopf der Treppe, durch ein erstes Licht aus dem Flur darunter gerade so sichtbar und putzte sich vehement die Ohren. Nein, auch dieses Kapitel im gemeinsamen Erwachen von Menschen wollte Ragin überspringen. Als auch eine männliche Stimme in die Entzückenslaute einstimmte, presste Ragin das Kissen auf ihr frei liegendes Ohr.

Das dritte Mal wurde sie durch Gerüche geweckt. Ein vorsichtig zum Schlitz geöffnetes Auge zeigte, dass die Treppe sich inzwischen im Licht befand. Waren das Pilze, die da gebraten wurden? Das Klappern von Besteck wies darauf hin, dass – was auch immer es war – gerade von einer schweigenden Gruppe verzehrt wurde. Ein mächtiges Grummeln erschütterte Ragins Bauch und sie schlug die Decke zurück.

In der Küche traf sie alle Personen, die sie in der Nacht gehört hatte und den schweigsamen Teenager dazu, der gerade beabsichtigte, den Rest der köstlich duftenden Masse aus der Pfanne auf seinen Teller zu schaufeln, angesichts Ragins Blick aber davon abließ.

»Guten Morgen!«, donnerte Ergon und Dorothe zwitscherte süß, wie halt jemand zwitschert, der den Tag mit einem Orgasmus begonnen hatte. Karno begnügte sich mit einem rosigen Glanz um die Ohren, während er mit vollem Elan das frische Brot von gestern kaute. Ragin gönnte den beiden ihr Glück, besonders als das Rührei mit Pilzen auf einem Teller vor ihr lag und eine Scheibe Brot dazu angereicht wurde. Alice arbeitete bereits an ihrer Portion. Wie gut, dass sie hier nicht bleiben würden, dachte Ragin, die Katze wäre nach zwei Wochen hier fett und rund. Aber vermutlich war sie nur eifersüchtig.

Alles war köstlich und Ragin war schneller satt als ihr recht war. Karno schnappte sich die Kinder und eine kurze Weile später verabschiedete sich auch Dorothe in einen Morgen, der nichts mehr von dem verregneten Tag gestern wissen wollte. Ergon blieb sitzen und Ragin erinnerte sich an die eiserne Regel der Wohngemeinschaft: Wer kocht, putzt hinterher nicht.

Also stand sie auf, räumte die Lebensmittel in den Speiseschrank und das Geschirr vom Tisch in den großen Spülstein.

»Du hast Glück«, sagte Ergon, »Heute gibt es reichlich warmes Wasser.« Er wies nach oben und Ragin folgte seinem Blick einer Leitung entlang, die aus einem pflanzlichen Material bestand – die Knoten wiesen es als Bambus aus. Sie verschwand oben im Dach.

»Dort oben haben wir ein Bassin mit Wasser, das bei Sonnenschein gut durchgewärmt wird. Vergiss nur nicht, es nachher wieder vollzupumpen.« Mit diesen Worten stemmte sich Ergon vom Tisch hoch und verschwand aus der Küche. Ragin arbeitete sich durch Teller, Schälchen, Pfannen, Becher und Besteck und wünschte sich die Spülmaschine aus der Station herbei. Als sie schließlich fertig war und Ergon fragen wollte, wie sie den Warmwasserspeicher auffüllen konnte, war er immer noch nicht zurück. Sie folgte ihm einfach in den ebenerdigen Flur, der nach einem Schwenk nach links vor einer Tür endete, die nach draußen führte. Da saß Ergon auf einer Bank in der Sonne, die Augen geschlossen.

»Na, du hast es ja schön hier«, sprach Ragin ihn munter an, überrascht, dass er vom Klang ihrer Stimme zusammenzuckte. Er hatte wohl geschlafen und lächelte nun verlegen.

»Die ersten Nächte zu Hause sind immer so unruhig. Da ruhe ich mich dann gern nach dem Frühstück noch ein bisschen aus. Falls du übrigens den Ort suchst, der ist da hinten.« Ergon zeigte auf ein Holzhäuschen und Ragin war froh, dass sie nicht hatte fragen müssen.

Seine geschlossenen Augen öffneten sich von selbst, als sie nach ihrem ersten Erlebnis mit einer Trockentoilette wieder zu ihm trat.

»So«, sagte sie und hielt den Fuß mit dem Mokassin hoch, der sich wunderbar leicht anfühlte. »Es ist dann wohl Zeit, dass ich mich wieder auf den Weg mache.«

Ergons Lächeln verwandelte sich in eine Miene, die sie nicht recht deuten konnte. Verlegenheit?

»Was ist?«, hakte sie nach.

»Ich fürchte, du kommst hier nicht ganz so schnell wieder weg, wie du möchtest«, sagte Ergon bedauernd.

»Wieso nicht?« Ragin lachte, um zu zeigen, dass sie einen guten Scherz zu würdigen wusste.

»Nun ja«, Ergon breitete die Arme aus. »Du bist ja ein bisschen ein Sonderfall. Darauf waren wir nicht vorbereitet.«

»Aber doch ein sehr guter Sonderfall.« Dem ihr einiges zu verdanken habt. Das sagte Ragin nicht, aber beide hörten den Satz dennoch.

»Auf jeden Fall!« Ergon war das wirklich unangenehm. Er holte tief Luft und dann sagte er:

»Du kannst Ergonstadt nicht ohne das Buch verlassen.«

»Welches Buch?«

»Das Buch, in dem alle Regeln enthalten sind.«

Ragin lachte und breitete ihre Hände aus.

»Wo ist das Problem?«, fragte sie.

»Du musst es selber machen.«

»Ich muss was?«

Ein erneuter Seufzer von Ergon.

»Schau mal«, setzte er an, und Ragin setzte sich neben ihn auf die Bank, um ruhig zu bleiben. »Jedes Kind, das in einer der Kommunen aufwächst, lernt in der Schule alle Regeln. Zum Abschluss hat es die in sein eigenes Buch geschrieben, das es fortan auf allen Reisen begleiten wird. So stellen wir sicher, dass jeder die Regeln kennt und auch immer nachsehen kann, wenn was nicht klar ist. Niemand verlässt eine Kommune ohne ein solches Buch.«

Das leuchtete Ragin ein und sie beruhigte sich.

»Ich kaufe gern so ein Buch«, sagte sie. Doch Ergon schüttelte bedauernd den Kopf.

»Du musst es selbst geschrieben haben«, sagte er. »Damit sicher ist, dass du alle Regeln kennst.«

»Oh nein.«

»Oh doch.«

Jetzt war es an Ragin, zu seufzen. Konnte denn auf dieser Reise gar nichts glatt gehen? Sie hätte schon vor Tagen bei Roger sein müssen. Der war ohne Nachricht von ihr, seit sie die Station verlassen hatte. Vermutlich machte er sich Gedanken, vielleicht sogar Sorgen. Sie schaute zu Ergon, der sein Gesicht zu einer Grimasse verzog und mit den Schultern zuckte. Dann lachte sie und schlug ihm auf die Schulter.

»Eure Welt – eure Regeln«, sagte sie. »Zeig mir, wo ich mein Buch schreiben kann.«

Erleichtert, dass sie die Bedingung akzeptierte, stand Ergon auf.

»Komm mit zur Bibliothek.«

Bibliothek? Hatte sie dort nicht ohnehin noch was zu erledigen?

Heute erinnerte sich die Welt wieder daran, dass sie sich im Frühsommer befand. Die Luft glänzte frisch gewaschen, die Pflastersteine waren getrocknet, das Wasser in den Rinnen verschwunden, die seitlich von der Straße abgingen. Ergonstadt bot sich dem Auge als ländliche Idylle und Ragin konnte sich fast einbilden, sie habe die Zeit, in der kein Überleben auf der Erde möglich schien, nur geträumt.

»Der wievielte Ergon bist du eigentlich?«, fragte sie ihren Begleiter und der zuckte mit den Achseln.

»Wir haben ein bisschen aufgehört zu zählen«, sagte er. »Wirklich wichtig war nur der erste Ergon. Der hat hier die Produktionshallen von Maschinen als das erkannt, was sie sein konnten: Eine Überlebenschance. Und er hat im ersten Eisjahr alle zusammengetrommelt, die er erreichen konnte und die wiederum haben alles mitgebracht, von dem sie dachten, dass es nützlich sein könne.«

»Ja, es waren am Schluss immer solche Komplexe, in denen Menschen die Jahre des Eises überstanden haben«, sagte Ragin. »Ironie des Schicksals: Am besten schienen Gelände geeignet, in denen vorher Automobile hergestellt worden waren. Die riesigen Hallen boten ausreichend Platz und meist waren die Gebäude auch schon mit Mitteln zur Gewinnung erneuerbarer Energien ausgestattet. Sonnenkraft brachte ja einige Jahre nichts, aber die, die auch noch ein paar Windräder laufen und für Speicher gesorgt hatten, bekamen eine echte Chance, Pflanzen mit künstlichem Licht und künstlicher Wärme zu produzieren. Letzten Endes war das entscheidend: Pflanzen, die man essen konnte, nachdem die Vorräte aufgebraucht waren. Es war für viele sehr knapp und nur wenige haben es geschafft.«

»Ja, so sagt die Geschichte.« Ergon lächelte einer Frau zu, die ihnen entgegenkam. Ragin bemerkte die erfreute Röte in ihrem Gesicht.

»Mit wie vielen andere Kommunen seid ihr in Kontakt?«, fragte sie und erwischte den letzten Rest seines charmanten Lächelns, als er sich ihr wieder zuwandte.

»Mit allen, die es in unserer Enklave gibt.«

»Enklave?«

»Die Ausdehnung, in der die Wiederbelebung durch deine Station funktioniert hat. Wir wissen, dass es auch andere Enklaven gibt, aber dazwischen gibt es soviel Wüste und öde Landstriche, in denen nur wenig wächst und lebt, dass es zu aufwändig und zu gefährlich wäre, Reisen dorthin zu unternehmen. Es gibt Menschen, die zu solchen Reisen aufgebrochen sind, aber es ist fast niemand zurückgekommen. Wir hoffen, weil sie dort etwas gefunden haben, wo sie bleiben konnten. Aber vielleicht sind sie auch einfach auf dem Weg verhungert. Dort, wo du hin möchtest, das ist die einzige andere Enklave, mit der wir ab und zu etwas Austausch hatten. Aber seit einer Generation haben wir auch von dort nichts mehr gehört und keiner der unseren, der aufgebrochen ist, ist wiedergekehrt, um zu berichten.

Das klang unerfreulicher als Ragin gehofft hatte. Sie hatte sich an die hier wieder erstarkte Natur gewöhnt. Dass es ausgedehnte Gegenden gab, die sie nur durchqueren konnte, wenn sie ausreichend Nahrung mit sich trug, hatte sie ganz ausgeblendet. Fünfhundert Jahre hatten nicht zur Heilung der ganzen Welt gereicht. Natürlich nicht, wie albern, das zu glauben. Auch wenn es nicht mehr als zweihundert Jahre gebraucht hatte, um alles zu zerstören.

Kapitel 6
In der Bibliothek

Ragin blieb verwundert stehen. Was waren das für Laute, die da zu ihr drangen? Ein zartes Klingen und Zirpen, keine Stimme, kein Vogel, aber doch wunderschön und Teil einer sich aus sich selbst erschaffenden Melodie. Ergon war ein paar Schritte gegangen und drehte sich nun zu ihr zurück.

»Was?«, fragte er ein bisschen ungeduldig.

»Was ist das?« Ragin zeigte in die Luft, in die Richtung, aus der die Klänge kamen.

»Das?« Ergon lachte. »Das ist unser Bibliothekar. Komm.«

Ragin folgte der Aufforderung. Die Straße machte eine Kurve nach links und hier eröffnete sich eine ganz neue Aussicht. Hinter einem weiten Platz lagerte ein riesenhaftes Gebäude – nicht in seiner Höhe, aber in der Ausdehnung nach allen Seiten. Im Vergleich wirkten Ergonstadt und seine Gebäude winzig wie die Häuser und Straßen von Spielzeugpuppen. Doch lagen die Flanken der weitläufigen Halle nicht offen. Ihr Dach musste mit Erde bedeckt worden sein, denn eine Blumenwiese mit dem ein oder anderen Strauch erstreckte sich darüber. Nur nach vorne schaute ein Tor, wie das Auge eines Zyklopen, aus dem versteckten Komplex heraus. Vor dem Tor, auf einer Bank, die in der Sonne stand, saß ein Mann mit einem Ding auf dem Schoß, das er mit seinen Fingern zum Singen brachte. Jetzt erinnerte sie sich an ähnliche Klänge. Einer der Wachmänner auf der Jacht hatte ein solches Instrument gehabt, eine Gitarre, auf der er abends gespielt hatte.

Das Instrument des Bibliothekars war ähnlich, aber nicht gleich. Auch hatten die Klänge einen anderen Charakter, doch fühlte Ragin in sich das gleiche Entzücken aufsteigen, das sie als Kind verspürt hatte. Sie wollte nicht näherkommen, um das Spiel des Musikers nicht zu unterbrechen, doch Ergon marschierte unbeeindruckt auf die Bank zu und anstatt zu warten, bis das Stück zu Ende gespielt war, sprach er den Mann an.

»Serkan, ich habe hier jemanden für dich!«

Der Musiker unterbrach sein Tun ohne Anzeichen von Ärger. Er entfaltete seinen schlanken Körper, den er vorher um das bauchige Instrument gebogen hatte und schaute den Besuchern entgegen. Ein Schopf kurzgeschnittener grauer Haare stand wie ein Igelrücken über einem ernsten Gesicht. Ragin fühlte sich von braunen Augen unter schwarzen Brauen intensiv betrachtet. Kein Lächeln reagierte auf Ergons übliche joviale Art, doch war der Mann dabei nicht unfreundlich. Vorsichtig legte er sein Instrument auf die Bank und erhob sich.

»Ich habe von deiner Besucherin gehört, Ergon«, sagte er und streckte Ragin seine Hand entgegen. »Was für eine Ehre!«

Ragin ergriff die Hand, die sich warm und auf feinfühlige Art kraftvoll anfühlte. Sie spürte, wie ihr unter dem Blick, der in all seiner Ernsthaftigkeit freundlich war, warm wurde und ihre Wangen sich röteten.

»Zuviel der Ehre«, sagte sie und lächelte verlegen. »Ich bin Ragin und ich habe gehört, dass ich ein Buch abschreiben muss.«

Die Augen des Bibliothekars sprangen zu Ergon.

»Das ist nicht dein Ernst?«

Ergon zog erneut die entschuldigende Grimasse, die Ragin bereits im Garten gesehen hatte.

»So sind die Regeln.«

»Aber für eine Alte?« Erschrocken über seine Worte, wandte Serkan sich Ragin zu. »Entschuldige, das ist mit dem größten Respekt gemeint.«

Ragin lachte.

»Ich habe mich schon dran gewöhnt.«

»Da bin ich froh.« Serkan drehte sich wieder zu Ergon.

»Du meinst, sie soll hier das ganze Tamtam machen, mit Papier schöpfen, Leder gerben, Buch binden, und dann noch alles abschreiben?«

Ergon wiegte den Kopf.

»Naja, vielleicht können wir für sie die Prozedur etwas abkürzen. Auf das Abschreiben vielleicht?«

Serkan nickte.

»Das können wir auf jeden Fall. Ich helfe ihr dabei.«

Ragin war mehr als erleichtert. Bei der Aufzählung der einzelnen Arbeiten war kurz ihr Mut kurz gesunken und sie hatte die Hoffnung aufgegeben, dass sie die Stadt vor Herbstbeginn verlassen dürfe.

»Wann kannst du anfangen?«, fragte Serkan.

»Warum nicht gleich?«

»Warum nicht gleich!«

Ergon war zufrieden. Er schlug Serkan mit seiner Pratze auf die Schulter und lächelte Ragin an.

»Wir erwarten dich zum Abendessen. Gutes Gelingen.« Damit drehte er sich um und marschierte in gemütlichem Ergongang zurück in die Stadt.

Ragin fand es nicht schlimm, mit Serkan allein gelassen zu werden. Sie hoffte, er werde bald sein Instrument wieder aufnehmen und darauf spielen.

»Was ist das?«, fragte sie und zeigte auf den üppig gewölbten Holzbauch.

»Das ist eine Oud«, sagte er. »Eine arabische Laute.«

»Sie klingt wunderschön.«

»Danke. Aber du bist nicht hier, um über Instrumente zu sprechen«, sagte Serkan. Ragin widersprach innerlich. Vielleicht war das doch genau der Grund, aus dem es sich lohnte, hier zu sein. Dann seufzte sie.

»Vermutlich nicht.« Nach einer Pause setzte sie hinzu. »Aber ich würde dich gern nochmal spielen hören.«

»Davon wirst du vermutlich genug haben, bevor du mit deinem Buch fertig bist.«

Ragin bezweifelte das, sah aber keinen Sinn darin, zu widersprechen. Da fiel ihr noch der andere Grund ein, aus dem sie hier war.

»Ich habe ein Signal empfangen, ein elektronisches. Hier müsste also irgendwo ein Sender stehen. Und vielleicht auch so eine Art Computer?«

»Ja. Das stimmt. Der Computer ist der Kern dieser Bibliothek. Unsere Hauptaufgabe ist es seit mehr als vierhundert Jahren, seine Inhalte in eine Form zu übertragen, die wir sicher bewahren können.«

Meine Güte. Hatten sie hier etwa das Internet abgeschrieben? Ragin konzentrierte sich darauf, eine ihrem Gesprächspartner angemessene unbewegte Miene zu bewahren. Natürlich. Was war ihnen auch anderes übrig geblieben? Es war ein Wunder, dass der Rechner so lange überlebt hatte. Und von den wichtigen und vielfältigen Informationen, in denen sie in ihrem ersten Leben geschwommen war, war ja auch nur ein deutlich überschaubarer Anteil jemals relevant gewesen. Sportereignisse? Klatsch und Tratsch über Leute? Die neuesten technischen Gadgets? Das unzählbare Gezirpe und Gezanke aus den sozialen Medien? Und vor allem die ganzen Spiele, mit denen sich die Menschen ihre Hirne verklebt und sich aus der immer hoffnungsloseren Gegenwart in eine Parallelwelt der Selbstwirksamkeit gezaubert hatten.

Das alles war zu unnützem Datenmüll verkommen.

Was blieb, war Literatur und Kunst, Geschichtswissen und die Naturwissenschaften. Praktische Informationen wie Rezepte, grundlegende Technologien, Hinweise zur Aufzucht und Haltung von Pflanzen und Tieren, zum Bauen von Häusern, Toiletten – zum Backen von Brot. Auch das war viel. Und so war Ragin schon ein bisschen auf den Anblick vorbereitet, den die ersten Schritte in die schattige Halle ihr eröffneten.

Sie war riesig, diese Halle, und schien sich endlos in alle Richtungen auszudehnen. Zu ihrer Linken gab es einen Leseplatz: Eine mit dicken Kissen gepolsterte tiefstehende Eckbank, auf der man nicht nur in einem Buch versinken konnte. Dahinter reihten sich Regale mit Büchern in vielen Erhaltungszuständen. Geradeaus setzten sich die Regale fort, mit der ein oder anderen Lücke für ein weiteres Sofa. Und zu ihrer Rechten reihten sich Tische aneinander, vor denen Stühle standen. Etwas weiter nach rechts gab es Werkbänke mit allerlei Gerätschaften, daneben eine Reihe von flachen Becken, über denen an Leinen befestigte Papierbögen trockneten. Eine einsame Person saß an einem der Schreibtische und füllte die büchergetränkte Stille mit dem Kratzen einer Feder auf Papier.

Ragin fühlte Ehrfurcht in sich aufsteigen angesichts der unüberschaubaren Menge an aufgezeichnetem Wissen. So eindrucksvoll hatte sich der Speicher eines Computers nie angefühlt.

Serkan hatte neben ihr gewartet, während sie die Atmosphäre des Raums in sich aufnahm. Jetzt räusperte er sich.

»Möchtest du vielleicht erst nach deiner Nachricht schauen, bevor wir dir einen Arbeitsplatz einrichten?«

Ragin nickte und folgte Serkan, der sie den Hauptgang entlangführte. Es war dämmrig, doch sie sah Lampen über den Regalen, die bei Bedarf vermutlich Licht verströmten.

»Wo kommt eure Elektrizität her?«, fragte sie.

»Wir haben ein paar Windräder und es gibt hier einen Raum voller Stromspeicher, von denen doch wirklich noch ein paar durchhalten. Von den Solarzellen funktionieren leider nicht mehr viele. Darum halten wir es hier dunkel. Das Wichtigste ist, dass der Computer versorgt wird.«

Serkan wies mit der Hand zu einem Raum im Raum. Mit Wänden aus Glas war ein Kubus in die Mitte der Halle gesetzt worden. Ein kaltes Licht tauchte die Einrichtung in eine Unterwasserstimmung. Beim Näherkommen erkannte Ragin einen der Standardschränke für die Rechner, die sie damals hatten auftreiben können und mit denen sie die Zusammenschlüsse von Überlebenden ausgestattet hatten, die das wollten. Nicht alle hatten es gewollt. Es hatte auch Gemeinschaften gegeben, die sich abschotteten, die alle Technik ablehnten und ein nicht geringer Teil hatte sich dem Ziel verschrieben, gemeinsam auf würdevolle Art in den Tod zu gehen. Das war angesichts des Weltuntergangs die Religion der Stunde geworden. Was mochte den entscheidenden Unterschied gemacht haben zwischen denen, die angesichts der eingefrorenen Erde ohne Aussicht auf Veränderung ihr Ende akzeptierten und denen, die alles mobilisierten, um noch einen weiteren Tag zu schaffen? Die noch eine weitere Person in die Gemeinschaft aufnahmen, noch mehr Vorräte auftaten, Dinge, Kleinkram, alles konnte von Nutzen sein, wenn es nichts mehr gab. In der Zeit vor ihrem Kälteschlaf hatte sie oft eher die Hoffnungsvollen bemitleidet, während die stille Würde der Todesgemeinschaften sie beeindruckt hatte. Aber auch wenn sie sich diese Zuordnung nie bewusst gemacht hatte, gehörte sie wohl zu denen, die erst aufgaben, wenn es nichts mehr zu tun gab. Und diesen Punkt in ihrem Leben hatte sie offenbar auch nach fünfhundert Jahren noch nicht erreicht. Und jede Person in dieser Gemeinschaft hier stammte von Leuten ab, die das genauso hielten.

Serkan öffnete den Glasraum mit einem anscheinend handgefertigten eisernen Schlüssel. Damit umging er einen Mechanismus, der dem ähnelte, an dem Ragin einmal fast gescheitert war. In der Station, in der sie gelebt, gearbeitet und dann in der Kryokapsel geschlafen hatte, waren Handsensoren die Schlüssel gewesen und einmal hatte sie sich ausgeschlossen, weil der Sensor ihre Hand durch eine Schmutzschicht hindurch nicht mehr hatte lesen können. Dass sie hier auf Mechanik umgestiegen waren, bevor ihnen ein Stromausfall den Weg zu ihrem kostbarsten Besitz versperrte, sprach von der Weitsicht der Bewohner. War es überhaupt der kostbarste Besitz? Hatten sie denn hier nicht etwas aufgebaut, in dem sich der Großteil des Wissens der vergangenen Welt als nicht mehr praktikabel erwies, überflüssig im besten, schädlich im schlimmsten Fall? Auf der anderen Seite: Wer seine Vergangenheit nicht kennt, ist dazu verdammt, sie zu wiederholen — von wem stammte diese Weisheit nochmal?

An den Schrank waren Bedienelemente angeschlossen: Ein Bildschirm und alte, kabelgebundene Eingabegeräte, die Ragin nur aus einem Technikmuseum kannte. Bisher hatte sie stets mit Spracheingabe oder mit Kommunikation direkt über ihr b2i gearbeitet. Aber natürlich. Die Nachkommen der Überlebenden hatten keine b2is mehr, weder konnte die Technik dieser hochkomplexen Implantate noch hergestellt und gewartet werden, noch verfügten sie über die medizinischen Möglichkeiten, um Personen gefahrlos ein elektronisches Gadget in den Schädel zu pflanzen und mit diversen Hirnregionen und Nervenbahnen zu verknüpfen. Also waren Tastatur und Maus die Mittel der Wahl. Doch sicher nur für die anderen, oder? Ragin suchte in dem Display, der nur für ihr inneres Auge sichtbar war, die Nachricht. Doch enthielt diese keinen Zugang zu dem Rechner, lediglich die Aufforderung, sich an ihm anzumelden. Anmelden?

»Wie bekomme ich Zugang?«, fragte sie Serkan, der sie einen Moment ratlos anschaute. Dann tippte er auf eine Taste und auf dem Bildschirm erschien eine Abfrage: »Anmeldename und Passwort«.

Bitte? Wer hatte das denn eingerichtet? Und woher sollte sie wissen, unter welchem Namen – und ob überhaupt – sie in diesem Rechner geführt wurde. Und was zur Hölle dann ihr Passwort sein könnte? Na, das war ja noch besser als eine verschmutzte Glasscheibe bei einem Handsensor. Sie lachte. Serkan schaute sie fragend an.

»Ich habe keine Ahnung, was ich hier eingeben soll.«

Der Bibliothekar schaute erst verwirrt, dann ungläubig.

»Kein Problem«, sagte er und klang, als ob er sich das selber glaubte. »Ich kann mich einfach anmelden.«

Er setzte sich an den Tisch, werkelte mit der Maus und klapperte auf der Tastatur herum. Ein freundliches ›Hallo Serkan!‹ erschien auf dem Bildschirm. Der so Angesprochene drehte sich um und blickte Ragin über seine Schulter hinweg an.

»Siehst du«, sagte er und tippte dann weiter. »Ich frage nach den Personen, die Zugang haben. Dann bekommen wir deinen Anmeldenamen heraus.«

Auf dem Bildschirm erschien nach einem Moment des Wartens eine Liste von Namen. Serkan tippte mit dem Finger auf die flimmernde Version von ›Ragin‹.

»Da«, sagte er und nickte. »Du bist dabei. Jetzt brauchen wir nur noch dein Passwort.«

Zur Abwechslung schnaubte Ragin. Wenn sie sich je ein Passwort für die Rechner, die sie damals verteilt hatten, ausgedacht hatte, dann war es längst vergessen.

»Kannst du nicht fragen, was für eine Nachricht es da gibt?«

Serkan starrte ein paar Atemzüge lang auf die flimmernde Scheibe, seine Finger tanzten über der Tastatur, ohne sie zu berühren, dann schüttelte er den Kopf.

»Der Zugang ist personengebunden. Ich kann nicht in deinen Posteingang schauen.«

Tja dann. So wirklich neugierig war sie auch nicht auf die Botschaft des Computers.

»Es wird schon nicht so wichtig sein«, sagte sie. Eine Nachricht, die fünfhundert Jahre gewartet hatte, konnte das auch noch ein bisschen länger tun. Schließlich würde sie sich erst nach ihrer Rückkehr von Roger der Aufgabe widmen können, die gesammelten Daten auszuwerten. Vermutlich war es ohnehin nur ein ›Hallo Ragin, wir haben deine Gegenwart gespürt, schön, dass du aufgewacht bist.‹ oder so.

Sie klopfte mit der flachen Hand gegen den Schrank.

»Toll, dass er überhaupt noch funktioniert. Aber jetzt zeig mir doch mal, wie ich das Buch schreibe. Ich habe nämlich noch einen Besuch abzustatten, bevor der Winter kommt.«

»Sicher?« Serkan schaute zweifelnd. Ragin nickte.

Natürlich wurmte es sie, aber sie hatte einfach keine Lust, sich dem Gefühl auszusetzen, von einer blöden Maschine ausgeschlossen zu werden. Besonders nicht, weil sie ja schon zu zwei Aufgaben verdonnert war, auf die sie gerne verzichtet hätte.

Zwei Stunden später massierte sie ihre verkrampfte Hand. Sie hatte jetzt eine halbe Stunde lang mit einem vorsintflutlichen – eher wohl nacheiszeitlichen – Schreibgerät bräunliche Tinte aufgenommen und damit in unterschiedlichen Klecksstufen und Strichstärken Buchstaben auf ein Stück Papier gebracht. Serkan hatte zwar ein Buch für sie gefunden, auf dessen leere Seiten sie die Regeln der Gemeinschaft schreiben könnte, aber zunächst legte er ihr ein nicht ganz sauberes Blatt vor, das an den Rändern auch etwas ausgefranst war. Und das war eine sehr kluge Maßnahme gewesen.

Ragin musste lange in ihrem Gedächtnis kramen, um sich an ihren Unterricht in Schreibschrift zu erinnern. Mit der Hand und einem Stift Buchstaben auf ein Papier zu bringen war zu ihrer Geburt schon eine ausgestorbene Kunst gewesen. Dennoch hatte ihre Mutter darauf bestanden, dass sie es lernte, um sich mit den handgeschriebenen Glückwunsch- und Weihnachtskarten ihrer Tochter schmücken zu können. Das Interesse daran ließ nach dem Umzug auf die Jacht und dem Auseinanderbröckeln der Infrastruktur auf dem Land nach. Schließlich waren alle überlebenden Verwandten, mit denen man noch etwas zu tun haben wollte, irgendwann auch auf der Jacht oder hielten sich an vergleichbaren Zufluchtsorten auf.

Neidisch blickte Ragin hinüber zu ihrer Tischnachbarin, einer jungen Frau, die sich wohl noch im Vorwanderungszustand befand, ihre Haare hingen als dicker geflochtener Zopf über eine Schulter. Ihre Hand ließ die Feder zwischen dem Tintengefäß und dem Papier tanzen, wo sie Buchstabenspuren von Eleganz und Präzision hinterließ. Sie hatte nur kurz aufgeschaut, als Ragin sich am Tisch neben ihr niedergelassen hatte, und gelächelt, war dann aber sofort wieder in ihrer Arbeit versunken.

Serkan hatte Ragin mit einer Metallfeder ausgestattet, die in einen Holzgriffel eingesetzt war. Mit der Ermahnung, nicht zu fest aufzudrücken, hatte er ihr kurz gezeigt, wie tief diese Feder in die Tinte eingetunkt werden sollte und in welchem Winkel sie zu halten wäre, um glatt und flüssig über das Papier zu gleiten. Aber es war eine ungewohnte Fingerhaltung und in Ragins Hand entströmte dem feinen Spalt an der Spitze der Feder entweder zu viel Tinte oder sie kratzte trocken, ohne eine Spur zu hinterlassen.

Vermutlich hatte Ragin mehr als einmal tief geseufzt, ohne es zu merken, denn ihre Nachbarin legte nach einem flüchtigen Blick auf das unregelmäßige Tintenschlachtfeld ihre eigene Feder ab und lächelte Ragin an.

»Schreibst du zum ersten Mal mit einer Feder?«, fragte sie freundlich.

Ragin nickte. Ihre kindlichen Schreibkurse hatten mit einem Füller stattgefunden, dessen Federspitze seidig über das Papier glitt.

»Das ist echt nicht einfach.« Der mitfühlende Ton strafte die Meisterwerke auf dem Tisch der jungen Frau Lügen. »Ich bin übrigens Klotta.«

»Angenehm«, Ragin streckte ihr die Hand entgegen. »Ich bin Ragin.«

»Ja, ich weiß! Wie aufregend!«

»Na ja, gerade finde ich mich sehr, sehr unaufregend, eher so völlig unfähig.«

Klotta lachte.

»Hast du überhaupt je mit der Hand geschrieben?«, fragte sie und Ragin entspannte sich in der offenen Art der anderen.

»Nur als Kind.«

»Na, dann ist es mit der Feder vielleicht einfach zu schwer für dich. Vielleicht wäre es gut, wenn du erst mal mit einem Bleistift anfängst, damit deine Hand sich daran erinnert, wie es ist, Buchstaben zu formen. Warte mal.«

Klotta griff sich ein unförmiges Mäppchen von der Größe eines kleinen Brotlaibes, in dem sie geräuschvoll herumkramte. Dann streckte sie Ragin einen Stab mit Spitze hin.

»Das ist ein Bleistift. Vorne die Spitze, die so dunkelgrau ist, die malt. Man muss den ab und zu anspitzen. Warte …« Ein erneutes klapperndes Kramen brachte ein kleines Kästchen mit einer eingebauten Klinge zum Vorschein. »Hier ist ein Anspitzer.«

»Danke!« Ragin wog den feinen Stift in der Hand, dessen Oberfläche mit einem glänzenden Lack überzogen war. »Sind das noch Dinge aus dem Vorher?«

Klotta nickte.

»Viele Dinge haben überdauert. Na ja, jetzt vielleicht nicht mehr, es hängt ja auch viel davon ab, ob sie feucht geworden sind oder so. Aber die Gründer der Kommune und auch die Generationen danach haben immer wieder Vorräte gefunden und Gebrauchsgegenstände, die noch verwendbar waren. Irgendwann müssen wir uns damit auseinandersetzen, wie wir selbst solche Sachen herstellen. Aber noch nicht.«

Ragin setzte die Bleistiftspitze auf dem Papier auf und zog einen Strich. Ja, das war in der Tat deutlich leichter und das Ergebnis sah schön regelmäßig aus.

»Ich habe noch eine Idee«, sagte Klotta und stand auf. Sie ging zu einem Regal, das voller Schubladen war anstelle von Büchern. Nachdem sie einige davon geöffnet und wieder geschlossen hatte, kam sie mit einem dünnen Heft wieder. »Hier. Das sind Anfängerübungen. Vielleicht hilft dir das, besser reinzukommen.«

Diese junge Frau war ein Engel und Ragin bedankte sich mit einem strahlenden Lächeln.

Den Rest des Nachmittags malte, schnörkelte, strichelte und kreiselte Ragin stillvergnügt Buchstaben mit dem Bleistift. Ab und an spitzte sie diesen nach und arbeitete sich Seite für Seite durch das Heftchen, das ihr beibrachte, der verkümmerten Motorik ihrer Hände jeden Buchstaben des Alphabets zu entlocken.

Als Ergon vor ihrem Schreibtisch stand, war Ragin mit ihren Fortschritten sehr zufrieden.

»Serkan lässt dir ausrichten, du kannst alles liegenlassen und hier morgen einfach weitermachen«, sagte Ergon und beäugte Ragins Arbeitsergebnis. »Anfängerübungen?«

»Na, was denkst du denn?«, brauste Ragin auf, »nach ein paar Jahrhunderten Tiefschlaf und einem Leben, in dem ich etwas nur denken musste, um es auf den Weg zu schicken, waren ein paar meiner feineren Muskeln noch nicht bereit für euer Epos.«

Ergon wurde rot.

»Ja, verstehe. Na dann. Hast du Lust auf einen Spaziergang vor dem Abendessen?«

Ragin streckte ihre verkrampften Schultern.

»Auf jeden Fall«, sagte sie, stand auf und spürte die Freude ihres Körpers, der langen Reglosigkeit des Tages entkommen zu können. Sie gingen Richtung Ausgang und Ergon winkte Serkan zu, der an einem der Becken zum Papiermachen stand und gerade ein großes Blatt von einem Sieb abhob.

»Bis morgen«, rief er Ragin zu und sie winkte ebenfalls.

Der späte Nachmittag draußen hielt, was der Morgen versprochen hatte. Die Sonne schien noch immer, doch der Wind hatte eine angenehme Kühle beibehalten und wehte ihnen als leichte Brise um die Nase, als sie die Halle verließen.

»Was möchtest du sehen?«, fragte Ergon und Ragin zuckte die Schultern.

»Alles?«

Ergon überlegte einen Moment.

»Dann lass uns einfach eine Runde ums Dorf gehen.«

Als sie den Torwächter passierten, fragte Ragin:

»Lässt der mich denn gleich wieder rein?«

Ergon lachte.

»Na sicher. Solange ich bei dir bin.«

»Aber wie ist das mit den anderen Kommunen? Ich brauche doch auch so einen Ausweis, wenn ich mich frei in eurer Welt bewegen möchte, oder? Was macht ihr eigentlich, wenn jemand von irgendwoher kommt, wo sie ihre Babys nicht mit ihrem Geburtsort tätowieren?«

»Kommt selten vor«, brummte Ergon und wies mit der Hand nach rechts, um Ragin in diese Richtung zu lenken. Die Mauer, die Ergonstadt einhegte, wurde auf der Außenseite von einem schmalen Trampelpfad begleitet. Große Bäume mit breiten Blatthänden und glatter grauer Rinde wuchsen neben dem Weg und spendeten Schatten.

»Unsere Walnussbäume«, stellte Ergon sie vor und Ragin nickte. Sie schaute zwischen den Baumstämmen durch auf die Felder, die sich weit erstreckten. Ergonstadt lag wie die Perle in einer riesigen Muschel im Zentrum bebauter Äcker. Zwischen diesen zogen sich Hecken- und Baumreihen radial nach außen.

»Was wächst hier so?«

»Alles.« Ergon zuckte mit den Achseln. »Wir bauen viele Hülsenfrüchte an und ein bisschen Getreide, Kohl und Kartoffeln aller Art und natürlich auch anderes Gemüse. Die Hecken dazwischen tragen Beeren und Haselnüsse, die Bäume meist Steinobst. Außerdem halten sie die Feuchtigkeit im Boden und verhindern, dass der Wind den Boden abträgt.«

»Und was ihr da erntet, reicht, um die Stadt zu ernähren und Euch durch den Winter zu bringen?«

»Das sind nicht unsere einzigen Anbauflächen. In guten Jahren könnte es vielleicht gerade so hinkommen, aber wir verlassen uns nicht auf unser Glück. Es gibt noch mehr Äcker ein bisschen weiter weg und wir haben in den letzten Jahren an unseren Fischteichen gearbeitet, um unsere Proteinzufuhr zu verbessern.«

Ragin genoss den Wind auf der Haut und die über sie wandernden Wärmeflecken der Sonnenstrahlen, die durch die Blätter der Äste fielen.

»Warum die Mauer? Gibt es viele feindliche Gruppen außerhalb?«

Ergon schüttelte den Kopf.

»Nein. Nicht mehr. Die Mauer haben die Gründer der Stadt gebaut, als die Rogues noch stark und aktiv waren. Es war klar, dass es wenig Sinn macht, lagerbare Nahrungsmittel anzubauen, wenn man sie nicht schützen kann. Und wenn man nun schon mal eine Mauer hat, dann kann man sie auch pflegen. Macht weniger Arbeit, als sie abzubauen.«

Ragin lachte. Ja, da hatte er recht. Und für den Fall, dass sich die Geschicke wieder änderten, war so ein Schutz günstig.

Sie genossen ihren Gang durch den frühen Abend. Eine Reihe kleinerer Fischteiche begleitete den Bach, wo er aus Ergonstadt herausfloss und eine Schar weißer Vögel – die erwähnten Gänse – rupften Kräuter an seinem Ufer. Ein weiteres gutes Zeichen dafür, dass der Bach nicht als Abfluss missbraucht wurde, wenn er so sauber aus dem Ort herauskam, wie er hineingeflossen war.

»Was macht ihr mit euren Abfällen und den Fäkalien?«

»Das meiste wird als Dünger genutzt, also wir sammeln das, bereiten es auf und bringen es dann auf die Felder oder in die kleinen Gärten hier. Die meisten Essensabfälle finden in den Haustieren Abnehmer, Gegenstände werden repariert, Stoffe weiterverwendet, schließlich als Lappen und wenn sie dafür auch nicht mehr taugen, finden sie in der Papierwerkstatt noch dankbare Abnehmer. Eigentlich gibt es so gut wie gar nichts, was nicht noch genutzt werden kann. Selbst bei den Dingen, die wir immer noch in alten Lagern oder Siedlungen finden. Wenn die Plastikverpackungen uns nicht unter den Fingern zerkrümeln, verwenden wir sie noch als Material für haltbare Gewebe, ansonsten schmelzen wir sie ein und versuchen dann, sie neu zu gießen oder zu spinnen.«

Warum, so fragte sich Ragin, hatte sich die Menschheit überhaupt je von dieser Art der Kreislaufwirtschaft verabschiedet? Es musste einfach mit der unüberschaubaren Weite des Globus zu tun haben, dass aus ›Das kann man noch gebrauchen‹ ein ›Weg damit, wo ich es nicht mehr sehe‹ wurde. Die Kommunen hier wussten aus ihrer schmerzhaften Vergangenheit, dass der Lebensraum um sie herum begrenzt und hart erkämpft war. Auch wenn sie vielleicht dazu versucht sein könnten, die Dinge, die sie nicht mehr benötigten oder den Müll, den sie nicht aufbereiten konnten, in die Wüsten jenseits der Enklaven zu verfrachten. Als hätte Ergon ihre Gedanken gehört, fügte er hinzu:

»Aber wir können es auch nicht immer verhindern, das Wasser zu verschmutzen. Zum Beispiel beim Gerben von Leder oder dem Färben von Stoffen zu. Da haben wir die Produktion an den Rand der Enklave verlegt, an Bäche, die in die unbewohnte Ödnis hineinfließen.«

»Unbewohnt soweit ihr wisst …«, fügte Ragin hinzu.

»Ja.« Ergon verzog das Gesicht. »Soweit wir wissen.«

Sie gingen schweigend weiter. Ragin genoss die Bewegung und den abwechslungsreichen Ausblick. Kein Feld glich dem anderen, ebenso wenig wie eine der Baumreihen oder der Hecken sich wiederholte. Als sie einen leichten Anstieg hinter sich gebracht hatten, wies Ergon nach unten.

»Hier drunter befinden sich die Hallen, in der die ersten Ergons überlebt haben.«

Die Mauer war hier also einfach oben auf dem mit Erde bedeckten Dach fortgeführt worden. Ragin staunte, wie weitläufig die Hallen sein mussten, denn sie gingen eine Viertelstunde, bis sie einen weiteren Abhang nach unten vor sich sah. Dahinter erstreckte sich ein Feld voller hellblauer Blüten, zwischen die sich ein paar leuchtend rote Kleckse gesetzt hatten. Die leichte Brise zauste die kniehohen Stängel in einen verträumten Tanz.

»Was ist das?«, fragte Ragin begeistert.

»Das ist Flachs.«

»Wie schön! Wofür braucht ihr das?«

»Entweder für Öl oder für Stoff, ich weiß nicht genau, welche Sorte hier gerade steht.« Ergon kratzte sich am Kinn.

»Stoff?«

»Ja, schon mal was von Leinen gehört?«

»Natürlich.«

»Wird daraus gemacht.«

Schweigend ging Ragin weiter, nicht ohne immer wieder einen Blick zurückzuwerfen, solange das himmelblaue Feld noch in Sicht war. Ihr wurde immer mehr bewusst, wie wenig sie wusste. Zumindest von all dem, was in dieser Welt von Bedeutung war. Während alle um sie herum eine ganze Reihe von Fertigkeiten besaßen, schaffte sie es noch nicht einmal, sich an einem Computer aus ihrer Zeit anzumelden. Eine starke Sehnsucht nach der Station und ihrem Leben darin stieg in ihr auf. Verglichen mit dem, was sie hier erlebte, hatte sie sich dort mit jedem Tag stärker und klüger gefühlt. Und vor allem: In Kontrolle. Hier kam sie ja noch nicht mal ohne Begleitung zurück in ihr geliehenes Bett. Sie schüttelte den Kopf und Ergon machte ein fragendes Geräusch. Schulterzuckend sagte sie:

»Ich habe mir noch nie Gedanken darüber gemacht, dass die Fasern, die ich an meinem Körper trage, irgendwann mal als Pflanze auf einem Feld gestanden und wunderhübsch geblüht haben.«

Ergon lachte.

»Nicht alle davon, vielleicht. Wir stellen auch Stoffe aus Nesseln her und von Brennnesseln kann man nun nicht behaupten, dass die besonders beachtenswert wären.«

»Was ihre Schönheit angeht, nicht«, lachte Ragin. Sie erinnerte sich an ein Missgeschick im Wald bei der Station, wo sie von der schmerzhaften Eigenschaft der Nesseln so überrascht worden war, dass sie laut schreiend eine Wildschweinmutter gegen sich aufgebracht hatte. Irgendwie schön, dass diese garstigen Pflanzen auch zu etwas gut waren, auch wenn sie hoffte, dass es Handschuhe für die gab, die sie ernten mussten.

»Erstaunlich«, sagte sie dann nur. Ergon betrachtete sie einen Moment lang nachdenklich.

»Du weißt, dass du hierbleiben kannst, so lange wie du möchtest?«

»Wie meinst du das?«

»Ich werde das Gefühl nicht los, dass du gerne lernen möchtest, wie wir hier leben und ich frage mich, was dich davon abhält.«

Ragin errötete erfreut.

»Das ist sehr freundlich.«

»Ach Quatsch: freundlich. Mach dir keine Illusionen darüber, dass wir nicht auch was von dir wollen.«

»Aber nichts von dem, was mich mal ausgemacht hat, hat hier bei euch noch eine Bedeutung.« Der Gedanke, laut ausgesprochen, klang ganz schön hässlich. Zum Glück widersprach Ergon.

»Meinst du nicht, unsere jungen Leute könnten von dem Trick profitieren, mit dem du Liane von Nicolas ungewollter Aufmerksamkeit befreit hast?«

»Naja, schon …«

»Siehst du! Du könntest Selbstverteidigungsstunden geben. Oder du zeigst es Serkan und der schreibt es dann auf.«

Soweit hatte sie nicht gedacht. Und wenn sie dann auf der anderen Seite lernen würde, wie man aus blauen Blumen ein Hemd anfertigt oder wie man ein Brot backt, das wäre schön. Wenn nur nicht am anderen Ende ihrer Reise Roger auf sie wartete.

»Ich würde so gerne«, sagte sie, »aber ich muss erst einem aus meiner Generation helfen. Vielleicht kann ich ja danach noch etwas Zeit bei euch verbringen?«

»Wann auch immer und wie lange auch immer du möchtest.« Ergon nickte bekräftigend und lächelte sie an. »Und bis du dein Buch geschrieben hast, wirst du ja auch noch etwas Zeit haben, um hier alle auszufragen.«

Das war – in all der Ungeduld, die in ihr wohnte, weil sie die unbekannte Aufgabe mit Roger möglichst schnell erledigen wollte – eine schöne Aussicht.

Während sie nun fast am Ende ihres Rundgangs angekommen waren, fragte sich Ragin, wo eigentlich die ganzen anderen Menschen waren, die die vielen kleinen Häuser in Ergonstadt bewohnten, denn auf ihrem ganzen Weg waren sie niemandem begegnet. Sie hatte doch wohl hoffentlich nicht das Abendessen verpasst? Innerlich lächelte sie über sich selbst. Hatte sie denn noch immer Furcht, zu verhungern? Jetzt, wo sie und Alice doch schon gesund und rund gefuttert waren. Apropos Alice, war das ihre Freundin, die da am Wegesrand in einem Sonnenfleck lag und ihr träge entgegenblinzelte? Na, der schien es hier ja auch gut zu gefallen. Schöner als in der Station war es allemal, solange es nicht regnete. Und viel mehr los …

Seltsam, obwohl sie immer noch niemanden sah, hörte sie nun Stimmen, dazu Geklapper und andere Geräusche, die sie nicht zuordnen konnte. Im Gegensatz zu der Ruhe hier draußen, schienen sich auf der anderen Seite der Mauer alle Bewohner des Dorfes zusammengefunden zu haben. Im Vorbeigehen beugte sich Ragin zu Alice hinunter, um ihr kurz über den Kopf zu fahren. Die Katze gurrte kurz und höflich, doch sah sie keinen Anlass, aufzustehen.

»Was ist denn da los?«, fragte Ragin und Ergon verkniff sich ein Schmunzeln.

»Keine Ahnung«, log er und dann bogen sie um die Ecke.

Wo sie gestern am Wachhäuschen um Einlass gebettelt hatte, begrüßte sie nun ein weit geöffnetes Stadttor. Vom Torbogen hing eine Blütengirlande und dahinter warteten all die Einwohner des Dorfes, die Ragin auf ihrem Spaziergang vermisst hatte.

»Das war ein Trick, der Spaziergang, oder?«, fragte sie Ergon.

»Ach, Trick, das ist so ein starkes Wort«, grinste er.

Jetzt begann die Musik. Zu den zirpenden Klängen von Serkans Oud gesellten sich die süßen Töne aus langgestreckten Blasinstrumenten und auf einer Trommel wurde ein fröhlicher Rhythmus dazu geschlagen. Einige der Einwohner hatten sich zu einer Gruppe zusammengestellt und begannen zu singen. Der Zusammenklang der Stimmen von fein und hoch bis tief und vibrierend, jagte Ragin eine Gänsehaut über den Rücken. Sie hatte nicht gewusst, dass schon Kinder so schön singen konnten. Als ein Mädchen von etwa zehn Jahren die Melodie wie ein Engel kristallklar über den Chor hinweg erhob, traten Tränen in Ragins Augen. Alle lächelten in ihre Richtung, nur Ergon hatte sich halb neben, halb hinter ihr platziert, als wolle er sichergehen, dass sie sich nicht umdrehte und davonlief. Doch war seine Sorge unberechtigt. Statt das Weite zu suchen, griff sie nach seiner Hand und zog ihn in ihre Nähe. Wer auch immer er war, welche Beziehungen auch immer er pflegte, jetzt brauchte sie es, dass er seinen Arm um sie legte, damit sie nicht davonschmolz angesichts des Jubels, der sie übergoss. Und er verstand es. Bis das Lied zu Ende gesungen war, hielt der große Mann die zarte Alte aus dem Vorher warm an seiner Seite. Dann aber schob er Ragin sanft von sich, räusperte sich und drehte sich halb zu ihr. Mit lauter Stimme sagte er:

»Wir können die Ehre nicht fassen, dass du unser Gast bist, Ragin.«

Die Menschen jubelten und Ragin wusste nicht, wie ihr geschah, außer, dass sie bis oben hin mit Erstaunen, Freude und ja – Liebe angefüllt war.

»Mit dir begegnen wir unserer Vergangenheit. Aber viel wichtiger ist es, dass wir das Privileg haben, uns bei dir zu bedanken und dir zu zeigen, wie dein Wirken unsere Gegenwart erst möglich gemacht hat.«

Hier erhob sich in Ragin Widerspruch, schließlich waren es doch all die anderen gewesen, die die wirklich wichtigen Dinge geplant und durchgeführt hatten. Doch Ergon fuhr fort:

»Wir wissen, dass ihr elf wart und wir nur dir hier begegnen können, weil die anderen bereits in den vergangenen Jahrhunderten gestorben sind. Aber besser einer gedankt, als niemandem.«

Erneuter Jubel. Nun trat Dorothe aus der Gruppe des Chors hervor.

»Unser Dank an dich besteht jedoch nicht nur aus flüchtigen Worten, liebe Ragin. Ich ernenne dich hiermit zur Ehrenbürgerin von Ergonstadt mit allen Privilegien. Die Pflichten hast du alle schon vor fünfhundert Jahren im Übermaß erledigt. Jeder hier wird dir ein Dach über dem Kopf bieten, dich bekochen, bekleiden, deine Wäsche waschen. Lerne ein Handwerk, wenn du möchtest oder lieg' in der Hängematte. Was unser ist, ist auch dein.«

Wussten diese guten und fleißigen Zukunftsbewohner, dass dies für Ragin eine Rückkehr in die Kindheit darstellen würde? Auch wenn sie nicht dachte, es wirklich verdient zu haben, es war schön, so herzlich und bedingungslos aufgenommen zu werden. Sie lächelte Dorothe an und umarmte sie. Ergonstadt jubelte und Ragin dachte, dass diese wunderbare Veranstaltung damit beendet sein würde und sie vielleicht in die Menge hineintreten und aus dem Fokus verschwinden könnte. Doch dann trat ein gedrungener Mann aus der Menge hervor, den sie zunächst nicht erkannte. Das braune Haar war glattgekämmt, die noch brauneren Knopfaugen blickten reuig und die roten Wangen flammten stark auf. Ludo, der Torwächter von gestern hielt etwas in den Händen, was Ragin nicht erkennen konnte.

»Damit dir nicht noch einmal so ein missglücktes Willkommen widerfährt, wie ich es dir bereitet habe«, sagte er und hob sein Gesicht, als wolle er die verdiente Schande in aller Öffentlichkeit akzeptieren, »möchten wir dir das Signet von Ergonstadt anbieten, um dir als Ausweis zu dienen.« Damit hob er eine gedrillte Schnur hoch, an der ein hölzerner runder Anhänger baumelte. In einem Doppelkreis war hier das Signet von Ergonstadt geschnitzt: Eichel, Walnuss und Leinblüte. Erneuter Jubel mit Gelächter und ›Ludo‹-Rufen vermengt. Ragin hatte Mitleid mit dem Wächter, ging auf ihn zu und beugte den Kopf, damit er ihr die Schnur über den Kopf streifen konnte. Dann umarmte sie auch ihn. Als sie ihn losließ, strahlte er über das ganze Gesicht, eine Mischung aus Freude und Verlegenheit. Applaus brandete auf. Und dann wurde es still und erwartungsvolle Blicke ruhten auf ihr. Oh weh, jetzt musste sie etwas sagen. Ragin atmete tief ein. Sie ließ ihren Blick in die Menge schweifen, in der sie auch die lächelnden Gesichter von Anka, Pieder und Lars sah, und dachte an das Team der Station in der Zeit, als alles düster, eisig und hoffnungslos aussah.

»Ich wünschte, wir könnten hier alle vor euch stehen«, sagte sie und spürte gleichzeitig mit einem frohen Stolz auch den Schmerz über den Verlust ihrer Ersatzfamilie. »Nach der Vereisung waren wir kurz davor, alles verloren zu geben. Doch gab es immer eine Stimme, die alle anderen ermutigte. Mal war es Olan, der alles begonnen hat, oft war es auch Shree, meine ganz besondere Freundin. Ich wünschte, ich könnte sie euch alle vorstellen, mit ihrem Fachwissen, ihrem Mut und ihrem Optimismus. Aber nun stehe nur ich vor euch und ich habe kaum etwas dazu beigetragen, dass es euch jetzt so gut geht – auf jeden Fall weniger als alle anderen. Darum möchte ich Euch von der ganzen Station etwas ausrichten: Es hat sich gelohnt. Sie wären alle so stolz auf euch, wie ich es bin. Ich freue mich darauf, in den nächsten Tagen noch mehr über euch zu lernen und ich nehme die Ehrenbürgerschaft stellvertretend für uns alle an. Und das Signet auch, denn es wird bestimmt einmal wieder regnen.«

Lautes Gelächter und dann Applaus belohnten ihren Scherz. Mit einem Seitenblick flehte sie Ergon an, die Situation nun in etwas weniger Formelles aufzulösen, doch die Rettung kam von anderer Seite. Ein paar entschiedene Saitenklänge kämpften sich durch das allgemeine Getöse, ihnen sprangen die Flöten zur Seite und die Trommel erschuf einen treibenden Rhythmus. Serkan trat einen Schritt vor, das bauchige Instrument umgeschnallt, dem er eine aufregende Melodie entlockte.

»Lasst uns feiern!«, rief er und damit fiel die Band endgültig in ein Stück, das sofort in die Beine ging. Ergon ergriff Ragins Hand, beantwortete ihre flehende Grimasse mit einem breiten Lächeln und sagte:

»Mach dich locker und lass dich führen«, bevor er sie in ein paar einfache Tanzschritte hineinschob. ›Locker machen‹ war ja nicht so ihre erste Reaktion auf ungewohnte Situationen, doch Ragin ergab sich. Der Jubel und die schöne Ehrung flossen wie ein Rauschmittel in ihr Blut und da sich auch um sie herum Tanzpaare fanden, die miteinander kreisten, an den Händen gefasst herumhopsten oder sich in schwungvollen, eleganten Figuren versuchten, war sie bald Teil der fröhlichen Masse.

Sie, Ragin, Bürgerin von Ergonstadt.

Kapitel 7
Leben in der Stadt

Die Meldung ihrer Blase, dass es Zeit wäre, sie zu entleeren, bohrte sich durch Ragins Schlaf. Sie drehte sich auf die andere Seite, um das drängende Gefühl zu verlagern. Doch der Aufschub war nur kurz und schließlich war sie unwiderruflich wach. Sie lag in ihrem Dachbodenbett und um sie herum war noch alles still. Die Aussicht, sich aus den warmen Decken zu schälen, im Dunkeln durch das Haus zu poltern, um dann das Häuschen im Hinterhof aufzusuchen, war alles andere als verlockend. Aber sie würde so keine Ruhe finden. Also tastete sie nach den Schuhen, streifte sie über und begab sich auf den langen Marsch die Treppe herunter. Im Garten fand sie zunächst den gepflasterten Weg nicht und befeuchtete die Mokassins im taunassen Gras. Schließlich saß sie auf dem Brett und ließ die Ströme fließen. Dass ihre Blase nicht geplatzt war, schien ein Wunder und sie erinnerte sich, dass Alkohol so etwas bewerkstelligte. Überproduktion von Urin und auf der anderen Seite Durst und Kopfweh.

Weil es ohnehin zu dunkel war, um irgendwas zu sehen – oder gesehen zu werden – hatte sie die Tür offengelassen und während sie sich erleichterte, sah sie über dem schemenhaften

Umriss des Hauses die Venus wie einen Diamanten strahlen. Ihre Augen hatten sich an die Dunkelheit gewöhnt und nun sah sie einen zarten grauen Schimmer, der hinter dem Haus den Horizont in einer feinen Linie zog. Der Duft der Nacht war von unbeschreiblicher Süße, die sie selbst in dem eher bedenklich riechenden Häuschen zum Lächeln brachte. Alles war still und schlief einen lebendigen Schlaf. Niemand war da, um es zu sehen, zu erleben, nur sie, sie allein. Warum dies ein perfekter Moment war, verstand sie selbst nicht. Ein tiefer Friede überkam sie, bis sie lautlos über sich lachen musste, wie sie schwärmte, mit nacktem Po auf dem Außentopf. Sie trocknete sich und auf dem Rückweg traf sie die Trittsteine. Vom Aufräumen nach den Mahlzeiten wusste sie, wo Dorothe immer einen Krug Wasser aufbewahrte und in Ermangelung eines Bechers trank Ragin durstig daraus. Sie wischte die Stelle, wo ihre Lippen die Kante des Krugs berührt hatten, mit ihrem Hemdchen ab. Dann schlich sie sich wieder die Treppe hinauf nach oben.

Doch als sie warm eingekuschelt ohne störende Körpergefühle im Bett lag, kam der Schlaf nicht wieder zu ihr zurück. Stattdessen schwirrten ihr Bilder von gestern vor ihrem inneren Auge. Die Stimmung im Fackelschein war ausgelassen gewesen, unterstützt von alkoholhaltigen Getränken in allen Geschmacksrichtungen und Stärken. Am intensivsten erinnerte sie sich jedoch an die Musik. In ihrem Leben hatte es nur wenige Feiern gegeben, bei denen Menschen ihren Instrumenten Klänge entlockten und sie alle lagen in ihrer frühen Kindheit. Die Intensität von Ton und Melodie auf dem Fest zu ihren Ehren hatten sie gemeinsam mit der fröhlichen Stimmung überrollt, mitgenommen und durchdrungen. Nach dem ersten Tanz mit Ergon tanzte sie mit jedem, der sich daran interessiert zeigte: Frau, Mann, Kind. Sie fühlte sich wie ein Wassermolekül in einem Dampfkessel und die Musik ließ sie alle springen und schweben.

Nur mit einem tanzte sie nicht: Serkan saß auf einem Hocker auf der leicht erhöhten Bühne, seine Oud ruhte auf dem Oberschenkel seines aufgestellten Beins und er buchstabierte den Schwung, die Freude, die Leidenschaft in die Feiernden hinein. Ragin versuchte, seinen Blick zu erhaschen, doch sah sie, dass dieser nach innen ging und er nicht wahrnahm, was vor ihm stattfand. Lediglich in den kurzen Pausen, in denen die Band einen Schluck trank, schweifte sein Blick über das Publikum, die klatschenden Menschen, die nach mehr riefen. Und wenn seine Augen dabei kurz auf Ragin ruhten, wanderten sie zu rasch weiter, als dass sie ihnen einen Ausdruck entnehmen, geschweige denn eine Botschaft senden konnte.

Als sie wieder einschlief, begleitete sie ein träumerischer Gedanke, in dem er vom Podest stieg und ihr zum Tanz entgegenkam.

Der Traum-Serkan hatte sich nicht lange bitten lassen, denn sie wiegte sich mit ihm in einem engen Tanz, als unwillkommenes Rumpeln sie aus dem Schlaf riss. Jemand polterte die Stiege nach oben – natürlich Ergon, der unanständig wach und unverkatert wirkte. Mit lauter Stimme dröhnte er:

»Aufgewacht, liebste Ragin, ein herrlicher Tag ist angebrochen und ich liefere dich in einer Viertelstunde an der Bibliothek ab!«

Was sollte die Eile? Wenn sie ein paar hundert Seiten abzuschreiben hätte, dann genügte es doch, wenn sie damit nach dem Mittagessen begann. Ragin stöhnte und zog sich die Decke über den Kopf. Doch Ergon griff mit langem Arm danach und sogleich lag sie in Hemdchen und mit nacktem Po auf der blanken Matratze.

»Auf, auf!«, rief er mit wahrnehmbarer Freude, »Wer trinken kann …«

»… kann auch arbeiten«, kam die lustlose Antwort von Ragin.

Ach ja, sie hatte schon schlimmere Erwachen erlebt und sprang aus dem Bett. Ergon schaute einen Moment zu lang und so blaffte sie ihn an:

»Soll ich mich noch drehen, damit du meinen nackten Arsch in aller Ruhe bewundern kannst?«

»Äh, nein.« Schnell wandte er sich um und polterte die Stiege wieder herunter. Hatte sie ihn doch wenigstens einmal erwischt. Schmunzelnd kleidete sie sich an, die Empfindung der engen Umarmung noch lebendig auf ihrem Körper. Sie gab den Augments, die für die Verarbeitung von Giftstoffen verantwortlich waren, einen kleinen Boost und gönnte sich noch eine Extradosis Cortisol. Als sie die Stiege herunterging, fühlte sie sich frisch und hungrig. Alice lag auf der Bank vor dem Tisch und gähnte Ragin ohne Zurückhaltung an. Noch jemand, der diese kurzen Nächte nicht gewöhnt war. Im Stehen strich sich Ragin etwas Undefinierbares aus einem Töpfchen auf die Scheibe Brot, die noch auf dem Tisch lag und biss herzhaft hinein. Ergon hatte sich an dem Geschirr zu schaffen gemacht und holte jetzt den letzten leeren Teller.

»Das ging aber schnell«, sagte er und Ragin sah, dass die Röte in seinem Gesicht noch nicht verflogen war.

»Wo sind die Becher?«, fragte sie, folgte seinem Fingerzeig, füllte sich den Becher aus dem Krug und spülte das verschlungene Brot mit Wasser herunter. »Fertig!«

Ergon hängte den Spüllappen auf.

»Ich auch.«

»Du hast noch eine Minute«, sagte Ragin, denn plötzlich war ihr eingefallen, wie sie das Passwortproblem lösen könnte. »Ich muss noch mal kurz nach oben.«

Auf der unordentlich zusammengeknüllten Decke saß Alice, die sich wohl noch einen Nachschlag Schlaf an einem ruhigeren Ort gönnen wollte. Ragin beugte sich vor und küsste das Tier zwischen die Ohren. Dann kramte sie in ihrem Rucksack und als sie die Leiter zum Dachboden herabstieg, hatte sich Alice bereits zum Schlafen zusammengerollt.

Die Luft verabschiedete sich bereits von der Kühle der Nacht. Der klare Himmel versprach einen sonnigen Tag. Die Straße war schon belebt und Ragin wurde von jedem Entgegenkommenden freundlich begrüßt. Der Weg zur Halle kam ihr dieses Mal viel kürzer vor und dort angekommen, boxte sie Ergon leicht gegen die Schulter.

»Danke für alles«, sagte sie, denn von dem Moment ihres Abendspaziergangs gestern an hatte sich überraschend viel für sie verändert. Durch ihre Begrüßung und das gemeinsame Feiern war sie Teil einer Gemeinschaft geworden – einer lebendigen Gemeinschaft voller unentdeckter Größen.

Ergon hatte sie verwundert angesehen, als sie in den Strom ihrer Gedanken abgetaucht war. Jetzt schüttelte er den Kopf und strubbelte ihr schnell über die Haare, bevor sie sich wegducken konnte.

»Wart's ab, bis du dein Tattoo kriegst. Old style. Ich hab schon einen Termin für dich bei Totoro gemacht.«

»Ah, kein Morgen ohne Überraschung, das lob ich mir!« Damit knuffte sie ihn noch einmal und wandte sich ab, um in die Bibliothek zu gehen.

Es tat ihr leid, aus dem frischen Morgen in die Dunkelheit und dann das Kunstlicht der Halle einzutauchen. Doch dann sah sie Serkan bei einer Gruppe von Kindern verschiedener Altersstufen, die sich aufmerksam um ihn geschart hatten. Als er Ragin erblickte, wedelte er mit der Hand in Richtung des Glaskastens und Ragin sah, dass die Tür bereits geöffnet war. Sie winkte zurück und spürte Wärme in ihre Wangen steigen. Im Rechnerraum war das Gerät schon hochgefahren, auf dem Bildschirm pochte dieselbe Abbildung einer Passworteingabe, an der sie gestern – war das wirklich erst einen Tag her? – gescheitert war.

Ragin setzte sich auf den Stuhl davor, nahm das Abspielgerät aus dem Mäppchen und suchte ein Mnem heraus. Als sie das Gerät aufsetzte, erschien die virtuelle Darstellung Naledis vor ihr, eine wunderschöne, hochgewachsene Bantufrau in farbenprächtiger Bluse. Lieber hätte Ragin Shree aufgerufen, ihre indischstämmige Geliebte aus dem Team der Station, aber die war Biologin gewesen und hatte nichts mit der Technik der Station – oder anderswo – zu tun. Naledi war nicht so zartfühlend wie Shree, dafür aber genauso hellsichtig in Bezug auf Ragin. Die Persönlichkeiten ihrer Mitbewohner auf der Station waren mit bemerkenswerter KI-Technik auf diesen Datenspeichern erhalten, sie konnten sich sogar an ihre letzten Interaktionen erinnern.

»Wo bist du denn gelandet?«, fragte Naledi, nachdem sie den Raum um sich herum kurz erfasst hatte.

»Ich bin in Ergonstadt«, sagte Ragin.

»Ergonstadt?«

»So nennen die sich hier. Ungefähr 400 Kilometer südlich der Station. Wir müssen mal hier gewesen sein, denn es gibt hier eine Computeranlage von uns.«

»So ein riesiger Hallenkomplex? Automobilfertigung?«

»Ja.«

»Und die nennen sich wie?«

»Ergonstadt.«

»Ergon …« Auf einmal lachte Naledi. »Jetzt erinnere ich mich. Das war so ein kleiner Wichtigtuer, der überall seinen Namen draufpappen wollte. Scheint ihm ja gelungen zu sein.«

»Sieht so aus. Die Gemeinschaft blüht und gedeiht. Die heutigen Ergons sind auch größer und nehmen sich nicht ganz so wichtig.«

»Ach, sag.« Naledi überlegte kurz.

»Alles gut gegangen mit dem Kopter?«

»Anfangs schon.«

»Ups.«

»Wir haben die Schrauben vergessen, die den Sitz am Rahmen befestigen. Die waren nur noch eine Erinnerung an sich selbst, bevor sie ganz zerkrümelt sind.«

»Bist du abgeschmiert?« Ragin meinte, echtes Mitgefühl in dem sonst eher sarkastisch verhaltenen Gesicht zu erkennen.

»Zum Glück hat sich die erste Schraube noch auf dem Boden verabschiedet.«

»Und die anderen?«

»Alle Mus.«

»Verdammt. Daran hätte ich denken müssen.«

»Ach ja. Hätten wir beide. Aber es ist ja nichts passiert.«

Naledi nickte und fragte dann:

»Und jetzt bist du zu Fuß?«

»Jep.«

»Dann muss Roger noch ein bisschen warten. Schadet ihm nicht.«

»Ich hoffe. Es dauert nämlich noch ein bisschen länger.«

»Wieso?«

»Ich darf hier nicht weg, bevor ich ihr Buch der Regeln abgeschrieben habe.«

»Wissen die, wer du bist?«

»Schon. Aber Regel ist Regel. Dafür bin ich gestern Abend eingebürgert worden.«

»Besser du als ich«, meinte Naledi. »Du kannst schreiben?«

»Lerne ich gerade wieder … aber, was ich eigentlich fragen wollte …«

»War bestimmt, ob ich mal sehen möchte, wie es draußen aussieht?«

»Das auch. Aber erst mal würde ich gern das Passwort wissen. Hier …« Ragin zeigte auf den blinkenden Bildschirm.«

»Dafür hast du mich angeschaltet?« Naledi blickte Ragin an, als ob diese nicht mehr ganz zurechnungsfähig sei.

»Du müsstest das Passwort doch noch kennen, das ich immer verwendet habe.«

Einen Moment lang wusste Ragin nicht, wovon ihre Kollegin sprach, aber dann fiel es ihr ein.

»Angelus+2103?«

»Genau. Das Jahr in dem die größte KI von einem superreichen Privatmann umprogrammiert, bei Nacht und Nebel eingesackt und schließlich in seine Raumschiffflotte eingebaut wurde.«

Naledi hatte beim Erfinder von Angelus – jener KI – studiert und hatte deren Missbrauch und Entführung sehr übelgenommen. Ganz zu schweigen von der Ermordung ihres Professors, die auch auf das Konto des Entführers ging.

»Na, dann können wir jetzt ja spazieren gehen.«

»Später.«

»Dachte ich mir fast.«

Ohne weiter auf Naledi zu achten, schaltete Ragin das Abspielgerät ab und nahm es vom Kopf. Da hätte sie auch selber draufkommen können. Aber es war alles so lange her und irgendwie funktionierte ihr Kopf auch gerade nicht so richtig auf Höchstniveau, wie sie feststellte, als ihr Blick verträumt auf Serkans Rücken ruhte, der den Kindern etwas mit wilden Gesten erklärte.

Sie zwang sich, ihre Aufmerksamkeit auf den Computer zu lenken. Jetzt musste sie das Passwort noch über dieses antike Buchstabenbrett eingeben. Sie erinnerte sich, dass sie sich beim Einbau gegen die Sprachsteuerung entschieden und stattdessen auf Militärtechnologie gesetzt hatten. Da war sie zum ersten Mal einer solchen Tastatur begegnet und bereits daran verzweifelt, einen Sinn in der Anordnung der Buchstaben zu finden. Naledi hatte ihr schließlich erklärt, dass die Reihenfolge der Tasten erdacht worden war, um die mechanischen Teile von Schreibmaschinen davon abzuhalten, miteinander in die Quere zu kommen, weil diese dazu neigten, sich zu verhaken. Dazu waren die Tasten der Buchstaben, die oft hintereinander in Worten vorkamen, weit auseinander gelegt worden. Dieser Grund für die scheinbar zufällige und schwer zu merkende Anordnung war schon im Beginn der Computer-Ära nicht mehr vorhanden gewesen. Das Design aber war geblieben, weil es immer zu viel Aufwand schien, alle Benutzer umzugewöhnen. So waren die Menschen einfach. Was einmal da war, neigte dazu, zu bleiben, ob es sich dabei nun um die sinnvollste Lösung handelte oder nicht. Die, die sich daran gewöhnt hatten, sorgten dafür, dass bloß nichts Neues von ihnen verlangt wurde. ›Die Beharrungskraft des Bestehenden‹ hatte Iyke das Phänomen immer genannt, ein anderer ihrer Stationskollegen.

Doch half ihr dieses historische Wissen kein bisschen dabei, die passenden Tasten zu finden. Dazu brauchte es für jeden Buchstaben eine eigene Suche und zum Schluss fiel ihr auf, dass der Anfangsbuchstabe großgeschrieben sein sollte und sie hatte nicht die leiseste Idee, wie das zu bewerkstelligen war.

»Hat es geklappt?«, kam es von Serkan, der sich in die Tür des Glaskastens lehnte.

»Noch nicht«, antwortete sie. »Wie bitte mache ich auf diesem Ding einen Großbuchstaben?«

Oh mein Gott, er konnte lächeln. Also auch wenn es nur eine zarte Andeutung war – typisch Mann, gib ihm ein Überlegenheitsgefühl und er bekommt gute Laune. Er kam näher und stellte sich neben sie – kam es ihr nur so vor, als stünde er ein bisschen zu nah neben ihrer Schulter? Dann beugte er sich zur Tastatur herab. Zu nah, ganz eindeutig. Ragin fühlte, wie die Härchen an ihrem Arm sich aufstellten zu einem wohligen Schauer.

»Hier«, damit zeigte er auf die Taste, die einen Pfeil nach oben enthielt. »Du drückst die Taste und gleichzeitig den Buchstaben, den du groß haben möchtest.«

133

»Ah«, sagte Ragin und tippte nun ein großes A. Dann noch den Rest. Nichts geschah.

»Und jetzt?«

Jetzt streifte sein Hemd wirklich ihre Schulter, denn er wies auf eine Taste, die sich rechts auf der Tastatur befand und auf der ein nach Links zeigender Pfeil mit einem kleinen Haken zu sehen war.

»Mit dem Ding bestätigst du die Eingabe.«

Ragin tippte darauf und die Sternchen der Passworteingabe verschwanden und machten einem Wellenmuster Platz, das wohl die Prüfung und Verarbeitung anzeigen sollte. Schließlich erschien wieder Text.

»Willkommen Ragin!« stand auf dem Bildschirm. »Was willst du tun?«

»Ich bin drin.«

»Sehr gut.« Serkan richtete sich auf und ließ einen Hauch seines angenehmen Geruchs in der Luft neben Ragin zurück. »Irgendwas Wichtiges?«

»Keine Ahnung. Das Gerät fragt mich, was ich tun will. Und ehrlich gesagt, mir fällt nichts ein. Schau selbst.«

Serkan blickte auf die Schrift und nickte dann.

»Also hat es einfach nur auf deine Nähe reagiert und ist jetzt bereit, dir über alles zu berichten, was in der Zwischenzeit geschehen ist.«

»Es hat den Anschein.«

»Gut. Dann kannst du ja jetzt an deinem Buch arbeiten.«

»Ja, das kann ich wohl – nein, warte, es gibt noch etwas, das ich herausfinden möchte. Bestimmt kannst du mir dabei helfen.«

Sie beschrieb ihm die Schrauben, die sich an dem Kopter in Luft aufgelöst hatten. Serkan hörte aufmerksam zu, doch dann schüttelte er den Kopf.

»Ich glaube nicht, dass sich unser Inventar der ersten Ausstattung noch auf einem aktuellen Stand befindet. Aber ich kann mit dir zu den Regalen gehen, auf denen sich die letzten Reste unserer Ersatzteile befinden.«

Ragin stand auf und hielt dann inne.

»Sollen wir den Rechner ausschalten?«

»Ja, besser wäre das. Wer weiß, welche Geheimnisse wir besser nicht kennen sollten«, sagte Serkan. Ragin schnaubte. Es gab wenig Hoffnung, dass man mit dieser einzelnen kleinen Computerinstallation irgendwo noch mehr ausrichten könnte, als einen lokalen Kurzschluss. Doch sie ließ sich von dem Bibliothekar erklären, wie man das Gerät ordnungsgemäß herunterfuhr. Dann verließen sie den Glaskasten und Serkan ging voran in die Tiefe der Halle. Diese verengte sich zu einem Gang, von dem rechts und links Türen abgingen. Das Tageslicht verlor sich hinter ihnen und zu Ragins Überraschung zog Serkan eine schmale Taschenlampe hervor, die ihnen den Weg beleuchtete. Nach etwa fünf Minuten strammen Gehens wählte er eine der Türen aus und öffnete sie, während ihre knarrenden Angeln sich über die Störung beklagten.

Den Schlummer dieses Raums hatten keine Wartungsdrohnen bewacht, wie den der Schlafkammer auf der Station, in der Ragin fünfhundert Jahre verschlafen hatte. Hier hatte sich Staub niedergelassen, der sicher seit hundert und mehr Jahren keinen Luftzug gespürt hatte. Serkan zeigte auf Kisten aus ehemals transparentem Plastik in einem der Regale, deren Überreste die Wände säumten. Daneben zeugte ein rostiger Haufen von einer Werkzeugkiste aus Metall. Der Versuch, die Plastikkisten von ihrem Regalbrett zu ziehen, resultierte in ihrer Zerstörung in spröde zersplitternde Bruchstücke. Diese mischten sich ununterscheidbar mit dem jeweiligen Inhalt, der dem Augenschein nach aus nichts anderem als leeren Verpackungen bestand. Ragin stocherte mit ihrem Messer vorsichtig darin herum und dann noch in dem rostigen Haufen Metallstaub, der daneben lag. Wenn es hier Schrauben gegeben hatte, war es ihnen genauso ergangen, wie ihren Schwestern im Kopter.

»Dann bring mich mal wieder in die Gegenwart zurück«, sagte Ragin zu Serkan. Der zuckte die Achseln und schaute entschuldigend.

»Vielleicht hast du bei den Zitties mehr Glück.«

»Den Zitties?«

»Es gibt eine Siedlung im Wald westlich der Stadt. Die haben noch Zugang zu anderen alten Lagern.«

Im Gang zeigte sich allmählich wieder das Tageslicht. Ragin kam es vor, als würde sie aus einem Grab hinaussteigen und begrüßte die Welt da draußen mit einem Gefühl der Erleichterung. Als Serkan die Taschenlampe ausknipste, meinte sie:

»Wie hast du es denn geschafft, dieses Wunderwerk zu erhalten?«

»Das ist«, er streckte den schmalen Stab vor sich, sodass sie ihn beide gut betrachten konnten, »die Fackel Ergons.«

Ragin wusste nicht, ob sie lachen durfte, tat es dann aber einfach.

»Genau.« Auch Serkan schmunzelte, als er fortfuhr. »Es ist die letzte. Er hatte von diesem Modell zwanzig Stück und dazu noch jede Menge Batterien, die wieder aufgeladen werden konnten. Mit der richtigen Pflege haben uns diese Erbstücke bis hierhin begleitet. Sie lagen immer in der Verantwortung des Bibliothekars und ich hoffe, dass die letzte nicht während meiner Zeit den Geist aufgibt. Natürlich haben wir auch Laternen, aber es ist nun mal Tradition.«

Wie so oft, wenn sie Überbleibseln aus ihrer Zeit begegnete, wusste Ragin nicht, ob sie gerührt oder traurig sein sollte. Statt der Taschenlampe wäre sie viel lieber mit acht funktionsfähigen Schrauben aus der Dunkelheit gekommen. Doch vielleicht wurde sie in diesem anderen Teil des Städtchens noch fündig. Jetzt aber war ihr neues liebstes Hobby dran: die Tradition des Handschreibens.

Zwei Stunden Buchstabenübungen später suchte Ragin nach einem Anlass, den Schreibtisch zu verlassen, um sich zu bewegen. Die Kinder und Jugendlichen, die in der Bibliothek zum Lernen verteilt waren, strebten gerade zum Ausgang. Von Ragins Platz aus war ein Stück Himmel zu sehen und lockte in seiner strahlenden Klarheit, die sie an ihre Kindheit erinnerte. Eine Pause konnte auch sie gebrauchen und so schob Ragin den Stuhl nach hinten und folgte den Kindern ins Licht. Und in die Musik, wie sich herausstellte. Ob auch Serkan Pause machte, oder nur die Profession von Bibliothekar zu Musiker gewechselt hatte, er saß nun wieder auf der Bank, auf der sie ihn gestern zum ersten Mal gesehen und seine Oud gehört hatte. Als Ragin heraustrat, hob sich sein Blick kurz zu ihr und seine Finger zauberten einen kleinen fröhlichen Tanz in die Saiten, bevor sie wieder zu der ernsten Melodie zurückkehrten. Ragin lächelte, dann streckte sie sich und schaute über den Platz, was die Kinder so taten.

Sie rannten und Ragin fragte sich, ob sie einfach mitrennen dürfte. So als eine der Alten. Sie spürte die Lust an der Bewegung und zuckte mit den Schultern. Durfte sie nicht tun, was sie wollte? Schließlich war sie eine der Alten!

»Was spielt ihr?«, fragte sie einen Knirps, der an ihr vorbeirannte.

»Fangen«, stieß er hervor, dann schlug ihn sein Verfolger auf die Schulter. Der Junge schaute sich um, dann wieder zu Ragin, streckte die Hand zu ihr aus und berührte sie. »Und jetzt bist du dran«, sagte er.

So schnell ging es hier manchmal vom Wunsch zur Erfüllung. Die Kinder waren überrascht, wie schnell so eine Erwachsene Haken schlagen konnte und schon bald gehörte auch Ragin wieder zu den Verfolgten. Schließlich hatten sie keine Lust mehr.

»Zeigst du uns was?«, fragte ein Mädchen, dessen Haar in lang geflochtenen Zöpfen über den Rücken hing.

»Was soll ich euch zeigen?«

»Na, irgendwas Besonderes, was du kannst!«, krähte der Knirps, der sie als erstes gefangen hatte. Da fiel ihr das Gespräch mit Ergon wieder ein.

»Soll ich euch zeigen, was ihr machen könnt, wenn ein Rogue euch festhalten will?«

Die Kinder jubelten und so musste Ragin sehr schnell überlegen, wie sie eine solche Übung aufbauen konnte, ohne dass ein Kind dem anderen weh tat. Als Serkans leichtfüßiges Geklimper in ein schnell über alle Saiten geschlagenes Signal überging, um das Ende der Pause anzuzeigen, hatten die Kinder einen Wurf und einen Fußfeger gelernt und Ragin war mit sich zufrieden.

Bei ihrer Rückkehr lag auf ihrem Arbeitsplatz ein schmales Buch etwa so groß wie eine Hand. Sein Einband bestand aus einem dichten Geflecht eines hellen Fasermaterials, doch war das Papier dichter und viel dünner als die Bögen, auf denen Ragin heute mit der Tinte geübt hatte. Serkan kam zu ihr, als Ragin die Seiten behutsam aufblätterte.

»Ein Buch aus deiner Zeit«, sagte er, »Nur der Einband aus Plastik hat es nicht geschafft.«

Ragin strich über das hellbraune feine Geflecht.

»Ulmenbast«, sagte er und sie nickte anerkennend.

»Soweit ich es verstehe, wirst du durch die Ödnis zur anderen Enklave wandern müssen.«

Ragin nickte.

»Darum brauchst du etwas, was dich im Gepäck nicht weiter stört.«

»Danke. Ja, dieses Buch ist sehr gut. Aber passen denn hier alle Regeln rein?«

»Die Hauptregeln auf jeden Fall. Niemand schleppt unser gesamtes Regelwerk mit sich herum.«

»Ich dachte.«

Serkan lachte.

»Tatsächlich wirst du hier schneller weg sein, als dir vielleicht lieb ist.«

»Kann ich bitte mit Bleistift schreiben?«, wechselte Ragin das Thema und wies auf die Sammlung an geklecksten und größtenteils verschmierten Texten, die sie gestern produziert hatte. Im Vergleich dazu sahen die mit Bleistift ausgeführten Übungen geradezu vorbildlich aus. Serkan hob die Brauen, als er das sah.

»Weil du es bist«, sagte er und sammelte die Papiere ein. »Ich vernichte das unauffällig.«

»Danke. Würde meinem Ruf vermutlich etwas schaden.«

»Dann bringe ich dir mal die Vorlage und einen Radierer.«

»Danke sehr!«

Das Buch der Regeln war nur wenig größer als Ragins Büchlein und die Schrift entpuppte sich als groß und fast so gut lesbar als wäre sie gedruckt.

Über das Leben in der Kommune

stand auf dem Titel und Ragin kopierte es auf das vorderste Blatt in ihrem Buch, so ordentlich sie konnte.

»Ich lasse dich allein«, sagte Serkan und Ragin lächelte ihm zu, bevor sie sich ganz ihrer Arbeit zuwandte.

Wir haben es den besseren Anteilen in uns zu verdanken, dass wir als Kommune den Untergang von allem, das wir kannten, überlebt haben. Diese besseren Anteile wollen wir pflegen, weitergeben und schützen. Der Egoismus des Vorher konnte immer nur so lange funktionieren, solange der Überfluss des einen mit dem Hunger des anderen bezahlt wurde, die Bequemlichkeit hier mit Plackerei dort, Sauberkeit im eigenen Lebensraum mit Müll und Gift in einem anderen. Wir wollen als Menschen nicht mehr »wir und ›diese dort‹ sein, wir wollen füreinander zuständig sein und lieber zusammen einen Weg aus dem Mangel finden, wie es uns bereits so viele Male gelungen ist.

Der Egoismus des Vorher hat es uns gelehrt, dass die Prinzipien der Gemeinschaft Schutz benötigen gegen Menschen, die sie nicht beachten oder missbrauchen möchten. Daher ist es nötig, sich an die Regeln zu halten, um Teil der Kommune zu sein. Verfehlungen werden markiert und bestraft. Wiedergutmachung wird entschieden und kann stets erneut angestrebt werden.

Uns ist bewusst, dass die Regeln für eine Gemeinschaft ebenso fest wie lebendig sein müssen. Wir werden hier niederlegen, wie die Kommune entscheidet, wie sie die Regeln lehrt und ihre Einhaltung schützt, wie sie ihr Wesen an die Jugend weitergibt und diese schließlich in die Welt hinausschickt. Wir legen auch fest, wie wir die Regeln anpassen, wenn es nötig wird und wie wir herausfinden, wann es nötig ist. Offenheit der Welt gegenüber ist eine Überlebensbedingung in unserer prekären Situation, genauso wie Geschlossenheit. Möge uns immer die rechte Balance gelingen.

Nach dieser Präambel wurde zunächst erklärt, wie Entscheidungen getroffen wurden und Ragin war nicht erstaunt, dass viele Regeln dazu dienten, zu verhindern, dass sich einzelne Personen festsetzten und zu viel Macht auf sich versammelten. Es gab auch interessante Unterschiede in der Behandlung von Fragen, die schnelle Entscheidungen brauchten und solche, die eher grundsätzlicher Natur waren. In der Regel wurde ein zufällig zusammengewürfeltes Gremium beauftragt, die beste Lösung für ein Problem oder eine Handhabung zu finden. Schließlich kam sie zum nächsten Thema, bei dem sie an Tamas denken musste.

Dieser junge Mann war ihr erster menschlicher Kontakt nach dem Erwachen gewesen. Er hatte sich am Ende seiner Wanderschaft befunden, als sie ihn im Wald vor der Station gefunden hatte. War es eigentlich Ergonstadt, wo er die junge Frau getroffen hatte, zu der er zurückkehren wollte? Sie musste noch einmal nachsehen. Jetzt schrieb sie mit zunehmend schmerzendem Handgelenk die Regeln der jugendlichen Wanderschaft auf. Jede und jeder hatten die Pflicht, sich ab dem Alter von achtzehn Jahren auf die Wanderschaft zu begeben. Bis dahin hatten die meisten schon eine erste Ausbildung absolviert und damit Kenntnisse, mit denen sie sich in einer anderen Gemeinschaft nützlich machen konnten, in denen sie noch keine Beziehungen geknüpft hatten. Es war ein fest etablierter Jungbrunnen für jede Gemeinschaft, in der ein steter Fluss an Nachwuchs ankam, neue Dinge lernte und andererseits gelernte Dinge weitergab. Die minimale Dauer der Wanderschaft war durch die Länge der Haare bestimmt, welche zum Beginn geschoren wurden. Sobald sie sich wieder im Nacken zusammenfassen ließen, durften die jungen Menschen nach Hause, um einige Erfahrungen reicher. Auch wenn der Zeitpunkt nicht weiter festgelegt war, mussten sie es sogar irgendwann. In ihrem Herkunftsort wurde von ihnen erwartet, dass sie all das Wissen, das sie gesammelt hatten, vorführten, es schriftlich niederlegten, bevor sie entschieden, wo sie sich niederlassen wollten. Oft entstanden aus den Wanderungserkenntnissen Neuerungen in der heimatlichen Gemeinschaft.

Ragin legte den Stift auf den Tisch und massierte sich die schmerzende Rechte. Ihr gefielen diese durchdachten Regeln und vor allem gefiel ihr, dass sich niemand an die Spitze setzen konnte. Wie schon bei dem Thema Erbschaft ging es an vielen anderen Stellen darum, dass niemand unverdient von der Arbeit anderer profitieren konnte. Dabei wurde für jeden gesorgt und niemand musste draußen vor der Tür hungern. Es gab ein schwindelerregend auf Ehrlichkeit gebautes Prinzip der Notwendigkeit oder Bedürftigkeit, das innerhalb der Kommune den Handel ersetzte.

Alle zusammen bildeten Handwerkerinnen und Bauern, Sammler und Jägerinnen, Künstler und Philosophinnen ein Netz, in dem jede einen Teil zu den Bedürfnissen der Einzelnen und der Gemeinschaft beitrug und sich auf der anderen Seite nehmen konnte, was er brauchte – sofern es denn vorhanden war. Es wurde lediglich vorausgesetzt, dass niemand sich auf die faule Haut legte und nur die anderen arbeiten ließ. Nach dem eigenen Vermögen und den individuellen Talenten tätig und beteiligt zu sein war die Grundlage dafür, dass ein Mitglied der Gemeinschaft zum Schuster gehen und sich ein paar Schuhe machen lassen konnte, ein Stück Tuch bekam, um sich eine Hose daraus nähen zu lassen, Getreide für Brot erhielt, eine Musikerin zu seiner Hochzeit bestellen konnte. Da alle beitrugen, durften alle teilhaben. Zu bestimmten Zeiten gab es gemeinschaftliche Arbeitseinsätze, wenn zum Beispiel geerntet wurde, ein größeres Bauwerk errichtet werden sollte oder eine Flut oder ein Sturm Schäden angerichtet hatte, die schnell behoben werden mussten. Aber eine solch formelle Ansage war in der Regel nicht nötig, wie Ragin den Fußnoten des Textes entnahm – welche sie nicht abschrieb.

Die Verfasser des Textes gingen davon aus, dass alle Menschen gern schöne Dinge schaffen wollten, seien es Gegenstände, gute Speisen, schöne Räume, Gedichte und Lieder. Außerdem wurde als weitere Triebkraft das Eingebundensein in die Gemeinschaft gesehen. Also waren auch alle Aktivitäten, in denen man sich um andere kümmerte, andere pflegte, umsorgte, ihnen half von hohem Wert. Die Idee, dass Tätigkeit nur durch die Aussicht auf Gewinn von abstraktem oder konkretem Reichtum motiviert werden konnte, schien aus dieser neuen Welt verschwunden – zumindest hier aus dieser Gemeinschaft. Neben der Notwendigkeit, für die tägliche Nahrung und die anderen grundlegenden Bedürfnisse zu arbeiten, schien hier jeder Zeitvertreibe zu finden, die als bereichernd empfunden wurden und deren Ergebnisse oft geteilt oder weitergegeben werden konnten.

Die Überwachung der einzelnen Beiträge wurde nicht zu genau genommen. Neben den Reisenden, die als Teilzeithändler für den Austausch spezieller Güter zwischen den Kommunen sorgten, konnten ganz allgemein Reisende an den Produkten der Gemeinschaft teilhaben, ohne eine Gegenleistung zu bringen. Da dies alle Kommunen so handhaben, glich es sich im Großen und Ganzen aus. Und wenn die Reisenden dann doch etwas einbrachten, Gegenstände oder Kenntnisse hinterließen, dann war es natürlich noch besser und glich die Untätigkeit derjenigen aus, die wenig anderes machten, als durch die Weltgeschichte zu wandern. Und wenn es jemand übertrieb, immer wieder eine Gemeinschaft besuchte, ohne etwas beizutragen, dann wurde das augenfällig und wäre ein Grund, einer Person den Zugang zu verweigern oder sie als Quittung für einen widerwilligen Einlass mit einem Tattoo zu markieren. Niemand wurde gezwungen, produktiv an einer Gemeinschaft teilzuhaben, aber wer als Trittbrettfahrer versuchte, sich auf den Leistungen der anderen auszuruhen, der wurde nach und nach von allen Gemeinschaften ausgeschlossen. Diese Personen konnten immer noch unabhängig für sich leben, aber es war letzten Endes weitaus bequemer, sich doch einfach irgendwo niederzulassen und zu beteiligen.

Ihr Magen knurrte, soviel also zur Beteiligung. Doch bevor Ragin sich überlegen konnte, wie sie an ein Mittagessen kommen würde, sah sie ein Winken im Gegenlicht der Eingangstür. Ohne Zögern stand sie auf und ging hinaus. Hier hatten die Kinder einen der Tische auf dem Platz gedeckt und der Knirps, der sie vorhin gefangen hatte, strahlte Ragin an.

»Willst du mit uns essen?«, fragte er und Ragin nickte dankbar. Eine pummelige Frau mittleren Alters schaute

Ragin mit schönen dunklen Augen an. Dann streckte sie ihre Hand aus, die Ragin nahm und schüttelte.

»Ich bin Ella«, sagte die schwarzhaarige Schönheit. »Heute unterrichte ich die Kinder. Wir würden uns freuen, wenn du dich zu uns setzt und mit uns isst. Die Kinder haben eine Menge Fragen an dich.«

»Dann hoffe ich, dass ich darauf Antworten habe«, antwortete Ragin. »Und die Einladung zum Essen kommt gerade recht.«

Ragin wurde der Platz an der Stirnseite des Tischs gewiesen und sie ließ sich nieder. »Was möchtest du essen?«, fragte der Knirps, der sich den Platz zu ihrer Rechten gesichert hatte. Da sie die Speisen nicht kannte, fragte sie:

»Kann ich von jedem ein kleines bisschen haben?«

Ihr Teller wurde von einer Kinderhand genommen, wanderte dann einmal um den Tisch herum und kam gut gefüllt bei ihr an. Dann bedienten sich alle anderen. Ragin wartete und tatsächlich wählte Ella eines der Kinder aus, das den Dankesspruch aufsagte, den Ragin schon von Ergon kannte, bevor sie zu essen begannen.

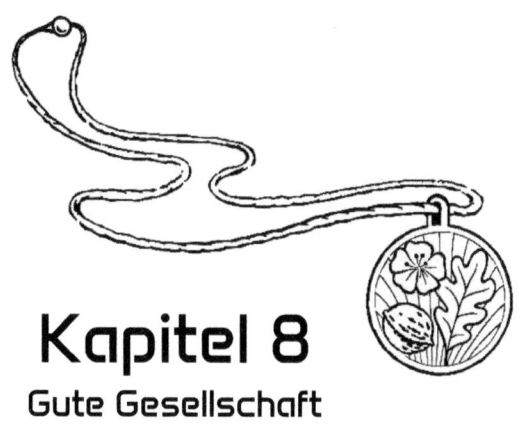

Kapitel 8
Gute Gesellschaft

»Was kann ich beitragen?«, fragte Ragin Ergon, der sie von ihrem Schreibtisch losgeeist hatte. Sie bummelten durch Ergonstadt und Ergon erzählte ihr alte Geschichten über das ein oder andere Haus. Eine Weile waren sie schweigend gegangen.

»Wie meinst du das?«, fragte er, aus gänzlich anderen Gedanken gerissen.

»Na ja, ich bekomme hier alles gestellt: ein Bett, Essen, Schuhe, ein Buch. Ich möchte gern direkt etwas zurückgeben.«

Ergon setzte sichtbar zu einem Protest an, doch Ragin stoppte ihn mit einer Hand auf seinem Oberarm.

»Vergiss mal bitte das ganze Zeug mit *den Alten*, Ergon. Bevor ich mich dem Team angeschlossen habe, lebte ich ein Leben in unverdientem Luxus und verbrauchte an jedem Tag mehr Ressourcen als andere in einem Jahr. Ich hatte mir das weder ausgesucht, noch konnte ich das ändern – bis zu dem Zeitpunkt, als ich dieses Leben verlassen habe. Aber ich möchte diese schlechte Gewohnheit nicht wieder anfangen.«

Ergon hob abwehrend die Hände.

»Gut, gut«, sagte er.

»Ich zeig dir, was du machen kannst. Hilfe ist immer willkommen.« Er überlegte kurz, dann beschleunigte er seinen Schritt.

»Wo gehen wir hin?«, fragte Ragin.

»Erdbeeren trocknen«, war die knappe Antwort. »Also du, ich mache lieber was anderes.« Ergon grinste breit. Sie bogen in eine schmalere Gasse ein, über der zierliche, spitzflügelige schwarze Vögel hin- und hersausten.

»Wie heißen die?«, fragte Ragin.

»Das sind Schwalben. Früher sind sie im Herbst bis Afrika gewandert. Heute züchten wir ihnen im Winter in den unbewohnten Dachböden Fliegen. So haben wir ihnen das Wandern abgewöhnt. Vielleicht würden sie auch ihre alten Brutgebiete in Afrika finden können, aber wir wissen nicht, wie es dort aussieht und ob sie sich dort ernähren könnten. Die Meere sind so weit geworden, dass sie der Weltraum sein könnten.«

»Mit wie vielen Kommunen steht ihr in Kontakt?«

»Da musst du Dorothe fragen – oder in der Bibliothek nachschauen. Dort findest du die Reiseberichte.«

»Jede Kommunikation ist in Schrittgeschwindigkeit unterwegs?«

»So ist es.« Ergon schaute auf seine Füße, die in groben Sandalen steckten und fügte hinzu: »Es ist ein gutes Tempo.«

Das Haus, vor dem sie hielten, war der Flügel eines dreiseitigen Gebäudes. Haupthaus, Scheune und Wirtschaftshaus bildeten zwischen sich einen offenen Hof, auf dem eine Handvoll Menschen beschäftigt waren.

»Viel Spaß«, sagte Ergon und winkte kurz in die Richtung der kleinen Versammlung, bevor er weiterging.

Die nächsten zwei Stunden verbrachte Ragin damit, einen riesigen Haufen Erdbeeren zu reinigen, das Grün zu entfernen und die Früchte dann zu Scheibchen zu zerschneiden. Diese wurden auf mit Gaze bespannte Rahmen gelegt, welche wiederum dicht an dicht übereinander in große Kästen eingeschoben wurden.

»Was passiert da drin?«, fragte Ragin ihre Nachbarin, eine rot-haarige Frau, die von drei Kindern wie von Satelliten umkreist wurde. Sie rief das älteste zu sich.

»Erklär doch Ragin mal, was wir hier machen.«

Der Junge hatte die feuerroten Haare der Mutter geerbt, dazu einen Sprenkel von Sommersprossen im Gesicht. Er baute sich so nah vor Ragin auf, dass sie seine kupferroten, lang geboge-nen Wimpern bewundern konnte.

»Das sind unsere Trockenkästen«, fing er an. »Da unten, siehst du die schwarze Rampe?«

Darüber hatte Ragin sich auch schon gewundert. Jeder Kas-ten hatte von seinem Bodenbrett bis nach unten auf den Boden eine Art Rutsche. Diese war in der ganzen Kastenbreite aus Holz gebaut, innen schwarz ausgemalt und oben mit einer Glas-scheibe abgedeckt. Sie nickte.

»Wenn die Sonne da drauf scheint, wird die Luft unter dem Glas heiß. Was passiert mit heißer Luft?«

»Steigt nach oben?«

»Genau! Und was ist oben?«

»Na, der Kasten mit den ganzen Rahmen, auf denen die Erd-beeren liegen.«

»Richtig. Durch die heiße Luft werden sie schnell getrocknet. Die Feuchtigkeit kann oben aus den Schlitzen entweichen.«

»Verstehe. Ein tolles Gerät.« Und es kam ganz ohne Strom aus – so lange die Sonne schien auf jeden Fall.

»Aber wieso trocknet ihr überhaupt Erdbeeren?«, fragte Ra-gin. »Die schmecken doch frisch am besten.« Was sie gerade selbst festgestellt hatte, denn nachdem sie gesehen hatte, dass ihre Nachbarin selbst von den Früchten naschte und jedem Kind, das vorbeikam, eine Erdbeere in den Mund stopfte, hatte sich auch Ragin bedient. Zunächst zögernd, doch dann mit wachsender Begeisterung. Schließlich sollte der Haufen an ro-ten Knubbeln doch sicher nicht über Nacht stehen bleiben.

»Damit wir im Winter auch noch was davon haben. Da gibt es nicht so viel Süßes draußen.«

Zufrieden schnitt Ragin weiter mit Händen, über die der rötliche Saft rann, bis alle Früchte verarbeitet waren. Sie half noch dabei, die Brettchen zu reinigen und hielt schließlich selbst ihre Finger unter den Wasserstrahl, den eines der Kinder mit einem Pumpenschwengel erzeugte. Eisiges frisches Wasser. Sie hätte nicht übel Lust, sich nackt darunter zu stellen, denn irgendwie fühlte sie sich auf einmal am ganzen Körper klebrig, doch wollte sie niemanden schockieren.

Als sie sich wieder zum Arbeitsplatz umdrehte, der aus ein paar Brettern auf Böcken bestanden hatte, sah sie, wie dieser neu beladen wurde. Das Abendessen wurde ausgelegt, und als Ragin zaghaft ansetzte, den Hof zu verlassen, wurde sie energisch zurückgeholt, auf einen Stuhl gesetzt und aufgefordert, sich zu bedienen.

»Bevor du uns wieder verlässt«, sagte die Rothaarige, »will jede von uns hier sagen können, dass wir dich einmal bewirtet haben. Also lass es dir schmecken.«

Ragin ließ sich das nicht zweimal sagen.

Statt Alkohol hatte es Tee zum Abendbrot gegeben, einen Aufguss aus getrockneten Erdbeer- und Brombeerblättern mit ein paar getrockneten Fruchtstückchen darin, der überraschend angenehm geschmeckt hatte. Die Luft wurde kühl und die Sonne war hinter den Häusern verschwunden, als Ragin sich von dem Stuhl erhob und ihr Dankeschön in die fröhliche Gemeinschaft winkte. Das jüngste der drei Kinder war schon halb im Stehen eingeschlafen, den Oberkörper auf den Schoß seiner Mutter gelegt. Die hatte jedoch Ragins Angebot, noch beim Abräumen zu helfen, abgelehnt. Die anderen Mitglieder des Hofes sorgten dafür, dass die Speisen wie mit einer Ameisenstraße vom Tisch in die Speisekammer wanderten.

Ragin streckte sich. Das lange Sitzen am Schreibtisch und jetzt bei der Arbeit und beim Essen machte sich in ihrem Rücken bemerkbar.

»Na, hast du noch Lust auf ein bisschen Bewegung?«, fragte ein freundlicher alter Mann, der zwei große Taschen über den Schultern trug.

»Könnte nicht schaden«, meinte Ragin. »Wohin soll's denn gehen?«

Das Lächeln des Mannes enthüllte eine unvollständige Reihe an Zähnen, während er sich die Taschen von den Schultern pflückte und sie Ragin entgegenstreckte.

»Es ist nur ein kurzer Spaziergang. Die Zitties erwarten ihren Anteil am Getrockneten. Du musst nur zum Westtor rausgehen und dann dem Weg in den Wald folgen.«

Ah, die Zitties. Die vielleicht Schrauben für sie hätten. Dennoch, es war schon spät.

»Wie weit?« Ragin war immer misstrauisch, was ›kurze Spaziergänge‹ anging, seit sie mit Jokki und Naledi in den Anfängen der Schneeballerde unterwegs gewesen war. Beide waren vor der Klimakatastrophe Wanderjunkies gewesen und ihre Vorstellung von Spaß hatte in zehnstündigen Fußmärschen ohne Pausen bestanden. Wenn eine von beiden mal ›eben um die Ecke‹ wollte, hatte Ragin sich immer eine Wasserflasche und etwas zu Essen mitgenommen.

»Kein Kilometer«, antwortete der Alte und wippte auffordernd mit den Taschen. »Und du wirst es nicht mal schaffen, dich zu verlaufen, auch wenn du dir die Augen zubindest.«

Mit einer Grimasse nahm Ragin die Taschen an, die trotz ihres ausgebeulten Zustandes wundersam leicht waren. Na klar. Getrocknetes Zeug.

»Erdbeeren von uns und ihr Anteil an den getrockneten Steinpilzen. Du kannst gern bei ihnen die Taschen wieder vollmachen, falls sie mehr Pilze gepflückt haben und sie uns zum Trocknen mitbringen. Richte meiner frechen Jakta schöne Grüße aus!«

Lächelnd tätschelte der Mann Ragins Schulter und humpelte dann über den Hof. Ragin orientierte sich kurz: Westen war da, wo die Sonne gerade hinter den Gebäuden verschwand. Auch wenn ein Kilometer schnell zurückgelegt war, sie sollte sich dort nicht zu lange aufhalten, wenn sie im Hellen wieder zurück sein wollte.

Die nächste Straße nach rechts ging nicht ganz bis zur Mauer, Ragin schaute in beide Richtungen, um abzuschätzen, welche sie näher zum Westtor führen würde. Sie entschied sich für links und wurde bei der nächsten Kreuzung mit einem Blick auf die Innenseite der Mauer inklusive Durchgang belohnt. Das ›Tor‹ stellte sich als niedrige Holztür heraus, die sich von innen durch einen primitiven Mechanismus öffnen ließ: eine eiserne Schlaufe, die sie zu sich hinzog und damit den in der Tür versenkten Riegel aus dem schmalen Schacht in der Mauer befreite. Die Tür bewegte sich leicht in offenbar gut geölten Angeln. Ragin bückte sich und trat hindurch. An den schmalen Pfad, der vom Rundweg abging und sich vor ihr durch Gemüsegärten Richtung Wald zog, erinnerte sie sich gar nicht. Vielleicht war sie an dieser Stelle bei ihrem Gang mit Ergon zu sehr ins Gespräch vertieft gewesen. Die Tür fiel ohne ihr Zutun hinter ihr zu, das Schloss hakte sich ein und ließ sie draußen stehen. Von außen war nur ein Schlüsselloch zu sehen. Aber sie würde ja gleich wieder zurück sein und dann war das große Tor sicher noch besetzt. Immerhin regnete es nicht.

Froh darüber, sich bewegen zu können, schritt Ragin weit aus und war im Nu am Waldrand angelangt. Die Laubbäume, hier hauptsächlich Eichen, überschatteten den Weg so stark, dass ihre Augen einen Moment brauchten, um sich an die Lichtverhältnisse zu gewöhnen. Dann ging es weiter, der Pfad war gut sichtbar und frei von Laub, nur ab und zu knirschte eine trockene Eichel vom letzten Herbst unter ihren Füßen. Der Duft des Waldes umfing sie und mischte sich mit einer Prise Rauch. Irgendwo musste jemand ein Feuerchen unterhalten und in der Ferne sah sie auch schon einen orangefarbenen Schimmer flackern. Je näher sie kam, desto mehr wunderte sie sich, denn das sanfte Glosen blieb seltsam verhalten. Bis sie sah, dass es aus einem Bärenkopf kam, der auf dem Waldboden auflag und dessen Augen rot glühten. Der eisige Schreck, der sie erstarren ließ, war nur von kurzer Dauer, bis sie sah, dass der Bärenstirn ein Büschel Farnwedel entspross.

Was war das? Eine Art Höhle? Während sie vorsichtig darauf zuging, hörte sie von rechts des Weges Plätschern und Prusten. Ein Abzweig des Pfades führte in die Richtung der Geräusche und Ragin entschloss sich, diese zuerst zu erkunden, bevor sie sich dem Rätsel des glutäugigen Bären zuwandte. Eine in den Pfad eingearbeitete Brücke über einen Bach geleitete sie zu einem Teich, der von einem kleinen Wasserfall gespeist wurde. Die Wasseroberfläche wurde durch einen Körper durchbrochen, der rücklings ausgestreckt darauf trieb, durch weich liegende Brüste als weiblich erkennbar. Silbernes Haar fächerte sich auf der Wasseroberfläche aus, bis die Füße zu paddeln begannen und den Kopf durch den Fächer hindurchtrieben.

»Anka?« Ragin war sich nicht sicher, doch wollte sie nicht länger heimlich beobachten. Das ruhige Wenden des Kopfes der Schwimmerin zeugte davon, dass diese sich sicher und entspannt fühlte. Als ihr Blick auf Ragin fiel, breitete sich ein Lächeln auf dem Gesicht der älteren Frau aus. Mit sachten Paddelbewegungen der Arme schaufelte sie sich aufrecht.

»Ragin! Wie schön, dich wiederzusehen.« Sie nahm mit ein paar Schwimmzügen Kurs auf eine Leiter, die nahe der Brücke, auf der Ragin stand, aus dem Teich hinausführte.

»Anka!« Auch Ragin freute sich. Diese stieg aus dem Wasser, wie schon am Fluss ohne Scham für ihre Nacktheit. Sie lachte.

»Du hast also auch deinen Weg in die Zittie gefunden. Hast du Lust, noch einen Gang in der Schwitzhütte mitzumachen?«

»Ich sollte euch getrocknete Erdbeeren und Pilze bringen«, sagte Ragin, die fand, dass ›Schwitzhütte‹ nicht sehr einladend klang.

»Häng die Taschen da an den Baum und komm mit. Dann lohnt es sich, angefeuert zu haben. Die anderen werden sich auch freuen, dich kennenzulernen.«

Gehorsam entledigte sich Ragin der Taschen und folgte Anka, die sie am Teichufer entlang zu einem Hügel führte. Der entpuppte sich beim Näherkommen als künstliche Konstruktion aus zueinander gebogenen Ästen, die mit Bahnen irgendeiner Plane verkleidet worden war. Durch Schlitze drang ein orangefarbener Schimmer nach draußen wie bei dem Bärenkopf und Ragin wunderte sich, ob auch dieser Hügel aus einer anderen Perspektive nach einem riesigen Tier aussehen würde.

Anka klopfte mit der flachen Hand auf eine Holzbank.

»Hier kannst du deine Kleidung ablegen.« Sie drehte sich zur Schwitzhütte und rief: »Ihr werdet staunen, wen ich am Teich gefunden habe!« Dann hob sie eine aus Reisig geflochtene Tür ab, die auf der Rundung der Hütte auflag.

»Beeil dich«, sagte sie zu Ragin. »Die Wärme entweicht sonst.«

So häufig hatte sie sich noch nie vor fremden Menschen ausgezogen, doch was sollte das Zögern, dachte Ragin und streifte sich Hose, T-Shirt und Wäsche vom Körper. Anka war schon halb verschwunden und Ragin beeilte sich, hinterherzukommen. Drei Stufen führten in eine Kuhle, über der sich das Kuppeldach wölbte und als sie unten war, ließ Anka die Tür zufallen. Auch wenn das Licht außen schon nachgelassen hatte, mussten sich Ragins Augen hier drinnen noch einmal umgewöhnen. Lediglich eine Kerze sorgte für ein Minimum an Sichtbarkeit. Zwei weitere Frauen saßen auf der einfachen Erdbank, die das Rund auskleidete. Beide blickten ihr etwas zurückhaltend entgegen und Ragin dachte sich, dass sie wohl nicht die Einzige war, die in ihrer Nacktheit überrumpelt wirkte.

»Das ist Ragin!«, sagte Anka, die sich an einem kleinen Eimer zu schaffen machte. »Ragin, das sind Jakta und Melrin.«

Ragin lächelte, die beiden Frauen nickten ihr zu. Beide waren dunkelhaarig, doch während die kurzen Locken der einen bereits von Silberfäden durchzogen waren, rahmten die glatten Haare der anderen ein junges Gesicht. Eines, das Ragin seltsam bekannt vorkam.

»Bitte setz dich zu uns«, sagte Jakta, die ältere der beiden, und zeigte auf einen Platz neben ihr, wo die festgeklopfte Erdbank mit einem grob gewebten Tuch bedeckt war. »Bevor Anka ihre Drohung da wahrmacht und wir gleich gar nichts mehr sehen.«

Tatsächlich hob Anka eine Schöpfkelle mit einer Flüssigkeit aus dem Eimer und goss diese auf die Steine, die in einer Kuhle in der Mitte der Hütte lagen. Der zischende Dampf, der aufstieg, zeugte davon, dass diese Steine der Ursprung der Hitze in der Kuppel waren. Ragin sank neben Jakta auf die Bank und schaute in den Nebel, der sich wohlriechend einatmen ließ. Welche Kräuter dies auch immer waren, sie hoffte, dass sie keinem schamanistischem Ritual beiwohnte, das ihre Sinne vernebeln würde. Ob es Dampf war, der sich auf ihrer Haut absetzte oder erste Schweißtropfen, die sich bildeten, konnte sie nicht sagen.

»Wir haben von dir gehört«, sagte die junge Frau – Melrin – als sie langsam wieder wagten, tiefer Luft zu holen. »Was für eine Ehre, dass du uns hier besuchst.«

»Ja«, fügte Jakta hinzu. »Womit haben wir die verdient?«

Ragin dachte sich, dass sie bislang noch niemandem begegnet war, der sie so skeptisch angeschaut hatte. Sie lächelte versuchsweise, doch dann fiel ihr ein, warum ihr Melrins Gesicht so bekannt vorkam.

»Ich habe euch getrocknete Pilze und Erdbeeren gebracht«, sagte sie zu Jakta und dann zu Melrin: »Kennst du zufällig einen Tamas?«

Wenn das Strahlen in Melrins Gesicht echtes Licht gewesen wäre, sie hätte sie alle geblendet, die da im Dämmerlicht hockten.

»Ja«, sagte sie, »den kenne ich.«

»Ich auch.« Ragins Lächeln spiegelte Melrins Ausdruck wider. »Er ist mir auf seiner Heimreise begegnet.«

»Ging es ihm gut?«, fragte Melrin, begierig auf jeden Fetzen an Information.

»Ja. Nur seinem Hund ist was passiert – er hat sich mit einem Wildschwein angelegt.«

»Oh je.« Melrins Hand flog vor ihren Mund.

»Aber wir konnten ihn wieder zusammenflicken«, beruhigte Ragin sie. »Tamas und er haben zwei Nächte bei mir geschlafen und dann sind sie weitergezogen. Er hatte es ziemlich eilig, nach seinem Pflichtbesuch zu Hause wieder bei dir vorbeizukommen.«

»Aber wie hast du mich erkannt?«, fragte Melrin.

»Er hat mir seine Aufzeichnungen gezeigt – und da waren ein paar Zeichnungen von dir dabei.«

»Oh.« Offenbar dachte die junge Frau gerade an die Aktzeichnungen, denen sie Modell gesessen hatte.

»Schöne Porträts«, beruhigte Ragin sie mit einem Lächeln. Und tatsächlich hatte sie ja das Durchblättern von Tamas' Reisebuch unterbrochen, als sie auf die freizügigeren Skizzen gestoßen war.

»Ah ja«, sagte Melrin und strahlte dann wieder mit einem sehr verliebten Glanz in den Augen.

»Ein sehr angenehmer junger Mann ist er, dein Tamas.« Jakta nickte. »Wollen wir hoffen, dass er bald zurückkehrt. Er hat bei mir gewohnt«, fügte sie erklärend in Richtung Ragin hinzu.

»Und ist noch was in deinen Vorratsschränken?«, fragte Ragin und brachte damit die lockige Frau zum Lachen.

»Ja, essen kann er!«

Nun kicherte auch Melrin.

»Du hast ihn einfach selber kochen lassen.«

»Er hat viel bei mir gelernt«, sagte Jakta. »Nicht zuletzt über das Sammeln von Pilzen, Nüssen und Wurzeln. Wer viel isst, muss viel finden.«

»Noch ein Aufguss?« Anka stand schon und langte nach der Kelle, ohne eine Antwort abzuwarten.

Es war dunkel, als Ragin aus dem abschließenden Bad im Teich herauskletterte. Ihr Körper war erfrischt und entspannt, doch machte sie sich Sorgen, wie sie wieder nach Ergonstadt hineinkam.

»Du bleibst bei uns«, sagte Jakta bestimmt, als Ragin sie fragte, ob wohl noch jemand am Haupttor sie einlassen würde. »Wenn wir Tamas satt bekommen haben, wird es wohl auch was für dich geben.«

Ragin hatte sich schnell ihre Kleidung übergestreift und folgte den drei Frauen zurück zu dem Pfad, an dem sie den Bärenkopf gesehen hatte. Dessen Augen leuchteten noch immer von einem inneren Feuer, das sich als das Flackern kleiner Kerzen herausstellte, die fast heruntergebrannt waren.

»Ich habe immer gern etwas, was mich nach Hause finden lässt«, sagte Anka, beugte sich über die Schnauze des Bären und hob eine aufliegende Tür hoch. Diese führte in eine Grube hinein, die sich als winzige Wohnung erwies.

»Seid mir nicht böse, wenn ich mich euch nicht anschließe, ich hatte einen langen Tag.« Damit stieg die große grauhaarige Frau die Stufen hinab, lächelte noch einmal und deckte dann den Eingang mit der Tür zu, bevor Ragin auch nur ›Schlaf gut!‹ sagen konnte.

Jaktas Haus war eine luftige Angelegenheit. Als Säulen dienten vier lebendige Bäume, zwischen denen Wände aus ineinander verwobenen Ästen eine Trennung zwischen Draußen und Drinnen bildeten. Von außen waren diese dicht mit blättrigen Rankpflanzen bewachsen, von innen hingen gewebte Matten an den Wänden. Nachdem Melrin eine Kerze angezündet hatte, zeigte diese ein einfaches Interieur aus einem großen Holztisch und drei aus dem Erdboden geformten Bänken, eine an jeder Seite des Raumes außer der mit der Tür. Die Polster auf den Bänken waren weich, sie bestanden aus feinen, dicht miteinander verwachsenen Fasern, die Ragin stark an die komplexen Wurzeln von Pilzen erinnerten.

»Du siehst, hier ist immer Platz für Gäste.« Jakta hievte einen großen Topf auf den Tisch. »Hier ist unser Schwitzhütteneintopf.« Sie lachte über Ragins verwirrtes Gesicht und erklärte dann:

»Die Steine für die Schwitzhütte werden in einem Holzfeuer in einer Grube erhitzt und da stellen wir dann einen Topf mit hinein, mit allem, was wir gerade haben. Immer spannend, was dabei herauskommt.«

Überrascht stellte Ragin fest, dass sie auch zu einem zweiten Abendessen Appetit hatte. Schließlich saßen sie da und während Melrin ihr Gähnen kaum noch unterdrücken konnte, fragte Jakta Ragin nach Strich und Faden aus. Schließlich gelang es Ragin, eine Gegenfrage zu stellen:

»Warum lebt ihr hier draußen und nicht in Ergonstadt?«

Überrascht sah sie, dass sich Melrins Augen mit Tränen füllten und Jakta ihren Arm tätschelte.

»Nun«, sagte sie und schüttelte ihre Locken, als wolle sie einen unangenehmen Gedanken vertreiben. »Ergonstadt platzt aus allen Nähten. Und außerdem«, ihr Gesicht bekam einen stolzen Ausdruck, »ist es dort wirklich ein bisschen zu eng.«

»Was meinst du damit?«

»Na ja. Ich für meinen Teil wohne hier draußen, seit mein Jüngster auch auf Wanderschaft gegangen ist. Es gibt schon lange keine Rogues mehr, warum sollen wir uns dann hinter einer Mauer verschanzen, besonders dann, wenn das bedeutet, dass mir dauernd jemand in meine Kochtöpfe und in mein Schlafzimmer hineinglotzen kann. Manche von uns mögen es, ein privates Leben zu führen.«

Ragin dachte daran, dass jede und jeder in Ergonstadt sofort über alles Neue Bescheid zu wissen schien und nickte. Sie war es nicht anders gewohnt. Auf der Jacht ihrer Eltern war die Gemeinschaft ebenso eng und unausweichlich gewesen und in der Station war es genauso.

Jakta holte drei Stumpen aus Keramik und stellte sie auf den Tisch. Melrin schüttelte den Kopf und so füllte die Gastgeberin nur zwei davon mit einer kristallklaren Flüssigkeit aus einer Flasche, die Ragin nicht genau sehen konnte. Nach aufforderndem Nicken nahm Ragin einen davon und schnupperte an dem Inhalt. Ein scharfer Geruch nach Alkohol stieg daraus empor.

»Auf die Widerstandsfähigkeit«, prostete Jakta ihrem Gast zu und Ragin lächelte, bevor sie das Glas ansetzte. Sie schluckte den Schnaps so schnell, dass sie sein Brennen erst merkte, als er in ihrem Magen ankam.

»Was hast du da?«, fragte sie und Jakta zeigte ihr eine klare Glasflasche mit einem vergilbten Papieretikett, die klar aus einer Produktion vor der Katastrophe stammte.

»Wir haben so unsere Quellen.« Jakta schmunzelte und bot Ragin an, ihr noch einmal einzuschenken, doch diese schüttelte den Kopf.

»Ist das denn überhaupt noch genießbar?«

»Das ist Alkohol. Bevor er schädlich wird, ist er verdunstet.«

»Du meinst: noch schädlicher?« Ragin hatte sich immer gewundert, wie eine Gesellschaft so eine gefährliche Substanz in jede neue Generation hinüberschleppte. Ihr selbst hatte auf der

Jacht die Gruppe Gleichaltriger gefehlt, mit dem wohl normale Menschen vor dem Ende der Welt ihr Heranwachsen mit diversen Räuschen begingen. Zweimal hatte sie getrunken – und jedes Mal zu viel – und später dann als einzig Nüchterne in sich betrinkenden Gruppen deren zunehmende Albernheit und Geistlosigkeit ertragen. Es war ein anderer Aspekt, der sie jetzt neugierig machte.

»Habt ihr Zugang zu Lagern aus dem Vorher?«

Jetzt schmunzelte sogar Melrin, die stumm dabeigesessen hatte.

»So ist es. Und das ist einer der Gründe, warum Tamas lieber hier leben möchte als bei seinen Eltern …«

Die junge Frau hatte schon wieder Tränen in den Augen.

»Warum bist du traurig?«, fragte Ragin und reichte zu ihr hinüber, um den Arm mit der Hand zu berühren.

»Sie ist aus ihrem Elternhaus rausgeflogen«, antwortete Jakta für ihre Freundin, während sie die Flasche mit finaler Geste zukorkte.

»In Ergonstadt?« Ragin konnte das nicht glauben, doch beide Frauen nickten. »Warum?«

Melrin tupfte sich mit ihrem Ärmel die Tränen von den Wangen.

»Ich kann ja noch nicht mal was dagegen sagen. Wir brauchten hier dringend eine Apothekerin, die sich mit Heilmitteln auskennt und diese herstellen kann. Meine Urgroßmutter, die diesen Beruf in Ergonstadt ausgeübt hatte, starb mit über Neunzig, aber sie hatte keine Nachkommen, die ihre Profession übernommen hätten. Mein Vater war schon lange aus dem Haus ausgezogen, meine Mutter lebt nicht mehr. Und als dann einer der Reisenden endlich jemanden gefunden hatte, die auch bereit war, hierher zu ziehen, kam natürlich auch die ganze Familie mit. Unsere neue Apothekerin hat mit ihrer Frau zusammen sechs Kinder und sie haben auch noch einen alten Vater mitgebracht. Damit war das Haus voll und kein Platz mehr für mich.«

»Oh.«

Melrin schüttelte den Kopf und schniefte.

»Versteh mich nicht falsch, ich kann das wirklich nachvollziehen. Wir brauchen hier diese Kenntnisse, das Haus ist als Apotheke ausgestattet und hat zudem so viele Zimmer, dass es mehr Sinn macht, wenn eine große Familie dieses Haus bewohnt als ich allein, oder auch noch mit Tamas.«

»Aber es fühlt sich trotzdem schlecht an?«, ergänzte Ragin. Melrin nickte. Dann zog sie die Nase noch einmal sehr energisch hoch, wischte sich die Tränen von den Wangen und lächelte dann.

»Wenn Tamas wieder da ist, werden wir einfach gemeinsam überlegen, was wir unternehmen wollen. Jetzt bin ich auch ungebunden und vielleicht gehen wir noch mal gemeinsam auf Wanderschaft. Ich habe die Stoffherstellung gelernt und auch ein wenig das Schneidern, ich hoffe einfach, dass es einen anderen Ort gibt, an dem dies ein gesuchter Beruf ist.«

»Den gibt es auf jeden Fall.« Jakta lächelte zu Melrin und schaute dann zu Ragin. »Schlafen?«

Ragin spürte eine Schwere in den Gliedern, das Schwitzen und der Schnaps zollten ihren Tribut. Schnell rollten Melrin und Jakta Polster auf die drei Bänke und verteilten Kissen und Decken. Als Jakta die Kerzen ausblies, war Ragin schon auf dem Weg in ihre persönliche Dunkelheit.

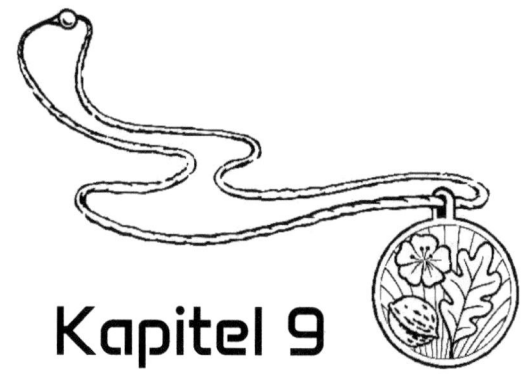

Kapitel 9
Zukunft und Vergangenheit

Ragin erwachte von Vogelgesang. Die Hütte hatte keine Fenster, also konnte sie nicht erkennen, ob es schon hell wurde. Die gefiederten Bewohner des Waldes hatten sich jedoch bereits darauf geeinigt, dass der Tag begonnen hatte und feierten dies mit einem Konzert. Ragin erinnerte sich an die zarten Geschöpfe, deren eisigen Schlaf sie und ihre Gefährten in der Station bewacht hatten. Sie selbst war ohne Berührungspunkte mit wilden Tieren aufgewachsen. Doch in der Zeit, in der sie in der Station darauf warteten, dass der Eispanzer der Erde wieder schmolz, hatte sie oft Zuflucht bei den Biologen gesucht und ihnen über die Schulter gesehen, wenn sie regelmäßig das Wohlergehen der Individuen in den vielen Kryoschränken überprüften. Die heimischen Singvögel hatten sie erstaunt mit der Feinheit der Federn, der Schönheit ihrer Zeichnung und vor allem mit ihrem geringen Gewicht. Eine Hand, die ein solches Wesen aufnahm, ging fast automatisch nach oben, denn jeder dieser kleinen reglosen Vögel schien weniger als nichts zu wiegen.

Und nun lebten ihre Nachfahren hier wieder wild zwischen den Bäumen und hatten nicht vergessen, wie ein Tag begrüßt werden sollte. Ragin setzte die nackten Füße auf den Boden, wickelte sich in die Decke ein und öffnete die Tür, so leise wie es ging. Auch wenn es noch weit davon entfernt war, wirklich hell zu sein, konnte sie den Wald und den Weg erkennen. Sie ging ein paar Schritte, bis sie vor einem riesigen Baum stand, dessen breit auseinandergehende Wurzeln sie einluden, sich in seinen Schoß zu setzen. Mit der Hand fühlte sie das Laub und befand, dass es trocken genug war, um der Einladung nachzukommen. In die Decke gewickelt, ließ sie sich im Schneidersitz auf den trockenen Blättern nieder und fand in dem Baumstamm eine angenehme Rückenlehne. Das Rascheln ihrer Schritte hatte die Vögel in ihrer unmittelbaren Umgebung verstummen lassen, doch nachdem sie ein paar Minuten still gesessen hatte, stimmten auch diese wieder in das Konzert ein.

So fand Jakta sie, als die Sonne schon ihre glühenden Finger durch die Baumstämme schickte.

»Frühaufsteherin?«, fragte sie und drückte ihrem Gast eine Tasse mit Tee in die Hand.

»Ich habe noch nie einen Morgen in einem Wald erlebt, der so voller Gesang ist.«

»Man gewöhnt sich dran.« Jakta schien die frühe Tageszeit nicht so zu mögen, doch sie riss sich zusammen. »Schön, dass es dir gefällt.«

Ragin lachte.

»Entschuldige, dass ich deine Decke schmutzig gemacht habe.«

»Ach, die paar trockenen Blätter. Die schütteln wir einfach ab.«

Jakta ging, um sich zu erleichtern. Als sie wieder die Hütte ansteuerte, schälte Ragin ihre von der Reglosigkeit steifen Glieder widerwillig aus dem warmen Kokon der Decke heraus und folgte ihr.

Zum Frühstück gab es einen Brei aus gequollenen Körnern mit Nüssen und getrockneten Früchten, dazu Tee. Jakta schaute Ragin nachdenklich an.

»Hast du heute schon was vor?«

Auf diese Frage gab es eigentlich eine richtige Antwort: Ja, das Buch fertig schreiben, um weiter zu können. Aber Ragin spürte Widerwillen in sich hochsteigen. Sie hatte wenig Lust, sich von den Absichten und Regeln anderer bestimmen zu lassen. Darum zuckte sie mit den Schultern und schüttelte den Kopf.

»Was würdest du vorschlagen?«, fragte sie Jakta.

»Ich zeig dir, woher unsere kleine Siedlung vor den Toren von Ergonstadt ihren Namen hat.« Dabei klimperte ihre Gastgeberin vielversprechend mit den Wimpern und Ragin musste lachen.

»Da bin ich dabei!«

Melrin schüttelte den Kopf, als die Blicke zu ihr wanderten.

»Geht ihr nur, mich verfolgt noch immer das letzte Mal, das ich mit dir da war.«

Jakta lachte und tätschelte Melrin den Arm.

»No risk, no fun«, sagte sie und Melrin nickte lächelnd.

»Dann viel Spaß euch beiden! Ich geh mal an unseren Pilzstellen schauen, was sich da in der letzten Nacht gerührt hat.«

Bei diesem Stichwort fielen Ragin die beiden Taschen ein, die sie gestern an irgendeinen Ast gehängt hatte.

»Wir haben die getrockneten Erdbeeren und Pilze vergessen!«

Jakta schüttelte den Kopf, während sie aus einem großen geflochtenen Korb leere Beutel herausholte.

»Die wird schon jemand gefunden haben.«

»Was meinst du mit jemand?«, fragte Ragin.

»Wir sind hier nicht allein.« Jakta reichte Ragin einen mit Beuteln gefüllten Beutel. Dann öffnete sie die Tür und ging nach draußen. Ragin folgte ihr.

»Du meinst, hier leben noch mehr Menschen?«

»Ganz sicher.« Jakta winkte Melrin zum Abschied, dann ging sie den kleinen Pfad bis zu dem größeren Weg. »Nicht alle eignen sich zum Leben in der Stadt. Und manche sieht die Stadt auch lieber aus größerer Entfernung. Nach den Jahrzehnten, in denen unsere Vorfahren nur überlebten, weil sie auf engstem Raum miteinander auskamen, hat sich persönliche Freiheit und eine gewisse Unabhängigkeit tief in unsere Kultur eingegraben. Das mag auch damit zusammenhängen, dass wir verstanden haben, wie wichtig es ist, unterschiedlichen Temperamenten und Kenntnissen in unserem Lebensraum eine Heimat zu geben. Einige wandern, bis sie den Ort gefunden haben, an dem sie bleiben wollen. Andere bleiben in ihrer Gemeinschaft, nur halt nicht immer Nase an Nase mit den Nachbarn. Hier draußen leben wir verstreut genug, um uns nicht auf die Nerven zu gehen, aber immer noch nah genug beieinander, dass wir ein Auge aufeinander haben können. Niemand möchte sich gern ein Bein brechen und dann erst nach einem Monat gefunden werden. Na ja, wer das möchte, zieht halt noch ein bisschen weiter weg.«

Während dieses Vortrags war Jakta kräftig ausgeschritten, sodass nicht einmal Ragin etwas an ihrem Tempo auszusetzen hatte.

»Ja, ich weiß, was du meinst.« Sie musste an ihren Teamkollegen Jokki denken, von dem alten Nomadenstamm der Samen. Innerhalb der kleinen Gemeinschaft auf der Station – als alle wach waren, waren sie zu elft gewesen – hatte er herausgestanden wie ein zorniger Igel. Zu seinem – und vielleicht auch ihrer aller – Glück war er in der Eiseskälte zu Hause und wenn es gar zu schlimm mit seiner Widerborstigkeit wurde, schickten sie ihn weg von den Kühlschränken, die er betreute, für ein paar Stunden nach draußen. Nein, die Kinderlogik, dass alle guten Menschen schön seien und alle, die man gern hilfreich an der Seite hätte, auch liebenswürdig, war im wirklichen Leben nicht haltbar.

»Wohin gehen wir eigentlich?« Ragin überlegte, zu welchem gruseligen Ort sie gerade unterwegs waren.

»Ich weiß nicht, wie es damals hieß«, gestand Jakta. »Irgendwie so was wie ›Zittie of everything‹. Auf jeden Fall war es für unsere Vorfahren eine wahre Schatzgrube und auch heute finden wir immer noch mal ein paar Dinge, die uns nützen. Wobei die Alkoholvorräte schon lange leer sind. Den Schnaps, den du getrunken hast, haben wir von weiter her geholt.«

Das war dann vermutlich ein Einkaufszentrum gewesen, dachte Ragin.

»Ich habe mir gedacht«, fuhr Jakta fort, »dass du mir vielleicht ein bisschen was zu Dingen erklären kannst, auf die wir uns keinen Reim machen können.«

Was mochte wohl nach fünfhundert Jahren noch in einem aufgegebenen und einmal komplett durchgefrorenen Supermarkt zu finden sein? Mal ganz davon abgesehen, dass Ragin an der Hand abzählen konnte, wie oft sie in ihrer Kindheit einen derart gewöhnlichen Ort besucht hatte. Später, als sie zu den anderen gestoßen war, hatten sie natürlich zunächst auch gemeinsam eingekauft, später noch geplündert, aber da war sie immer die gewesen, die die Einkaufswägen schob, weil sie sich offenkundig gar nicht auskannte.

»Ich werde helfen, wo ich kann«, sagte sie.

Der Wald öffnete sich. Unter ihren Füßen hatte sich der Boden verhärtet und ein Pfad war nicht mehr zu erkennen. Die Asphaltschicht war zwar bereits an vielen Stellen aufgequollen oder schon ganz durch die Kraft der Pflanzen aufgebrochen, doch konnte man sie noch erkennen, inklusive der Reste weißer Farbe, die ursprünglich Parkplätze umrissen oder Fahrtrichtungen angezeigt hatten. Das Gebäude, auf das sie zusteuerten, hielt an Höhe mit einigen der ferner stehenden Waldbäume mit. Doch im Gegensatz zu deren schönen Kronen waren die oberen Etagen des Hauses ein Gewirr aus verrosteten Stahlträgern und bröselnden Betonwänden, durchzogen von moosüberwachsenen Kabeln, deren Plastikumhüllung noch immer der Verwitterung standhielt.

Ragin war froh, dass Jakta nicht auf den Haupteingang zusteuerte, der sich von den löchrigen Mauern im Wesentlichen durch seine scharfkantig zersplitterten Glastüren unterschied.

»Wir gehen nicht hier rein«, sagte Jakta. »Dahinter ist ein alter Bau aus Backsteinen. Der hat die Zeit besser überdauert als all der Beton mit den Metallgittern.«

Die Sonne war über die Baumkronen gestiegen und beschien den Asphalt. Weiter hinten sah Ragin eine vertraute schwarze Gestalt. Alice lag dort ausgestreckt in der Sonne und hatte den Kopf gehoben, um die herankommenden Menschen zu betrachten. Neben ihr lag eine zweite Katze, grau-weiß, im Vergleich zu Alice riesenhaft, nicht zuletzt wegen ihres langen, flauschig abstehenden Fells. Doch die großen, runden Augen in ihrem Gesicht schauten erstaunt und absolut harmlos.

»Ist das nicht deine Katze?«, fragte Jakta.

»Das ist Alice, ja.«

»Dann hat Tom eine neue Freundin gefunden.«

»Tom?«

»Na, der große Flausch da neben ihr.«

Alice gähnte und zeigte ihre rosafarbene Zunge, bevor sie sich dem Kater zuwandte, um seine Stirn mit energischen Strichen zu waschen.

»Dann wollen wir mal nicht weiter stören.« Jakta lachte und führte Ragin weiter.

»Die Lager in den Kellerräumen hier sind auch schon lange leer, alles, was essbar war, ist ausgeräumt und gegessen. Von uns oder von den Mäusen. Darum gibt es auch bei uns Katzen.«

Sie standen vor einem hohen Gebäude aus Backsteinen. Durch das Tor, aus dem die eisernen Türen lang schon herausgerostet waren, krochen Efeuranken ins Dämmerlicht. Ragin und Jakta folgten ihnen. Es knirschte unter ihren Füßen.

»Gib acht«, sagte Jakta, »hier sind immer noch ab und an Glassplitter, auch wenn die meisten inzwischen zu feinem Staub zermahlen sind.« Ihr Blick wanderte hoch zu den leeren Rahmen, in denen rostige Stummel an ihr Vorleben als metallgerahmte Fenstern erinnerten.

Dieses alte Lager war das Gegenbild zur Bibliothek in Ergonstadt, ebenso dicht wie diese mit Regalen gefüllt, die dem Verfall standgehalten hatten. Statt Büchern sammelten sich auf den Regalen Staub, Mäusekot und halb zernagte Pappkartons, von Spinnweben elegant verbunden.

»Tiefer drinnen ist noch mehr auf den Regalen zu finden«, sagte Jakta, als sie Ragin voranging. Diese wollte gar nicht in die Richtung – in der Zeit, die darin wohnte, gab es nichts, was sie noch interessieren würde. Alles, was sie dort zu finden hoffen konnten, waren die Gerätschaften einer gescheiterten Zivilisation. Und vielleicht ein paar Schrauben. Also folgte sie der leichtfüßigen Jakta und konzentrierte sich auf die Locken, die über dem freigeschnittenen Nacken unternehmungslustig wippten.

Schließlich war der Staub am Boden mehr oder weniger frei von Laub, dafür aber fein und dicht wie ein Polster. Auch auf den Regalen verhüllte er grau die darin liegenden Formen, den Blick auf Abbildungen des Inhalts, Beschriftungen, die einen Hinweis auf dessen Verwendung geben konnten. Eine alte Erinnerung kam in ihr hoch. Da war ihre Lehrerin noch bei ihnen auf der Jacht gewesen und ihre Eltern hatten einen letzten Abstecher nach Deutschland gemacht, bevor sie sich auf ihrer Endlosschleife in der Karibik der Welt und ihren schlechten Nachrichten entzogen. Sie konnte noch nicht gut lesen, damals, und hatte sich ähnlich verloren gefühlt wie jetzt, als sie sich zwischen endlosen Reihen von Dingen bewegte, die für sie noch nicht einmal an Bedeutung gewannen, wenn sie die Namen auf den bunten Verpackungen entziffert hatte.

Die Regale hatten einmal Schilder gehabt, doch gaben die auch keine hilfreichen Hinweise. Eines lag auf dem Boden und enthielt eine Nummer. So war das auch in den großen Lagern gewesen, die sie – mit so vielen anderen – nach dem Einfrieren der Erde geplündert hatte. Lager waren nicht für Kunden, die waren für Mitarbeiter, die daraus nach einem abstrakten System Inhalte auffinden konnten.

»Weißt du, ob es hier Werkzeuge gibt? Nägel? Schrauben?« Ragin wusste nicht, ob die Bewohnerin der neuen Welt noch Schrauben kannte.

Jakta schüttelte den Kopf.

»Es gab Kleidung und alle möglichen Geräte, die Elektrizität brauchten und darum nur von wenigen benutzt werden können. Werkzeuge leider nicht.«

Soviel zu Ragins Hoffnung, ihren Kopter zu reparieren.

Plötzlich aktivierte sich ihr Alarmsystem und sie spürte, wie ihr Herzschlag sich beschleunigte. Menschliche Gestalten warteten reglos weiter hinten in der Dämmerung, eng zusammengedrängt und … nackt? Sie hatte Jakta am Oberarm gepackt und diese war stehen geblieben, wandte sich um und schaute Ragin fragend an. Ihrem Blick folgend verstand sie die Ursache von Ragins Erstarrung und lachte auf.

»Von denen geht keine Gefahr aus«, sagte sie und zog Ragin weiter, bis diese den Staub auf den original großen Menschenpuppen sehen konnte.

Damals hatten sie Kleider getragen, erinnerte sie sich, an ihren ideal geformten Körpern, denen höchstens der ihrer Mutter gleichkam oder der von ein paar der Söldner, wenn sie die männlich geformten Puppen anschaute. Sie hatte sich gefragt, wie ihr Vater, der es als Erbe eines gewaltigen Vermögens nicht nötig hatte, sich mit einem schönen Körper gefällig zu machen, in die schnittig geformten Anzugjacken und Hosen hineinpassen würde, die von den Plastikmodels präsentiert wurden.

»Was hoffen wir hier zu finden?« Etwas verlegen ließ sie Jakta los, obwohl sie insgeheim wünschte, sie könne die andere Frau einfach packen und nach draußen ins Sonnenlicht ziehen, um die Vergangenheit dort zu lassen, wo sich niemand mehr erinnern musste.

»Findest du das nicht aufregend?« Jakta schaute erstaunt. Ragin schüttelte den Kopf. Nicht einmal die Erinnerung an wertvolle Funde aus ihrer Zeit in der Station fühlte sich gut an. Wenn es in den Hallen und Gewölben nicht nach Tod gestunken hatte, dann doch nach Verschwendung und dem schrecklichen Irrweg, der die feine Verwobenheit der Natur auf dem Altar von Unmengen von Krempel geopfert hatte. Sie riss sich zusammen.

»Wenn du etwas Spezielles hast, von dem du hoffst, ich könne dir sagen, was es ist und wozu es gut ist, helfe ich dir gerne.« Ragin bemühte sich, die Worte gleichmütig klingen zu lassen. »Aber wenn nicht, würde ich den Rest des Tages lieber in der Gegenwart verbringen.«

Jaktas dunkle Augen musterten sie erstaunt, doch dann glomm Verstehen in ihnen auf. Sie schüttelte den Kopf, als würde sie darin etwas zurechtrücken. Dann ergriff sie Ragins Hand und kehrte um, zog sie sanft, als sie den Weg zurückging, den sie gekommen waren. Sie hielt erst an, als sie draußen in der Sonne standen, den Blick auf den Wald gerichtet, der sich um den ehemaligen Parkplatz schloss und ihn nach weiteren fünfhundert Jahren sicher ganz verschluckt haben würde.

Alice und Tom lagen ineinander verschlungen im Sonnenlicht, die Katzen öffneten kurz die Augen und schlossen sie dann wieder. Ragin holte so tief Luft, als habe sie die ganze Zeit im Lager nicht geatmet.

»Entschuldige«, sagte Jakta. »Irgendwie hatte ich mir eingebildet, das könnte für dich aufregend sein. Hab nicht sehr gut darüber nachgedacht.«

Ragin schüttelte den Kopf, lächelnd, so erleichtert darüber, draußen zu stehen.

»So was passiert. Du warst nicht dabei. Für dich waren das hier wahrscheinlich immer Schatzkammern. Ich freue mich darüber. Aber ich habe kein Bedürfnis, an diese Kultur zurückzudenken. Viel lieber möchte ich deine kennenlernen.«

Es begann gerade zu dämmern, als sie Ergonstadt durch das Haupttor betrat. Ludo nickte ihr zu und wandte sich dann wieder einer filigranen Schnitzarbeit zu, mit der er sich die Zeit vertrieb. Ragins Hand wanderte zu dem Anhänger aus Holz, der auf ihrem Brustbein lag. Anscheinend hatte der regeltreue Wächter ihn angefertigt. Überrascht fühlte sie Zuneigung in sich aufsteigen.

Jakta hatte sie einigen anderen Bewohnern des Westwaldes vorgestellt – sie mochte sie nicht gern ›Zitties‹ nennen, jetzt, wo sie wusste, wo der Name herkam. Zum Abschluss hatten sie noch mit einer Gruppe junger Leute zu Abend gegessen, die sich kurz vor ihrer Wanderung befanden und der Tag hatte ihr das Grauen der Erinnerung wieder aus dem Herzen gestreichelt. Sie hatte Kunst gesehen, Musik gehört, sie hatten getanzt und gezankt und schließlich hatte sie dann doch den einen oder anderen Gegenstand benennen können, den sich die Nachkommen aus dem Lager mitgenommen hatten, darauf hoffend, damit etwas Besonderes ergattert zu haben. Doch hatten sie das Wesentliche bereits selbst herausgefunden und mit dem wenigen Strom, den sie mit ein paar liebevoll gehegten antiken Solarpanels gewannen, sinnvolle Gerätschaften wie zum Beispiel eine handliche Getreidemühle betrieben.

Nun lenkte sie ihre Schritte in Richtung der Bibliothek. Auf ihrem Heimweg aus dem Wald hatte sich die Möglichkeit, mit dem Computer mehr über die Vergangenheit dieses Ortes und dieser Region zu erfahren, immer verlockender in ihrem Hinterkopf geregt. Außerdem konnte sie vielleicht etwas über den Weg in Erfahrung bringen, der vor ihr lag, jetzt, wo klar war, dass sie ihn zu Fuß bewältigen musste.

Der Eingang der Bibliothek war bereits von einem großen Tor versperrt. Vermutlich eine Schiebetür, die wie eine Ziehharmonika von einer Seite zur anderen aufgezogen werden konnte. In der Mitte war eine schmale Tür eingelassen. Ragin griff nach der Klinke, die sich leicht nach unten drücken ließ. Die Tür öffnete sich widerstandsfrei nach innen. In dem weiten, hohen Raum ging ein mattes Licht an. Ragin schloss die Tür hinter sich und stand einen Moment einfach da, den Blick in die Tiefen gerichtet. Welche Geschichten sich hier abgespielt hatten – Dramen, Komödien, Triumphe und Tragödien. In den Weiten dieser Hallen hatten sich nach der Vereisung der Erde die Überlebenden versammelt, die aus der Region hierhergefunden hatten. Niemand wusste, ob der Schnee und das Eis wieder schmelzen würden, ob sich jemals wieder Sonnenschein einen Weg durch den grau verhangenen Himmel bahnen könnte. Hier an diesem Ort war sie nicht gewesen, damals vor ihrem langen Schlaf, doch hatte sie mit dem Schneemobil andere Orte besucht, zwei oder drei. Sie hatten Kombinatoren zur Nahrungserzeugung gebracht, später Nachfüllkanister mit Komponenten. Und irgendwann dann die gute Nachricht: dass sie auf dem Weg waren, die Atmosphäre von der Substanz zu reinigen, die sich darin festgesetzt hatte. Und dass sie hofften, damit die Erde wieder so weit zu erwärmen, um wieder auf ihr leben zu können.

Nur ein kleiner Teil der Gemeinschaften hatte die ersten Monate überlebt. Manche waren ausgeraubt worden, die Mitglieder ermordet oder die Überlebenden hatten sich der Bande notgedrungen angeschlossen. Andere waren von Mangel und Krankheiten dahingerafft worden oder hatten selbst den Tod gewählt, bevor er sie einholen konnte. Die Gemeinschaften, die übrig blieben, waren jede für sich einzigartig, doch in einem hatten sie sich geglichen: dem Zusammenhalt.

Während sie langsam durch den dämmrigen Raum ging, mit der Hand hier einen Schreibtisch, dort ein Buch berührend, fragte sie sich, ob die große Katastrophe nun endlich das Beste aus den Menschen herausgeholt hatte. Nachdem sie sich davor viel zu lange davon hatten überzeugen lassen, dass sie ohne Gott, ohne König, ohne Chef einfach nicht gut genug waren. Sie hatte einmal gelesen, dass die Auswanderer aus Europa den Genpool der weißen Amerikaner mit ein paar herausstechenden Eigenschaften gespickt hatten. Nur die ließen ihr vertrautes Elend hinter sich, die bestimmte Eigenschaften hatten, welche es ihnen ermöglichten, in eine ungewisse Zukunft aufzubrechen: Unternehmergeist, positive Risikoeinschätzung und in vielen Fällen eine starke Religiosität in Kombination mit der Zuversicht, selbst für ein besseres Schicksal auserwählt zu sein. Das alles hatte viel dazu beigetragen, die USA zu einem zutiefst zerrissenen Land zu entwickeln. Die Betonung der Wirkmächtigkeit des Einzelnen war so stark überhöht worden, dass selbst eine gesetzliche Krankenversicherung als verwerflich kommunistisches Mittel zur Verweichlichung der nicht Tauglichen betrachtet wurde. Das ließ nur wenig Raum für Gemeinschaftsdenken. War hier jetzt eine ähnliche Auslese geschehen, nur in die andere Richtung? Hatten sich die Fähigkeit und der Wille zur Kooperation überdurchschnittlich oft weitervererbt, weil nur die überlebten und ihre Kinder großzogen, die sich der Gemeinschaft verschrieben hatten? Mochten sie nun innerhalb oder außerhalb der Stadtmauern leben. Und das Weitertragen der Kooperation als Leitprinzip war sicher essentiell für jede weitere Generation in einer Kommune. Auf jeden Fall zeugten die Regeln in dem Buch davon, dass es für wichtig erachtet wurde, diese gute Praxis weiterzugeben, zu schützen und – wo nötig – weiterzuentwickeln.

Am Glaskasten angekommen, hielt Ragin inne. Ob der Handscanner wohl noch funktionierte, nach all den Jahren? Doch klackte das Schloss schon, als sie ihre Hand gerade einmal kurz aufgelegt hatte. Im Inneren des Computerraumes erglomm ein Licht an der Decke, ein gelbes Leuchten an dem Rechner verwandelte sich in grünes Blinken, dem ein Surren folgte, das statisches Rauschen über den Bildschirm flimmern ließ. Bevor Ragin saß, leuchtete dort schon die Anmeldeaufforderung. Sie arbeitete sich auf der Tastatur durch ihren Namen und das Passwort und lehnte sich zurück.

»Was willst du tun?«, fragte der Bildschirm erneut. Hätten sie nicht wenigstens ein einfaches Menüsystem hinterlegen können, um über die Möglichkeiten aufzuklären?

»Zeig mir eine Landkarte«, schrieb sie.

Das Symbol einer Schlange, die ihren eigenen Schwanz jagt, erschien auf dem Bildschirm, als sich der antike Speicher in Gang setzte, um ihr zu zeigen, was sie wünschte. Eine Darstellung in Braun- und Grüntönen, durchzogen von blauen Adern, breitete sich über den Bildschirm aus, in der Mitte ein kleiner blauer Punkt, der leicht pulsierte. Wann war diese Karte wohl zum letzten Mal aktualisiert worden? Auf jeden Fall war Ergonstadt zu sehen, in dessen Mitte der blaue Punkt hockte. Weiter im Norden erkannte sie den Fluss, dessen Brücke sie repariert hatten. Das war einen Tagesmarsch von hier entfernt gewesen und gab ihr eine Bezugsgröße für die Distanzen. Im Süden fand sie in dem Abstand von etwa zwei Tagesreisen eine weitere Siedlung, die sich radial um ein rundes Zentrum erstreckte – ähnlich wie Ergonstadt, wenn man die Zittie mitdachte. Und danach im Süden war so lange nichts, dass sie das Zoom-Minus mehrere Male lange anklicken musste. Erst als sich der Gebirgszug begrenzend an den unteren Rand der Karte schob, sah sie das Zeichen für eine Station und daneben eine Siedlung. Sie versuchte eine Daumenpeilung über die Anzahl der Tagesdistanzen, die sie von hier bis zur Station marschieren müsste und kam auf mindestens zehn. Also begann südlich der kreisförmigen Bebauung – sie vermutete, dies wäre Lianes Siedlung – bald diese

Ödnis, in der weder Vegetation noch Tiere gediehen? Immerhin sah es so aus, als wäre das unbewohnte Gebiet von Bächen durchzogen. Dann musste sie nur daran denken, genug Proviant mitzunehmen.

Warum nur hatte Roger nicht vor ihrem Erwachen seine Probleme lösen – oder ihnen erliegen – können? Ragins Herz sank angesichts der Mühsal einer Reise, zu der sie eine Verpflichtung zwang, der sie sich nur zu gern entzogen hätte.

Als es an die Glasscheibe klopfte, zuckte Ragin heftig zusammen. Sie wandte sich um zu Serkans schlanker Gestalt, die hinter der Spiegelung auf der Glaswand nur schemenhaft sichtbar war.

»Entschuldigung«, sagte er. »Ich wollte dich nicht erschrecken.«

»Nichts passiert«, antwortete sie und schob ihren beschleunigten Herzschlag darauf, dass sie so versunken war und ihn nicht hatte kommen hören. »Komm doch rein.«

Mit zwei Schritten war er neben ihr und ließ sich in den zweiten Bürostuhl fallen.

»Was schaust du?«, fragte er.

Sie zuckte die Schultern.

»Die Strecke, die ich laufen muss.«

»Warum musst du die laufen?«

»Weil mich jemand gerufen hat, der da wohnt.« Mit dem Zeigefinger stupste sie das Symbol der Station auf dem Bildschirm an.

»Und da musst du gehen?«

Ragin lächelte unglücklich.

»Muss ich wohl. Er sagt, er braucht Hilfe.«

Das leuchtete auch Serkan ein und er nickte.

»In der Gegend war schon lange niemand«, sagte er dann. »Niemand, der zurückgekommen ist.«

»Ist ganz schön weit, dahin«, ergänzte Ragin und Serkans Nicken verstärkte sich.

»Das, und es ist auch eine ziemlich tote Gegend.«

»Warum eigentlich?«

»Ich dachte, das könntest du mir erklären.« Serkan lachte kurz.

»Ich habe keinen Schimmer … obwohl … vielleicht liegt es schlicht daran, dass keine Station bis dorthin Einfluss ausüben konnte und dort ist die Natur einfach so geblieben, wie sie war, nachdem einmal alles erfroren ist.« Ragin hob die Schultern.

»Klingt einleuchtend.«

»Also braucht es nur noch ein paar weitere Jahrhunderte, bis die Pflanzen und die Tiere diese Lücke durch ihre eigene Ausbreitung wieder schließen werden.« Ragin schaute Serkan an, der ihrem Blick ruhig begegnete, wie jemand, der genügend Zeit hat, um das Übergrünen der Wüste abzuwarten. Ihr gefiel diese Ruhe und sie wünschte, er hätte sein Instrument dabei, um sie in Musik umzuwandeln.

»Aber habt ihr nicht vielleicht irgendein Fahrzeug hier in der Halle eingemottet?«, fragte sie ihn. Schließlich gab es ja auch diesen Computer und wer weiß was noch für Schätze.

Er schüttelte den Kopf.

»Ich glaube nicht. Und wenn wir etwas hätten, würde es sicher nicht mehr funktionieren. Aber wir können gerne schauen.« Er stieß sich leicht mit den Füßen ab, um seinen Stuhl auf Rollen neben ihren zu manövrieren und Ragin neigte sich leicht zur Seite, um ihn an die Tastatur zu lassen. Aber er griff nur an ihr vorbei zur Maus, deren Zeiger er lenkte, klickte, suchte, klickte. Schließlich blickten sie beide auf eine lange Liste. Er klickte auf ein Lupensymbol und dann zog er sich die Tastatur herüber.

»Was suchst du?«, fragte er.

»Einen Kopter«, antwortete Ragin. »So ein Fluggerät, mit dem eine Person fliegen kann.«

Serkan tippte und klickte. Die lange Liste verkürzte sich auf zwei Einträge und Ragins Herz schlug höher. Doch Serkan schüttelte den Kopf.

»Beide kaputt, nicht mehr reparierbar, schon vor dreihundert Jahren, schau!«

Ragin schaute, sah die Bemerkungen zu dem Eintrag und eine Zahl: 211.

»Ist das das Datum?«, fragte sie und Serkan nickte.

»Was war euer Jahr Null?«, fragte sie.

»Die Vereisung.«

»Natürlich.« Es leuchtete ein, dass die Gemeinschaft sich von den alten Jahreszählungen gelöst hatte. Was hatten sie noch mit einem levantinischen Religionsstifter zu tun, dessen Lehren in der ein oder anderen Pervertierung zur Eroberung der Welt durch Gier und Egoismus geführt hatten?

»Hast du schon gegessen?«, fragte Serkan und Ragin nickte. »Die Zitties haben mich durchgefüttert.«

»Na dann.« Serkan stemmte sich von den Armlehnen hoch. »Dann will ich nicht weiter stören.«

Ragin schaute ihn verwundert an. War er gekommen, um gleich wieder zu gehen? Oder war sie jetzt dran?

»Du störst nicht«, sagte sie und sein Blick traf sie kurz, bevor er sich in die Höhe hob, als gäbe es an der Decke des Glaskastens etwas Interessantes zu sehen.

»Willst du denn nicht noch länger arbeiten?«, fragte er.

Ragin seufzte und schüttelte den Kopf.

»Nein. Ehrlich gesagt, möchte ich das nicht.«

»Gut.« Ein Lächeln blitzte auf, kurz, während er sich vorbeugte, mit der Maus herumfuhr, etwas anklickte, noch etwas und dann verabschiedete sich der Rechner. »Der Mond geht nämlich auf und ich dachte, du hast vielleicht Lust auf einen Spaziergang.«

»Worauf warten wir noch?«

Sie nahmen den gleichen Weg, den sie am Abend zuvor mit Ergon gegangen war. Der sommerliche Tag hatte nur zögernd der Nacht Platz gemacht. Ein aufsteigender Mond glänzte silbern vor dem dunkelblauen Abendhimmel. Sie mussten sich nah an der Sommersonnenwende befinden, dachte Ragin, so lange blieb es sonst in diesen Breitengraden nicht hell. Außerhalb der Mauer mussten sich ihre Augen erst an das Fehlen von Lichtern und Lampen gewöhnen, doch konnte sie bald im Schimmer des Mondes die Äcker und die Pfade dazwischen erkennen. Serkan führte sie jedoch nicht auf den Rundweg entlang der Mauer, sondern strebte auf einem der Wege zwischen den Feldern von Ergonstadt fort.

Sie gingen schweigend, beide darauf konzentriert, die Füße vorsichtig auf den schlecht sichtbaren Weg zu setzen, der zwar trocken und eben war, dennoch gab es hier und da einen größeren Stein, der einen Fuß unvorbereitet treffen konnte. Der Pfad führte in den Wald hinein. Bevor sie zwischen die Bäume gingen, drehte Serkan sich um und Ragin tat es ihm nach.

Wie auf einem Präsentierteller lag das gedrungene Gebilde der Mauer da, hinter der sich dunkle Dächer erhoben, hie und da von einem erleuchteten Fenster durchbrochen. Ragin kam das Dorf vor wie aus einem Fantasyfilm, ein künstlich erschaffenes Mittelalter. Fehlte nur noch, dass gleich aus dem Wald ein Monster hervorbrach, vielleicht ein Drache. Aber nein, das Monster in dieser Geschichte war auf zwei Beinen gegangen und auf seine geschickten Hände stolz gewesen, mit denen es alles zerstört hatte. Und jetzt hatte es ein neues Leben aufgebaut in einer Geschichte, die hoffentlich ein gutes Ende hatte – oder lange, lange überhaupt keines.

Im Wald war es noch dunkler. Serkan hatte Ragins Hand gegriffen und zog sie vorsichtig hinter sich her. Sie spürte die harten Schwielen an seinen Fingerspitzen, die warme, trockene Haut seiner Handfläche. Es bestand kaum ein Unterschied für ihre Sicht, wenn sie die Augen schloss. Aber ihre Wahrnehmung verschob sich auf interessante Weise. Ihre Füße bekamen einen siebten Sinn für den Boden, über den sie gingen und das Rascheln und Rauschen um sie herum wurde fast spürbar, ebenso wie der vor ihr gehende Körper. Fast fühlte sie die Wärme, die er ausstrahlte. Bis sie in ihn hineinlief, weil er abrupt stehengeblieben war.

Sie öffnete die Augen. Der Mond hatte sich verdoppelt. Unter dem silbernen Licht am Himmel schien eines zu ihren Füßen. Sie standen am Ufer eines Sees, der sich still damit begnügte, die Gestirne der Nacht zu spiegeln. Ein kehliges Geräusch ertönte, und dem »Groooak!« folgte ein helles Platschen, das die ganzen Lichter in Unordnung brachte. Ragin betrachtete die feinen Wellen, die sich unter den Sternabbildern hindurchschoben. Ein Arm legte sich um ihre Schultern, sie spürte seine Wärme auf ihrer nachtkühlen Haut. Passierte das jetzt wirklich? Der Dorfmusiker und die Alte aus den vergangenen Jahrhunderten?

Sie hätte nicht gedacht, dass nach all ihren Erlebnissen, in all der Seltsamkeit ihres neuen, geschenkten Lebens dies passieren konnte: dass sie einfach zum Anfang zurückfand. Zu der Grundlage: ein Mensch zu sein, eine Frau. Und doch stand sie hier, sich der Wärme, die der Körper neben ihr ausstrahlte, ebenso bewusst wie ihres Herzschlags, der Aufgeregtheit ihrer Haut. Die ganze Welt zusammengeschrumpft zum Empfinden des Augenblicks und der unlösbaren Frage des nächsten Schritts. Bis der kam.

Serkan drehte sich hin zu ihr, beugte seinen Kopf. Ganz kurz sah sie auf seinen Augen das Mondlicht schimmern, dann schloss sie ihre. Sie roch, dass er Zwiebeln zum Abendessen gehabt hatte, dann trafen weiche Lippen auf ihren Mund. Trockene, weiche Lippen, denen ihre antworteten, die vermutlich den knoblauchigen Quark nicht ganz verleugnen konnten, der zum Abendessen gehört hatte. Die Hände mischten sich ein, suchten nach Halt, bis ihre Körper eng aneinander standen. Die

Nacht, der Mond, die Sterne, selbst das nächste »Grooak« um sie waren verschwunden aus dem Universum, das sich nur um ihren Kuss drehte. Überraschend süß schmeckte seine Zunge, als der Kuss an Intensität gewann. Zeit verlor an Bedeutung, wie überhaupt alles andere.

Dann löste sich Serkan und legte seine Hand an Ragins Wange.

»Eigentlich wollte ich mit dir hier schwimmen gehen«, sagte er mit heiserer Stimme.

»Auch eine gute Idee«, sagte Ragin. Sie küsste ihn auf seinen Mund, der noch feucht von ihrem langen Kuss war. »Du steckst voller guter Ideen.«

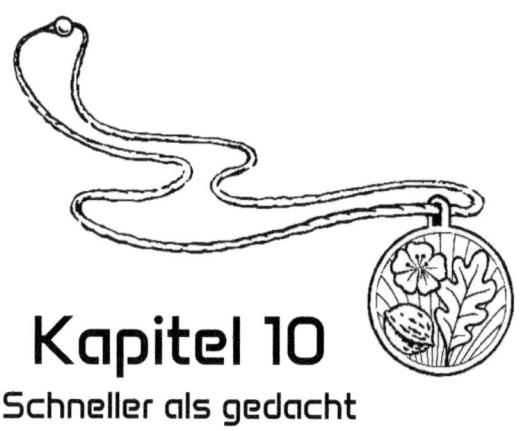

Kapitel 10

Schneller als gedacht

Ein Sonnenstrahl kitzelte ihr geschlossenes Auge. Ragin fühlte sich noch gar nicht danach, aufzustehen und drehte sich auf die andere Seite. Ihre Wange schmiegte sich an ein weiches Polster unter warmer Haut, ein Hauch von männlichem Schweißduft erreichte ihre Nase. Während sie zu entscheiden versuchte, ob die daraus möglicherweise entstehenden Fragen es wert wären, die Augen zu öffnen, umfasste ein Arm sie und zog sie tiefer in die einseitige Umarmung hinein. Eine Hand legte sich auf ihre Hüfte, Haut auf Haut, wie sie insgesamt genauso nackt zu sein schien wie ihr Bettgenosse. Es fühlte sich himmlisch an, sodass sie sich einfach wieder in die Entspannung absinken ließ.

Aus dem Bedürfnis heraus, ihr oben liegendes Bein anzuwinkeln, spürte sie an der Innenseite ihres Oberschenkels die kraushaarige Oberfläche eines Männerbeines. Ein tiefes, wohliges Brummen ertönte in dem Brustkorb unter ihrem Ohr. Ragins Hand wanderte über samtige Haut, gekitzelt von ein paar krausen Haaren, bis sie auf einem angenehm gewölbten Hügel zu liegen kam, unter der Handfläche ein zuerst weicher, dann härterer Nippel. Sie wollte niemanden erregen, sondern eigentlich nur weiter warm zwischen diesem Arm und Körper geborgen liegen. Also hielt sie still und ließ sich in die Schwere sinken.

Es war nicht unbedingt ›Schnarchen‹ zu nennen, dieses Atem-
geräusch ihres Schlafgefährten, aber es weckte sie. Sie wackelte
ein bisschen an seinem Körper und nach einem kurzen Schnau-
fen atmete er geräuschloser weiter. Ragin drehte sich zur anderen Seite, die Wange auf dem ausgestreckten Arm von Serkan,
der sich nun ebenfalls drehte, sein Bauch an ihrem Po, seine
Knie in ihren Kniekehlen. Der Arm, der sich über sie legte,
führte eine Hand, die erwacht zu sein schien, denn sie glitt
weich über Ragins Haut. Ein Seufzer entfloh ihrer Kehle, als sie
sich in seine Wärme hineindrückte und dabei seine Erektion an
ihrem Steißbein spürte. Seine Hand gewann an Interesse und
erspürte sie energischer, während er sich an sie presste. Aus
›Himmlisch‹ entstand ein klares ›Überirdisch‹ und Ragin bog ihren oben liegenden Arm nach hinten, um sich zu vergewissern,
dass sein Hintern auch heute Morgen noch seine anregende
Form besaß, als außerhalb des Raumes ein Ruf ertönte.

»Serkan, du Schlafmütze! Du musst die Bibliothek aufschlie-
ßen!«

Ihre Körper erstarrten, ein, zwei Atemzüge gaben sich beide
der Illusion hin, es würde genügen, sich tot zu stellen, um den
gerade hereingebrochenen Tag noch ein Stündchen warten zu
lassen. Doch verrieten da schon ein Knarzen und schwere
Schritte auf Holzdielen, dass der Störenfried seine Aufgabe äu-
ßerst ernst nahm.

»Serkan, wir haben dich gestern beim Kartenspielen vermisst.«

Die Tür zu dem Raum, in dem sie lagen, schwang auf und
einem Moment der Stille folgte ein sehr kurzes »Oh«. Ragin erkannte Ergon, obwohl sie die Augen geschlossen hatte.

»Äh, entschuldigt, ich bin dann mal wieder weg, aber die
Schule wartet auf Einlass und ich dachte, weil dein Haus auf
meinem Weg liegt …«

Serkan hatte sich aufgestützt.

»Ist schon gut, Ergon. Tu mir einen Gefallen und lass sie rein. Der Schlüssel hängt in der Küche und du kannst ihn Ella geben, bis ich da bin.«

»Alles klar, mache ich. Bitte entschuldigt nochmal.«

»Ist schon gut«, sagte Serkan und die schweren Schritte entfernten sich, etwas klimperte metallisch und dann wurde die Haustür wieder geschlossen.

Die ertappte Anspannung löste sich in kindlichem Kichern. Ragin öffnete die Augen und sah Serkans dunklen Blick liebevoll strahlend auf sich ruhen.

»Schlimm?«, fragte er schließlich.

»Nicht ein bisschen«, sagte sie. »Und für dich?«

Seine Antwort bestand aus einem zarten Kuss auf ihre Lippen. Und dann noch einem. Für den dritten holte sie ihn wieder zu sich heran, nachdem er sich widerstrebend fast gelöst hatte.

»Ich muss arbeiten«, sagte er schließlich bedauernd.

»Und ich habe ein Buch abzuschreiben«, stimmte sie zu. »Bekomme ich noch ein Frühstück?«

»Wenn dir Brot, Honig und Muckefuck genügen, das kannst du haben.«

»Muckefuck? Will ich das haben?«

»Wer nicht meinen Zichorien- und Eichelkaffee gekostet hat, hat nicht gelebt.«

Serkan schlüpfte aus den Decken und suchte auf dem Boden seine Kleidung zusammen. Ragin betrachtete seine Nacktheit so lange sie konnte, die helle, fast bleiche Haut unter den Tattoos und den schwarzen Körperhaaren, die seine Beine derart dicht bedeckten, dass sie fast wie bekleidet wirkten.

»Was schaust du?«

»Ist ein paar Jahrhunderte her, seit ich einen nackten Mann gesehen habe«, sagte sie und grinste. »Hat sich nicht viel verändert.«

»Enttäuscht?«

»Wo denkst du hin? Ich wollte schon immer mal einen Musiker als Liebhaber haben.«

»Dann bin ich nur ein Sammlerstück?«

»Mach mir deinen Muckefuck. Dann kann ich mehr sagen.«

Wenig später stand Ragin innen an der noch geschlossenen Haustür, den bitteren Geschmack des schlammig-braunen Getränks noch im Mund. Serkan stand neben ihr, ihre Körper berührten sich und er hatte ihre Hand gefasst.

»Hat es eigentlich einen Sinn, diskret sein zu wollen?«, fragte sie, während er einen Kuss in ihren Nacken hauchte. Serkan richtete sich auf.

»Nachdem Ergon uns hier gesehen hat?« Er lachte und schüttelte den Kopf.

»Das dachte ich mir.« Ragin wandte sich halb um und küsste Serkan auf den Mund.

»Würdest du denn …?«, fragte er und schaute sie an.

»Was?«

»Diskret sein wollen?«

Ragin lachte.

»Ach, das entspricht wohl einfach meiner Natur. Aber: Nein. Es gibt nichts, was ich verstecken möchte.«

»Sehr gut!«

Ein weiterer Kuss, der diesmal von Serkan ausging. Dann öffnete er die Tür und schob sie hinaus.

»Wie sehen uns gleich in der Bibliothek!«

Ragin nahm den Schwung mit und wandte sich in Richtung Dorothes und Ergons Haus. Sie wollte wenigstens etwas Frisches anziehen. Heute war die kleine Straße mit Menschen belebt, die ihr – so schien es ihr wenigstens – alle ansahen, was sie in der Nacht erlebt hatte. Jeder, der sie grüßte, hatte ein besonderes Lächeln im Gesicht. Ergon konnte doch unmöglich schon mit allen gesprochen haben? Es war ihr ganz recht, als sie der Aufmerksamkeit in den Flur des Hauses entschwinden konnte. Doch hier kam ihr Dorothe entgegen, strahlte über das ganze Gesicht und umarmte Ragin mit der Zartheit eines Schraubstocks. Sie sagte nichts, aber nickte vielsagend, als sie die überraschende Berührung wieder auflöste. Ragin lächelte ebenfalls und zog sich mit maximaler Geschwindigkeit auf den Dachboden zurück.

Auf der unordentlich auf die Matratze geknüllten Decke saß Alice. Sie hatte kein vielsagendes Lächeln für Ragin, worüber diese froh war. Einen Moment setzte sie sich auf das einfache Bett und kraulte Alices Köpfchen. Lautes Schnurren erklang. Falls die Katze sie vermisst hatte, nahm sie es nicht übel. Ach, in dem flauschigen Tom in der Zittie hatte Alice vielleicht selbst eine Liebschaft gefunden. Ragin beugte sich vor und küsste das Tier oben auf den Kopf zwischen die Ohren. Dann kramte sie in ihrem Rucksack und als sie die Leiter zum Dachboden wieder hinabstieg, hatte sich Alice schon wieder zum Schlafen zusammengerollt.

In der Bibliothek begutachteten Serkan und die Kinder die getrockneten Papiere, die sie gestern frisch geschöpft hatten. Als Ragin an ihm vorbeiging, hob er seinen Blick, fand einen Moment, um sie anzulächeln und wies mit dem Daumen Richtung Glaskasten. Heute Morgen war die Tür noch geschlossen, doch sie sah auf dem Bildschirm eine kurze Nachricht pochen, die ihre Wichtigkeit mit Rot unterstrich. Oh nein! Bitte nicht noch eine dringliche Mission!

Der Handsensor öffnete die Tür und Ragin las den Inhalt der Nachricht, bevor sie sich setzte. Das Wort »Notfall« lief in einer Endlosschlange über den Bildschirm. Ragin tanzte den Fingertanz auf der Tastatur für die Anmeldung nun schon geübter, dann sprang ihr das Mailprogramm fast ins

Gesicht. Der Absender war Roger. Kurz war sie erleichtert darüber, dass sie es nicht mit einem zusätzlichen Notfall zu tun hatte. Sie las seine Nachricht.

Ragin!

Mein System hat mir gemeldet, dass du dich an System d.1023.1 angemeldet hast. Ich hatte schon fast die Hoffnung aufgegeben, dass du noch lebst, schließlich warte ich bereits seit mehr als einer Woche auf dich, wo du doch in nur drei Tagen hättest bei mir sein sollen.

Meine Lage hier hat sich leider nicht gebessert, eher verschärft, darum kann ich dich nur weiter zur Eile anhalten.

Roger

Na super. So ein blöder Egoist. Er erkundigte sich noch nicht mal, was sie aufgehalten hatte. Ob sie verletzt war, krank, sonst irgendwie beeinträchtigt. Beklagte sich bloß. Also würde sie mal antworten, dass er sich keine verfrühten Hoffnungen machen müsse.

Lieber Roger,

deine Sorge um mein Wohlbefinden rührt mich. Leider hat der Kopter sich als defekt und unreparierbar erwiesen, sodass ich nach anderthalb Tagen Flug den Rest der Strecke zu Fuß zurücklegen muss. Ich bin froh, in einer Siedlung aufgenommen worden zu sein, in der ich Informationen und Vorräte bekomme. Doch muss ich hier zunächst den Bedingungen der Kommune zufolge eine Aufgabe erfüllen, bevor ich die Stadt verlassen darf. Danach wird mir ein weiterer Fußmarsch bevorstehen, der mindestens zwölf Tage in Anspruch nehmen wird. Da davon vermutlich zehn Tage auf die Durchquerung einer unbewohnten Wüste entfallen, wollen wir beide hoffen, dass es zu keinen weiteren Zwischenfällen kommt. Ich schlage vor, du kümmerst dich bis dahin selbst darum, deine Lage nicht weiter zu verschlimmern.

Ragin

Sie las durch, was sie stockend auf der Tastatur entworfen hatte, dann suchte sie nach dem Symbol, mit dem sie die Mail absenden konnte. Ohne Glück. Ein Blick in die Halle zeigte ihr, dass Serkan die Kinder ihrer Arbeit überlassen hatte und – sein Instrument auf dem Schoß – an Saiten zupfte und an Wirbeln drehte.

»Serkan!«, rief sie, in der Hoffnung, die Kinder nicht zu stören. Er hob den Kopf und schaute sie erwartungsvoll an. Mit der Hand winkte sie ihn zu sich.

»Was gibt's?«, fragte er und sie musste einen Moment überlegen, bis ihr klar wurde, dass die Notfallnachricht seine Neugierde geweckt haben musste.

»Nichts«, sagte sie und verzog das Gesicht. »Der Kollege im Vorgebirge, der mich zu Hilfe gerufen hat, hat durch meine Anmeldung erfahren, dass ich noch lebe und noch weiter von ihm entfernt bin, als ihm recht ist.« Sie zeigte auf den Bildschirm.

»Ich habe ihm geschrieben, dass er sich noch länger gedulden muss. Wie schicke ich das ab?«

Serkan überflog Rogers Mail und Ragins Antwort darauf. Dann bewegte er den Mauszeiger auf ein Papierfliegersymbol und blickte kurz zu Ragin. Sie nickte. Er klickte darauf und ihr Text verschwand vom Bildschirm zugunsten eines Posteingangs, dessen vorletzter Inhalt vor dreihundert Jahren angekommen war.

»Du kannst ihn nicht leiden«, sagte Serkan.

»Überhaupt nicht.« Ragin lachte. »Dabei bin ich ihm noch nie begegnet. Aber Naledi meint auch, dass ihm nicht zu trauen ist.«

»Naledi? Die Naledi?« Serkans Interesse war erwacht und Ragin fühlte einen Stich der Eifersucht.

»Ich kannte nur die eine.«

»Wieso sagt sie dir ihre Meinung zu diesem Roger?«

»Weil ich sie gefragt habe.« Ragin griff zu dem Abspielgerät der Mnems, das sie gestern auf dem Tisch neben der Tastatur hatte liegen lassen. »Hiermit.«

»Was ist das?« Serkans Augen wurden groß und Ragin beschloss, ihre Eifersucht herunterzuschlucken. Schließlich würde sie sehr bald wieder unterwegs sein und bis dahin ... na, bis dahin war sie es, die körperlich hier war und Naledi war nichts als eine bantubunte, sehr attraktive virtuelle Repräsentanz.

»Darf ich?«, fragte sie und legte Serkan vorsichtig das Gerät an. Naledis Mnem war noch drin und aktivierte sich, was sie daran sah, dass Serkans Augen sich noch ein Stück weiteten. Verwundert blickte er zu ihr und hob fragend die Brauen.

»Sag hallo zu Naledi«, sagte sie leichthin. »Und du Naledi, sag hallo zu Serkan. Musiker, Bibliothekar und seit gestern Nacht auch mein Liebhaber.«

Am Ende des Tages hatte Ragin die grundlegenden Regeln in ihr kleines Buch geschrieben und Serkan hatte mit allen ihren virtuellen Teamkameraden gesprochen. Zur Mittagspause hatten sie wieder am Tisch der Schulkinder gegessen und waren von zwei Vätern bewirtet worden. Serkan erzählte von Naledi und Ragin verschwieg, wie gut sie im Abschreiben vorankam. Naledi hatte Serkan nach Strich und Faden ausgefragt, er hatte schließlich das Computersystem mit dem Abspielgerät verbunden, weil sie einige Analysen anstoßen wollte. Nach dem Essen hatte Ragin Serkan die anderen Mnems gezeigt und er hatte sich begeistert dazu bereit erklärt, sich mit jedem zu unterhalten. Im Laufe des Nachmittags war er ein paar Mal aufgesprungen, aus der Halle gelaufen und mit jemandem zurückgekommen, der oder die statt seiner dann ein Gespräch mit einem oder einer der Alten führte. Ragin fühlte sich gleichermaßen ausgeschlossen und erleichtert. Tatsächlich waren es ja ihre Kollegen und Freundinnen aus der Station gewesen, die den Löwenanteil dazu beigetragen hatten, dass Ergonstadt blühte und gedieh. Ihnen – wenn auch nur in ihrer virtuellen Repräsentanz – die

Gelegenheit zu geben, davon zu erfahren und die Aufzeichnungen zu sehen, war nur folgerichtig. Außerdem konnten sie und nicht Ragin beurteilen, ob die Station noch Schätze barg, die dem Ökosystem guttun würden.

Also schrieb sie still die Regeln ab. Obwohl sie viel lieber trödeln würde, hatte die unfreundliche Mail von Roger ihr Pflichtbewusstsein getriggert, sehr zu ihrem eigenen Ärger. Doch was sie abschrieb, gefiel ihr sehr gut.

Die Gemeinschaft stand über allem, doch ohne zur Konformität zu zwingen. Entscheidungen wurden im kleinsten notwendigen Rahmen getroffen. Viele, meist –aber nicht ausschließlich – ältere Menschen, verstanden sich auf das Schlichten von Konflikten und zogen in Streitfällen noch andere aus der Kommune hinzu, die sich mit dem betreffenden Thema auskannten. Gab es Dinge mit den anderen Gemeinschaften zu besprechen, reisten Delegierte zu Treffpunkten, um die Diskussionen zu führen. Die Delegierten waren von der Gemeinschaft ausgewählt worden und brachten die Lösungsvorschläge oder weiteren Diskussionsbedarf nach Hause.

Anführer gab es keine. Es war vorgesehen, dass für besondere Situationen jemand gewählt werden konnte, falls es Unwetterschäden zu beseitigen galt oder eine besonders große gemeinsame Aktion koordiniert werden musste. Doch waren diese besonderen Weisungsbefugnisse stets mit einem Verfallsdatum versehen und wer einmal dran gewesen war, durfte so bald nicht wieder gewählt werden.

Jede Person gehörte sich selbst und das galt auch für ihre Zeit. Alles andere Eigentum war eine eher flüchtige, fast zufällige Sache, wie Ragin schon bei den Nahrungsfunden gemerkt hatte. Es war selbstverständlich, Dinge zu nutzen, aber verpönt, sie für sich zu behalten. Die Natur gehörte niemandem und an ihr teilzuhaben, bedeutete immer auch, mit anderen – Mensch oder Tier – zu teilen. Die Ergebnisse der eigenen Arbeit durften genossen werden und Hersteller bestimmten selbst, an wen sie ihre Erzeugnisse abgaben, sollten damit aber nicht zu wählerisch sein.

Dafür hatte jede das Anrecht auf ein Bett, ein Dach über dem Kopf, gute Kleidung, Nahrung und Unterstützung bei den eigenen Vorhaben (in Maßen) und nicht zuletzt bei Krankheit und Hilflosigkeit. In dem ganzen Buch hatte sie keine explizite Regel darüber gefunden, wie viel Zeit jemand sich einer nützlichen Arbeit für die Gemeinschaft zu widmen hatte. Wenn sie sich jedoch ansah, wie geschäftig die Menschen hier wirkten und wie bereitwillig sich Helfende fanden, schien das Prinzip der gegenseitigen Hilfe überraschend gut zu funktionieren.

›War dies ein Paradebeispiel sozialer Kontrolle oder war sie in Utopia gelandet?‹, fragte sich Ragin. Ihre Neugierde wuchs und statt bald eine Wüste zu durchqueren, hätte sie viel lieber die anderen Kommunen besucht, die mit Ergonstadt im Austausch standen.

Das letzte Kapitel drehte sich um Kenntnisse und Wissen. Die Verfasser der Regeln machten klar, dass sie diese als den kostbarsten Besitz von Menschen verstanden. Im großen Vorher, das Ragins Zuhause gewesen war, hatte es immer weniger lokal gespeichertes Wissen gegeben. Alles, was man lernen, hören oder lesen wollte, war in einer Cloud gespeichert gewesen. Der Zugang dazu war von jedem Punkt der Erde aus möglich – schließlich bestand der Speicher der Cloud zu einem nicht unwesentlichen Teil aus der Rechenpower menschlicher Gehirne. Jedes Kind bekam zum Beginn des Schulalters ein Gerät hinter die Schläfe eingebaut. Diese »b2i« genannten Minicomputer wurden mit den Sinnesnerven und einigen Gehirnregionen verbunden und beinhalteten eigene Verstärker zur drahtlosen Datenübertragung. Gleichzeitig hatten diese winzigen Rechner Zugriff auf die Speicher- und Datenverarbeitungskapazitäten der menschlichen Gehirne. Was der

Hauptgrund dafür war, dass nicht einmal die Ärmsten der Armen ohne b2i auskommen mussten. Das Nutzen der vielfältigen Angebote, die darüber zugänglich waren, war in Verträgen festgelegt und viele Dienste waren kostenpflichtig. Wer kein Geld hatte, konnte mit seinen ›BR‹ bezahlen, den Brain Rates, also der biologischen Datenverarbeitungsleistung seines Gehirns. Die Reichen hatten dabei ihr Gehirn für sich und konnten alle ausgelagerten Programme und Wissenspools nutzen, während die Armen den Großteil ihres Denkvermögens abtraten, um nicht von den grundlegenden Diensten ausgeschlossen zu sein. Ragin selbst, die in die Klasse der Superreichen hineingeboren war, musste nie erfahren, wie es sich anfühlte, ein Mietrechner zu sein. Aber sie hatte gehört, dass die verbleibende Kapazität nicht mehr für intellektuelle Sprünge ausreichte. Es hatte Initiativen gegeben, die diese Geschäftspraktiken ächten lassen wollten, oft mit der Argumentation, dass Demokratien Bürger bräuchten, die sich im Vollbesitz ihrer geistigen Kräfte befänden. Doch waren die populistischen Gegenargumente erfolgreicher gewesen, die das Anrecht aller auf Zugang zu den angebotenen Spielen und Unterhaltungsprogrammen in den Vordergrund stellten. Aus einer Diskussion über die Fremdübernahme von Denkkapazitäten wurde eine Schlammschlacht um angebliche Verbote von Unterhaltung für ärmere Menschen. Kein Wunder, dass die Welt untergegangen war, dachte Ragin.

Diese dezentrale Lagerung von Informationen, die ohne spezielle Datenträger – wie Festplatten oder Bücher – auskam, hatte dazu geführt, dass mit dem Zusammenbruch der Zivilisation und deren Technik auch das Wissen abhandengekommen war. Also der Großteil davon, der nicht doch von altmodischen Individuen auf Mnems, stationären Rechnern, physischen Aufzeichnungen oder in – meist antiken – Büchern gespeichert war.

Mit einem Mal waren die Menschen interessant, die noch irgendwas ›konnten‹. Inseln des Wissens und der Fertigkeiten, die nach dem Untergang der stets verfügbaren Informationen über alles und nichts bedeutungsvoll stehengeblieben waren.

Die Kindheit wurde dazu genutzt, den Kindern Zugang zu dem vorhandenen Wissen zu liefern, praktisch und theoretisch, und sie dazu auszubilden, Wissen selbst aufzuzeichnen und weiterzuentwickeln. Als Jugendliche trugen sie dann ihre Schätze hinaus in die anderen Kommunen und kehrten mit neuem Wissen nach Hause zurück, das sie aufzeichnen und ablegen mussten, bevor sie wählen durften, an welchem Ort sie leben wollten.

Statt einer Kultur, in der alle wesentlichen Informationen im Verborgenen gehütet wurden, war eine entstanden, in der jedes Wissensbröckchen geteilt wurde, um seine Chance zu erhöhen, auch eine nächste Katastrophe zu überleben. Open source hatte gesiegt.

Ragin mochte diese neue Zeit und wünschte für einen Moment, die Menschheit hätte die Verwandlung geschafft, ohne dabei unterzugehen.

Eigentlich dürfte sie nun, da sie die Regeln abgeschrieben hatte, die Stadt noch immer nicht verlassen, ohne wenigstens ein Bröckchen ihres Wissens dazulassen. Ob da die kleine Lektion in Selbstverteidigung zählte, die sie den Kindern gegeben hatte? Auf jeden Fall wollte sie noch ein bisschen was mitnehmen. Sie würde Dorothe danach fragen, wie man Brot backt und die Schusterin bitten, ihr zu zeigen, wie sie selbst einfache Schuhe herstellen könnte.

Sie stand auf, nahm das Buch und den Bleistift und strich mit der Hand über die Oberfläche des Schreibtischs. Hier hatte sie die Fertigkeit des Handschreibens wiedererweckt und die Grundlagen des Zusammenlebens der Gemeinschaft erfahren. Wenn alle so waren wie diese hier, dann hatte sich die Arbeit des Teams von vor fünfhundert Jahren gelohnt und ihr Glaube daran, dass die Menschen eben nicht immer alles zerstören würden, was ihnen geschenkt wurde. Ach, was dachte sie da? Selbst wenn nur eine der Kommunen diese Lebensart kultivierte, war es das schon wert gewesen.

Serkan fand sie, wie sie draußen auf der Bank den schönen Tag genoss. Das Buch hielt sie wie ein Baby in der Ellenbogenbeuge und neben ihr lag Alice, die auf dem Rücken ausgestreckt ihren Bauch in die Sonne hielt.

»Schluss für heute?«, fragte er.

»Ich bin fast fertig«, sagte sie und lächelte bedauernd.

»Oh.« Er setzte sich auf die andere Seite von Alice, die kurz die Augen einen Spalt weit öffnete.

»Ja.« Ragins Finger zausten das glutheiße Fell der Katze. »Ich bekomme gleich noch mein Tattoo und spätestens übermorgen geht es dann weiter.«

Serkan schwieg und ließ seine Hand ebenfalls zu der Katze hinunter, deren Ohr sich nach hinten wandte. Doch hatte er es mehr auf Ragins Hand abgesehen.

»Musst du wirklich schon los?«, fragte er. »Es ist sehr gefährlich, dorthin zu gehen.«

Ragin zuckte die Schultern.

»Hast du schon vergessen? ›Gefährlich‹ ist mein zweiter Vorname.«

»Ja, aber du kennst dich doch hier gar nicht aus.«

Ragin lächelte und ihre Hand ergriff seine.

»Das stimmt. Aber ich erwarte keine großen gefährlichen Tiere, nur eine weite Strecke durch totes und unfruchtbares Land.«

»Aber wenn die Menschen auf der anderen Seite …«

»Mit Menschen werde ich fertig, das habe ich gelernt.«

Sie schaute in sein ernstes Gesicht, die sanften Augen unter schwarzen Brauen, die dem Graumelierungstrend der Haare noch nicht gefolgt waren.

»Wie wäre es denn, wenn ich zurückkäme?«

»Steht das überhaupt in Frage?« Seine Finger wanderten an ihrem Arm entlang, strichen sanft über die zarten Härchen, bis sie an ihrer Wange angelangt waren.

Ragin legte ihr Gesicht in die warme Innenfläche seiner Hand und lächelte. Natürlich stand das sehr in Frage, dass sie sich nach ihrem Erwachen in der erstbesten Stadt niederließ, die sie aufnahm. Ihr Auftrag bestand darin, so viel wie möglich von der neuen Welt zu erfassen, die Reichweite, die ihr zur Verfügung stand, maximal auszunutzen, um sich ein Bild zu machen. Und dann zu entscheiden, was sie mit den Mitteln der Station noch beitragen konnte oder ob sie alle für sie erreichbaren Stationen letzten Endes zerstören müsste, damit diese nicht das gewachsene Gleichgewicht der neuen Welt wieder ins Wanken bringen würden.

Doch das war nicht die richtige Antwort für diesen Moment. Dieser Moment war der wahr gewordene Traum einer gegenseitigen Anziehung, der sich so anfühlte, als wäre sie endlich nach Hause gekommen. Ihr Lächeln wurde breiter, als sie nach seiner Schulter griff und sich seinem Gesicht über die Katze hinweg zu einem Kuss näherte. Alice hatte die Nase voll von dem Theater der Menschen um sie herum und glitt von der Sitzfläche der Bank. Serkan rückte eng an Ragin heran und eng umschlungen küssten sie sich. Bis er sich löste und gleichzeitig ängstlich und streng seine Frage wiederholte.

»Steht es überhaupt in Frage, dass du nach deinem Auftrag wiederkommst?«

Ragin lächelte, schaute ihm in die Augen und schüttelte den Kopf.

»Nein. Das tut es nicht. Ich komme wieder.«

»Zu mir?«

»Zu dir.«

Bevor sie erneut in einem Kuss versinken konnten, kam ein Kind auf sie zugelaufen.

»Ragin«, rief es. »Die Tätowiererin wartet auf dich.«

»Oh.« Ragin sprang auf. »Ist es schon so weit?« Sie schaute zurück auf Serkan, dessen Hand sie noch hielt. »Bringst du mich oder treffen wir uns später?«

»Ich hole dich ab.«

Nach einem schnellen Abschiedskuss rannte Ragin dem Kind hinterher zur Tätowiererin von Ergonstadt.

Im Laufen noch hörte Ragin lautes Streiten. Zwei der Stimmen kamen ihr bekannt vor und als die Kampfhähne schließlich in Sicht kamen, erkannte sie Ergon und …

»Nicola?«

Der Angerufene drehte seinen Kopf zu ihr, einen Schimmer der Hoffnung in seinem Gesicht, der zu Enttäuschung zerlief, als er Ragin erkannte. Er wurde von Ergon und einem anderen großen Mann festgehalten, sein Hosenbein war in bekannter Manier hochgekrempelt und jemand stach mit einem brummenden Gerät etwas neben Ankas Stundenglas, das nur ein X sein konnte.

»Was hast du denn wieder angestellt?« Ragin bereute die Worte, sobald sie ihren Mund verlassen hatten. Nicolas Gesicht verfinsterte sich und er wandte sich ab, seine Schultern rundeten sich, als wolle er sich verstecken, vor sich, der Welt, vor allem. An seiner statt antwortete Ergon.

»Zu viel getrunken, die Mädchen belästigt und schließlich gestern Nacht eines abgepasst und nicht verstanden, dass sie allein nach Hause wollte. Zum Glück kam noch ein später Spaziergänger vorbei, der ihr beigestanden hat.«

Nicolas Rücken rundete sich noch ein bisschen weiter.

»Und jetzt?«, fragte Ragin, hin- und hergerissen zwischen Abscheu, Unverständnis und einer Spur Mitleid.

»Er scheint ja nicht dazuzulernen«, sagte der andere Mann, eine hochgewachsene graubezopfte Gestalt. »Also fackeln wir nicht lange.«

Ragin nickte. Die Tätowiererin, die sich als sitzende alte Frau herausstellte, wischte ihr Gerät ab und schaute fragend in die Runde. Ergon griff nach Nicolas Handgelenk, auf dem sein Ausweis prangte.

»Nein!«, rief Nicola. »Bitte nicht!«

»Wir wollen dich hier nicht haben«, sagte Ergon. »Du bist ja noch nicht mal einsichtig.«

»Ich hab doch gar nichts getan!«, bestätigte Nicola diese Analyse. »Ich wollte nur noch ein bisschen mit ihr plaudern, sie hat mich so an meine Margerit erinnert.«

»Aber sie wollte das nicht. Und wenn du das nicht respektieren kannst, hast du hier in Ergonstadt nichts verloren«, sagte Ergon.

Die Tätowiererin nickte.

»Ich weiß nicht, was dir deine Mama beigebracht hast, als du klein warst, aber darin solltest du nochmal Nachhilfe nehmen.«

»Ihr könnt mich alle mal!«, schrie Nicola, dem es nicht gelang, seinen Arm aus dem Schraubgriff des Zopfträgers zu winden. Ragin sah, dass ihm die Tränen in den Augen standen. Ihr tat Nicola leid, aber weniger, weil er von den anderen festgehalten und gebrandmarkt wurde, sondern weil er offenbar nicht verstand, dass er selbst es war, der sein Leben ruinierte.

»Wo kann er denn hin?«, fragte sie Ergon.

»Überall hin, halt nur nicht mehr zu uns.«

»Und auch nicht zum Waldvolk, wenn ich deinen Reisebericht richtig verstanden habe«, fügte der andere Mann hinzu.

»Stimmt.«

Ragin überlegte kurz.

»Lianes und Horsts Gemeinschaft?«

Ergon nickte.

»Aber was soll ich denn tun?« Nicolas Wut war abgeebbt, nun war er wieder kleinlaut und den Tränen nahe. »Die nächste Siedlung Richtung Norden ist doch mehr als eine Woche Fußweg entfernt. Und das ist Margerits Kommune, wo ich mein erstes X bekommen habe. Dann kommt meine Heimatsiedlung und da will ich nicht mehr hin. Wie soll ich es denn schaffen, allein so weit zu gehen, bis mich niemand mehr kennt? Ich habe doch nichts zu essen und meine Schuhe halten auch nicht mehr lange.«

Ragin sah Zornesröte in Ergons Wangen aufsteigen.

»Willst du dir hier noch ein paar gute Wanderschuhe schnorren?«, fragte er gefährlich leise.

»Nein!« Nicola klang jämmerlich. »Aber schau doch mal!«

Ragin gab Nicola recht. Seine Schuhe fielen auseinander, von den Sohlen war nur noch eine dünne Schicht übrig.

Die beiden Männer aus Ergonstadt sahen einander an.

»Wir besprechen das«, sagten sie.

»Macht das«, mischte sich die Tätowiererin ein, die hinter das runde Ausweissiegel ein viel kleineres Symbol gestochen hatte: ein »E« in einem Kreis, der durchgestrichen war. »Aber bringt mir den Jammerlappen aus den Augen. Ich habe hier noch etwas anderes zu tun.« Damit winkte sie Ragin heran.

Kleinlaut ließ sich Nicola von dem Sitz ziehen und hob seine Füße kaum, als er zwischen Ergon und dem anderen fortging. Die alte Frau und Ragin sahen den beiden nach, bis sie um die Ecke gebogen waren.

Die Tätowiererin schüttelte den Kopf.

»Traurig, traurig. Was denkt sich der Junge nur? Wie kann man denn so jemanden davon abhalten, sein Leben zu versauen?«

»Ist das nicht schon längst passiert?«, fragte Ragin, während sie einer Handbewegung der Alten folgte und sich setzte.

197

»Nein«, sagte diese. »Wenn er die Finger vom Alkohol lässt, erinnert er sich vermutlich besser an die grundlegenden Regeln und dann kann er sich immer noch irgendwo niederlassen. Halt nicht mehr hier – oder woanders, wo er schon Leute gegen sich aufgebracht hat.«

»Und wenn er es nicht tut?«, fragte Ragin.

»Na ja …« Die Tätowiererin nahm Ragins rechte Hand und knickte sie nach oben ab. Mit einem Stück Holzkohle markierte sie die Stelle des Knicks.

»Wenn er es sich in jeder Kommune verscherzt, die er aufsucht, dann bleibt ihm wenig, als außerhalb zu leben. Du warst ja selbst bei den Zitties, die schauen nicht so genau hin, was jemand auf dem Handgelenk hat, solange das Benehmen stimmt. Kann er denn was? Du bist ihm doch schon mal begegnet.«

»Er ist gut mit Holz«, antwortete Ragin, während sie betrachtete, wie die Tätowiererin den Nadelaufsatz ihrer kleinen Maschine auswechselte.

»Dann kann er außerhalb leben und seine Dienste anbieten. Solange er niemanden aus der Kommune gefährdet, werden sie ihn in Frieden lassen.«

»Und wenn er sich dann auch wieder danebenbenimmt?«

Die alte Frau zuckte mit den Schultern.

»Keine Ahnung. Dann wird er vermutlich wieder verjagt. Ehrlich gesagt, weiß ich von niemandem, der es so weit gebracht hat. Die meisten sind ja doch lernfähig. Oder sie sind einfach nicht mehr wiedergekommen, weil sie ja verbannt wurden. Leg mal deinen Unterarm hier auf den Tisch.«

Ragin gehorchte.

»Mein Name ist übrigens Totoro«, sagte die Tätowiererin mit lebendig blitzenden Augen. »Nur den Ausweis?«.

»Erstmal nur den Ausweis«, antwortete Ragin.

Totoro nickte, nahm ihr Werkzeug zur Hand und schaltete etwas unter dem Tisch an, das zu surren begann. Das war das Geräusch, was Ragin schon gehört hatte und sie stellte fest, dass es sich um eine elektrisch betriebene Tätowiermaschine handelte. Der Strom mochte von den Solarpanels kommen, die an der Fassade des Hauses befestigt waren. Totoro besprühte Ragins Haut mit einer klaren Flüssigkeit, wischte sie ab und dann setzte sie die Spitze des Geräts auf. Es piekste und zupfte schmerzhaft, als die erste schwarze Linie sich in die Haut fraß, doch mehr noch vibrierten die Knochen in Ragins Handgelenk. Gebannt konnte sie den Blick nicht von der Zeichnung nehmen, die da entstand, ein Kreis zunächst. Totoro wischte zwischendurch kurz mit einem sauberen, dann immer tintiger werdenden Lappen überschüssige Farbe weg, die sich manchmal mit etwas Blut vermischte. Als der erste Kreis geschlossen war, schaute Totoro von ihrer Arbeit auf.

»Geht es?«, fragte sie Ragin.

»Wie lange wirst du brauchen?«, lautete Ragins Gegenfrage.

»Eine Stunde.«

Ragin zuckte die Achseln.

»Das wird schon gehen.«

Totoro lächelte, nickte und setzte zu dem zweiten Kreis an, der die Signets zu umrahmen pflegte.

Ragin lenkte sich damit an, die Tätowiererin zu betrachten. Die alte Frau schien fast ebenso breit wie hoch zu sein. Im Gegensatz zu jedem anderen, den Ragin bis jetzt gesehen hatte, trug die Meisterin kein einziges Tattoo außer dem runden Signet auf ihrem Handgelenk. Sie saß in einem bequem wirkenden Sessel. Ihre Gerätschaften waren in Griffweite ausgebreitet und beim Arbeiten summte sie. Schwarze, lange Haare waren im Nacken zu einem losen Knoten zusammengefasst, von einer breiten, reinweißen Strähne durchzogen.

Nachdem Totoro ihr Werk beendet hatte, begann sie, ihre Instrumente zu reinigen und wegzuräumen. Sie hatte Ragin gebeten, die Maschine ins Haus zu räumen. Der bequeme Sessel hatte sich als eine Art Rollstuhl herausgestellt. Die Rückenlehne war verstellbar und Totoro blinzelte in einer halb liegenden Position müde in den Schein der tiefstehenden Sonne, als Serkan angeschlendert kam.

»Feierabend«, sagte die Tätowiererin nicht unfreundlich, doch Serkan winkte ab.

»Ich hole nur Ragin ab.«

»Oh.« Totoro schaute interessierter. »Hab ich was verpasst?«

»Bestimmt nicht«, sagte Serkan und küsste Ragin auf den Mund. Totoros dünn gezupfte Augenbrauen schossen in die Höhe, dann lächelte sie und schnalzte.

»Die jungen Leute von heute …«

»… oder von vorvorgestern …«, fiel Ragin ein. Totoro lachte amüsiert.

»Na, dann lasst euch nicht abhalten.« Serkan zog Ragin an der Hand hoch und sie waren schon fast um die Ecke, als Totoro ihnen nachrief:

»Immer schön sauber halten! Das Tattoo, meine ich.«

Ihr Kichern verklang leise, als sie sich entfernten. Sie schlugen einen Weg ein, den Ragin noch nicht gegangen war.

»Wo gehen wir hin?«

»Ich dachte, wir bummeln noch ein bisschen durchs Dorf, damit du wenigstens einmal alles gesehen hast, bevor du dich auf und davon machst.«

»Und wenn du ›alles‹ sagst, welchen Teil meinst du dann?« Ragin wirbelte herum, als sie diese Worte hörte. Unvermutet war Jakta hinter ihr aufgetaucht, die dunkelgelockte *Zittie*-Bewohnerin.

»Ach, Jakta«, Serkan lächelte, »die wichtigsten Dinge hast du ihr doch schon gezeigt.«

»Vermutlich.« Jakta maß Serkan kurz mit ihren Blicken, die

bis zu der mit Ragins verschlungenen Hand wanderten. Dann schaute sie Ragin in die Augen.

»Ich habe gehört, dass du bald wieder unterwegs bist und dass du zur Enklave 5 willst.«

Ragin nickte. Jakta nahm ihren Stoffbeutel von der Schulter, griff hinein und zog etwas heraus. Es war ein gräulich-braunes Gewebe – Ragin hatte keine Ahnung von textilen Herstellungstechniken, darum konnte sie nicht sagen, ob es gewebt, gestrickt, gehäkelt oder was sonst war. Fast wirkte es wie etwas, was in der Natur gewachsen war, so unregelmäßig war es von Knötchen und Knubbeln bedeckt. Jakta streckte es ihr hin und mit fragendem Blick nahm Ragin es entgegen. Den Fingern erschien das Stück Stoff viel schmeichelhafter als dem Auge, es war weich und sehr leicht.

»Was soll ich damit?«, fragte Ragin.

»Mitnehmen.« Mit finaler Geste zog Jakta sich die Taschenriemen wieder über die Schulter. »Es gehörte einer Besucherin von dort. Der letzten, wenn ich mich recht erinnere, ich war noch ein Mädchen, als sie hierherkam. Was mit ihr war, weiß ich nicht, meine Eltern und die anderen Erwachsenen haben mit ihr gesprochen und wollten nicht, dass wir Kinder etwas mitbekommen. Aber sie war alt und schwach und hatte die Überquerung der Ödnis nur knapp überlebt, nur um hier dann nach wenigen Wochen zu sterben. Meine Eltern hatten sie aufgenommen und ich wurde immer mal geschickt, um ihr Wasser zu bringen, den Topf zu leeren und zu schauen, ob sie noch atmet. Das hier war ein Tuch, das sie immer um die Schultern geschlungen hatte. Bevor sie starb, gab sie es mir. Ich sollte niemandem etwas verraten, aber sie beschwor mich, dass es unbedingt wieder zurück zur Enklave 5 gebracht werden müsse. Du bist seither die erste Person, von der ich weiß, dass sie dorthin möchte. Würdest du ihren Wunsch erfüllen?«

Was für eine seltsame Bitte. Ragin schaute auf das Stück Stoff, das wenig Raum einzunehmen schien, wenn man es zusammendrückte, und dann in Jaktas ernste Augen.

»Ja«, sagte sie dann. »Sicher.«

»Gut.« Jakta lächelte, dann legte sie den Kopf zur Seite und nickte. »Ich bin froh, dass ich endlich diesen Wunsch erfüllen konnte. Noch einen schönen Abend für euch beide!« Damit drehte sie sich um und ging, die Füße in den flachen Schuhen leise und sanft auf den Boden setzend.

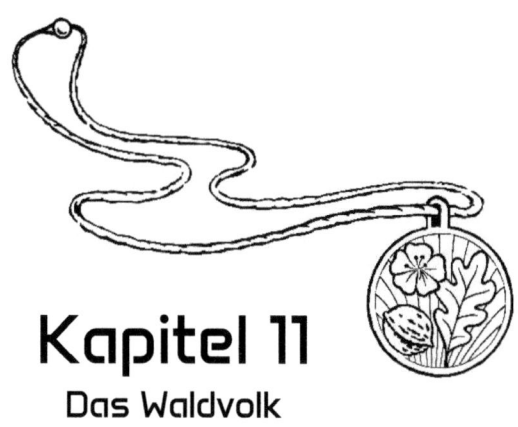

Kapitel 11

Das Waldvolk

Ragins erste Schritte auf dem Weg fort von Ergonstadt waren zögerlich. Es war dann alles sehr schnell gegangen. Sobald sie am Morgen verkündet hatte, dass sie alle Regeln abgeschrieben hatte, ergo aufbruchsbereit war, hatten die Bewohner der Stadt ihr die Dinge gebracht, die sie benötigte. Sie hatte auf der Bank vor Dorothes Haus gesessen und alles in Empfang genommen: von Trockenfrüchten über Walnusskerne hin zu einem Paar neuer Schuhe, für die die Schusterin Tag und Nacht gearbeitet haben musste und die passten wie angegossen. Schließlich war Totoro noch vorbeigerollt und hatte ihr ein Fläschchen und eine Rolle Gaze in die Hand gelegt.

»Sieh zu, dass du die Tätowierung immer schön sauber hältst. Nicht reiben, nicht knibbeln, verstanden!«

Ragin hatte artig genickt und Totoro hatte Platz für den nächsten gemacht. Anka, Ergon und die großen Jungs waren natürlich auch gekommen. Ergon hatte zwei Glasfläschchen in der Hand gehabt, beide gefüllt mit einer bernsteinfarbenen Flüssigkeit.

»Bring eines als Gastgeschenk und Gruß von Ergonstadt dem Waldvolk mit. Das andere ist für dich.«

»Falls ich es noch in meinen Rucksack hineinbekomme.«

»Du solltest es unbedingt versuchen. Es ist hochprozentiger Kräuterschnaps. Zur Not kannst du auch was damit abfackeln, es ist vielseitig verwendbar, glaub mir.«

Dorothe hatte ihr einen kleinen Brotlaib gebracht. Wie gut, dass der Rucksack in seiner Größe verstellbar war, doch als er schließlich auf Ragins Rücken saß, hatte sie das Gesicht verzogen. Mit dieser Last zu gehen, wäre absolut kein Vergnügen. Doch hatte sie sich damit getröstet, dass sie die frische Nahrung, die sie ganz oben eingepackt hatte, ja in kürzester Zeit aufgezehrt haben würde. Alice als Huckepackgewicht hatte sie dabei noch nicht berücksichtigt, aber wozu hatte sie die Augments in ihrem Körper, die ihre Muskeln nach Beanspruchung doppelt schnell zum Wachsen ermutigen würden.

Die letzte Nacht hatte Serkan und ihr gehört. Er hatte sie nicht noch einmal darum gebeten zu bleiben, doch insgeheim hatte sie sich selbst gefragt, ob sie sich mit ihrem übergroßen Pflichtbewusstsein nicht mehr schadete, als sie Roger je nützen könnte. Sie hatte Serkans kleines Haus verlassen, nachdem sie seinen Muckefuck dankend abgelehnt hatte, mit vom Küssen wundem Kinn und Lippen und auch anderen Körperstellen, auf die wenig Rücksicht genommen worden war in einer Nacht voller Innigkeit und aufflammender Leidenschaft. Serkan war drinnen geblieben, als sie auf die Straße getreten war, sie konnte es ihm nicht verübeln. Offenbar war er lange allein gewesen und sie zu treffen, war für sein Herz Segen und Fluch zugleich. In der ersten Morgenstunde, als die Vögel draußen ihr lautes Singen begonnen hatten, hatte sie ihm versprochen, wiederzukommen. Er solle nicht auf sie warten, hatte sie gesagt, sie würden dann einfach sehen, wenn sie wieder da wäre, wie ihre Geschichte weitergehen könnte. Und dann hatte sie sich noch einmal in allen Sprachen, die ihr zur Verfügung standen, bedankt, für das unverhoffte Geschenk seiner Zuneigung und seiner Zärtlichkeit.

Erst als Ergonstadt hinter ihr im Wald verschwunden war, wurden ihre Schritte freier. Alice hatte am Weg, der die Mauer begleitete, auf sie gewartet und lief nun vor ihr her auf dem Pfad zum Waldvolk. Ragin war erleichtert gewesen, als sie erfuhr, dass Nicola noch eine Gnadenfrist bekommen hatte, in der er beim örtlichen Holzverarbeiter arbeiten und damit seine Schuhe und hochwertigen Proviant verdienen konnte. So war sie wenigstens sicher, dass er ihr nicht auf dem Weg auflauern konnte. Wobei sie wusste, dass sie ihm mit dieser Verdächtigung Unrecht tat. Vermutlich war er kein schlechter Kerl, wenn er bloß das Trinken in den Griff bekäme und lernte, mit sich selbst zurechtzukommen, anstatt zu erwarten, dass die Frauen dieser Welt sich bemühten, seine Einsamkeit zu lindern.

Der Morgen war grau und es türmten sich hinter ihr dunkle Wolken zu einem Juniregen auf, der – laut Ergon – typisch für dieser Gegend war. Sie hatte zwei Tage des Wanderns vor sich und während ihre Beine ausschritten und ihre Lungen die Waldluft einsogen, spürte sie Freude in sich. Die Begegnungen in Ergonstadt und auf dem Weg dahin waren erfreulich und bereichernd gewesen und nicht nur die mit Serkan hatte eine Fülle an Empfindungen ausgelöst. Dennoch genoss sie es, wieder für sich zu sein, allein mit Alice, den Bäumen um sie herum und den Vögeln, die in den Zweigen hin- und herflatterten und einander vor der Wanderin warnten – oder vor ihrer viel gefährlicheren Begleiterin auf vier Pfoten. Das Gehen ließ die Bilder der letzten Tage in lockerer Folge durch ihren Geist fließen, bis sie alle einen vorläufigen Platz gefunden hatten und Ragin sich ganz der Gegenwart widmen konnte. So lief sie den ganzen Tag mit kleinen Pausen, in denen sie den Proviant auf ihrem Rücken dezimierte, indem sie ihn sich einverleibte.

Am Abend fand sie eine Nische in einem hochragenden Felsen aus schwärzlichem Stein. Das Laub, das sich darin gesammelt hatte, gab einen hervorragenden Schlafplatz ab und es war ein Gefühl von Nachhausekommen, als Alice zu ihr in den Schlafsack kroch und ihre Katzenwärme verströmte.

Kurz vor dem Aufwachen träumte sie von Serkan und so begann sie den Tag mit dem Gefühl, das etwas fehlte. Während sie ihre Sachen packte, fragte sie sich, inwieweit Verliebtheit wirklich ein Gewinn war, wenn sie so schnell in Leiden umschlug. Sie würde bald nach Ergonstadt zurückkehren, das versprach sie sich selbst und schob damit ihr sehnsüchtiges Herzchen in eine innere Ecke, wo es nicht weiter störte. Dennoch fehlte ihr die volle Energie, um sich auf ihr neues Abenteuer zu konzentrieren. Um sich im Gehen abzulenken, rief sie sich die Informationen über die Zeichensprache auf, mit der sich Horst und Liane unterhalten hatten, denn dies waren die einzigen Repräsentanten des Waldvolkes, die sie bislang kannte. Serkan hatte sie darauf aufmerksam gemacht, dass in der Datenbank des Stadtrechners ein vollständiges Vokabular gespeichert war. Sie hatte sich an ihrem letzten Tag in der Stadt dieses Gestenwörterbuch genauso heruntergeladen wie eine ganze Reihe von handwerklichem Spezialwissen, das auf die neue Zeit angepasst war. Gleichzeitig hatte sie die Inhalte der Mnems ihres Teams in dem System gespeichert. Besonders Olans und Shrees KI-Personas hatten Serkan in ihren Besprechungen gebeten, in den Rechner integriert zu werden, um Auswertungen über die Umgebung von Ergonstadt fahren zu können. So wären sie bei Ragins Rückkehr bereit, diese anzuweisen, welche Lücken noch aus den Restbeständen der Station gefüllt werden könnten.

Alice schaute verwundert an Ragin hoch, während diese im Gehen das abstrakte Wissen aus dem Gestenwörterbuch nachformte. Auch wenn sie die Zeichensprache komplett als Vokabular zur Verfügung hatte, war es doch noch eine andere Sache, diese selbst auszuführen und sie wollte wenigstens die wichtigsten Begriffe flüssig in ihr Körpergedächtnis integriert haben. Schließlich aber setzte sich die Katze auf den Weg, was Ragin zunächst nicht bemerkte. Erst ein zartes Miauen ließ sie anhalten.

»Willst du reiten?«, fragte sie und setzte den Rucksack ab.

Alice begann zu schnurren und lief auf Ragin zu, die den Patchworkkissenbezug außen am Rucksack befestigte und die Katze hineinhob. Ragin biss die Zähne zusammen, als sie das Gepäckstück erneut schulterte und zog die Riemen so zurecht, dass das Gewicht auf ihrem Becken lastete. So ging sie einige Stunden, in denen Alice ihren Tagesschlaf hielt.

Sie schaute im Vorbeigehen auf die Bäume rechts und links, die großen, die sich hoch in den Himmel erhoben und die kleinen, die in den wenigen lichten Flecken auf dem Boden wuchsen, niedrig, aber kräftig. Würde einer der Riesen fallen, wären sie zur Stelle, um sich ihren Teil am Himmel zu sichern.

Der Wald veränderte sich, stellte sie fest. Die Unterbrechungen im dichten Gehölz der Nadelbäume wurden häufiger, statt kleiner, vereinzelter Laubbäume, die am Boden hockten, hatten sich einige zu Gruppen gefunden. Ragin erkannte heimische kleinblättrige Bäume wie Buche, Birke, Esche und Eiche, die Lieblinge der Biologen für die Wiederaussiedlungen. Doch fanden sich immer mehr andere Bäume, die alle eines gemeinsam hatten: Sie trugen Früchte. Es schien bald an der Zeit für Kirschen zu sein. In anderen Kronen erkannte sie noch unreife Äpfel und Birnen.

Etwas raschelte in einiger Entfernung oben in den Bäumen. Ihr Kopf fuhr herum, doch konnte sie nichts entdecken. Bestimmt nur ein ungeschickter Vogel. Sie begann wieder zu gehen. Alice schnurrte noch ein bisschen weiter, bis sie wieder eingeschlafen war. Ein ungutes Gefühl setzte sich in Ragins Nacken fest und sie spitzte die Ohren. Nichts. Einfach nur Wald.

Mit Lebewesen, die hier wohnten. Wie war nochmal die Gebärde für »Lasst mich in Ruhe«?

Sie kam gut voran. Ihre Position konnte sie mit dem Kartenmaterial aus Ergonstadt abgleichen und sah, dass sie in spätestens einer Stunde in der Siedlung des Waldvolks ankommen würde. Während sie »Mein Name ist Ragin und ich bin eine Freundin von Liane und Horst« übte, bewegte sich etwas hoch oben in einer Baumkrone, gerade am Rand ihres Sichtfeldes. Als sie den Kopf wandte, erwischte sie noch das Schaukeln gestörter Blätter und die Idee eines Schattens. Ganz schön groß, dieser ungeschickte Vogel.

Sie ging weiter, alle Sinne ausgerichtet. Da! Jetzt war es auf der anderen Seite, ein kurzes rauschendes Geräusch, als ob sich jemand durch die Blätter der oberen Äste hindurchpflügte. Ragin spürte, dass die Katze sich versteifte und sich in ihrer Hängematte rührte. Ohne abzuwarten, dass ihre Freundin den Rucksack abnahm, krallte Alice sich aus ihrem Sitz und sprang auf den Boden. Mit nach hinten gelegten Ohren und einem dick gesträubten Schwanz drückte sich die Katze auf den Boden, sah sich kurz um und verschwand dann auf der Seite des Weges, wo die Brennnesseln und Büsche am dichtesten wuchsen.

Auch Ragins Nackenhaare standen zu Berge. Für einen Betrachter unsichtbar, aktivierte sich ihr Kampfmodus, der ihre Reaktionen und Bewegungen beschleunigen und ihre Kraft vervielfachen würde. Ihre Rechte glitt lautlos in die Hosentasche und verleibte sich das schlanke Messer ein. Nicht, dass sie es benötigen würde, aber die Erfahrung hatte sie gelehrt, dass Angreifer eine Waffe besser verstanden, als den zornigen Blick einer schlanken, mittelgroßen Frau.

Etwas fiel vor ihr aus den Bäumen, etwas Großes und Schwarzes, ein Gestalt gewordener Schatten, und er kam mit einem gewaltigen Rums auf dem Weg vor ihr auf. Doch bevor Ragin mehr wahrnehmen konnte als gesträubtes Fell, dröhnte der Boden noch dreimal auf und sie fand sich in der Mitte von vier dieser Gesellen, die sich vor, hinter und neben ihr aus den Bäumen hatten fallen lassen. Sie waren etwas kleiner als sie, auch wenn ›klein‹ keine zutreffende Bezeichnung war. Was den Wesen an Höhe mangelte, machten sie an Breite wett: Alle kauerten sie, die überlangen Arme weit abgebogen, die Knöchel locker auf dem Boden aufliegend. Ihre Schultern waren bekleidet mit senkrecht abstehenden schwarzen Haaren. Den Augen fehlte das Weiße, Ragin sah nur feuchtes Glitzern über brauner Iris in den starren Gesichtern, die sie musterten, vorgewölbte Lippen schmal über scharfen Zähnen gespannt. Schimpansen.

Es gefiel ihr überhaupt nicht, dass sie einen ihrer Belagerer im Rücken hatte, doch sie bemühte sich, das Unbehagen nicht in ihre Körpersprache einsickern zu lassen. Stattdessen richtete sie sich noch weiter auf, ließ das Messer wieder in die Tasche gleiten und flatterte mit ihren Händen ein »Was gibt es da zu glotzen?« in Gebärdensprache.

Für einen Moment glaubte sie wahrzunehmen, dass die bedrohliche Haltung des Menschenaffen, der vor ihr saß, um ein winziges Bisschen zusammenfiel. Doch hatte der andere hinter ihr vermutlich ihre gebärdeten Worte nicht gesehen und fing an, hohe und grunzende Laute von sich zu geben. Dies wiederum schien den Kerl vor ihr zu befeuern und er schlenkerte seine Arme hin und her, während er schwer atmend tiefe Grunzlaute ausstieß. Sein Schaukeln steigerte sich und als seine Hand einen Ahornschössling berührte, der am Wegesrand wuchs, griff er danach und riss das Bäumchen aus der Erde. Kraft war also im Übermaß vorhanden, dachte Ragin. Ob die Burschen keine Gebärdensprache verstanden? Sie versuchte es noch einmal.

»Ich bin eine Freundin von Horst und Liane«, gebärdete sie. Doch erreichte sie den Krachmacher vor sich nicht mehr damit. Der hatte die Augen halb geschlossen und schwang nun das

Bäumchen über seinen Kopf, dass die Erde in Bröckchen von den Wurzeln flog. Er schmetterte es auf den Boden und dann geschahen kurz hintereinander viele Dinge.

Alice, die sich in den Brennnesseln versteckt hatte, erschrak, als das Bäumchen neben ihr einschlug. Mit gesträubtem Ganzkörperfell sprang sie den nächstbesten Baum an und krallte sich in die Höhe. Der Schimpanse zu Ragins Rechten war jedoch blitzschnell zur Stelle und erwischte ihren Schwanz. Während er daran zog, um die Katze vom Baum zu pflücken, die ihrerseits ihre Krallen fest in die Rinde verhakte, die Ohren flach am Schädel angelegt, huschte Ragin an ihm vorbei, nun das Messer doch wieder in der Hand. Mit ausgefahrener Klinge fuhr sie ihm fast zärtlich über den Arm. Seine Finger öffneten sich im überraschten Schmerz und aus dem fliehenden Fellbündel am Baumstamm wurde eine Furie mit rasiermesserscharfen Krallen, die plötzlich in seinem Gesicht klebte.

Nicht nur Alice hatte die Nase voll.

Generell scheute Ragin sich, Wunden zu schneiden, entzündete Verletzungen konnten ohne die richtige medizinische Versorgung zu rasch tödlich enden. Aber bei den Schimpansen versagte ihr anatomisches Wissen über empfindliche Körperstellen und Nervenpunkte, mit denen sie einen Menschen im Nu schachmatt setzen konnte. Außerdem schätzte sie, dass die ausgeprägten Muskeln empfindliche Stellen besser schützen würden als beim menschlichen Körper. Also musste das Messer ran. Sie wandte sich zunächst den beiden Gefolgsleuten zu, schnitt ihnen schnelle Muster in die lederartige Haut der Hände, dem anderen ins Gesicht, bevor sie sich dem Anführer zuwandte.

»Was ist dein Problem?«, gebärdete sie, als sein Blick kurz zu ihr schweifte, abgelenkt von seinen schreienden Kollegen, von denen einer aus vielen Kratzwunden blutend am Boden kauerte, vor ihm ein schwarzes Fellbündel, das zum Buckel hochgekrümmt aus grünen Augen Zorn sprühte. Probleme hatte er viele, das schien der Anführer zu realisieren. Ragin sah, wie die geträubten Haare auf seinen Schultern und Armen niedersanken. Der Schimpanse schien um ein Drittel zu schrumpfen und auch seine Haltung fiel in sich zusammen. Ohne ihr eine Antwort zu geben, drehte er sich um, rauschte in das Unterholz und erklomm den nächstbesten Baum. Als sich das Kronendach unter ihm schloss, folgten ihm auch die beiden Kumpane, die mit ein paar Messerschnitten davongekommen waren. Alice fauchte den letzten Schimpansen an, was ihn aus seiner furchtsamen Starre erweckte. Er folgte seinen Freunden, die Hand, die Ragins Messer aufgeschlitzt hatte, vorsichtig an seine Brust gedrückt.

Das Rauschen oben im Blätterdach entfernte sich, bis das Gepiepe und Zwitschern der Vögel wieder zu hören war. Ragin setzte sich in die Kräuter am Wegesrand neben Alice, die sich die Pfoten leckte, ein Bild des Friedens, wäre da nicht das Blut an ihren Krallen gewesen.

Während sie eine Scheibe Brot kaute und Alice kleine Fetzchen getrockneten Fleisches fütterte, fragte sich Ragin, was diese Begegnung zu bedeuten hatte. Gab es ein kleines Rogue-Problem bei den Waldleuten in Gestalt von gewalttätigen Schimpansen? Warum hatte sie niemand in Ergonstadt davor gewarnt? Hatte ihre Gebärdensprache die Angreifer nicht erreicht? War es eine falsche Version oder konnte sich nicht jeder Menschenaffe so gewandt damit ausdrücken wie Horst?

Sie trank einen Schluck Wasser, Alice leckte energisch und abschließend über ihren malträtierten Schwanz und dann waren sie wieder marschbereit.

Der Zauber des Waldes war ein wenig gemindert. Während des Gehens lauschte Ragin nun aufmerksam auf Geräusche in den Baumkronen und auch ringsherum. Die Katze ging nur einen halben Schritt vor ihr, die Ohren gespitzt. Wobei: Was hatten sie zu fürchten? Eine Frau und eine Katze gegen vier Schimpansen: Eins zu Null.

Das nächste Zeichen dafür, dass sie sich der Waldsiedlung näherten, bestand in einer Reihe von bunten Fäden, die um die Stämme junger Bäume gewunden waren. Die Farbenpracht zeigte sich auch an einigen Ästen weiter oben. Bei genauerem Hinsehen fanden sich hin und wieder nestartige Strukturen in den Baumkronen. Jemand hatte die biegsamen Zweige genommen und miteinander zu einer groben Schalenform verwoben. Aber alle waren leer und einige befanden sich auch schon im Zustand der Auflösung, wo sich die Äste und Zweige aus dem Geflecht befreit hatten und sich wieder gerade nach draußen reckten.

Der Wald zog sich zurück vom Weg und gab den Boden frei für Felder. Ragin erkannte den Flachs, der auch hier in seinem zauberhaft zarten Blau blühte. Andere Stellen wurden von rundblättrigen buschartigen Pflanzen bewachsen, deren grüne Ranken sich spiralig in den Wind streckten. Auf dem nächsten Feld dann schossen dicht an dicht gerade Stängel nach oben, mit handförmigen Blättern besetzt, die sie stark an die Form von Hanfblättern erinnerte. Diese Pflanzen überragten sie bereits um ein paar Zentimeter und sie sahen nicht aus, als hätten sie ihre endgültige Größe bereits erreicht. Inzwischen war die Baumgrenze zu beiden Seiten des Weges bestimmt einen halben Kilometer entfernt. Auf einem Feld am Waldrand sah sie ein interessantes ... konnte man es Gebäude nennen? Es war eher ein Gebilde aus größeren Kugeln, die miteinander in einer nicht erkennbaren Ordnung und unter Verleugnung der Schwerkraft zu einer dreidimensionalen Struktur verbunden waren. Aus welchem Material die Elemente gefertigt worden waren, konnte sie auf die Entfernung nicht erkennen. Allerdings sah sie hier zum zweiten Mal während ihrer Annäherung Wesen, die vermutlich ebenfalls Menschenaffen waren. Sie schienen ein Spiel zu spielen, sprangen auf den Kugeln herum, kletterten an ihren Hüllen empor, schlüpften in sie hinein. Ob es ein Fangenspiel war oder etwas anderes, konnte Ragin nicht bestimmen. Dann hielt eine der fernen Gestalten inne und zeigte mit ausgestrecktem Arm auf Ragin. Wenige Momente später tropften die spielenden Wesen aus unterschiedlichen Höhen auf den Boden. Einige rannten auf etwas zu, das Ragin jetzt erst als möglichen Bau einer Siedlung wahrnahm, während eine kleine Gruppe sich auf Ragin zubewegte.

Kurz überlegte sie, ob sie sich für einen weiteren Angriff wappnen sollte, doch spürte sie keinerlei Bedrohung. Nichts Heimliches lag in dieser stürmischen Annäherung, in der verschiedene Fortbewegungsarten kombiniert schienen. Einige rannten auf zwei Beinen, andere nahmen die vorderen Gliedmaßen zu Hilfe und wurden langsam beim Spurt über das offene Gelände abgehängt. Im Wald wären die Verhältnisse vermutlich andersherum, dachte Ragin, sofern die Zweifüßler sich auf ein Hangeln in den Ästen einließen. Sie dachte an Lianes starke Oberarme und Schultern und zweifelte keine Sekunde daran, dass diese sich in einem Baumkronenwettlauf behaupten würde. Auch Alice war auf die Gruppe der Heranstürmenden aufmerksam geworden und bog ohne große Eile vom Weg ab in das rechts gelegene Feld, wo sie zwischen den dort wachsenden Pflanzen weiterlief, unsichtbar bis auf den ein oder anderen Halm, der kurz wackelte.

Ein weiteres Feld der hoch- und engstehenden Hanfpflanzen schnitt Ragins Sicht auf die rennenden Individuen ab. Dafür rückte der geradeaus liegende Komplex in ihren Fokus. Er ähnelte so sehr einem bewaldeten Hügel, dass sie ihn zunächst gar nicht als künstliche Struktur in Betracht gezogen hatte. Doch erinnerte sie nun die Höhe und Ausdehnung des Hügels an die Halle in Ergonstadt. Auch in dieser Gemeinschaft war vermutlich ein Werksgelände mit Fertigungshalle zum Schutzraum geworden. Die Bewohner hatten jedoch hier die rechteckigen

Räume in Kuppeln aufgelöst, anstatt sie mit einer Schutzmauer und kleinen Häuschen zu umgeben. An eine sehr große Kuppel schmiegten sich viele kleine, wie die Beeren in einer Traube. Diese gerundeten Strukturen waren mit Rankpflanzen sowie kleinen Bäumen und Sträuchern noch naturnäher gestaltet worden, jedoch nicht, ohne einer ganzen Reihe kleiner Windräder und Solarpanels Raum zu bieten.

Einer der Läufer, die das Gebäude angesteuert hatten, verschwand in der dunklen Höhle, die vermutlich der Haupteingang war. Nur wenige Minuten später traten dort größere Gestalten ins Abendlicht, die Menschen farbenprächtig gekleidet, die Menschenaffen mit bunten Akzenten geschmückt. Während Ragin ihre Augen anstrengte, um herauszufinden, ob sie Liane neben einem roten Fellbündel erkennen konnte, ploppte die Gruppe, die übers Feld gelaufen war, auf den Weg, in der Mitte zwischen ihr und dem Empfangskomitee. Anstatt ihr weiter entgegenzurennen, setzten sie sich hin. Ragin sah, dass der Weg von diesem Warteplatz bis zur Siedlung mit bunten Skulpturen gesäumt war. Vielleicht markierte ihr Anfang das Territorium des Waldvolkes.

Es waren tatsächlich Horst und Liane, die das Empfangskomitee anführten. Die kleingewachsene Frau strahlte über das ganze Gesicht, besonders, als Ragin ihr Handgelenk mit dem Armband aus hölzernen Perlen hochhielt.

»Sieht so aus, als bräuchte ich keinen besonderen Ausweis«, sagte Ragin und umarmte Liane, als sie einander erreicht hatten. Horst musste Alice zwischen dem Grün entdeckt haben, denn er streckte einen langen Arm in ihre Richtung aus, die roten Zotteln hingen fast bis auf den Boden. Alice ließ sich aus der Deckung locken und schnupperte interessiert an den dunkel glänzenden Fingernägeln des Orang-Utans. Die Katze erkannte wohl den einzigen anderen bepelzten Kameraden auf ihrer

Wanderschaft und schien die gemeinsamen Mahlzeiten in guter Erinnerung zu haben.

»Das«, Liane drehte sich zu den anderen um, die mit ihr gekommen waren und verkündete mit einer Art Besitzerstolz, »ist Ragin von den *Fabulous Eleven*. Wir sind Freunde.«

Horst fügte ein paar Gesten hinzu, die Ragin nur halb mitbekam.

»Was hat er gesagt?«, fragte sie Liane.

»Ach, er meinte, dass das wohl nicht alle mitbekommen hätten, mit der Freundschaft.«

Da sah Ragin einen der Schimpansen, die sie überfallen hatten. Es war der Unglücksrabe, der sich mit Alice angelegt hatte. Seine Kratzer waren behandelt worden, ebenso wie der glatte Schnitt auf seiner Hand. Er duckte sich hinter die anderen und vermied Augenkontakt mit der kampferprobten Wanderin.

»Sind das eure hiesigen Rogues?«, fragte Ragin mit einer Kopfbewegung zu dem zerknirschten Übeltäter.

»Es sind eher unsere hiesigen Raufbolde«, antwortete mit Gebärden ein weiblicher Menschenaffe, der bislang ruhig neben Horst gestanden hatte. Sie schien wirklich bequem auf ihren zwei Beinen zu stehen und auch wenn sie von Haut, Haaren und dem Gesicht den Schimpansen ähnelte, unterschied sie ihre Körperhaltung doch deutlich von ihnen. Ihre Kopfhaare waren glänzend und gescheitelt, ihr Ausdruck sanft und mit einem verblüffenden Rosa hoben sich ihre Lippen von der schwarzen Haut des Gesichts ab.

»Das ist Arthuria«, sagte Liane. »Sie spricht für die eine Hälfte des Waldvolks.«

»Und ich«, schob sich eine dicke Frau mit grauen Locken nach vorne, »spreche für die andere. Krista ist mein Name. Wir heißen dich willkommen, Ragin.«

»Ich danke euch.«

Nach dieser formellen Begrüßung standen alle für einen Moment verlegen herum, bis sich aus einer niedrigeren Etage eine kindliche Stimme meldete.

»Wann dürfen wir ihr die Geschichte erzählen?«, fragte ein Mädchen, dessen flachsfarbene Haare wie eine Wolke um seinen Kopf standen. Ragin sah, dass hinter ihm ein Junge stand, einen Fluff schwarzer Haare über dunkler Haut, der versuchte, das Mädchen an seinem Ärmel zurückzuziehen.

Die Erwachsenen lachten.

»Gilla kann es nie abwarten, sie liebt die Geschichte so sehr und wir bekommen so selten Besuch.«

»Na dann«, sagte Ragin. »Ich liebe Geschichten auch.«

Es gab ein kurzes Gekabbel zwischen den Kindern, die ihren Spielplatz verlassen hatten, um der Fremden hier zu begegnen. Schließlich hatten sie sich wohl auf eine Reihenfolge geeinigt und bauten sich hintereinander auf. Menschenkinder auf der linken, Affenkinder auf der rechten Seite. Gilla warf sich in die Brust und zeigte auf die Skulptur, die den Anfang bildete. Endlich hatte Ragin einen Moment der Muße, um sie zu betrachten. Es war eine bemerkenswerte bildhauerische Arbeit, aus einem Baumstamm gehauen, geritzt, geschmirgelt und mit Farben bemalt, die so lebendig miteinander gemischt und abgestimmt waren, dass sie zu tanzen schienen. Viele kleine Szenen, einzelne Dinge, Blumen, Tiere wanden sich um den Baumstamm, der als Material gedient hatte, bis sie im oberen Teil ihre wimmelnde Kleinteiligkeit aufgaben. Den oberen Teil der Skulptur bildete der Torso eines Menschen und Ragin stellte verblüfft fest, dass sie ihn kannte. Während Gilla tief Luft holte, vermutlich, um mit der überlieferten Erzählung zu beginnen, platzte es heraus.

»Das ist ja Olan«, sagte Ragin und wusste nicht, warum ihr mit einem Mal die Tränen kamen.

Sie erinnerte sich an eine dunkle Nacht, die das Ende ihres ersten Lebens markierte. Ohne ihren Eltern gesagt zu haben, dass sie gehen würde, hatte sie ein Flugzeug bestiegen, das sie von

Island nach Frankfurt in Deutschland bringen würde. Als unfreiwillige Nutznießerin des unverdienten Reichtums ihrer Eltern hatte sie sich von deren Luxusexistenz angewidert abgewendet. In der vermutlich kurzen verbleibenden Zeit wollte sie etwas Sinnvolles mit ihren Fähigkeiten anstellen. Doch während sie im abgedunkelten Teil des Flugzeugs durch die Nacht schwebte, hatte sie sich gefragt, wem sie etwas vormachen wollte. Wer konnte schon mit ihr etwas anfangen? Was hatte sie zu bieten, außer ihrem jungen, auf den höchsten biotechnischen Standard augmentierten Körper und den Tricks, die sie von den Söldnern auf der Jacht ihrer Eltern gelernt hatte. Was hatte sie sich eingebildet, als sie sich einer internationalen Gruppe selbsternannter Ökoterroristen als Sicherheitsexpertin angeboten hatte? Nun gut, Piedro, ihre erste heimliche Liebe an Bord der *Empress of the World* und jetzt ihr Kontaktmann zu der ›Bewegung‹, hatte es ihr abgekauft. Aber vielleicht war sein Urteilsvermögen von Resten einer alten Verknalltheit getrübt.

Während sich auf den besseren Plätzen des Flugzeugs die Delegation der deutschen Regierung betrank – schließlich waren ihre fundierten Bedenken an dem Argument der Preisgünstigkeit des *Quick Fixes* abgeprallt –, litt Ragin an einem schweren Fall von Imposter-Syndrom. Als sie schließlich die Gangway hinabstieg, war sie davon überzeugt, von der Gruppe, die sie treffen würde, ausgelacht und einfach stehengelassen zu werden.

Doch dann hatte da Olan auf sie gewartet. Ein alter Mann in ihren Augen mit seinen sechzig Jahren, zierlich und grauhaarig. Er hatte ihre Hand geschüttelt und sie mit einem erfreuten Ausdruck angesehen, als wäre endlich ein sehnsüchtiger Wunsch in Erfüllung gegangen. Die scharf gebogene Nase hatte seinem Gesicht etwas Edles verliehen und auf dem Weg zum Auto erzählte er ihr von seinem Volk, den Kurden, die seit Generationen dort kämpften, wo andere längst schon aufgegeben hatten.

Ihr Land war ihnen schon lange genommen worden, doch hatten sich die übrig gebliebenen Partisanen über die ganze Welt und in alle Professionen verteilt.

»Das Gute an den Gefechten, die bereits verloren gegeben wurden, ist, dass man sich daraus die besten aussuchen kann. Es gibt genug«, hatte er gesagt. Ragin wusste nicht viel von wirklichen Kämpfen, doch bediente diese fast großväterliche Figur eine Romantik in ihr, von der sie bislang nichts gewusst hatte. Er erzählte davon, wie er angefangen hatte, seine Kryobank aufzubauen, Lebewesen aller Arten unterhalb der Größe eines Labradors einzufrieren. Der Name ›Jokki‹ fiel, ein anderes Überbleibsel eines vertriebenen Volkes, dieses Mal nicht aus dem fruchtbaren Halbmond, der Wiege der frühen eurasischen Zivilisationen, sondern aus dem hohen Norden. Olan lächelte, als er Ragin schilderte, wie er über Jokkis Durchbruch in der Kryotechnologie gestolpert war.

»Da wusste ich, wo mein verlorener Kampf lag«, sagte er und lachte.

Im Auto dann fragte er sie nach ihrer Geschichte. Zunächst wusste sie nicht, was sie ihm erzählen sollte, doch seine zielsicheren Fragen brachten sie dazu, ihr kurzes Leben zu erzählen. Wo sie herkam, was sie aufgerüttelt und in sein Auto gebracht hatte. Er schwieg, als sie fertig war. Das gelbe Licht der Straßenlaternen, an denen sie vorbeifuhren, ließ sein Profil flackern. An einer Ampel drehte er sich zu ihr und sah sie an, mit einem Blick, der im Dunkel verborgen war, dessen Wärme aber dennoch zu ihr durchdrang.

»Was auch immer geschehen wird«, sagte er, »eines kann ich dir versprechen: Mit deiner Einsamkeit ist es jetzt vorbei.«

Und da weinte sie, geschützt vom Dunkel der deutschen Nacht, geborgen in dem Wohlwollen eines Fremden, der ihr bis auf den Grund ihrer Seele geschaut hatte. Weinte über das einsame Kind, das sie gewesen war und den einsamen Trotz ihrer

Entscheidungen. Und als die Tränen versiegten, war sie bereit und Olan verschrieben mit jeder Faser ihres Herzens.

Ragin atmete tief durch. Sie saß nicht in einem rostigen E-Pickup auf einer nächtlichen Straße hinter Frankfurt. Vor wenigen Tagen hatte sie die verwilderten Überreste dieser Stadt noch überflogen, der Pickup war längst schon zu Staub zerfallen. Stattdessen stand sie vor einer Delegation, die halb aus Menschen, halb aus Menschenaffen bestand und ein Kind wartete darauf, mit seiner Geschichte anfangen zu können.

»Entschuldigt bitte.« Schniefend wischte sie sich mit dem Handrücken die Wangen. Eine rotbraune Hand hielt ihr ein Stückchen Stoff hin, das sie dankbar entgegennahm. Nachdem sie sich geschnäuzt hatte, lächelte sie die kleine Gilla an.

»Weißt du, ich kannte ihn.« Sie zeigte auf das Gesicht mit der vertrauten Hakennase. »Und gerade ist mir eingefallen, dass ich ihn ganz schön vermisse.«

Wenn dies Gilla zum Einstieg in ihre Geschichte verhelfen sollte, hatte Ragin sich schwer verschätzt. Die Augen der Kleinen waren riesengroß geworden, die Information, dass da jemand vor ihr stand, die jener Gestalt ihrer Lieblingsgeschichte selbst begegnet war, schien sämtliche Informationskanäle zu verstopfen. Ragin bekam Mitleid und nahm sie an der Hand.

»Das hier ist Olan«, sagte sie und strich ihm über die hölzerne Stirn. »Ohne ihn hätten wir keine Tiere gehabt und keine Pflanzen, die wir in unseren Stationen beschützen konnten.«

Gilla nickte. Dann schaute sie zu dem jungen Orang-Utan, der neben der Skulptur auf der anderen Seite des Weges stand. Hier stellte der obere Teil den Oberkörper einer Bonobo-Frau dar, stehend wie Arthuria, die vielleicht ihre Nachfahrin war. Die unteren zwei Drittel der Skulptur bestanden aus einander widerstreitenden Elementen, hier waren Dschungelszenen mit Käfigdarstellungen vermischt, in denen sich Menschen und Affen tummelten. Und über alles zog sich eine gewundene DNA-Doppelhelix. Die Gebärden des jungen Orang-Utans waren für Ragin zu schnell, doch Gilla übersetzte: »Das ist Ava, sie ist die erste Bewohnerin des Waldvolkes gewesen, die aus einem Forschungsprojekt hierherkam. Ihre Sprache ist unsere Sprache.«

Ragin sah nun, dass links des Weges Menschen dargestellt waren und rechts davon Menschenaffen: Schimpansen, Bonobos, Orang-Utans und Gorillas. Die Vorstellung der historischen Persönlichkeiten erfolgte abwechselnd und wurde in beiden Sprachen vorgetragen. Sie wünschte, sie hätte sich nach dem Überfall einmal kurz die Zeit genommen, in die Büsche zu gehen, um jetzt der historischen Darstellung ihre ungeschmälerte Aufmerksamkeit schenken zu können. Doch auch dies würde vorübergehen.

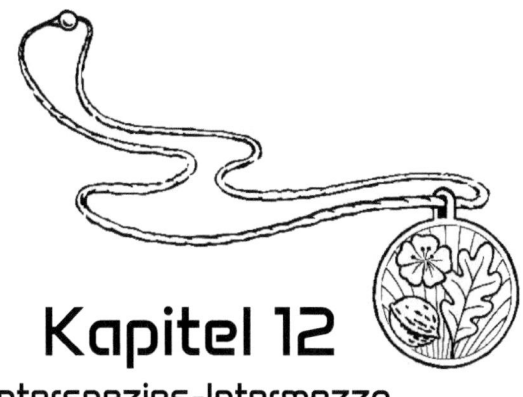

Kapitel 12
Interspezies-Intermezzo

Als Ragin versuchte zur Ruhe zu kommen, ärgerte sie sich darüber, dass ihre Wahl auf ein Bett in nicht allzu großer Höhe gefallen war. Das Fest mit seinem Geschnatter, Gejohle, Hecheln und Grunzen war immer noch in vollem Gange, auch wenn die Person, zu deren Ehren es abgehalten wurde, sich müde verabschiedet hatte. Die hinteren Schlafnester hingen dicht unter dem Hallendach. Dort im Halbdunkeln hochzuklettern war Ragin nach dem Genuss einer Reihe von alkoholhaltigen Willkommensgetränken nicht mehr geheuer. Und falls sie in der Nacht noch einmal das Bett verlassen müsste, um sich zu erleichtern, wäre etwas weniger Akrobatisches angenehmer. Also hatte sie eine der Schlafstellen gewählt, die den vorderen Teil der Halle säumten, übereinander an der Wand angebracht und durch eine feste Holzleiter verbunden, statt durch aus Tauen geknotete Strickleitern. Das zweite Nest von unten war ihr gerade recht gewesen.

Sie verabschiedete sich von dem Gedanken, schlafen zu können und schaltete um in Ruhemodus. Es war schön, nichts mehr tun zu müssen, weder mental noch körperlich. Einfach liegen und die Geborgenheit genießen. Ob Alice sie wohl suchen würde? Vermutlich hatte die Katze schon viel früher am Abend ein wesentlich ruhigeres Eckchen gefunden. Sie war viel bestaunt worden, denn bis hierher hatten es die Katzen noch nicht geschafft. Es wurde nur wenig Getreide angebaut, also fehlte dem Waldvolk die Population an Mäusen, die der Domestizierung von Katzen meist vorausging. Die ungewöhnliche Gemeinschaft aus fünf eng verwandten Primatenarten hatte sich auf den Anbau und die Verarbeitung von Fasermaterialien spezialisiert. Neben Gemüse und vielen unterschiedlichen Obst, Nüsse und Früchte tragenden Bäumen und Sträuchern bauten sie vor allem Lein und Hanf an. Ragin hatte verwundert gesehen, dass viele Bewohner der Siedlung kleine Holzspielzeuge mit sich trugen. Sie hatte Gilla danach gefragt, zusammen mit Bons, dem Orang-Utan, beide ihre neuen besten Freunde.

»Das sind doch Spindeln«, sagte Gilla kopfschüttelnd, nicht zum ersten Mal erstaunt über das Unwissen ihrer Heldin.

»Aha.« Ragin erinnerte sich dunkel, dass in einem der Märchen, die ihre Nanny ihr vorgelesen hatte, eine Spindel vorgekommen war. Außer, dass man sich daran stechen und in einen hundertjährigen Schlaf fallen konnte, hatte sie sich aber keine Details zum Zweck der Dinger gemerkt. Also fragte sie:

»Und was macht man mit einer Spindel?«

Zur Antwort holte Bons seine Version dieses Werkzeugs aus einer Tasche, die er mit einem Riemen über seiner Schulter befestigt hatte. Er zeigte Ragin, wie er das an den Enden zugespitzte Holzstück an der dicken Taille hielt. Um diese wand sich ein Faden aus naturfarbenem Material in gleichmäßiger Stärke. Der Faden entsprang einer Wolke weicher Fasern. Aus dieser Wolke zupfte Bons ein kleines Stückchen heraus und ließ die Spindel fallen. Im Fallen hatte er ihr einen Drall verpasst, der übertrug sich auf die Faser, drehte diese und machte so aus dem Fluff ein weiteres Stück Faden. Es sah so einfach aus, wie er das machte, aber Ragin fragte sich, wie er das alles gleichzeitig hinbekam, ohne dass der Faden riss oder die Spindel auf den Boden krachte.

»Und warum machst du das?«

Gilla sah einen Moment lang so aus, als wolle sie ihre ehemalige Heldin umtauschen. Doch dann riss sie sich zusammen.

»Wir brauchen Faden, um Stoffe zu machen. Wir weben mit ihnen oder knüpfen Netze, stricken dehnbare Gewebe oder drehen Taue. Die Spindel macht den Faden. Die Waldbewohner drehen die Spindel.«

»Danke Gilla, danke Bons. Jetzt verstehe ich!«

Es war ohnehin ein Wunder, wie das Waldvolk es geschafft hatte, zu überleben. Ragin hatte sich die Daten heruntergeladen, als der Computer in der Halle mit ihrem b2i Kontakt aufgenommen hatte. Kein Geschiss dieses Mal mit Passwörtern oder so einem Quatsch. Dem hiesigen Rechner genügte die Nähe ihres b2is, um ihr direkt alle Inhalte vor die Füße zu legen. Während die Stimmen der Feiernden in der Halle zu einem gemeinsamen Lied mit Grunzlauten und hohen Schreien zusammenfanden, ließ Ragin ihre Historie vor sich ablaufen.

Olan hatte Kontakt mit Menschen aufgenommen, die in Zoos und Versuchslaboren arbeiteten. Damit hatte er begonnen, nachdem der Kollege die Bewegung verlassen hatte, dem später das Einfrieren der Erde zu verdanken war. Olan hatte den Hütern der Menschenaffen die Idee unterbreitet, dass sie auserwählt sein könnten, ihre nächsten Verwandten vor dem kompletten Aussterben zu retten. Er und Naledi hatten dieses Gelände gefunden, eine Fabrikationsanlage, die aufgegeben worden war, weil niemand mehr die Dinge brauchte, die dort hergestellt wurden. Da sich Zoos und Forschungseinrichtungen zum Tierverhalten in Auflösung befanden, war der Aufruf auf einiges Interesse gestoßen. Wer konnte schon noch Tiere in

Gefangenschaft durchfüttern, wenn angesichts von Missernten, Unwettern, Flut- und Brandkatastrophen die meisten Menschen bereits auf die ein oder andere Weise heimatlos geworden waren und um ihre tägliche Existenz bangten? Eine Reduzierung der aufwändig zu versorgenden Menschenaffen wurde von den Institutionen als Erleichterung begrüßt und sie leiteten den Transport ihrer Schutzbefohlenen ein.

Die Ersten, die kamen, waren ein paar genmanipulierte Individuen aus einem privaten Forschungslabor. Einer dieser ›crazy rich‹ Milliardäre, die neben der herrschenden Klasse auch die Hauptursache des Weltuntergangs darstellten, hatte es sich in den Kopf gesetzt, Menschenaffen mit einer Genvariante zu züchten, die laut einer Theorie den Beginn unseres Menschseins bedeutet hatte. Ragin hatte von diesem *NF1-Gen* nur im Zusammenhang mit einer seltenen und unschönen Erbkrankheit gehört, doch anscheinend trat diese nur bei Fehlfunktion auf. Bei einer gesunden Ausprägung waren mit diesem Gen eine erstaunliche Reihe von Fähigkeiten verknüpft, die Menschen seit ihren ersten Anfängen zur Speicherung und Weitergabe von Wissen benutzt hatten. Bevor es Computer, ja noch lange bevor es überhaupt Schrift gab, hatten Menschen es schon geschafft, Informationen über Tiere, Pflanzen und ihre Verwendbarkeit über Generationen weiterzugeben. Die Position von Himmelskörpern zeigte den Wissenden, an welcher Stelle eines Jahres man sich gerade befand und ob es Zeit sei, zu säen oder zu ernten, ob die Karibus bald vorbeizögen oder die Gänse brüten würden. Solches Wissen war überlebensnotwendig und offenbar hatte dieses spezielle Gen Menschen dazu befähigt, sich mit der Hilfe von Landschaften und Bildern, von Geschichten, Liedern und Tänzen, nicht nur präzise zu erinnern, sondern diese Informationen auch verlässlich weiterzugeben. Der Milliardär hatte davon geträumt, bewusstere Menschenaffen zu züchten, mit denen er sich unterhalten und deren verbessertes Gedächtnis er dazu benutzen konnte, den geschrumpften Regenwäldern ihre letzten botanischen Schätze zu entreißen. Doch auch er hatte sich der Klimakatastrophe auf einer Jacht entzogen und die Individuen seiner Forschungen bildeten die ersten Bewohner des Waldvolkes, unter ihnen Ava, ihre Urmutter.

Hier fiel Ragin wieder der Vortrag der Kinder ein. Sehr verkürzt waren die wackeligen Anfänge dieser Kolonie in den Gründungsmythos eingeflossen. Als Bonobo dem friedlichen Miteinander zugeneigt, war Ava eine Matriarchin in dieser Menschenaffenart, in der die Frauen das Sagen hatten und Konflikte durch Sex gelöst wurden. Sie war für ihre sanfte Wesensart bekannt und darum trauten ihre Trainer und Pfleger ihr bereits vor der Umsiedlung. In der Mythologie des Waldvolks hatte sie als Vorbild für die anderen Menschenaffen den Umgang mit den Menschen geprägt.

Ragin schrak auf. Jemand hatte sich zu ihr gelegt und es war nicht ihre übliche Bettgenossin Alice. Sie blinzelte in das Halbdunkel und sah, dass Gilla sich mit einer Decke an ihre Seite kuschelte. Diese Schlafnester waren für eine Person viel zu groß, darum hatte Ragin so etwas kommen sehen. Und offenbar war sie eingenickt, wenn auch nur kurz, denn weder Licht noch Lautstärke der Feiernden hatten sich merklich reduziert.

»Du bist es wirklich, oder?«, flüsterte Gilla.

»Eine Kälteschläferin aus dem Vorher?«, wisperte Ragin zurück. »Ja, das bin ich. Darum weiß ich noch viel zu wenig über deine Zeit. Hab ein bisschen Geduld mit mir.«

»Kein Problem.« Mit dieser großzügigen Antwort legte das Kind sich zurecht und war nur wenige Atemzüge später eingeschlafen.

Aber Ragin war wieder wach. Unten schienen sie einen unerschöpflichen Vorrat an Liedern zu haben, deren größte

Gemeinsamkeit es war, dass jedes eine Menge langer Strophen besaß.

Sie suchte die Stelle im Informationsfluss des Waldcomputers, an der sie eingenickt sein musste und klinkte sich dort wieder ein. Es gab bei diesem Unterfangen so viele Herausforderungen, dass es an Irrsinn grenzte, es zu beginnen. In den letzten anderthalb Jahrhunderten war die Gefangenschaft von Tieren immer stärker in die Kritik geraten. Dennoch lebten erstaunlich viele Menschenaffen in Zoos, was dem Umstand zu verdanken war, dass ihre natürlichen Lebensräume auf kümmerlichste Überreste zusammengeschrumpft waren. Wer als Gorilla, Schimpanse, Orang-Utan oder Bonobo nicht in Gefangenschaft umsorgt wurde, hatte kaum noch Überlebenschancen, während die Fortpflanzungserfolge in Zoos stabil waren. Letzteres hatte mit der geänderten Philosophie in der Haltung der Tiere zu tun. Seit dem ersten Versuch, Schimpansen in einer Art Kolonie zu halten, die ihrem natürlichen Zusammenleben nahekam, der in Holland in den 70er Jahren des zwanzigsten Jahrhunderts begonnen wurde, waren mehr und mehr naturnahe Gruppen gegründet geworden. Dies ermöglichte den Verhaltensforschern bessere Einblicke in das Miteinander der Individuen einer Art – zumindest nachdem man einer Reihe von Irrtümern auf die Spur gekommen war. Einer davon war die falsche Annahme, dass auch bei den Bonobos die Männer das Sagen hatten. Es kamen bei dieser friedfertigen Art viele männliche Individuen zu Schaden, die in eine neue Kolonie verpflanzt worden waren. Dort nämlich sah die bestehende Struktur der miteinander befreundeten und vernetzten Frauen keinen Platz für einen fremden Mann vor. Ein Bonobo-Junge erbt den Status seiner Mutter und wird sein Leben in derselben Gemeinschaft führen, in die er hineingeboren wurde. Im Gegensatz dazu wechseln die Bonobo-Mädchen in der Natur irgendwann in eine andere Gruppe und erarbeiten sich dort über Sex mit der Matriarchin und ihren Freundinnen, soziale Körperpflege und das Teilen von Futter in der vorhandenen Struktur eine Position. Nachdem man das verstanden hatte und entsprechend die Weibchen statt der Männchen mit anderen Zoos austauschte, blühten und gediehen die künstlichen Bonobo-Gemeinschaften in Zoos, ebenso wie die der anderen Menschenaffen – und kosteten Geld und andere Ressourcen.

Wie aber sollten die Tiere, die in nur minimalem Kontakt mit Menschen gehalten worden waren, nach dem Untergang der Welt am Leben erhalten werden? Den ersten, einzeln nacheinander eintröpfelnden Ankömmlingen folgte ein steter Strom, der zum Ansturm wurde. Und als schließlich das weltweite Transportnetz zusammenbrach, befanden sich in den weiträumigen Hallen ebenso viele Menschenaffen wie Menschen. Begleitende Tierpfleger oder -ärztinnen hatten mit einziehen dürfen, gemeinsam mit ihren Familien. Dennoch war noch Platz, um Menschen aus der Gegend aufzunehmen.

Die unterschiedlichen Sozialstrukturen der verschiedenen Menschenaffenarten waren nicht sonderlich dazu geeignet, sich friedlich miteinander zu vermischen. Hinzu kamen die Rang- und Abgrenzungskämpfe innerhalb einer Art. Bei den Schimpansen strebt innerhalb einer Gruppe ein Männchen nach der dominanten Rolle. Dies findet unter viel Geschrei und lauter Kraftmeierei statt und versetzt die ganze Gemeinschaft in Aufregung. Die Rangfolge unter den Weibchen wird ruhiger festgestellt. Teilt sich eine große Gruppe in zwei kleinere, führt das nicht nur dazu, dass jetzt jeweils zwei Kerle ihre wackelige Herrschaft über den Rest ihres kleinen Reichs beweisen müssen. Im schlimmsten Fall wenden sich die Männer der einen Gruppe gegen die andere. In der Halle gab es keinen Platz, um sich aus dem Weg zu gehen.

Die Menschen versuchten, das Platzproblem durch Abgrenzung der unterschiedlichen Gruppen voneinander zu lösen, doch verschärfte dies ein anderes Problem in der Siedlung. Es war nicht mehr wirklich aufrechtzuerhalten, dass hier die Menschen das Sagen hatten, während sich dort die Affen in die Gegebenheiten fügten. Tatsächlich fühlten sich die Menschen mehr und mehr wie Dienstleister missgelaunter Herren. Solange die Affen gefangen gehalten wurden, mussten sie von den Menschen versorgt werden, die sich als einzige frei bewegen konnten. Die Klaustrophobie durch das Eingeschlossensein in einer Eiswüste fügte dem nicht unbeträchtlichen Druck noch einiges hinzu. Und schließlich brach das System komplett in sich zusammen, als die Menschen an einem Virus erkrankten, der die Affen verschonte. Zwar überlebten die meisten die Infektion, doch war die Erkrankung langwierig und ging noch monatelang mit starker körperlicher Eingeschränktheit einher.

Das Nest wackelte und Ragin stellte fest, dass das lautstarke Feiern einem gemütlichen Gemurmel gewichen war. Es musste ihr erneut gelungen sein, wenigstens kurz einzunicken. Eine lange Hand mit flauschigem Arm legte die Katze neben ihr ab. Im Dämmerlicht war die schwarze Alice kaum zu erkennen, Ragin meinte aber dennoch, einen empörten Ausdruck in ihren Lampenaugen zu erkennen. Doch vielleicht brauchte auch die Katze Ruhe nach der endlosen Feierei, denn sie machte keine Anstalten, sich der Situation zu entziehen. Stattdessen stakste sie ein paar Mal in den elastischen Untergrund, dann drehte sie sich so, dass sie ihren Kopf auf Ragins Oberarm legen konnte und mit ein- und ausfahrenden Krallen der danebengelegten Pfote begann sie zu schnurren. Sie öffnete die Augen nur kurz, als Bons sich neben sie kuschelte, seinen langen Arm über sie hinweg auf Ragins Bauch legte. Die drehte sich kurz den beiden Neuankömmlingen zugewandt auf die Seite, was Gilla veranlasste, sich näher an ihren Rücken zu schmiegen. Und nun war keine weitere Geschichtslektion mehr nötig, damit Ragin einschlief.

Etwas krabbelte an ihrem Kopf. Es war nicht störend, überhaupt nicht. Vorsichtige Finger arbeiteten sich millimeterweise an ihrer Kopfhaut entlang, legten die Haare zur Seite, krabbelten sanft darüber. Auch wenn sie sie aus dem Schlaf geholt hatte, versetzte Ragin diese seltsame Berührung in einen seligen Zustand der Entspannung. Wollte sie die Augen öffnen, um herauszufinden, wer sich da mit ihr beschäftigte? Lieber tat sie so, als würde sie immer noch schlafen und nutzte die Gelegenheit, um mit Hilfe des Computers herauszufinden, wie aus einem eingeschneiten Primatenzoo mit hohem Krankenstand das Waldvolk geworden war.

Das Virus hatte den Menschen die Kraft geraubt. Die Arbeiten, die nötig waren, um die Affen in ihrer Gefangenschaft zu versorgen, konnten nicht mehr von ihnen geleistet werden. Es gelang den Kranken jedoch, für jede Art ein Refugium zu schaffen, zu dem Handscanner den Zugang regelten. Hier war jeweils ein Kombinator angeschlossen, sodass die einzelnen Menschenaffenarten die Nahrungsverteilung unter sich regeln konnten. Ansonsten hätten vielleicht die Schimpansen alles Futter an sich gerissen und die anderen wären leer ausgegangen, verletzt, vielleicht sogar getötet worden. Alle außer den Gorillas, an die die Schimpansen sich nicht herantrauten. Doch mit diesen Rückzugsgebieten im Hintergrund begegneten die Arten einander nur in den gemeinsamen Räumlichkeiten. Manche mehr, manche weniger interessiert. Die Bonobofrauen hatten einen guten Einfluss auf die Schimpansenmänner, besonders auf die, die sich im Rang weiter unten befanden. Deren Chancen, einmal selbst für eine kurze und sehr stressige Zeit der Alphamann zu werden, standen schlecht und die spielerische Art der Bonobos, durch Sex Beziehungen aufzubauen, hatte für sie mehr Reiz als das Leben in der eigenen Gruppe. Die Kernfamilien der Gorillas – ein Silberrücken, die Mütter seiner Kinder und der jüngere Nachwuchs –

blieben für sich, doch hatten die Gemeinschaftsräume einen großen Reiz für die Heranwachsenden. Sowohl die jungen Männer, für die es keinen Platz im Harem gab, als auch die jungen Gorillafrauen verließen in der Natur die Gruppe. Dies war hier nicht möglich, doch konnten sie der Aufmerksamkeit des Silberrückens wenigstens zeitweise entgehen, indem sie das Gorillarevier verließen. Die Orang-Utans, bei denen alle ohnehin daran gewöhnt waren, allein oder in kleinen Gruppen die Gegend zu erkunden, waren vermutlich von allen Arten am flexibelsten.

Zum Glück war der dominante Schimpansenmann der Anfangsjahre einer, der sich mehr durch sein diplomatisches Geschick als durch den Einsatz roher Gewalt auszeichnete. Olan hatte ihn ›Luit‹ genannt, nach einem berühmten Schimpansen aus der Primatenforschung. Olans Luit bekam Unterstützung von Ava und den anderen Bonobofrauen, die seine ehrgeizigen Rivalen mit erotischen Spielchen von deren Dominanzgehabe ablenkten.

Als die langsam gesundenden Menschen es wagten, ihre Räume zu verlassen, fanden sie heraus, dass ihre Schützlinge sich ohne große Verluste mehr oder minder zusammengerauft hatten. Viele der neuen Jungtiere trugen das manipulierte NF1-Gen in sich. Diesen fiel das Erlernen der Gebärdensprache leichter als anderen und ihre Persönlichkeiten erfuhren durch den Gewinn von Ausdrucksmöglichkeiten eine starke Bereicherung. Damit war das Eis gebrochen. Sicher ging es nicht ohne Konflikte, besonders die cholerischen Schimpansen verzichteten nicht völlig auf Beispiele ihres Imponiergehabes und Anfälle unnötigen Gezankes. Aber wenn sich dann alle Anwesenden in ihre eigenen Räume zurückzogen und den Wutanfall sich selbst überließen, verlor dieser doch erheblich an Reiz.

Die krabbelnden Fingerspitzen hatten sich über ihren Kopf abgearbeitet und suchten nun einen Weg in haarlose Gefilde ihres Körpers. Als eine ganze Hand unter ihrem T-

Shirt verschwinden wollte, löste das Ragins verzauberte Entspannung. Sie reckte sich, um ein allmähliches Aufwachen anzudeuten, dann richtete sie sich zum Sitzen auf, wobei sie einen halben Orang-Utan-Arm aus ihrer Kleidung schälte. Bons war nicht gekränkt, besonders nicht, als sie sich nun ihm zuwandte und ihre Fingerspitzen über seinen Kopf wandern ließ.

»Habt ihr denn gar keinen Hunger?«, rief es von unten. Ragin zog sich aus der Mitte der liegenden Körper heraus – es hatten sich in der Nacht noch ein paar Unbekannte zu diesem Sleep-In gesellt – und blickte über den Rand des Nestes. Liane saß auf der Schulter von Horst und lachte fröhlich.

»Na? Wie hast du geschlafen?«

»Wenn man sich erstmal an die Kuschel-Guerilla gewöhnt hat, ist es eigentlich sehr schön«, antwortete Ragin und schwang sich über den Nestrand auf die Leiter. Eine langfingrige Hand legte sich von hinten auf ihre Schulter und verankerte sich mit einer geschmeidigen Bewegung auf Ragins Rücken. So trug sie Bons die Stufen der Leiter hinab. Sie war erstaunt über die Kraft des kleinen Körpers, der sich wie eine zottelige rote Spinne an ihr festhielt – zwar nur mit vier statt mit acht Gliedmaßen –, doch diese bestanden aus reinen Muskeln und Ragin war klar, dass sie im Armdrücken gegen den Knirps verlieren würde.

Als sie auf dem Boden ankam, reckte sich Horsts langer Arm nach ihr und berührte sie an der Schläfe.

»Es ist schön, dich zu sehen«, gebärdete er, dann zeigte er auf die Schuhe, die unter dem Nest auf sie gewartet hatten. »Und wie ich sehe, hast du gute Schuhe gefunden.«

Ragin war unschlüssig, wie sie Horst begrüßen sollte. Einerseits war er riesig – auch wenn er ihr in der Höhe nur bis zur Brust reichte, sorgten seine überlangen Arme für eine ehrfurchtgebietende Ausdehnung in alle anderen Richtungen. Wenn sie von

Kleinkind Bons auf einen ausgewachsenen Orang-Utans schließen konnte, musste Horsts Kraft immens sein. Auf der anderen Seite waren hier ja alle sehr körperbetont. Ihre Hand reichte nach dem Arm und tätschelte das rote Fell, doch mit einem breiten Grinsen zog Horst sie einfach an sich heran und drückte sie mit der Nase an die rotbraune Haut seines unbehaarten Kehlsacks in eine scharfe Wolke von Moschus. Von oben zauste Liane Ragins kurzes Haar und schließlich sagte sie zu ihrer Erleichterung:

»Jetzt ist mal gut mit dem Geschmuse. Ragin hat bestimmt Hunger und wir haben auch noch nicht gefrühstückt.«

Horst ließ Ragin los und kitzelte Bons, der die Umarmung der beiden genutzt hatte, um sich auf den breiten Rücken des erwachsenen Orang-Utans zu hangeln.

»Frühstück«, krähte ein heller Wollkopf von oben aus dem Nest und in wenigen Sekunden stand Gilla neben Ragin und zog an ihrer Hand. An der großen Festtafel war ein Bereich freigeräumt worden, auf dem geschnittenes Brot und Näpfe voller Cremes standen, die würzige Gerüche ausströmten. Schüsseln mit Erdbeeren zeugten auch hier von dem Obst der Saison. Als Ragin das kulinarische Angebot unter die Lupe nahm, erkannte sie das Siegel von Ergonstadt.

»Ihr habt hier Honig aus Ergonstadt?«, fragte sie Liane.

»Natürlich – eines unserer wichtigsten Importgüter. Gib mal rüber.« Liane strich sich von der festen goldfarbenen Substanz eine dicke Schicht auf ihr Brot. Ragin erinnerte sich das Gespräch mit Ergon über das Handelsnetzwerk.

»Seid ihr beide Händler?«

»Gerade sind wir das, ja«, antwortete Liane. »Du kennst ja selbst Horsts heilkundige Finger und ich habe eine Ausbildung als Färberin und Textilwirkerin. Aber uns beiden hat es nach etwas mehr Abwechslung gedürstet und darum sind wir vor einem Jahr den Händlern beigetreten. Als wir dir begegnet sind, kamen Horst und ich gerade von einer Lieferung zurück.«

»Und was liefert ihr?«

Liane schaute Ragin an, etwas Honig im Mundwinkel und lachte.

»Wir sind doch die Hauptstadt der Fasern und Textilien. Auf die weiten Wege nehmen wir natürlich nur die besonderen Produkte mit. Haltbare Fäden zum Nähen, feine Nesselstoffe für Verbände und farbige Garne. Die sind sehr beliebt zum Weben von Bändern und dem Verzieren der einfachen Gewebe, die die anderen Kommunen selbst herstellen. Die verhältnismäßig hohe Temperatur und Luftfeuchte, die wir hier für die Haarigen brauchen, eignet sich auch gut für Maulbeerbäume und Seidenraupen. Diese Kostbarkeiten haben wir in dem kleinen Kryoschrank gefunden, in dem auch unsere Samen und Bestäuberinsekten gelagert waren. Weil die Nahrungsbedürfnisse der meisten unserer Bewohner hier überwiegend durch Nüsse, Grünzeug und Obst befriedigt werden können, brauchen wir nur wenig Getreide. Stattdessen konzentrieren wir uns beim Anbau lieber auf Faserpflanzen und Pflanzen zum Färben.«

Das war Shrees Handschrift, dachte Ragin. Ihre Freundin auf der Station hatte es bunt geliebt. Wenn jemand daran gedacht hatte, auch der Zukunft der Erde noch Mittel zu hinterlassen, um farbenprächtige Textilien herzustellen, dann sie. Außerdem hatten sie damit diese besondere Gemeinschaft mit einem Handwerk versorgt, zu dem man weder menschliche Hände noch in jedem Arbeitsschritt menschliche Konzentrationsfähigkeit brauchte. Gestern hatte sie gesehen, wie allgegenwärtig das Spinnen hier war und sie erinnerte sich daran, in einem Raum auch Webstühle gesehen zu haben. So hatte das Waldvolk Waren zum Handeln oder Tauschen für die Dinge, die sie nicht selbst herstellen oder anbauen konnten.

»Ach, ich hab noch was für euch!«, fiel ihr plötzlich ein. »Bringst du mir mal meinen Rucksack?«, fragte sie Gilla, die während der kurzen Verweildauer am Tisch schon zwei Brote in sich hineingestopft hatte, eine Essgeschwindigkeit, die sich in ihrem dürren Körper nicht abzeichnete. Mampfend nickte das Mädchen und als sie den Tisch verließ, löste sich auch Bons aus dem roten Fellvorhang von Horst, um sich ihr anzuschließen.

Liane las Ragins Blick, der den beiden hinterhersah.

»Die beiden sind wie Horst und ich«, sagte sie. »Milchgeschwister.«

»Milch ...?«

»Wir lassen hier Menschenaffen und Menschen miteinander aufwachsen. Von klein auf.«

»Wie finden das die Eltern?«, fragte Ragin.

»Entspannend. Die Hälfte der Zeit.« Liane lachte. »Wir wohnen ja alle mehr oder weniger in einer Riesenwohngemeinschaft. Darum ist kein Baby jemals weit von seinen leiblichen Eltern entfernt und anfangs sind die Intervalle kurz, in denen die Eltern getauscht werden. Und wenn gerade Alarm ist, kommen die anderen Mütter oder Väter zur Hilfe. Irgendwann wird es dann weniger Arbeit mit zweien als mit einem Kind. Sie beschäftigen sich miteinander, natürlich machen sie auch ziemlich viel Blödsinn. Es scheint so, als seien Interspezies-Geschwister besonders gut darin, sich Abweichungen von den Regeln auszudenken, ohne sich erwischen zu lassen.«

Ragin schüttelte den Kopf. Was für eine verrückte Idee ... aber warum eigentlich? Sie erinnerte sich dunkel daran, dass einer der Söldner auf der Jacht ihrer Eltern von den Waldmenschen berichtet hatte. Als solche waren in seiner Heimat Indonesien die Orang-Utans betrachtet worden, bis die westliche Kultur das Christentum gebracht und mit so einem Unsinn aufgeräumt hatte. So hatte er es erzählt und davon angeregt hatte Ragin sich ein wenig mit der Forschung über Primaten befasst. Wie es schien, waren die ersten Jahrhunderte dieses Wissenschaftszweigs dem Zweck gewidmet, die Einzigartigkeit des Menschen herauszuarbeiten. Dieses ›Und macht euch die Erde untertanı aus der Bibel hatte nachbarschaftlichen Gefühlen anderen Spezies gegenüber ziemlich gründlich den Garaus gemacht. Sie konnte sich nicht mehr so genau daran erinnern, aber es hatte Jahrzehnte intensiver Forschung gebraucht, um den Widerstand gegen den Gedanken anzuknacksen, dass die Menschen mit den Menschenaffen sehr, sehr nah verwandt sind. Und noch ein paar weitere, in denen klar wurde, dass die Menschen irgendwie das Monster der Familie waren. Mit zu viel Hirn, um bescheiden zu sein und zu wenig, um nicht alles kaputt zu machen. Bis dahin aber waren die Lebensräume der anderen Primaten schon nahezu vernichtet. Kurz danach auch die für den Rest.

Und hier? Hier hatte etwas ganz Neues – oder vielmehr etwas ganz Altes – eine Chance bekommen. Ragin fiel ein, dass sie einmal eine philosophische Betrachtung darüber gelesen hatte, wie die Menschen sich während der längsten Zeit ihrer Existenz selbst gesehen haben mochten. Da zogen sie in kleinen Gruppen über die Oberfläche der Erde, begegneten ab und an anderen Gruppen ihrer eigenen Art, aber vor allem vielen, vielen anderen Spezies, die ebenfalls die Welt bevölkerten. Die anderen Tiere hatten genauso viel Raum im Alltag und in den Mythen wie die anderen Menschen. Wälder, Strände und Steppen waren die Wohngemeinschaften der Lebewesen. Und auch wenn man sich nicht miteinander vermischte, gab es doch Berührungspunkte. Gemeinsamkeiten als Jäger, das Leben in der Gruppe, die Starken schützen und nähren die Schwachen. Selbst Tiere, die als Beute ins Auge gefasst wurden, waren Gegenstand der Beobachtung – gerade sie. Wie stark die Jäger sich mit dem Wild identifizierten, ist aus traditionellen Tänzen zu ersehen, in denen der Mensch in die Rolle des Tiers schlüpft, seine Bewegungen, sein Verhalten nachahmt und den anderen vorführt. Auch wenn es der Jagd dienen mag – ganz ohne Identifikation geht so etwas nicht ab.

Und später dann der Hund, vielleicht auch die Katze, Greifvögel – als hilflose Junge aufgefunden und großgezogen – Teil der Gemeinschaft. Arbeitsgemeinschaften mit Pferden und Rindern, zunehmend zum Nachteil der Vierbeiner. Was war nur im Geringsten absurd daran, dass sich eng verwandte Primatenarten einen Lebensraum friedlich teilen und voneinander lernen konnten? Immerhin hatten in der Waldsiedlung die Menschen die anderen minimal für die Zerstörung der restlichen Welt entschädigt, in dem sie ihr Hirn verwendet hatten, einen Schutzraum für alle zu schaffen.

»Isst du das noch?«, fragte Gilla, die wieder an Ragins Seite aufgetaucht war und mit betont schwerem Atem den Rucksack an ihren Stuhl lehnte. Ragin tauchte aus ihren Gedanken auf und schaute auf ihren Teller. Bevor sie sich äußern konnte, war das Brot, von dem sie nur zweimal abgebissen hatte, bereits in Gillas Mund verschwunden.

»Nein«, sagte Ragin lächelnd und nahm sich die letzte Scheibe Brot aus dem geflochtenen Korb. Hier musste man sich offenbar beeilen, wenn man nicht hungrig vom Tisch aufstehen wollte. Ein Blick nach draußen zeigte ihr, wie Regen in durchsichtigen Schnüren vom Himmel fiel. Dann konnte sie ja gar nicht weiterziehen, dachte sie und dann sofort mit schlechtem Gewissen an Roger, der schon so viele Tage auf sie wartete. Aber erstmal wollte sie wenigstens ein Brot mit Honig essen. Oder vielleicht auch zwei.

Ergons Schnaps war direkt von Horst eingesackt worden mit dem Hinweis, dass er ihn für die Zubereitung von Medizin benötigte. Die kleine Gruppe, die sich zum Frühstück versammelt hatte, zerstreute sich allmählich in die weiten Gefilde im Schutz der Halle. Als schließlich nur noch Liane mit ihr am Tisch saß, stellte Ragin zu ihrem Bedauern fest, dass der Regen sich zu einem feinen Tröpfeln reduziert hatte. Liane folgte ihrem Blick.

»Sieht so aus, als könntest du bald aufbrechen«, sagte sie. »Hast du denn noch Zeit für einen kleinen Rundgang?«

»Auf jeden Fall, soviel Zeit muss sein.« Ragin lachte. Das war vor vielen hundert Jahren mal ein echt bescheuerter Spruch gewesen. Und heute konnte er vielleicht überspielen, dass sie sich wünschte, während der Besichtigungstour könnte der Regen wieder anfangen, sodass es sich irgendwann nicht mehr lohnen würde, an diesem Tag noch aufzubrechen. Doch beschränkte sich der Rundgang leider auf die Gemeinschaftsräume, denn mit den ersten Sonnenstrahlen, die den nassen Boden trafen, waren plötzlich alle Bewohner draußen im Freien und die einzelnen Speziesabteilungen waren noch immer nur über die mittlerweile antiken Handscanner zu öffnen.

»Ich kann dir nur die menschlichen Quartiere zeigen«, meinte Liane bedauernd. »Und die sind definitiv die langweiligsten von allen.«

Tatsächlich unterschieden sich diese nur wenig von den Räumen der Station, außer dass hier bis zu fünfzig Menschen Platz gefunden hatten.

»Die meisten haben sich auch schon Hütten draußen gebaut. Die Haarigen ohnehin. Eigentlich leben wir nur im Winter noch alle zusammen und ich sage dir, manchmal liegen da die Nerven blank.«

»Aber es gibt euch noch.« Ragin schüttelte fasziniert den Kopf. Über diese sonderbare Hausgemeinschaft würde sie noch lange nachdenken. »Wenn ich wieder zurückkomme, darf ich dann ein bisschen bei euch leben? Ich würde mir zu gerne ansehen, wir ihr aus Pflanzen Stoffe macht und noch dazu so schöne. Meine Freundin Shree wäre so stolz auf euch!«

Die überall sichtbaren Textilien waren wirklich besonders. Nicht alle waren knallbunt, wie Ragins indischstämmige Freundin es geliebt hätte, aber jedes einzelne Stück war mit bewusster

Farbigkeit kunstvoll ausgeführt. Ragin hatte nicht gewusst, dass sie sich für Fäden begeistern könnte, aber hier wollte sie jede Decke, jeden Vorhang am liebsten in Ruhe studieren.

»Das werde ich den anderen sagen.« Liane lächelte erfreut. »Du kannst bei uns leben, solange du willst, das weißt du ja, Ragin. Und falls dir unterwegs langweilig wird, lad dir doch einfach unsere Handwerksdatenbank herunter, da kannst du dich ja schon mal vorbereiten.«

Ragin nahm erfreut an, doch nicht einmal die Übertragung der Daten in ihre Speichersysteme nahm längere Zeit in Anspruch. So stand sie am Ausgang der Halle, den Rucksack auf dem Rücken, noch durch Nüsse und Trockenfrüchte zusätzlich beschwert, Gilla an der einen und Bons an der anderen Hand, während Liane noch letzte gute Ratschläge gab.

»Du musst dem Bachlauf folgen, nur dann wirst du genug Wasser haben.«

Ragin wunderte sich.

»Auf der Karte in Ergonstadt habe ich gesehen, dass die Ödnis mit allerlei Bächen und Flüssen durchzogen ist, wieso betonst du diesen einen Bach so sehr?«

Liane schüttelte den Kopf.

»Wenn die Karte das gezeigt hat, ist sie alt und gefährlich. Weißt du, was mit Erde passiert, die nicht mehr von Wurzeln zusammengehalten wird?«

Ragin zuckte die Achseln.

»Sie wird zu Staub«, sagte Liane ernst. »Zu Staub, der weggeweht wird, fortgeschwemmt vom Regen und den Flüssen, die irgendwann keine mehr sind, weil ihnen die Ufer fehlen. Es gibt nur noch einen einzigen Bach, der von Bäumen geschützt wird, der Weg der Vorfahren zur anderen Enklave. Du wirst es schon sehen. Jenseits dieses Baches gibt es keinen Schatten, keine Wege, gar nichts. Also was auch immer du tust: Verlass niemals den Bachlauf.«

»Ja, Mama«, lachte Ragin. »Ich werde nicht in den Wald gehen, nicht vom Pfad abweichen, keine sonderbaren Pilze essen und ein artiges Mädchen sein.«

Liane schaute sie kurz an, runzelte die Stirn, aber dann lachte sie auch.

»Dann muss ich mir ja um dich keine Sorgen machen.«

»Nein«, sagte Ragin und umarmte die kleine Frau herzlich. »Das musst du nicht.«

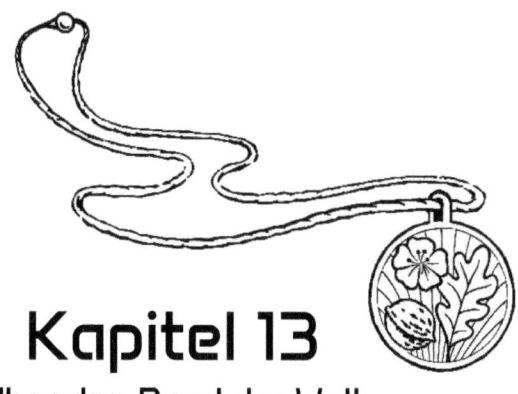

Kapitel 13
Über den Rand der Welt

Ragin hielt die Spindel in der Hand, während sie zwischen den Feldern ausschritt. Gilla und Bons hatten sie bis zu den Werkstätten der Färber begleitet. Der nackte Pfad war für Bons kein idealer Weg gewesen, die Obstbäume, die ihn säumten, standen zu weit auseinander. Also war der kleine Orang-Utan mal auf Ragins, mal auf Gillas Schulter geritten. Trotz seines meist ungerührten Gesichtsausdrucks hatte sie sich ein bisschen in den Kobold verliebt, dessen krabbelnde Finger in ihrem Haar sie unverzüglich in einen Zustand der Seligkeit versetzen konnten. Bei den Färbern hatten sie niemanden angetroffen, es waren wohl alle in den Erdbeerfeldern zum zweiten Frühstück. Ragin hatte den Bach betrachtet, in den hier die buntfarbigen Wasser geleitet wurden, die beim Auswaschen der Textilien entstanden. Sie hoffte, dass dies nicht der Bach sei, der ihr später den Weg durch die Ödnis weisen sollte, denn dieses Wasser würde sie nicht gerne trinken.

Weiter als bis hier durften die Kinder nicht gehen und zum Abschied nahm Ragin den Rucksack ab und gab jedem noch ein Päckchen mit getrockneten Mangostreifen, die sie in weiser Voraussicht nach oben gepackt hatte. Die Umarmungen waren innig und als Ragin dann das schwere Monster wieder auf ihren

Rücken gehievt hatte und gerade dabei war, die Beckengurte festzuzurren, hielt ihr Bons die Spindel mit dem anhängenden Gewirr einer Faserwolke hin. Verwundert nahm Ragin sie entgegen.

»Ich habe es dir gezeigt«, gebärdete Bons. »Übe es!«

Ragin nickte, das Herz ging ihr über, nur zu gern nahm sie ein Andenken an den Kleinen mit, auch wenn sie bezweifelte, dass sie jemals die Kunst erlernen würde, damit einen Faden zu spinnen. Bons hatte sich dann an Gillas Arm hoch auf den Rücken des Mädchens gezogen, das sich schniefend von Ragin verabschiedet hatte.

»Versprich mir, dass du wiederkommst«, sagte die Kleine und Ragin nickte.

»Versprochen.«

Jetzt auf dem Weg war sie frohen Mutes. Außer der Station hatte sie in ihrem früheren Leben keinen Ort gehabt, an den sie hätte zurückkehren wollen. Jetzt gab es derer gleich zwei – und sie hatte den Großteil der Kommunen noch nicht einmal besucht. In dieser Enklave – also dem gesamten Gebiet, das seine Wiederbelebung ihrer Station verdankte – gab es insgesamt mindestens zehn. Ein oder zwei Siedlungen befanden sich so weit am nördlichen Rand, dass nicht ganz klar war, ob sie noch existierten, weil der Hin- und erst recht der Rückweg jedem vernünftigen Wanderer viel zu weit war, um ein unsicheres Ziel zu anzusteuern. Also genug Orte, die sie noch besuchen konnte und jetzt schon einer zu viel, um darin auf Dauer zu leben. Was für ein Luxus.

Wenn sie nur schon ihren Besuch bei Roger hinter sich gebracht hätte. Sie schritt schnell aus und nach dem Abschied von den Kindern hatte sich Alice schnell ihren Platz am Rucksack gesichert. Ragin spürte die Wirksamkeit der Augments in ihren Muskeln. Seit ihrem Aufbruch aus Ergonstadt hatte sie den viel zu schweren Rucksack zwei Tage lang getragen und inzwischen hatte ihr Rücken an den Stellen Muskulatur zugelegt, wo sie nötig war. Und auch ihre Beine waren mitgezogen. Jetzt, wo kein Kind mehr Schritt halten musste, verdoppelte sie das Tempo und erfreute sich an dem kraftvollen Gefühl im Ausschreiten. Das Durchqueren der Ödnis dürfte kein Problem darstellen. Die Quellenlage war nicht klar gewesen, das unfruchtbare Gelände würde so zwischen hundert und zweihundert Kilometer breit sein an der Stelle, von der sie startete. Dreißig Kilometer pro Tag dürften für sie in ihrer jetzigen Form kein Problem sein und da ihre Kondition sich mit jedem Tag weiter anpasste, wäre sie nach einer Woche spätestens am Ziel.

Der Wald war wild geworden, die Obstbäume hatte sie hinter sich gelassen. Langsam reduzierten sich auch die anderen Baumsorten auf die widerstandsfähigsten, bis Ragin sich schließlich in einem Gemisch aus Eichen und Kiefern bewegte, das von Kilometer zu Kilometer niedriger wuchs, wie der Schutzwall gegen einen feindlichen Ansturm. Der Pfad wurde immer schmaler, bis er eine dünne Linie Erde in dem Bewuchs war, manchmal nur noch sichtbar daran, dass das Gras etwas kürzer wuchs. Schließlich gesellte sich ein Bach, der aus dem Wald herangeplätschert kam, dem Weg hinzu. Ob dies der Gleiche war, in den die Färberabwässer eingeleitet wurden? Einen Moment lang betrachtete sie den Fluss des Wassers und stellte fest, dass dieser Bach nicht in die Ödnis floss, sondern aus ihr herauskommen musste. Vermutlich entsprang er dem jenseitigen Gebirge. Soweit sie sehen konnte, begleitete das munter plätschernde Gewässer den Weg. Natürlichen Wasserläufen war keine sonderliche Geradlinigkeit eigen. Solange es Ragin durch die Ödnis geleitete, war es ihr egal.

Die Bäume hatten sich nun vollends zurückgezogen, um sie herum breitete sich eine Heidelandschaft aus, mit Gräsern und wenigen, krautigen Büschen. Sie fühlte sich seltsam verwundbar, als sie aus dem Wald trat. Der offene Himmel erstreckte sich vor ihr in die Endlosigkeit. In eine Endlosigkeit, in der weit entfernt ein weißer Faden Rauch von einem Lagerfeuer kündete.

Ein Déjà-vu erfasste sie und sie erinnerte sich an ihr erstes Mal im Drohnenhorst der Station. Ihr eigenes Mnem hatte sich gerade wegen mangelnder Batterieladung verabschiedet und sie – damals noch als ihr kindliches Selbst ohne Gedächtnis (›damals‹, es war noch nicht mal zwei Wochen her) – hatte über den Wald geschaut. Da war sie zum ersten Mal mit einem ebensolchen Rauchfaden von einer anderen menschlichen Präsenz überrumpelt worden. Überrumpelt und erschreckt.

Zwar war ihre Schreckhaftigkeit auf ein deutlich vernünftigeres Maß zurückgegangen, seit sie ihre Erinnerungen wieder hatte, doch waren auch im Moment ihre Gefühle gemischt. Sicher konnte es eine gute Sache sein, sich vor Beginn der Ödnis mit einem erfahrenen Bewohner dieser Welt auszutauschen, vielleicht könnte man sogar gemeinsam gehen. Doch wohnte in Ragin auch eine gute Portion an Misstrauen und lieber hätte sie die Situation unter Kontrolle, ohne eine fremde Person einschätzen zu müssen. Aber auch diese Welt der Zukunft war kein Wunschkonzert und es wäre nicht das erste Mal, dass sich eine Überraschung als positiv herausstellen würde.

Oder auch nicht.

Als sie an dem Lagerfeuer ankam, schaute ihr dessen Besitzer entgegen und Ragin erkannte ihn schon von weitem an seinen rattenähnlichen Gesichtszügen.

»Nicola«, begrüßte sie ihn ohne Wärme und auch sein dünnes Lächeln war mühsam aufgesetzt.

»Die Heldin aus der Vergangenheit.« Dennoch bot er ihr mit einer Geste einen Platz an seinem Feuer an. Alice hopste aus dem Rucksack, sobald der auf dem Boden stand. Sie schnupperte kurz an dem sitzenden Mann, dann schüttelte sie eine Pfote und wandte sich ab, die Spur einer Maus zu verfolgen.

»Der unwiderstehliche Schreiner.« Ragin ermahnte sich. Was ergab es für einen Sinn, hier in der Einsamkeit Beleidigungen auszutauschen? Sie holte tief Luft und fragte dann:

»Was machst du hier? Ich dachte, du wärst in Ergonstadt, dir neue Schuhe verdienen.«

»Ja, das hat sich als nicht so einfach herausgestellt.« Nicola stocherte mit einem Stöckchen in der Glut unter seinem lustig prasselnden Feuerchen. Dem Klang nach lag dort etwas Hartes, was Ragin aufhorchen ließ. Doch Nicola legte den Stock wieder beiseite, schaute Ragin an und sprach weiter: »Der Schreiner hat es für seine Aufgabe gehalten, mir moralische Vorträge zu halten und nach drei Stunden habe ich es nicht mehr ausgehalten. Da habe ich lieber auf andere Weise meine Vorräte aufgestockt.«

»Du hast sie geklaut?«

Einen Moment schaute Nicola wie erstarrt, aber dann schnaubte er ein Lachen heraus.

»Deine schlechte Meinung von mir ist ja ziemlich festgelegt, oder?«

Ragin spürte, wie ihr die Röte ins Gesicht schoss. Ja, da hatte er recht. Seit sie gesehen hatte, wie er Liane den Mund zuhielt, hegte sie einen Groll gegen ihn. Ob es an seiner Ähnlichkeit mit Garcia lag, dass sie ihm einfach nicht glauben konnte, dass seine ›guten Seiten‹ mehr als nur vorgetäuscht waren, konnte sie nicht sagen. Fakt war: Sie traute ihm nicht. Ragin zog die Schultern hoch und schüttelte den Kopf.

»Mag sein.«

»Nun, dieses Mal habe ich weder etwas Dummes noch etwas Verbotenes getan. Ich hatte noch einen Armreif aus Gold bei mir, den ich meiner Margerit schenken wollte, damit sie mir verzeiht. Immerhin habe ich in Ergonstadt verstanden, dass es keinen Weg in mein altes Leben zurück gibt, also habe ich jemanden gesucht, der mir den Armreif gegen Schuhe und einen Rucksack voller Vorräte eintauscht und hab dann die Kommune verlassen, so schnell es ging.«

»Und um die Waldsiedlung hast du aus gutem Grund einen Bogen gemacht?«, fragte Ragin.

»Richtig.« Nicolas Lächeln war hässlich. »Ich suche ja einen Ort, wo ich meinen vergangenen Fehlern entgehen kann, da hole ich mir nicht noch extra Prügel für meinen zweitdümmsten.«

»Das war nur der zweitdümmste?« Die Frage war Ragin entschlüpft, bevor sie darüber nachdenken konnte. Nicolas Grinsen verzerrte sich noch mehr.

»Genau«, antwortete er. »Der Dümmste war, dass ich nicht mit dem Saufen aufgehört habe, als Margerit mich darum gebeten hat.«

Ragin nahm einen Schluck aus ihrer Wasserflasche. Sie schaute in den Himmel. Die Sonne würde noch ein paar Stunden scheinen. Nicola hatte da im Feuerchen offenbar eine Mahlzeit und würde so bald nicht aufbrechen. Wenn sie sich nicht länger bei ihm aufhielt, könnte sie noch einen guten Vorsprung erlaufen, der ihn ihr bei der Durchquerung der Enklave sicher vom Hals halten würde. Sie schloss die Wasserflasche und verstaute sie wieder im Rucksack.

»Alice!« Ab wann die Katze den Namen wirklich als Ruf verstanden hatte, konnte Ragin nicht sagen, da das Tier ihn genauso häufig ignorierte wie darauf reagierte. Aber jetzt bestand kein Zweifel: Die Katze kam mit aufmerksamem Blick und leisem »Miau« angelaufen. Ragin belohnte die prompte Reaktion mit ein paar kleinen Proteinbröckchen, dann hob sie Alice wieder in das Kissen hinein und wuchtete sich den Rucksack auf den Rücken.

»Dann alles Gute für dich!«, sagte sie und schaffte es sogar, etwas Herzlichkeit in diesen – hoffentlich letzten – Abschiedsgruß hineinzulegen. Nicola schaute zunächst erstaunt, dann verletzt. Doch schluckte er jede Nachfrage hinunter, presste die Lippen aufeinander und nickte.

»Dir auch«, antwortete er und dann wandte er ihr den Rücken zu.

Das bohrende Gefühl, gerade einen Fehler begangen zu haben, überkam Ragin. So wenig sie Nicola auch leiden konnte – er hatte Erfahrungen und Wissen, die ihr fehlten. Wenn er hier auf eine Begleitung durch die Ödnis wartete, obwohl er als junger Mann auf dem Höhepunkt seiner Kräfte (und vermutlich seiner Selbstüberschätzung) war, hatte das einen guten Grund. Vermutlich wäre Ragin besser beraten gewesen, mit ihm einen Waffenstillstand und ein Bündnis zur gegenseitigen Unterstützung zu schließen. Zu spät. Sie straffte sich und als sie ihre Muskeln spürte, durchströmte sie ein Gefühl der Selbstgewissheit. Er würde sie mit seinem unverstärkten Körper ohnehin nur aufhalten.

Der Weg war leicht bis in große Entfernung auszumachen. In einer sich endlos erstreckenden Ebene, in der der Wind hie und da feinen Staub zu grauem Nebel hochwirbelte, gab es ein einziges Band Leben. Längs des Bachs wuchsen Bäume, die weithin zu sehen waren. Büsche hockten daneben und brachen die schlimmste Schärfe des Windes. Zur Seite breitete sich noch ein schmaler Streifen Grüns aus, in dem weiße, gelbe, oder zart-lilafarbene Blüten aufblitzten. Der Pfad folgte dem Bach getreu in all dessen Biegungen und Windungen. Jemand hatte sich die Arbeit gemacht, Backsteine im Boden zu versenken, einen hinter den anderen. Nur darum war der Pfad vermutlich überhaupt noch zu sehen, anstatt vollkommen überwachsen zu sein.

Ragin trieb ihren Körper an und sie marschierte so lange mit größter Geschwindigkeit, bis die Sonne untergegangen und das Tageslicht zu einem matten Rest vergangen war. Dann erst erlaubte sie es sich, den Rucksack mit der schlafenden Katze vom Rücken zu nehmen. Alice streckte sich, gähnte herzhaft und machte einen Buckel. Dann lief sie zum Bach und verschwand ohne jegliches Geraschel zwischen den Büschen. Mit einem Blick in den wolkenlosen Abendhimmel breitete Ragin ihre Matte aus und legte den Schlafsack darauf. Sie griff sich das frischeste Paket aus der Waldsiedlung mit den Resten des morgendlichen Frühstücks und aß mit einer Gier, die sie selbst überraschte. Das hatte sie ganz vergessen, wie die Muskeln unter Augment-Beanspruchung so viel mehr verbrauchten als normal. Auch wenn sie schließlich satt war, kramte sie sich noch einen der eingeschweißten Proteinriegel heraus, die sie noch aus der Station hatte. Sie wollte die gerade aufgebauten Muskeln ja nicht in nur einem Gewaltmarsch wieder aufzehren.

Schließlich verschnürte sie den Rucksack und streckte sich auf ihrem Nachtlager aus. Vor einem tiefschwarzen Firmament leuchteten und blinkten Sterne in einer Menge und einer Helligkeit, die ihr den Atem raubten. So klar war die Luft, dass sie die Milchstraße als langgezogenen Nebel erkennen konnte. Mit einem Mal wurde ihr schwindelig. Sie spürte, dass sie über dem Abgrund des Alls hing, notdürftig durch eine nicht bis ins letzte Detail verstandene Kraft an diesen Brocken Materie geheftet. Fast erwartete sie, dass die Erde sie loslassen und in die Tiefe stürzen ließe, mitten hinein in das kalte Gefunkel. Sie musste die Augen schließen. Mit dem nächsten tiefen Atemzug konzentrierte sie sich auf das Gefühl ihres Rückens, wie ihr Gewicht auf ihn drückte und er es an den Boden weitergab, auf dem sie lag. Mit einem weiteren kurzen Schwindelgefühl kehrte sich ihr Oben und Unten wieder um. Sie konzentrierte sich auf die Empfindung des Liegens und wagte es, die Augen wieder zu öffnen. Die Diamanten und Brillanten über ihr funkelten was das Zeug hielt, die unfassbare Weite zog jetzt nur noch ihren Geist hinaus.

Ein rötliches Leuchten lenkte ihre Aufmerksamkeit auf sich. Der Mars. Lebten dort inzwischen die Nachfahren der Menschen, die die Erde verlassen hatten, als die (vermeintlich) letzte Hoffnung in den Blizzards auf ihrer Oberfläche zerstoben war? Wem war damals ihre Passage auf der *Long-Flotte* zugefallen, als sie ihre Eltern verlassen hatte?

Es war eines der letzten Gespräche mit ihrer Familie gewesen – oder besser: eine der letzten Unterhaltungen ihrer Eltern, bei der sie anwesend gewesen war. Sie hatten vor Ny Reykjavik auf der Jacht zu Abend gegessen und ihr Vater hatte von diesem fantastischen Visionär erzählt. Ein Chinese mit dem Namen Mi Cheng, unfassbar reich, der sich im Geheimen eine Raumschiffflotte im Orbit der Erde hatte bauen lassen. Aktuell befand sich das Projekt in den letzten Phasen der Ausstattung. Geldgeber waren noch immer erwünscht, aber nicht mehr lange, wie ihr Vater erregt betont hatte. Mi Cheng hatte schon seit mehr als einem Jahrzehnt Material und Vorräte in den Marsorbit befördern lassen, Schätze, die eine glückliche Gruppe Raumfahrender dort bergen und nutzen könnte. Ragin hatte sich nicht daran erinnern können, ihren Vater jemals so aufgekratzt erlebt zu haben. Schon am nächsten Tag hatte er beim Frühstück verkündet, dass er für seine Familie Plätze auf dem Luxusschiff der Flotte gebucht hatte. Vielleicht war es kein Wunder, dass er und die anderen Geldgeber sich weniger um eine sichere Rettung der Erde kümmerten, wenn sie doch bereits für die nächste selbstgemachte Katastrophe einen Ausweg für sich und die ihren klargemacht hatten.

Ragin wollte nicht die brennende Verachtung empfinden, die sie in Erinnerung an ihren Vater überflutete. Es kam ihr vor, als würde sie sich damit selbst besudeln, wo sie doch fünfhundert

Jahre in die Zukunft geflüchtet war, um ihr zu entkommen. Doch so wie sie da lag, hielt sie es aus, das schmutzige Gefühl in sich. Sie weitete den Blick wieder für das Firmament. Wäre ihr Vater nicht der gewesen, der er war, hätte sie die Station nicht unterstützen können – weder mit den Fähigkeiten, die sie sich als Kind reicher Leute hatte aneignen können, noch mit ihrem geerbten Geld und dem Bunker ihres Großonkels, in dem sie die Station errichtet hatten. Nicht einmal der Baum, dessen Zweige über ihr in dem leisen Lüftchen tanzten, würde hier stehen, wäre ihr Vater nicht der Letzte in einer langen Reihe egoistischer Raffsäcke gewesen.

War er denn überhaupt der Letzte? Sie wusste, ihre Eltern hatten geplant, mehr als nur ein Kind zu bekommen. Doch seit sie ihr Haus in Deutschland aufgegeben hatten, um auf die Jacht umzuziehen, war davon keine Rede mehr gewesen. Aber bei einer Neubesiedlung des Mars? Ihre Mutter wäre vielleicht schon zu alt gewesen, vielleicht hätte sie auch keine Lust gehabt, sich einer weiteren Schwangerschaft zu unterziehen, zu stolz war sie immer, dass sie von ihrer ersten und einzigen keine körperlichen Mängel zurückbehalten hatte. Aber wenn es auf der *Long* oder auf dem Mars irgendwie möglich gewesen wäre, doch noch einen Erben zu zeugen, hätte ihr Vater dies sicher unternommen. Ob dieser Erbe dann seine Vorstellungen erfüllt hätte oder eine ebensolche Enttäuschung geworden wäre wie seine Tochter? Dummheit war nicht gerade ein vorherrschender Zug in ihrer Familie – selbst ihre Mutter hatte unter ihrer folgsamen Attitüde einen wachen Geist und eine große Allgemeinbildung verborgen. Wie also würden die Erfolgserzählungen des Vaters und seiner Pokergenossen auf einen pubertierenden Jugendlichen wirken, dessen Zuhause in einer komplett künstlichen Umgebung bestand, weil der größte Erfolg seiner Vorfahren darin bestanden hatte, zuerst ihren Heimatplaneten zu zerstören?

Mit dem Gedanken an ihren rebellischen kleinen Bruder schlief sie ein, im Frieden mit sich und der Welt, in der sie nur noch das Gewicht ihrer eigenen Entscheidungen zu tragen hatte.

Der Regen prasselte ohne Vorwarnung auf sie herunter. Nun gut, vielleicht hatte es ein paar Böen als Ankündigung gegeben, aber da sie fest geschlafen hatte, waren ihr diese Zeichen entgangen. Der Schlafsack war schon völlig durchnässt, als sie aufsprang, desorientiert und schockiert. Zum Glück hatte sie wenigstens den Rucksack vor dem Einschlafen geschlossen. Sie schnappte sich ihr Zeug und stolperte zum nächsten Baum. Ein heftig aufbrausender Wind wehte eisig kalte Schauer gegen sie. Das Unwetter kam mit Macht aus der weiten Fläche und der Stamm des Baumes war ebenso ungeschützt wie sie gegen die Unbilden des schlimmen Wetters. Über den Himmel zuckte ein Blitz, lang und waagerecht suchte er sich in kleinen Abzweigungen Erleichterung im Boden. Ein weiterer schlug ein und erhellte den Baum, der ihn aufgefangen hatte – nur kurz loderten Flammen daraus empor, bevor der starke Regen sie löschte.

Ragin spürte die Rinde des Baumes in ihrem Rücken. Der Blitz suchte sich die höchsten Stellen. Und das waren in dieser endlosen Ebene die hochgewachsenen Bäume, die wie Perlen an der Kette längs des Baches aufgereiht waren. Weit und breit gab es nichts, was sich ähnlich dazu eignete, den nächsten oder übernächsten Blitz anzuziehen. Aufstöhnend griff sie den Rucksack und ihre durchnässten Schlafsachen und stapfte in das Unwetter hinein. Wie weit war weit genug entfernt? Sie ließ den bewachsenen Streifen hinter sich und stolperte im losen Geröll, bis sie einfach zusammensank. Mit Blick auf die Ebene setzte sie sich auf den steinigen Boden. Die Matte faltete sie wie ein Dach über sich und ihren Rucksack und hielt die unteren Enden gegen das Ziehen und Zerren des Sturms. So war sie immerhin geschützt vor dem harten Prasseln der Tropfen, zwischen denen sich wohl auch das ein oder andere Hagelkorn versteckte.

Ragin saß im Schneidersitz, gekrümmt unter ihrem provisorischen Schutz und war rasend wütend auf sich selbst. Regen. Zum zweiten Mal war es einfacher Regen, der sie in die Hilflosigkeit führte, dem Element durch ihren unangebrachten Optimismus ausgeliefert. Sie hatte einfach nicht damit gerechnet, dass eine klare Nacht nicht so blieb, sondern sich im Laufe von ein paar Stunden das Wetter eben mal änderte. Nicola saß bestimmt trocken in einem Zelt. Ihre finstere Stimmung wurde nicht besser, als ihr Alice einfiel. Sie war nicht bei ihr. Schon wieder hatte sie die Katze verloren. Die hatte sich ganz sicher beim Bach versteckt, unter die Wurzel eines Baumes geschmiegt.

Ein weiterer Blitz hatte eine Baumkrone gefunden. In Anbetracht der Schäden, die dieses Gewitter verursachte, fragte sich Ragin, wieso der Weg am Bach überhaupt so viele Bäume aufwies. Allerdings musste sie sich eingestehen, dass sie dem Bewuchs in ihrem Eiltempo am Abend wenig Aufmerksamkeit geschenkt hatte. Denn auch dieser Baum war ebenso schnell gelöscht wie entzündet gewesen. Vielleicht wuchsen hier nur die Bäume, die auch nach so einem Schock noch weiterleben und -wachsen konnten.

Der Gedanke an Alice war ein Fehler gewesen. Zu dem Zorn auf sich selbst gesellte sich Sorge. Aber was konnte sie tun? Die Katze jetzt zu suchen, würde wenig bringen, ganz sicher würden auch die süßesten »Alice«-Rufe das Tier nicht aus der Ecke hervorlocken, in die es sich gerade presste. Sie musste einfach abwarten.

Und das tat sie.

Es waren ein paar Stunden, die sich das Gewitter Zeit nahm, um Ragin Demut einzuhämmern. Als die ergiebigen Wolken schließlich vollends weitergezogen waren, zeigte sich schon ein heller Schimmer am Horizont. Ragin zitterte vor Kälte in ihren nassen Klamotten. An ein Feuer war nicht zu denken, alles um sie herum triefte ebenso wie sie. Die Kleidung klebte so stark an ihr, dass es einen Kampf bedeutete, sich aus ihr herauszuarbeiten. Aus dem Rucksack kramte sie ein trockenes Set heraus und etwas zu Essen. Beim Anziehen schlang sie es hastig in sich hinein. Sie konnte nur durch Bewegung warm werden und dazu brauchten ihre Zellen Brennstoff. Den Schlafsack wrang sie so gut aus, wie es ging, dann stopfte sie die Kleidung und die zusammengefaltete Matte hinein. Das Bündel befestigte sie so am Rucksack, dass es seine noch beträchtliche Nässe nicht auf ihre Beine herabtropfen wurde. Später am Tag würde sie nach einer Gelegenheit suchen, die Sachen zu trocknen. Jetzt musste sie erstmal warm werden. Und Alice finden. Was sich als überraschend einfach herausstellte. Kaum hatte Ragin den Pfad betreten, da schlüpfte die Katze unter einer Wurzel hindurch auf den Weg. Ein paar Tropfen hatten sich von einer Brennnessel auf das schwarze Fell gelöst und angewidert schüttelte sich das Tier, das ansonsten komplett trocken geblieben war. Mit einem Seufzer der Erleichterung, den bestimmt noch Nicola hören konnte, kniete Ragin nieder, ließ Alice an ihrer klammen Hand schnuppern und kramte ihr ein paar Proteinbröckchen aus dem Rucksack. Irgendeine Belohnung musste es doch dafür geben, dass dieses kluge, lebenstüchtige Tier sich immer wieder bei ihr blicken ließ, egal, wie dämlich sie sich mal wieder angestellt hatte. Ragin bot Alice an, auf ihrer Schulter zu sitzen, denn die Katzenhängematte war genauso durchweicht wie alles andere, was außerhalb des Rucksacks gewesen war.

Als sie endlich bereit war, loszugehen, zeigte sich die Sonne schon als runder Ball auf der Linie des Horizontes. Ihr Weg Richtung Süden musste eigentlich im rechten Winkel dazu gehen, doch hatte der Bach eine ganz andere Idee von der

Durchquerung der Ödnis. Soweit sie es von ihrem Standort aus sehen konnte, schlängelte sich sein Lauf ziemlich genau nach Westen, mit lediglich einer leichten Neigung zum Süden hin. Ragin spürte Ungeduld in sich aufsteigen. Was wäre, wenn sie einfach den kürzesten Weg nähme? Sie würde sich locker die Hälfte der Strecke ersparen. Und wenn sie ein ähnliches Tempo einschlagen würde wie gestern, wäre sie in zwei, drei Tagen durch die Wüste, dafür hatte sie doch nun wirklich genug Vorräte dabei. Außerdem müsste sie endlich mal losgehen, sie war bis in die Knochen ausgekühlt. Trotzig ging sie los, die Sonne exakt zu ihrer linken Seite. Alice, die versucht hatte, es sich auf den immer noch knochigen Schultern von Ragin gemütlich zu machen, hob den Kopf. Nur wenige Schritte weiter sprang die Katze zu Boden, nicht ohne ein paar unnötige Kratzer in Ragins Haut hinterlassen zu haben. Alice lief Richtung Bach und als Ragin ihr nicht hinterherkam, blieb sie stehen und sah sich um. Mit runden Augen starrte sie sie an und miaute dann einmal, bevor sie weiter zu dem Pfad lief.

Soviel zur Abkürzung.

Folgsam trottete Ragin den Pfad am Bach entlang, auch wenn sie innerlich dagegen andiskutierte. Aber der hochgereckte Schwanz der vor ihr her trabenden Katze ließ sich auf keine Diskussion ein. Die Sonne in ihrem Rücken verbreitete langsam eine Wärme, die auf einen heißen Tag schließen ließ. Noch ein Grund, in der Nähe der Bäume zu bleiben. Nach zwei Stunden schnellen Marschierens konnte Alice nicht mehr und auch Ragin war für eine Pause dankbar. Es war schon warm geworden und sie lehnte den Rucksack an einen Baum, um die nassen Sachen abzunehmen und in den Ästen auszubreiten. Wenn die Sonne weiter so brannte, würden sie in einer Stunde trocken sein. Ragin nahm sich also Zeit für das Frühstück und Alice verschlang ihre Portion in Sekunden, bevor sie sich im Schatten zusammenrollte und einschlief. Auch Ragin konnte ein Nickerchen gebrauchen nach der unruhig verbrachten Nacht. Sie zog eine Jacke als notdürftige Decke über sich und wünschte, sie könne sich ebenso gut auf jedem beliebigen Fleck bequem einrichten wie die Katze.

Ein Windstoß weckte sie auf, der Himmel hatte sich wieder mit dunkelgrauen Wolken bezogen, die ihre regenschwangeren Bäuche präsentierten. Mit einem Fluch sprang Ragin auf und zerrte die aufgehängten Stücke aus den Ästen. Der Schlafsack war noch klamm auf der sonnenabgewandten Seite, das Gleiche galt für ihre Kleidung. Das Wetter schien hier doch sehr schnell umzuschlagen, sie hatte wohl kaum mehr als eine halbe Stunde geschlafen und fühlte sich mehr zerschlagen als ausgeruhter. Auch Alice spitzte die Ohren. Immerhin war die Katzenhängematte halbwegs getrocknet, sodass die nächste Etappe auf pfotenschonende Weise zurückgelegt werden konnte. Mit dem feuchten Gepäck auf dem Rücken zwang sich Ragin einen weiteren Gewaltmarsch ab, vielleicht konnte sie ja dem nächsten Guss davonlaufen. Als spielten die Wolken ihr Spiel mit ihr, dauerte es bestimmt eine Dreiviertelstunde, bevor sich die Schleusen wieder über ihr öffneten. Die Katze war schneller aus ihrem Schlafplatz gesprungen, als Ragin eine Entscheidung treffen konnte, wo sie sich unterstellen sollte. Da es insgesamt keine gute Option gab – überall ließen die Bäume das hart fallende Wasser in unberechenbaren Güssen durch – fand sich Ragin in derselben Position wieder wie schon in der Nacht. Immerhin hatte sie sich jetzt an einen Baum gekauert und hielt ihre Schlafmatte als Dach über sich und den Rucksack. Alice war fort und der Baum erwies sich als verräterischer Verbündeter, als mit einem Mal ein Strom aus Wasser an seiner Rinde herabglitt und Ragins Rücken durchnässte, bevor sie realisierte, was geschah.

Dass diesem Regen erneuter Sonnenschein folgte, kam Ragin etwas zu ironisch vor, schließlich war jetzt auch ihre zweite

Garnitur Kleidung klatschnass – zumindest am Rücken. Vermutlich wäre es klug gewesen, sofort alles zum Trocknen aufzuhängen, aber Ragin war sauer, kribbelig, besonders nachdem sie ihre Position bestimmt und diese ins Verhältnis mit Rogers Station gesetzt hatte. Das hatte nämlich ergeben, dass sie sich faktisch von ihm fortbewegt hatte, seit sie den ersten Fuß in die Ödnis gesetzt hatte. Ihre Abweichung nach Westen war viel stärker als eine Annäherung gen Süden. So hatte das keinen Sinn.

Jetzt musste sie nur noch die Katze überzeugen.

Dazu musste Alice aber erst mal wieder auftauchen. Ragin nutzte die Zeit, um ihre Wasservorräte am Bach aufzufüllen, zog ihre Sachen aus, wrang die nassen Stellen aus und streifte sie sich dann wieder über. Das letzte trockene Set wollte sie nicht auch noch riskieren. Die Katzenhängematte war zum Glück nicht wieder nass geworden. Ragin setzte sich hin und raschelte müßig mit der Verpackung, aus der sie die Proteinbröckchen für Alice holte. Wieder tauchte die Katze in einem magischerweise trockenen Zustand auf. Von diesem Geschöpf konnte sie sich noch einiges abgucken, dachte Ragin, während sie Alice fütterte und streichelte. Die Katze gähnte, vielleicht ließ sie sich direkt zu einem weiteren Ritt überreden. Ragin zog den Rucksack mit seiner nassen Seite auf ihren klammen Rücken, an dem das T-Shirt klebte und hob Alice hoch, damit die über ihre Schulter in die Hängematte klettern konnte. Aber die Katze hatte noch keine Lust, stieg zwar freundlich auf ihre Schulter, ließ sich aber über den Rucksack direkt wieder auf der anderen Seite heruntergleiten und landete mit einem sachten Plopp auf dem Pfad. Sie wollte selber laufen.

›Was soll's?‹, dachte Ragin, ›der nächste Kilometer oder zwei machen nun auch keinen Unterschied mehr.‹ Ragin marschierte los, auf dem Pfad, dieses Mal nicht im vollen Marschtempo. Immerhin ging es jetzt mal ein Weilchen Richtung Süden, die Sonne strahlte ihr fast frontal ins Gesicht. Es war noch nicht einmal Mittag, also könnte sie heute noch einiges an Strecke machen. Wenn Alice sich nur bequemen könnte, von ihrem Zen-mäßigen Spaziergangtempo abzusehen. Als Ragin bemerkte, dass sie begann, die Katze als Hindernis zu betrachten, rief sie sich zur Ordnung. Wie konnte sie nur so versessen darauf sein, irgendwo hinzukommen? Die Katze, die sich ihr nach der glücklichen Rettung ihrer beider Leben angeschlossen hatte, konnte ja nun nichts für ihre Misere. Weder für Rogers beknackten Hilferuf noch für das Wetter und am allerwenigsten dafür, dass Ragin einer Wanderung allein durch diese gefährliche Gegend sichtbar nicht gewachsen war.

Warum tat sie das alles? Wieso mühte sie sich ab, zu einem Mann zu kommen, mit dem sie nichts anderes gemeinsam hatte, als eine in den Jahrhunderten versunkene Vergangenheit? Warum hatte sie ihn nicht gebeten, zu ihr zu kommen? Schließlich lebte er schon einige Jahrzehnte in dieser Welt und kannte sich in ihr aus. Sie hätte ihn vielleicht vor ihrem Aufbruch fragen sollen, ob er nicht selbst über ein Fluggerät verfügte. Andererseits hatte er gesagt, dass er schon alt sei. Sie aber war schwach gewesen, als sie aufgebrochen war. Inzwischen hatte sie körperlich an Stärke zugelegt, aber ihr mangelte es an anderen Qualitäten. Warum hatte ausgerechnet Nicola da sitzen müssen? Und wieso hatte sie sich so bescheuert verhalten? Wer war sie eigentlich, einen Stab über andere Menschen zu brechen? Selbst wenn diese manchmal gewalttätig und manchmal Jammerlappen waren. Zumindest bei Letzterem konnten sie sich gerade die Hand reichen.

Alice setzte sich an den Wegesrand und miaute zart. Das war das Zeichen, dass sie nicht mehr selber laufen wollte. Na endlich. Ragin hob die Katze erneut auf ihre Schulter und diesmal tastete sich das Tier vorsichtig in den Kissenbezug hinein. Sie schnurrte noch ein Weilchen, ohne zu ahnen, dass ihre Trägerin die nächste Biegung des Baches nach Westen dazu nutzte, um weiter geradeaus zu gehen, in die Wüste hinein.

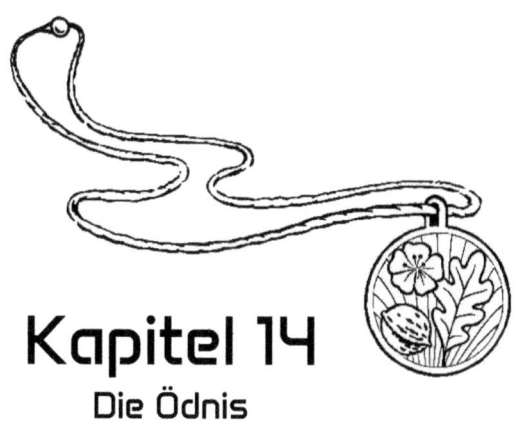

Kapitel 14

Die Ödnis

Vom Pfad aus hatte die Landschaft wüst, leer, aber weitestgehend gleichmäßig gewirkt. Doch schon nach den ersten Minuten, die sich Ragin von dem Bach entfernt hatte, zeigte die Ödnis ihr wahres Gesicht. Der blanke Fels war hier von den Naturgewalten herausgewaschen worden. Keine Krume Erde, kein Körnchen Sand war hier geblieben, nachdem die sterbenden Pflanzen aufgehört hatten, den Mutterboden mit ihren Wurzeln und Myzelien zusammenzuhalten. Wind und Regen hatten jeden Rest an Fruchtbarkeit, das kleinste Überbleibsel von Weichheit schon vor Jahrhunderten aufgespürt und bereinigt. Übrig blieben nur noch Fels und Geröll. Was aus der Ferne gewirkt hatte, als könne man einfach geradeaus marschieren, erwies sich aus der Nähe als ein Hindernisparcours der Härte und der spitzen Kanten. Das freigewaschene Gestein war manchmal glatt, was gut war, solange es eben war, aber sehr schlecht sein konnte, wenn es mal steil nach unten oder oben ging. An anderen Stellen schoben sich geschichtete Steine schräg in die Höhe, als wären sie vom Erdkern in den Himmel unterwegs. Hier musste Ragin aufpassen, dass sie sich nicht verletzte, denn die Schichten waren oft scharfkantig und bröckelten gern, wenn sie in einem ungünstigen Winkel darauf trat. Und dazwischen, ganz besonders in den Senken, lag Geröll. Auch dies bestand aus Steinen unterschiedlicher Größe und Qualität, leider jedoch nur ein geringer Teil davon abgerundet, viele aufgesplittert und sperrig. Darauf zu gehen, verlangsamte sie enorm, denn bei jedem Schritt musste sie aufs Neue aufpassen, wie sie ihr Gewicht verlagerte, um auf ein mögliches Verrutschen und Nachgeben des Untergrunds vorbereitet zu sein.

Immerhin ging sie jetzt in die richtige Richtung, tröstete sie sich und hoffte, Alice würde trotz des unruhigen Gekraxels noch ein wenig länger schlafen. Wenigstens so lang, bis die Katze nicht mehr allein zum Bach zurückfinden würde. Sie hatte ein sehr schlechtes Gewissen dabei. Als sie sich dann an einer besonders scharfkantigen Stelle die Hand so stark aufritzte, dass sie blutete, schwante ihr, was für eine bekloppte Entscheidung sie gerade getroffen hatte.

›Komm, reiß dich zusammen‹, sagte sie zu sich im Stillen. ›Es sind doch nur zwei Tagesmärsche.‹ Gleichzeitig ging sie vorsichtig auf alle viere, um sich rückwärts eine sehr glatte Schräge herunterzutasten und wusste, dass sie sich selbst belog.

Das wurde noch offenkundiger, als sie eine halbe Stunde später, verschwitzt und verdreckt, vor einem riesigen Loch in der Landschaft stand. Es ging verblüffend steil hinunter in eine sehr tiefe Grube. Hier musste einmal ein See gewesen sein, ganz unten am Grunde des Tals sah sie auch die Überreste der letzten Regengüsse schimmern. Die Ausmaße der Grube waren riesig. Erschöpft ließ sich Ragin auf den Schotter fallen und schnallte den Rucksack ab, der das jetzt nassgeschwitzte T-Shirt von ihrem Rücken abzog. Alice sprang aus ihrer Reisetasche und blieb stehen. Weder machte sie einen Buckel, noch gähnte sie, sie stand einfach nur kurz da, die Ohren wanderten leicht nach hinten, bis sie die Hitze unter ihren Pfoten spürte und eine nach der anderen hob, auf der vergeblichen Suche nach einem kühleren Untergrund. Ragin, der das schlechte Gewissen wie Blut in die Wangen schoss, hob sie hoch, hielt ihre schmutzige Hand unter die Katze, um die Pfoten zu kühlen. Doch die wollte sich nicht darauf niederlassen, sondern fuhr langsam die Krallen der Vorderpfoten aus, die auf Ragins Arm ruhten. Schnell zupfte Ragin ihr inzwischen knittrig getrocknetes T-Shirt des ersten Gusses von der Rucksackseite, breitete es aus und setzte die Katze darauf. Die wandte ihr sofort den Rücken zu und leckte ihre geschundenen Pfotenballen.

Die Sonne brannte unerbittlich auf sie herab. Inzwischen hatte sie sich so weit am Himmel vorgearbeitet, dass sie nun von rechts auf Ragin herabschien. Diese spürte ein leichtes Brennen an der Stelle, über die der Rucksackgurt gerieben hatte. Natürlich. Beim Wandern im Wald und unter Bäumen hatte ihre Haut keinen Sonnenschutz gebraucht, aber hier wäre es natürlich klug gewesen, sich damit zu versorgen, bevor sie in die offene Landschaft aufgebrochen war. Aber ›klug‹ schien gerade nicht Ragins zweiter Vorname zu sein. Was war nur mit ihr los?

Sie zog die Wasserflasche aus dem Rucksack, trank die lauwarme Brühe und füllte Alice etwas davon in ihre kleine Allzweckschale. Die Katze schlappte das Wasser schnell auf, dann setzte sie sich aufrecht hin und schaute ihre menschliche Gefährtin an. Katzen können nicht sprechen, denkt man allgemein, aber das ist natürlich weit gefehlt. Sie haben nur wenige Worte, die sie als Laute formen, wobei diese meistens sehr klar und deutlich sind. Außer natürlich dem immer wieder rätselhaften, einfachen »Miau!«, mit dem sie manchmal zur Konversation beitragen oder bloß sicherstellen, dass man sie nicht vergisst und sich vielleicht mal wieder fragt, was man ihnen Gutes tun könnte. Zudem aber liefern die Stellung ihrer Ohren, die allgemeine Haltung ihres Körpers sowie der Ausdruck der Augen und der Charakter des Blicks ausreichende Informationen, um eine Botschaft klar zu formulieren. Eine Katze zeigt, ob sie berührt werden möchte oder nicht. Menschen sind nur meist zu sehr mit sich selbst beschäftigt, um das Wegducken des Kopfes, das leichte Zurückziehen wahrzunehmen, geschweige denn, es richtig zu übersetzen. Alice nun drückte sehr klar aus, dass sie hoffte, Ragin würde wieder zur Vernunft kommen. Wobei Ragin das verstand und nicht wusste, wo sie sich vor dem Blick verstecken konnte.

Sie stand auf und fummelte das Zeltpäckchen aus dem Rucksack. Mit geübter Handbewegung entfaltete sie es und stellte es so auf, dass es Schatten auf die Stelle warf, an der Alice die mahnende Katzenstatue gab. Ragin stand einen Moment da, die Heringe in der Hand, denen es an Erdreich mangelte, in dem sie ihre Funktion erfüllen konnten. Die Heringe wanderten wieder in den Rucksack und Ragin nahm ein paar größere Steinbrocken und legte diese auf die Laschen des Zeltes, die eigentlich für die Heringe vorgesehen waren. Es sollte ja nicht den nächsten Sturm aushalten, sondern nur der Katze Schatten spenden, während sie überlegte, welchen Weg sie nehmen würde. Sie goss Alice noch einmal Wasser in das Schälchen, ohne ihren Blick zu erwidern.

Statt sich zu Alice in den Schatten zu setzen, ging sie ein paar Schritte, sodass das Zelt ihren Blick auf die Katze versperrte. Während sie vom steilen Rand aus in die tiefe Grube hinunterblickte, rief sie sich die Karte der Gegend auf, die sie sich aus den alten Systemen der Station heruntergeladen hatte. Verdammt. Der See war wirklich riesig gewesen. Zu allem Überfluss hatte er sich zu ihrer Linken, also im Osten, recht weit in den Norden ausgebreitet. Wenn sie ihn in östlicher Richtung umlaufen wollte, würde sie sich also erneut nicht nach Süden bewegen, sondern nach Norden zurückgehen müssen. Ihr war zu heiß, sie war zu erschöpft, um noch Wut auf diese weitere Verkomplizierung ihrer Mission zu spüren. Sie fühlte nur ein Nachlassen ihres Mutes. Kein Weg, den sie gehen wollte. Keiner.

Verstohlen schaute sie zum Zelt. Alice saß jetzt davor, wieder in der prallen Sonne. Ob ihr die Pfoten jetzt auf den heißen Steinen weh taten, war nicht zu erkennen. Ihre Augen waren unbewegt auf Ragin gerichtet.

Ob es an dem vorwurfsvollen Blick lag oder an der von dem b2i eingeblendeten Karte, die ihr Sichtfeld trübte? Es waren nur drei Schritte, mit denen sie sich dem Grubenrand näherte, um zu prüfen, ob es nicht doch einen Weg hinunter gab. Der letzte Schritt trat einen Sekundenbruchteil ins Leere, bevor er landete – tiefer als gedacht. Der kleine Schotterrutsch, den er auslöste, erwischte Ragin unvorbereitet. Als sie hilflos um sich greifend den steilen Hang hinunterkollerte, ahnte sie, dass der Tiefpunkt des Tages bei weitem noch nicht erreicht war.

Ragin schrie, während sie des Schotters höchststeigener Lawinenanlass war. Sie schrie lauter, als sie über einen scharfkantig hochragenden Felsen gekullert wurde. Am lautesten aber war der Schrei, den sie von sich gab, als ihr rechtes Schienbein in einer Drehung des Sturzes auf einen hochstehenden Stein aufschlug und brach. Danach weinte sie nur noch.

In einem der Computerspiele, die sie in der Station gespielt hatten, um sich die Zeit zu vertreiben, wäre sie jetzt am Ausgangspunkt gespawnt. Das wünschte sie sich sehnlich: In der Station aufwachen, dort die verrosteten Scheißschrauben austauschen und dann in zweieinhalb Tagen zu Roger fliegen, um sein Problem zu lösen. Stattdessen lag sie auf dem unfreundlichen Boden, an der Stelle, wo die Schotterlawine aufgehört hatte, mit ihr zu spielen, als die Steigung endlich abgeflacht war. Auf ihr noch die Steine, die im Eifer weitergerollt oder -geflogen und schließlich auf ihr zur Ruhe gekommen waren. Durch die vom Staub graugefärbte Haut blutete es an einigen Stellen, das Rot ergab einen eigenartigen Farbkontrast zum weißlichen Grau, wie etwas Lebendiges, das sich seinen Weg durch das Tote bahnte. Sie war am Ende von allem: ihrer Kraft, ihrer

Ideen, ihres Mutes. Und als ob das alles nicht noch reichte, war ziemlich sicher, dass sie hier sterben würde und noch die Schuld am Tod der Katze trug.

Das Weinen hatte aufgehört und sie lag einfach nur da. Ein erster Versuch, das gebrochene Bein zu bewegen, hatte ihr einen solchen Schmerz bereitet, dass sie kurz ohnmächtig geworden war. Ein fernes Miauen hatte sie wieder zurückgeholt. Alice war am Rand des Abhangs als Silhouette gegen den Himmel zu erkennen. Ragin schloss die Augen gegen die Tränen, doch die quollen einfach weiter.

War sie nicht so eine Art Superwoman? Wurde sie nicht überall gefeiert als eine der Alten, der *Fabulous Eleven*? Tatsächlich erinnerte sie sich gerade noch nicht einmal an das Menü, mit dem sie die Schmerzinhibitoren regeln konnte. Wozu sich rühren? Das Wasser, das von oben so fern geglänzt hatte, war auch durch ihren Sturz nicht wesentlich nähergekommen. Es wäre schön gewesen, sich den Mund auszuspülen, den Dreck zu entfernen, der an ihren Lippen, an ihren Augenwinkeln klebte. Aber nicht so schön, dass sie sich dafür auf dem Bauch einen halben Kilometer über Schotter gezogen hätte. Noch nicht einmal eine Krücke konnte sie sich hier machen. Selbst wenn sie nicht auf dem ehemaligen Grund eines Sees gelegen hätte, jegliches pflanzliche Leben hatte sich schon lange im weiten Umkreis verabschiedet. Kein Baum, keine Stöckchen.

Wenn sie sich nicht bewegte, hielten die Schmerzen sich in Grenzen. Zumindest die im Bein. Die Schürfwunden an ihren Armen, ihren Schultern, den Beinen und im Gesicht hatten dagegen wenig Scheu, sich bemerkbar zu machen, ebenso wenig wie die Prellungen. Liegenbleiben machte nichts besser, aber immerhin auch nichts schlechter. Die Sonne stand noch immer hoch. Seit ihrer blödsinnigen Fehlentscheidung, den Pfad zu verlassen, war noch nicht einmal eine Stunde vergangen. Wenn das mit dem Spawnen nur geklappt hätte, dann hätte sie ihre

Lektion jetzt gelernt. Stattdessen lagen 535 Jahre unbelehrbarer Menschheitsgeschichte unter der prallen Sonne und würden sich in ein paar Tagen keine Gedanken mehr über Sonnenbrand machen.

Der erste kühle Luftzug, der über sie strich, war eine Geste der Gnade nach Stunden der Hitze. Die Sonne war am Rand der Grube untergegangen und der mit Staub gemischte Schweiß konnte zu einer dünnen Kruste auf ihrer Haut trocknen. In regelmäßigen Abständen miaute Alice, die immer noch dort oben saß. Ob sie sich zwischendurch einmal zusammengerollt hatte, wusste Ragin nicht, denn sie war in und aus einem Dämmerschlaf geglitten. Ihre Zunge klebte am Gaumen, die Haut brannte überall, wo sie den ganzen Tag über der Sonnenstrahlung ausgesetzt gewesen war. Oder wo sie aufgeschrappt war – das konnte Ragin nicht auseinanderhalten. Sie hatte irgendwann die schlimmsten spitzen Steine unter sich entfernen können, jede Aktion ein Eiertanz um das gebrochene Bein herum, das sie auf keinen Fall mehr bewegen würde. Langsam sank die Abkühlung in die ersten Schichten der Haut und tiefer und brachte Ragin eine Erleichterung, die fast an ein kühles Bad im See herankam. Ihr nahe am Hitzschlag campierender Geist produzierte ein Bild davon, wie sie auf dem Grund eines Gewässers lag. Die wunderbare Frische um sie herum verwandelte sich in Bilder von kleinen Fischen, die über ihr tänzelten und von einer weit entfernten Oberfläche des Wassers, das das Licht des Abends in vielfältigen Brechungen auf dem Weg zu ihr nach unten ablenkte.

Sie musste wieder eingeschlafen sein, denn als sie aufwachte, zitterte sie, ohne bemerkt zu haben, wie kalt es ihr geworden war. Doch etwas war in Ordnung gekommen. An ihrer Seite, halb auf ihrem Arm, lag ein warmer Blob und strahlte Behaglichkeit in sie hinein. Sie ließ dieses Glück in ihr Herz hineindringen, lächelte selig. Dann wurde ihr schlagartig klar: Alice war zu ihr hinuntergestiegen.

Die Welle an Schuld, die sie überrollte, war ein Tsunami. Nicht auch noch die kleine Katze, die sich ihr vertrauensvoll angeschlossen hatte! Die sie gewarnt und versucht hatte, sie davon abzuhalten, den Pfad zu verlassen. Lianes Gesicht tauchte vor Ragins innerem Auge auf. »Also, was auch immer du tust: Verlass niemals den Bachlauf!«

Alle hatten es gewusst, auch Nicola – natürlich – dass mit diesem Teil der Welt nicht zu spaßen war. Warum hatte sie, Ragin, die Superspezialistin im Überleben, das so leichthin abgetan?

Sie hatte eben nichts gelernt. Als Kind ihrer Zeit betrachtete sie Natur immer noch als eine vernachlässigbare Größe, die nur dann etwas mit ihr zu tun hatte, wenn sie es zuließ. Eine Person, die es gewohnt war, sich in Gebäuden trocken und warm zu halten, mit Technik Wind und Wellen zu überwinden, der Sonne Cremes und Kleidung entgegenzuhalten, Entfernungen in hochentwickelten Geräten zu überwinden, die musste sich nicht an Anweisungen halten, die direkt aus dem Märchen zu kommen schienen. Oder aus einer Zeit, in der Menschen wieder so spürbar Teil der Natur waren, dass sie es sich nicht mehr anmaßten, sich unverwundbar zu fühlen.

Ein dicker Tropfen klatschte auf ihrer Nase auf und verspritzte sich über ihr Gesicht. Sie hob den Arm, an dem nicht die Katze lag, um sich das Nass aus dem Auge zu wischen. Über ihr hatten die Sterne aufgehört zu blinken, ohne dass es ihr aufgefallen war. Der nächste Tropfen landete direkt in ihrem Auge und hatte ein paar Freunde mitgebracht. Es schien sich um eine Art Zielschießen zu handeln, gleich zwei schafften es in ihr Ohr. Über ihr grollte es. Vor Blitzen brauchte sie sich wenigstens nicht zu fürchten, hier unten.

Aber sie hatte verstanden.

Auch wenn sie sich fast nicht gerührt hatte, seit sie hier aufgeschlagen war, jetzt drehte sie den Oberkörper auf die Seite, winkelte das gesunde Bein an und zog das gebrochene darüber, rein aus der Hüfte heraus. Ein heftiger Schmerz stach ihr durch den Körper, aber das war es wert. Dann griff sie nach der Katze, schälte sie von ihrem Arm und schob sie sanft an ihre Brust. Auf der Seite liegend krümmte sie sich um das kleine Tier, legte den oberen Arm schützend über es, bevor der Himmel seine Schleusen öffnete. Ein bisschen nass wurde Alice trotzdem, denn dem Wasser war nicht zu entkommen. Aber Ragins Körper hielt die trommelnden Tropfen von ihr ab, das allermindeste, was die Frau für die Katze tun konnte, die zu ihr gekommen war, damit keine von ihnen alleine sterben musste.

Es war die seltsamste Erfahrung in ihrem Leben, wie sie da lag, schutzlos dem Gewittersturm ausgesetzt. Keine Gegenwehr, keine Flucht, nichts, was sie meinte, zur Abwehr der Tropfen noch über sich halten zu können. Der Regen prasselte auf sie, auf ihre aufgeschürfte Haut, eisig und manchmal sogar ein bisschen schmerzhaft – bis ihre Haut so kalt geworden war, dass sie nichts mehr spürte. Immerhin wusch der Regen ihr den Dreck von der Haut. Ab und an drehte sie den Kopf und öffnete den Mund bei geschlossenen Augen. Die erste Ladung Wasser, die sich darin ansammelte, behielt sie im Mund, spülte diesen aus und spuckte es dann zur Seite. Das allein fühlte sich schon himmlisch an. Auch mit dem zweiten Schluck ließ sie sich Zeit, bis sie genügend Tropfen gesammelt hatte und bewegte ihn an der ausgetrockneten Mundschleimhaut entlang, bevor sie ihn herunterschluckte. Alice zeigte wenig Interesse daran, den Regen sofort in Trinkwasser umzuwandeln. Sie hatte sich in der Höhle, die Ragin für sie geworden war, zusammengerollt und schnurrte leise.

In ihrem Unvermögen, sich der Situation zu entziehen entdeckte sie etwas Neues. Sie nahm an, was die Welt ihr gab, ohne zu entscheiden, ob sie es sich gewünscht hatte oder nicht. Das hier war, was war. Und wenn das Unwetter beschlossen hätte, sie im Wasser aufzulösen und ihre Moleküle die Steine entlang in die weit entfernte Pfütze zu spülen – auch das wäre in Ordnung gewesen. So weit war es noch nicht, aber es würde dahin kommen. In ein paar Monaten lägen hier nur noch ihre Knochen, Frau und Katze gemischt, schon nicht mehr auseinanderzuhalten. Es hatte nichts Erschreckendes mehr, zu sterben, ihre aktuelle Existenzform aufzugeben. Eher fühlte es sich erleichternd an. Dieses störrisch zusammengehaltene Wesen aufzugeben, die Geschichte endlich sich selbst zu übergeben, in die Vergessenheit sinken zu lassen. Es genügte, wenn die Menschen heute sich als ferne Mahnung daran erinnerten. Sie selbst war doch als lebendes Denkmal hier noch mehr fehl am Platze als sie es vor fünfhundert Jahren gewesen war. Außer in ihren letzten Jahren, immerhin hatte sie da ein bisschen was geradegebogen. Iyke hatte so etwas gesagt, bei der ersten Wiederbegegnung nach ihrem Erwachen. Die Zeit, zu der sie gehörte, war alles andere als glorreich gewesen und je tiefer sie begraben wurde, desto besser. Was sollte diese finale Auswertung denn überhaupt? Angetrieben von toten Geistern in elektronischen Geräten sollte sie schauen, ob sich ihre Pläne erfüllt hatten? Hatten die sich nicht längst selbst überholt? Hatten die Pflanzen, Tiere und Menschen auf dieser Welt nicht längst ihre eigenen Pläne? Was ging es sie an, dass Roger die Technik ihrer gemeinsamen Zeit an Menschen aus dieser verschenkt hatte? Was auch immer es war, es würde ohnehin nur eine begrenzte Zeit funktionieren, wo Ersatzteile und Fachwissen fehlte. Das würde sich alles regeln. Auch ohne dass ein oberwichtiges Relikt aus der Vergangenheit noch einmal Tabellen anlegte und kritisch bemaß, ob alles den Vorgaben entsprach.

Ihr Geist driftete, sie sah eine Vision von sich selbst, wie sie als kalter Klumpen auf dem nassen Boden lag, die Kälte durch ein eisiges Blau an ihrer Oberfläche symbolisiert, schützend um ein orangerot pulsierendes Herz aus Katze gekrümmt. Der Zoom ließ sie immer kleiner und kleiner werden, an anderen Orten der Landschaft schienen rote Punkte auf, nicht viele, in Dichte und Menge weit entfernt von dem zarten Gespinst aus Lichtern, das sie gesehen hatte, als sie als kleines Kind mit ihren Eltern vom deutschen Festland zu ihrer Jacht am Äquator geflogen waren. Ihr erster Flug damals und der Blick auf die nächtliche Welt, die sich mit Netzen aus Lichtern geschmückt hatte, war bezaubernd gewesen. Es wäre keine Katastrophe, ginge eine der Lampen aus, wahrlich nicht.

Alice hatte sich aus ihrer Ragin-Höhle gestemmt und leckte die nasse Haut ihrer Freundin ab. Vermutlich hatte sie keine Lust, sich auf der Jagd nach Wasser die Pfoten schmutzig zu machen. Ragin blinzelte in einen zartgrauen Himmel. Wolken trieben wie fette Schafe gemächlich dahin, die ersten fingen an ihren Bäuchen einen rötlichen Ton von der Sonne auf, die noch hinter dem Grubenrand verborgen war. Etwas war anders dort oben. Das Zelt war weg. Das Unwetter in der Nacht musste es von seiner provisorischen Befestigung gelöst und fortgeweht haben. Leider nicht zu ihr nach unten. Einen kurzen Moment lang dachte Ragin an ihren Rucksack, der dort lag. Sie erinnerte sich an das Säckchen mit Kletterausstattung: zehn Hightech-Haken, die sich selbst in Gestein eingruben und dort bombenfest hielten, bis man sie mit einem Impuls aus einer kleinen Fernsteuerung wieder löste. Dazu ein dünnes, unzerreißbares Seil und ein ultraleichtes Klettergeschirr. Im MediKit gab es zwar nichts gegen Blasen, die man sich in unpassendem Schuhwerk lief, dafür aber Schmerzmittel und ein Antibiotikum, Pulver zum Anmischen eines Gipses und lokales Betäubungsmittel. Und natürlich nicht zu vergessen: Wasser und Nahrung. Ihr Magen hatte noch nicht mitbekommen, dass sie bald sterben würde und knurrte vernehmlich. Ein Schatz, dieser Rucksack, unerreichbar wie der Mond. Wie viele Sommer würde es benötigen, bis die Sonneneinstrahlung den Kunststoff zersetzen und er in Fetzen seinen kostbaren Inhalt preisgeben würde?

Ragin drehte sich auf den Rücken, um ihre verkrampften Muskeln etwas zu entspannen. Der erwartete Schmerz aus dem verkantet gebrochenen Knochen flammte wütend auf und schwand dann wieder in Zeitlupe. Alice löste sich aus Ragins Armbeuge und lief ein paar Schritte, machte den üblichen Buckel, setzte sich hin und schaute sich um. Ragin stütze sich mit ihren Händen hoch und nahm zum ersten Mal den Bruch in Augenschein. Kurz wurde ihr schlecht, als sie sah, wie sich ein Stück vom Knochen durch ihre Haut gebohrt hatte. Die war blutig und obendrein dunkel verfärbt. Das würde sie nicht richten können. No way in hell. Sie konnte es ja noch nicht mal länger als eine Sekunde ansehen.

Da schaute sie lieber noch ein Weilchen, was am Himmel so passierte. Die Sonne kündigte ihren Auftritt heute dramatisch an, die Wolken als Kulisse, die ihre roten und orangefarbenen Strahlen in wattigen Formen präsentierten. Ein erster Strahl zeigte sich am Grubenrand und schon war ein Fragment der glühenden Scheibe zu sehen. Noch transportierte das Licht keine Wärme, aber Ragin freute sich darauf, diese bald an ihrem Körper zu spüren, der in den durchnässten Klamotten total durchgefroren war. Immer brauchte man etwas anderes, dachte sie. Und nie hielt das, was man bekam, für immer – oder es wurde zu viel und dann wollte man das Gegenteil. So brachte man doch den Großteil seines Lebens herum, von einem Ungleichgewicht ins nächste zu taumeln. Wobei die Befriedigung von Bedürfnissen ja einen nicht unbeträchtlichen Glücksfaktor darstellte. Wie jetzt, wo die Sonne ihre Lichtfinger nach ihr ausstreckte und der Hauch von Wärme Ragin schon ein Lächeln ins Gesicht zauberte. Dann würde sie es einfach eine halbe

Stunde oder so genießen, gewärmt zu werden. Schwitzen konnte sie dann später.

»Hey!«

Ragin war gerade eingeschlafen und etwas ungehalten, gestört zu werden. Sie drehte sich auf die Seite – auf ihr Bein. Ein stechender Schmerz erinnerte sie daran, dass diese Bewegung gerade nicht zu ihrem Repertoire gehörte. Verdammt. Was hatte sie nochmal geweckt?

»Lebst du noch, Alte?«

Blitzschnell fuhr sie hoch, nicht wach, aber von einem Moment zum anderen voller Adrenalin. Sie blinzelte in die Sonne und sah eine Silhouette am Grubenrand stehen. Die Silhouette eines Mannes.

Der lachte und setzte nach:

»Sieht ganz danach aus. Was machst du denn da unten?«

»Dreimal darfst du raten.« Ihre Stimme hatte auch schon mal bessere Zeiten gesehen, aber das raue Krächzen schien oben angekommen zu sein. Der Mann lachte noch einmal. Der Mann, der natürlich niemand anderes als Nicola war. Furcht stieg in Ragin hoch. Sie hatte ihn geschlagen, bedroht, gedemütigt. Nun stand er oben und sie lag unten, ihr Leben hing davon ab, ob er ihr helfen würde oder nicht.

»Und deine Katze hast du auch dabei.«

»Ja. Sie ist mir leider gefolgt.«

»Immerhin gibt es da hinten das einzige Wasser im Umkreis von Kilometern. Vom Bach abgesehen.«

Ragin zuckte die Schultern. Natürlich konnte jemand wie Nicola nicht verstehen, aus welchem Grund Alice wirklich zu ihr gekommen war. Er hockte sich hin, nahm – soweit sie das sehen konnte – die Situation in Augenschein.

»Selbst wenn ich heil unten bei dir ankomme«, rief er dann, »wie kriege ich dich denn dann wieder hoch?«

»Mein Bein ist gebrochen«, rief sie und verfluchte sich gleich dafür. Sie konnte es schon kaum glauben, dass er ihr wirklich helfen wollte, wieso musste sie ihm dann auch noch stecken, wie aussichtslos das eigentlich war?

»Ich dachte mir sowas schon. Helden-Ragin lässt sich ja wohl sonst kaum von einer Grube schachmatt setzen.«

Ja, sie war sich sicher, dass sie da Hohn und Schadenfreude hörte. Aber er ging nicht weg. Das wäre so einfach: sich umdrehen, weggehen und seinen Quälgeist vergessen, verhindern, dass sie auch in seinem nächsten Leben noch da wäre und ihn an seine Verfehlungen erinnerte.

»Ist das dein Rucksack hier?«, rief er stattdessen.

Ihr Rucksack! Mit all seinen Kostbarkeiten. Wilde Hoffnung flammte in ihr hoch.

»Ja«, rief sie und dann musste sie kurz Atem holen, weil der Gedanke, dieses Missgeschick vielleicht doch noch zu überleben, sie so überwältigte.

»Du findest darin ein Kletterseil und Haken. Aus meiner Zeit.«

Er verschwand vom Rand und tauchte dann mit dem Rucksack wieder auf.

»Ziemlich weit unten«, rief Ragin, »In einem extra Beutel.«

»Hab's.« Er hielt den Fund nach oben. »Ist da auch was für dein Bein drin?«

»Ja«, jubelte es in ihr. Er wollte ihr wirklich helfen. »Da ist ein orangefarbener Beutel mit einem weißen Kreuz drauf.«

»Ja. Ich schau mir mal dein Kletterzeug an.«

Sie hoffte, dass er die Anleitung lesen konnte, seine Sprache hatte sich ja nun doch etwas von ihrer weiterentwickelt.

»Du hast da eine Hülse, mit der kannst du die Bolzen in den Felsen schießen, sie verklammern sich dann automatisch im Stein. Mit der Fernbedienung kannst du sie wieder lösen.«

»Sieht einfach aus«, rief er dann. »Brauchst du Wasser? Ach was, ich bringe einfach den ganzen verdammten Rucksack mit.« Daraufhin stopfte er den Rucksack wieder voll, lockerte die Riemen und schnallte ihn sich auf den Rücken. Alice war neben Ragin gelaufen und schaute Nicola zu, wie er sich da oben bereit machte, zu ihnen herunterzukommen. Ein tiefes Grollen bildete sich in der kleinen Katze.

»Scht!«, sagte Ragin, »Er kommt, um uns zu helfen.« Und hoffte, dass es stimmte. Aber es musste ja stimmen, denn alles andere wäre leichter gewesen als das, was er jetzt tat.

Der erste Kletterhaken schien sich nicht gut ins Gestein gebohrt zu haben. Sie sah Nicola nach der Fernbedienung fummeln und ihn wieder lösen. Der zweite Versuch brachte ein Ergebnis, mit dem er zufriedener zu sein schien. Er war in das Klettergeschirr geschlüpft und hakte sich an dem Seil an. Für seinen Abstieg hatte er sich die flachste Schräge ausgesucht und es brauchte nur wenig mehr als diesen einen Halt, damit er sich sicher vortasten konnte.

»Hau unterwegs noch ein paar Haken ein«, rief Ragin und hoffte, er würde sich dadurch nicht belehrt fühlen. »Ist besser, wenn wir nachher beide dranhängen, wenn sich das Gewicht etwas verteilen kann.«

»Du hast recht.« Er schnaufte inzwischen, langte in den Beutel, der am Klettergeschirr befestigt war, und jagte einen weiteren Haken in den Felsen. Es dauerte nur wenige Minuten und noch zwei weitere Haken, bis er neben ihr stand.

»Hey, Alte«, sagte er. Ragin schaute in sein Gesicht, doch da sah sie wirklich nur etwas gut gemeinten Spott.

»Hey, Nachgeborener«, antwortete sie. Dann fiel sein Blick auf den Schienbeinknochen, der aus ihrer Haut herausspitzte und er wurde einen Moment lang blass.

»Verstehe«, sagte er. Dann nahm den Rucksack vom Rücken und stellte ihn neben ihr auf. »Wasser? Essen?«

»Oh ja!«, seufzte Ragin, »Bitte!«

Selbst Alice hatte den Rollenwechsel von Nicola verstanden, jetzt wo er in Greifweite ihrer Proteinbröckchen hockte. Sie rieb ihr Köpfchen an seinem Bein, als er die Schätze vor ihnen ausbreitete. Während Katze und Frau beglückt kauten, schüttelte ihr Retter den Kopf.

»Ich bin kein Heiler«, sagte er. »Und du wirst mich totschlagen, wenn ich versuchen sollte, das geradezurücken.«

»Du bist stark und geschickt«, sagte Ragin und steckte sich das letzte Stück Früchte- und Nussbrot von der Waldsiedlung in den Mund. »Und ich erkläre dir, wie es geht.«

Sein Gesicht leuchtete auf und Ragin verstand verwundert, dass er sich darüber freute, dass sie etwas gut an ihm fand. Fast konnte sie sich vorstellen, ihn irgendwann mal zu mögen.

»Schau mal in dem MedKit«, fuhr sie geschäftsmäßig fort. »Du findest da mehrere Ampullen und einen Pricker.« Letzteres war eine mehrfach verwendbare Spritze, mit Nadeln in einer Art Revolverrotation, die nach Verwendung automatisch sterilisiert wurden. Die Phiolen mit den Substanzen musste man nur einklinken. Nicola kramte und nickte.

»Du musst mir ein Mittel zur Entspannung der Muskeln spritzen. Gib mal bitte.«

Er reichte ihr den klimpernden Schatz an Ampullen, in denen wackelnde Luftblasen von den Flüssigkeiten darin zeugten. Sie suchte die richtige heraus und winkte mit dem Finger nach dem Pricker. Er gab ihn ihr und sie zeigte ihm, wie man die Phiole einklickte.

»Hiermit«, damit wies sie auf einen kleinen Knopf, »wirfst du die Phiole wieder aus. Gleichzeitig wird die Nadel gewechselt.«

Nicola nahm den Pricker und schaute dann zu ihrem Bein.

»Wohin soll ich es spritzen?«

»Einfach in den Muskel.«

Den Piekser spürte sie gar nicht in ihrem geschundenen Unterschenkel.

»Ist in dem Beutel ein Inhalator?«

Nicola kramte und fand drei daumengroße, undurchsichtige Röhren mit Mundstück. Ragin streckte die Hand danach aus und wählte den blauen Inhalator. Er enthielt ein Sedativum zum Einatmen, das sie für ein paar Minuten eindösen lassen und dem Schmerz gegenüber unempfindlich machen würde.

»Wenn ich das einatme, bin ich für fünf Minuten weg und spüre keine Schmerzen. Lass uns jetzt alles durchsprechen.«

»Alles klar.«

»Schaffst du es, dir den Bruch anzusehen?«, fragte sie. Nicola atmete tief durch.

»Ich stelle mir einfach vor, dein Knochen ist eine Holzleiste.«

»Sehr schmeichelhaft.« Keiner lachte. Ragin überlegte und sagte dann:

»Die Muskeln sind verletzt. Wenn du den Knochen gerichtet hast, musst du sie zusammenheften. Da müssten Wundklammern sein. Die Hautränder kannst du dann mit den kleinen Klebestrips verbinden. Vor und nach dem Klammern alles großzügig mit diesem lila Pulver desinfizieren und dann den Gips mit Wasser anrühren und dünn über den ganzen Unterschenkel verstreichen.«

Nicola wirkte überfordert.

»Hoffentlich merke ich mir das alles.«

»Wird dir schon der Reihe nach einfallen. Am besten fängst du damit an, deine Hände zu säubern – oder du ziehst die Handschuhe an, die da auch noch drin sein müssten.«

Als Nicola die dünnen grünen Handschuhe übergezogen und alle Materialien auf einem von Ragins T-Shirts ausgelegt hatte, nickte er.

»Streu erstmal von dem Desinfektionspuder eine Schicht auf die offene Bruchstelle«, sagte Ragin. Während er das tat, nahm sie den Inhalator, knackte den kleinen Gastank auf das Mundstück und sog das Beruhigungsmittel ein.

»Das Mittel wirkt in einer Minute«, sagte Ragin. »Dann kannst du loslegen.«

»Und das Zeug für die Muskeln?«

»Das müsste jetzt schon so weit sein.«

Sie schwiegen beide. Nicola studierte den verkanteten Knochen mit den Augen, dann nahm er die Finger hinzu. Mit einem kurzen Blick zu Ragin ertastete er die Lage unter der Haut.

»Merkst du noch was?«, fragte er.

»Mmh?« Ragin war schon zu weit weg, um etwas entgegnen zu können. Sie lag sehr entspannt da und lächelte freundlich. Jetzt galt es. Er ging um sie herum. Als er sich zu ihren Füßen hinsetzte, hatte sie die Augen geschlossen. Er zog seine Schuhe aus.

»Ich habe vor, meinen Fuß gleich an deine Arschbacke zu legen. Irgendwo muss ich Gegendruck ausüben, damit mein Zug Wirkung bekommen kann.«

Gesagt, getan. Er hob behutsam ihr Bein und legte seines darunter, den nackten Fuß legte er seitlich an die untere Wölbung ihrer rechten Pobacke. Er drückte, bis er ihren Sitzknochen spürte.

»Geht?«

Sie reagierte nicht.

Dann griff er ihren Fuß mit beiden Händen am Knöchel. Mit voller Kraft zog er ihr Schienbein in die Länge und drückte ihr oberes Bein mit dem Fuß weg.

»Scheiße, ist das schwer.«

Warum redete er nur dauernd? Ragin wunderte sich, warum er sie immer aufwecken musste.

»Ich muss noch mal neu ansetzen. Vielleicht schaffe ich es nicht, tut mir leid.« Sein Gesicht war in verzweifelte Falten gelegt. Sie öffnete mühsam die Augen und für einen Moment sah sie einen kleinen Jungen, der sich zu viel zutraute und zu hart bestraft wurde.

»Du schaffst das«, wollte sie sagen, aber es kam nichts heraus. Er wartete auch auf keine Reaktion von ihr, sondern zog und stemmte. Dann gab es eine Drehung an ihrem Fuß und ein kaum hörbares »Klack«. Nicola entrang sich ein wilder Jubelschrei.

»Jaaaa! Ich hab es geschafft, deinen Scheißknochen zu richten.« Nach diesem Moment des Jubels arbeitete er weiter, er klammerte den gerissenen Muskel an drei Stellen, schüttete großzügig eine weitere Schicht Desinfektionspuder darüber und reinigte dann die Hautränder mit einem sterilen Feuchttuch, bevor er sie zusammenzog und mit den Pflastern aneinanderheftete.

Ragins Dämmerschlaf ließ nach und langsam kam sie wieder zu sich. Sie stützte sich hoch. Das Bein sah sehr gut aus. Der Knochen ruhte wieder glatt unter der Haut, die allerdings vom Desinfizieren lila gefärbt war. Rasch arbeitete Nicola die angerührte Gipsmasse darum herum und Ragin freute sich schon darauf, sie mitsamt der eingeschlossenen Beinbehaarung zu entfernen, wenn alles geheilt wäre. Je klarer sie wurde, desto mehr wurde ihr bewusst, dass sie heute nicht sterben würde. Tränen der Freude liefen ihr über die Wangen. Als Nicola sie anblickte, stutzte er kurz, doch sie lächelte.

»Du hast ja sowas von was gut bei mir!«

»Ich hab es geschafft, yes!« Er strahlte sie an. Doch dann wurde er wieder ernst.

»Das muss jetzt noch zehn Minuten aushärten«, sagte er und setzte sich. Sein Gesicht war schweißüberströmt und er trocknete es mit einem nicht mehr sehr sauberen Tuch, das er aus der Hosentasche gezogen hatte.

»Möchtest du was essen?«, fragte Ragin, deren Glück jeder Beschreibung spottete. »Nimm dir, was du willst.«

Das ließ sich Nicola nicht zweimal sagen. Er schaute auf den Haufen, zu dem er den Rucksackinhalt getürmt hatte und sah dort das letzte eingeschweißte Päckchen von der Station. Mangostreifen.

»Auch meine letzten Mangostreifen.« Ragin lachte und als Nicola danach griff, lachte er auch.

»Ich hab deinen Scheißbruch gerichtet!« Er war fast genauso glücklich wie sie. Dann zerrte er die Verpackung auf, zog einen knallorangenen Obststreifen daraus hervor und schaute selig, sobald er darauf herumkaute. Die Sonne hatte gerade mal angefangen, mit ihren Strahlen ein bisschen Wärme mitzubringen. Wie angenehm das war, wenn man nicht mehr erwarten musste, dass sie einen in kürzester Zeit rösten würde. Dann runzelte sie die Stirn.

»Wieso bist du eigentlich hier?«

Nicola verstand die Frage nicht und schüttelte den Kopf.

»Na, wieso hast du den Weg verlassen, um mich zu suchen?«

»Ach so.« Er zog den letzten Fruchtstreifen aus der Packung. »Weil mir dein Scheißzelt an den Kopf geflogen ist.«

Ihr Zelt. Genau. Das hatte sich selbstständig gemacht. Und Hilfe geholt. Ragin lachte. Es war wirklich richtig schön, wieder eine Zukunft zu haben.

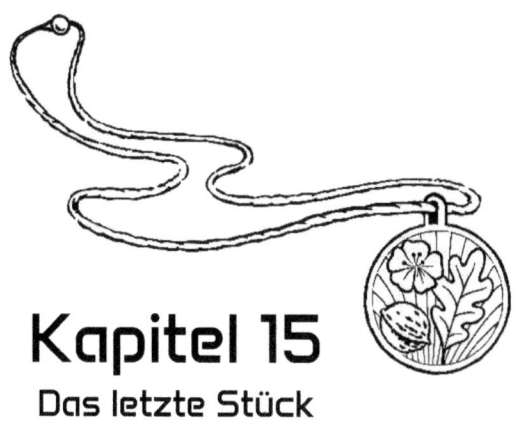

Kapitel 15
Das letzte Stück

Sie hatten beide wenig Lust darauf zu warten, dass die Sonne ihre volle Stärke erreichte. Der Gips war schon nach wenigen Minuten ausgehärtet, aber Ragin erbat sich noch ein wenig mehr Zeit. Während Nicola sich durch ihre Vorräte probierte, hatte sie sich zu den Einstellungen in ihren Augments vorgetastet, mit denen sie Energie auf eine beschleunigte Heilung umlenken konnte. Doch bevor sie diese aktivierte, fiel ihr ein, dass sie die umgelenkte Energie ja woanders wegnehmen musste. Nein. Zuerst mussten sie aus dieser Grube entkommen und wieder am Bach sein, wo es Schatten und Wasser gab. Sie nahm eine Schmerztablette, um für den Rückweg gerüstet zu sein.

Im Gegensatz zu Tamas, der sie in der Station besucht hatte – das war nur zwei Wochen her, auch wenn es ihr gerade wie ein halbes Jahrhundert vorkam – war Nicola zurückhaltend mit seinem Zugriff auf ihre Vorräte. Zwar ließ er es sich nicht nehmen, von allem ein bisschen zu probieren, doch wickelte er den Rest dann wieder sorgfältig ein.

»Lecker, was du hier hast. Besonders das Zeug hier.« Mit begeistertem Gesicht verschloss er den Beutel mit den Proteinbröckchen. Ragin hatte nicht das Herz, ihm zu erklären, dass dies das Katzenfutter war.

»Schon eine Idee, wie wir hier rauskommen?«, fragte sie ihn stattdessen.

»Ich könnte dich Huckepack nehmen. Hält das Seil das aus?«

»Ja.« Ragin nickte. »Und die Haken. Zumindest theoretisch. Hältst du das aus?«

Nicola lachte.

»Auch wenn ich nicht augmentet bin, ein Leben als Schreiner hat auch Auswirkungen auf die körperliche Verfassung.«

»Na gut … Was machen wir mit dem Rucksack? Soll ich ihn tragen?«

»Wir wollen es mal nicht übertreiben, Alte.« Er lachte. »Ich gehe noch mal runter dafür.«

Es war tatsächlich nicht so schwierig. Nicola war groß und kräftig und Ragin zwar nicht mehr so dürr wie nach ihrem Erwachen aus dem Kälteschlaf, aber bislang hatte sie den körperlichen Aufbau erst bis ›drahtig‹ hinbekommen und so hielt sich die Last, die sie darstellte, in Grenzen. Der Gips war hart, hielt den Knochen zusammen und schützte ihre Verletzung, sodass sie sich nahezu uneingeschränkt bewegen konnte. Nur auftreten wollte sie damit nicht. Nachdem sie den Rucksack sorgsam gepackt hatte – aus früheren Erfahrungen wusste sie, dass all die Dinge nur dann hereinpassten, wenn sie sie nicht einfach nur reinstopfte – trug Nicola ihn zum Ende des Seils. Dann drehte er ihr den Rücken zu und ging ein wenig in die Knie.

»Springen kann ich leider nicht«, sagte Ragin.

Nicola beugte die Knie tiefer und Ragin reckte sich hoch, legte ihre Arme über seine Schultern und hopste mit dem heilen Bein, so hoch sie konnte. Er fing ihre Beine mit den Armen auf und schob sie das fehlende Stückchen nach oben. Ihr Körper erinnerte sich an die Position, eine der Wachen auf der Jacht ihrer Eltern hatte sie so getragen, als sie ein Kind war. Sie klemmte die Beine über seinen Hüftknochen und hielt sich mit den Armen fest, die sie vor seiner Brust überkreuzte. Während er sie beide an dem dünnen Seil hochziehen würde, wollte sie dafür sorgen, sich möglichst bewegungslos auf seinem Rücken zu halten.

Nicola hatte etwas von ihrer Gaze genommen und sich damit die Hände mehrfach umwickelt. Das Seil war sehr dünn und so konnte er verhindern, dass es in die Haut einschnitt. Er hielt es schon in der Hand, als Ragin auf seinen Rücken krabbelte und jetzt spannte er es an. Die Schräge war so steil, dass man ohne Hilfe im Schotter Halt verlieren und einfach wieder herunterrutschen würde. Hand über Hand zog sich Nicola nach oben und Ragin bewunderte die Sparsamkeit in seinen Bewegungen. Er tat nur das, was nötig war: Setzte den Fuß, sicherte den Stand, verlagerte das Bein, unterstützte das durch einen gleichmäßigen Zug am Seil und griff ein Stück höher. In einer Minute waren sie oben.

Ragin ließ sich von seinem schweißnassen Rücken gleiten, ihr eigenes T-Shirt war auch gut durchgefeuchtet.

»Ich setze mich mal kurz«, sagte sie und Nicola nickte.

»Bin gleich mit deinem Rucksack wieder da.«

Schon war er wieder über dem Rand der Grube verschwunden. Ragin war etwas schwindelig – weniger wegen ihrer körperlichen Verfassung als durch den rapiden Perspektivwechsel. Vor einer Stunde noch hatte sie sich zum Sterben hingelegt. Jetzt war sie hier oben und der eben noch abgeschnittene Lebensweg erstreckte sich wieder als weiter Pfad ins Ungewisse, mit dem trügerischen Anschein von Planbarkeit. Das Seil in dem oberen Haken wackelte. Es hing an so wenig, so ein Menschenleben. Ein Zufall konnte einen Menschen in Todesgefahr bringen, ein entlaufenes Zelt einen Retter herbeirufen. Der hatte jedoch eine Entscheidung treffen müssen. Nicola hatte entschieden, sie zu retten. Er hätte es nicht tun müssen und niemand hätte es gewusst. Wenn er nicht gerufen hätte, als er sie da unten liegen sah, noch nicht einmal sie. Sie hatte ihm weh getan. Sie hatte ihn verachtet, weil sie erlebt hatte, wie er etwas Falsches, vielleicht auch nur Dummes, getan hat. Und sie hatte sehr deutlich gemacht, dass sie das nicht vergessen würde. Dennoch war er der Spur des Zeltes in die Ödnis gefolgt und hatte sie vor dem sicheren Tod bewahrt.

Wie lächerlich klein war doch der Unterschied, der zwischen Leben und Sterben entschied.

Ein Paar spitze schwarze Ohren erschien zwischen den Steinen. Alice! Die Katze spazierte aus dem, was Ragins Todesfalle gewesen war, mit einer Haltung leichten Angewidertseins heraus. Diese ganzen staubigen Steine mit den scharfen Kanten waren nicht das Richtige für ihre Samtpfoten. Aber auf keinen Fall wäre Alice dort gefangen gewesen, wurde Ragin klar. Umso dümmer stach ihr eigenes Verhalten gegen das des Kätzchens ab.

Es war eine ganze Reihe von unklugen Entscheidungen gewesen, die sie an den Rand der Grube geführt hatten. Ob und wann man für den Mist, den man veranstaltete, zur Kasse gebeten würde, hing aber ganz vom Zufall ab. Ihr Schritt, der ins Leere ging – der hätte genauso gut auch noch auf festem Boden landen können.

Nicolas Kopf erschien am Rand des Abhangs und Sekunden später stand er neben ihr und ließ die Haken in ihre Hand klimpern. Das Seil rollte er sorgfältig zusammen, bevor er den Rucksack abnahm und den Beutel für die Kletterausrüstung herausnahm.

»Lass das Seil nochmal draußen«, bat Ragin, die die Haken in das Säckchen gleiten ließ. Fragend schaute er sie an.

»Ich denke, ich sollte mein Bein noch nicht voll belasten und wir haben keine Krücke, da dachte ich an ein Dreibein.«

Sie zeigte ihm, was sie meinte, als er den Rucksack auf dem Rücken hatte. Den Fuß ihres verletzten Beins setzte sie auf seinen und dann umwickelte sie ihre beiden Beine mit dem Seil.

»Wenn wir im selben Rhythmus gehen, macht dein linkes Bein den Schritt für mein rechtes mit. Lass uns mal probieren.«

Er schnaubte ungläubig, doch dann legte er den Arm über ihre Schulter, sie hielt sich zunächst am Rucksack fest und gemeinsam machten sie die ersten Schritte. Es war unbeholfen und sie fühlten sich beide unwohl mit dieser körperlichen Nähe, doch nach ein paar Schritten lief es gut – besser auf jeden Fall, als wenn sie versuchen müsste, auf einem Bein zu humpeln, selbst wenn er sie stützte.

»Gut, Alte«, sagte Nicola, »Da hab ich was gelernt. Dann wird es doch nicht so eine Qual, mit dir zum Bach zurückzukommen.«

Alice war schon mal ein paar Schritte vorangegangen.

Trotzdem waren beide schweißnass, als die Bäume endlich in Sichtweite gelangten und das, obwohl die Sonne sich ein paar Schönwetterwolken vors Gesicht gezogen hatte.

»Eins, zwei, hopp!«, schnaufte Nicola und sie ließen sich beide auf den Boden fallen. Es wuchs weiches Gras hier und einen Moment lagen sie da, schnauften, spürten den Wind, der ihren Schweiß kühlte und blickten in die blattbedeckten Äste, die sich über ihnen sacht in der Brise bewegten.

»Danke«, sagte Ragin. »Von ganzem Herzen: Danke!«

»Ist schon in Ordnung«, antwortete Nicola, »war doch selbstverständlich.«

»Ja?«, fragte sie. »Ich finde nicht. Ich finde es außerordentlich, dass ich noch mehr als nur zwei Tage habe.«

»Na dann.« Er grinste breit. »Merk's dir gut.«

»Mein Gedächtnis hat noch nicht gelitten«, sagte sie und fragte sich, warum sie das unbedingt hatte hinterherschieben müssen.

Nicola richtete sich auf und fummelte an dem Knoten herum, mit dem sie das Seil befestigt hatte.

»Lass mal«, sagte Ragin und setzte sich. »Spezialknoten.«

Er legte sich wieder hin, ruckartig, ohne sie anzusehen. Während sie versuchte, sich an den Trick zu erinnern, mit dem dieser Spezialknoten ganz leicht aufging, hörte sie ihn schwer atmen.

»Hast du eigentlich nie Mist gebaut?« Er hatte es zischend durch seine Zähne gestoßen, als würde er sich mit Mühe davon abhalten zu schreien.

Sie hielt inne. Überlegte kurz. Dann wandte sie sich ihm zu und sah ihn an.

»Du hast recht, ich bin auch nicht auf alles stolz, was ich gemacht habe. OK, bei der Brücke standest du unter Drogen. Aber was war das dann in Ergonstadt?«

Zu ihrer Bestürzung sah sie Tränen aus seinen Augen kullern. Ärgerlich wischte er sie mit dem Arm davon, was den bis dahin kaum sichtbaren Staub auf seinem Gesicht dunkel färbte. Es war nicht der Zeitpunkt, ihn darauf aufmerksam zu machen.

»Bei der Brücke habe ich wirklich gedacht, das wäre Margerit – mal abgesehen davon, dass ich ihr auch nicht den Mund hätte zuhalten dürfen. Das war richtig blöd von mir. Aber in Ergonstadt habe ich das Mädchen einfach nur umarmt, weil wir so schön miteinander gelacht haben und es dann kurz festgehalten, als es sich gesträubt hat. Mein Vater hat immer gesagt, ich müsse mir nehmen, was ich haben wollte.« Er schüttelte den Kopf. »Das war schon immer ein Scheißratschlag.«

Ragin schnaubte leise.

»Klingt, als hätte es auch von meinem Vater kommen können.«

»Aber du hast nicht drauf gehört?«

Das wäre schön, wenn sie sich das weismachen könnte.

»Weiß nicht, vielleicht nicht ich als Person. Aber ich habe doch sehr gut von dem gelebt, was er sich genommen hat.«

Sie schwiegen ein paar Atemzüge. Dann sprach er weiter:

»Mein Vater hat außerhalb der Kommune gelebt. Sie mochten seine Auslegung der Regeln nicht, aber niemand war so gut mit Holz wie er. Als ich auf Wanderschaft ging, war ich froh, ihn und seine störrische, selbstbezogene Art hinter mir zu lassen. Aber es scheint, als wäre doch mehr davon mitgekommen, als ich bislang dachte?«

Ragin sah seinen fragenden Blick auf sich gerichtet. Was hatte sie noch alles von der zerstörerischen Art ihrer Eltern in sich, sich ein luxuriöses Leben auf Kosten anderer zu gönnen? Sie konnte es nicht sagen, würde eher behaupten, sie habe sich vollständig gelöst in ihrem geistigen Erwachen, in ihrer revolutionären Abkehr.

»Vielleicht war dir nicht klar, dass dein Umgang mit Mädchen – oder besser: mit ihren Neins – dazugehörte«, sagte sie leise. »Ich meine, du hast ja von ihm auch Gutes übernommen, wenn ich das richtig verstehe. Er hat dir doch gezeigt, wie man Holz bearbeitet, oder?«

Nicola schaute sie an und seine Brauen zogen sich zusammen, als müsse er diesen neuen Gedanken prüfen.

»Du meinst, ich hab seine Art, selbst kein Nein zu akzeptieren, mit einer guten Eigenschaft verwechselt.«

Ragin zuckte die Achseln.

»Könnte doch sein?«

Er dachte nach.

»Ja«, sagte er schließlich. »Könnte wirklich sein.«

Ragin dachte einen Moment nach.

»Und vielleicht habe ich dir auch Unrecht getan, weil du mich an jemanden erinnert hast.«

Überrascht blickte er sie an.

»Wie meinst du das?«

»Es gab da jemanden, als ich ein Kind war, der hat nach außen – und besonders nach oben – immer ganz freundlich getan, aber an denen, die von ihm abhängig waren, hat er sich ausgetobt. Du siehst ihm ähnlich und vielleicht hat das mein Urteil doch mehr getrübt, als ich zugeben wollte«, sagte Ragin.

In seinen Augen veränderte sich etwas. Doch bevor sie den Ausdruck von Dankbarkeit sehen konnte, schaute er weg.

»Ich kann dir auf jeden Fall versprechen, dass ich keine Pilze mehr nehmen werde. Und dass ich aufhöre, mir vorzumachen, eine Frau müsse mich einfach gut finden, wenn sie nur mal genauer hinschaut, habe ich jetzt auch entschieden.«

Ragin nickte.

»Na dann …«

»Dann könntest du endlich mal deinen Spezialknoten öffnen.«

Ragin lachte und konzentrierte sich wieder auf das Seil, das noch immer ihre Beine aneinander schnürte.

»Viel zu kompliziert.« Sie griff in die Seitentasche ihrer Hose, zog ihr Messer heraus und schnitt den Knoten ab. Nicola lachte und gemeinsam befreiten sie sich aus der körperlichen Nähe, die sich nicht mehr ganz so unangenehm anfühlte.

»Bist du sicher?« Ragin richtete sich noch einmal in ihrer Hängematte auf.

»Ja.« Nicola machte ein genervtes Gesicht. »Mach schon. Je eher du einschläfst, desto eher wachst du auch wieder auf.«

»OK.« Sie ließ sich zurücksinken und konzentrierte sich auf die Anzeige in ihrem Display. Dort hatte sie den speziellen Heilschlaf ausgewählt und jetzt bestätigte sie das. Sie hatte Nicola erklärt, dass sie damit eine vollständige Heilung des Knochenbruchs und des versehrten Gewebes innerhalb von 24 Stunden bewirken könnte, in der Zeit jedoch vollkommen ausgeknockt wäre. Und er hatte sie mit der Antwort überrascht, dass seine Reise so dringend nicht sei und er in der Zwischenzeit ihre Vorräte auffrischen würde, während er ein Auge auf ihren hilflosen Körper haben könnte. Sie spürte gerade noch, wie ihr Körper seine Systeme herunterfuhr, um alle Energie auf das Immunsystem und die Regeneration von Haut und Knochen umzulenken. Besorgte Gesichter beugten sich über sie, Shrees, Iykes, als läge sie wieder in der Kryokapsel. Einen kurzen Moment wehrte sie sich gegen das Hinabsinken, bis ihr einfiel, dass es doch nur für einen Tag wäre, dieses Mal, und sie inmitten lebendiger Natur lag.

Sie erwachte von einem Schwall holzigen Qualms, der sie zum Husten brachte und hörte leises Fluchen. Die Sonne stand hoch am Himmel. Entweder war sie sofort wieder aufgewacht oder sie hatte die 24 Stunden geschafft. Vorsichtig richtete sich auf, nur um eine nächste graue Rauchwolke in die Augen zu bekommen, die sofort brannten.

»Sorry!« Nicola war neben ihr und half ihr aus der Hängematte. »Der Wind hat gerade gedreht.«

»Was machst du da?«, fragte Ragin, die versuchte, durch die Rauchsäule etwas von der Konstruktion zu erkennen, unter der das Feuer qualmte.

»Fische räuchern«, sagte er.

»Fische?«

»Ich hab doch gesagt, ich würde unsere Vorräte aufstocken. Und neben einem Haufen guter Knollen und ein paar Beeren konnte ich auch ein halbes Dutzend Forellen fangen.«

Anerkennend schob Ragin die Unterlippe vor. Jetzt, wo sie nicht mehr im vollen Schwall des Rauchs lag, roch es durchaus angenehm und sie sah das Gestell aus Ästen. Fische waren darauf aufgespießt, deren Schuppenhaut bereits einen goldenen Ton angenommen hatte.

»Was macht das Bein?«, fragte Nicola. Ragin verlagerte vorsichtig das Gewicht auf den rechten Fuß. Fühlte sich normal an.

»Scheint gut zu sein«, sagte sie und schaute nach ihrem Rucksack. »Irgendwas juckt nur schrecklich.«

»Ja«, Nicola hob die Hand, um sich zu kratzen. »Es gibt hier Stechmücken. Kann gut sein, dass sich eine unter den Gips verirrt hat.«

Alice kam heran und schnupperte an der Hängematte. Ragin streckte ihre Hand zu der Katze, die strich höflich ihre Wange daran entlang, doch dann stakste sie zu Nicola und rieb ihr Köpfchen an seinem Knie. Er zauste ihren Nacken und Ragin ertappte sich bei einem Stich der Eifersucht, als sie die beiden betrachtete. Hatte die Katze ihr ihre Dummheiten übelgenommen?

Nicola musste die Verstimmung in ihren Augen gesehen haben. Er lachte gutmütig.

»Jede Katze ist die beste Freundin von dem Typen, der ihr was von seinen geangelten Fischen abgibt.«

War sie so durchschaubar? Ragin fühlte sich, als habe sich ihr kindliches Ich ohne Erinnerungen während der ersten Tage des Alleinlebens in der Station mehr Platz in ihrer Persönlichkeit erobert, als sie ihm zugestehen wollte. Auf der anderen Seite war das Interagieren mit anderen Menschen nichts gewesen, mit dem sie viele Erfahrungen hatte sammeln können. Und vor allem nicht, wenn Gefühle involviert waren. Die Katze als ihre Freundin war an ihrer Seite gewesen, als sie wortwörtlich am Boden lag. Nun fürchtete sie, für ihren Fehler von dem Tier verlassen zu werden. Das Herz ist ein sonderbares Ding, wenn es sich einmal an jemanden gehängt hatte, dachte sie. So weich und unsicher. Besonders wenn man sich zwischendurch wie eine Idiotin aufführte. Sie erinnerte sich an eine Situation in der Station, wo es Krach mit Shree gegeben hatte und Ragin sicher war, dass alles aus war zwischen ihnen. Es war aber nur ein Streit gewesen und am Ende hatte Shree sie liebevoll ausgelacht, als Ragin von ihren Ängsten erzählte.

»So schnell wirst du mich nicht los«, hatte Shree gesagt und Ragin waren ihre entsetzlichen Empfindungen von Hilflosigkeit und Verlust peinlich gewesen. Da waren sie wieder, dachte sie, sie hätten auch gern in der Kryokapsel bleiben können, diese Unsicherheiten, die doch so gar nicht zu ihr passten.

Nicola reichte ihr ein Stück geräuchertes Forellenfleisch und kaum hatte sie etwas davon abgerupft und in den Mund gesteckt, schon hatte sie Alice bei sich in der Hängematte sitzen, laut schnurrend und freundlich blinzelnd Katzenküsschen verteilend.

»Siehst du?«, sagte Nicola und Ragin stimmte in sein Lachen mit ein, als sie Alice ein Fetzchen Fisch auf ihren Fingern präsentierte.

Wenn man sich nicht darauf fixierte, in einer bestimmten Zeit an einem festgesetzten Ort ankommen zu wollen, war das Wandern auf dem Pfad am Bach eine sehr angenehme Angelegenheit. Ragin hatte akzeptiert, dass dies der einzige Weg war und regte sich nicht mehr auf, wenn er sich nach Westen oder gar nach Norden krümmte. Es war ein eigenartiger Frieden, der sie erfüllte, nachdem sie aufgegeben hatte, mit ihrem Willen gegen etwas anzugehen, was nun einmal so war, wie es war und nicht, wie sie es haben wollte.

Nicola war ein überraschend angenehmer Reisegefährte. Sie unterhielten sich viel über seinen Beruf und er erzählte ihr alles über Holz und seine Bearbeitung, was sie wissen wollte. Aber weil der Weg schmal war, gingen sie auch oft hintereinander und verbrachten Stunden schweigend auf dieser feinen Ader des Lebens in einer riesigen Ausdehnung der Unfruchtbarkeit. Die Schuhe aus Ergonstadt bewährten sich in den anspruchsvollen Märschen, denn sie waren sich auch im Tempo einig. Anfangs zumindest, denn am dritten Tag hatten sich Ragins Muskeln so angepasst, dass sie Nicola hinter sich ließ. Zur Mittagspause ließ er sich mit rotem Kopf nieder und meinte:

»So schnell müssen wir auch nicht ankommen. Hab Erbarmen mit denen, die nur aus Fleisch und Blut sind.«

Sie errötete auch und gelobte Besserung. Danach ging er voran und bestimmte das Tempo, das immer noch ausreichend war.

Er machte sie darauf aufmerksam, wie sehr sich der Bewuchs am Bach veränderte. »Ich bin froh, dass ich uns während deines Heilschlafs mit Nahrung eingedeckt habe«, sagte er, während er nachdenklich ein Baumblatt zwischen den Fingern hielt. »Von den Pflanzen hier kenne ich fast keine mehr und wüsste nicht, welche von ihnen essbare Teile haben und welche nicht.«

»Woran liegt das?«, fragte sie.

»Vermutlich haben deine Kollegen von der anderen Seite hier die Bepflanzung übernommen«, sagte Nicola und Ragin nickte. Klar, das ergab Sinn. Sie rasteten an einem Platz, der von einer kleinen Gruppe Bäume mit fiederigen Blättern umstanden war. Dies war nicht das erste Mal, dass sie das Gefühl hatte, dass es Orte gab, die für größere Gruppen eingerichtet worden waren.

»Ist der Weg früher mehr genutzt worden?«, fragte sie.

»Es gab wohl mal einen regen Austausch zwischen den Enklaven«, meinte Nicola. »Aber das hat irgendwie nachgelassen.«

»Kann man so sagen.« Ragin betrachtete den auf einen Fußpfad zusammengeschrumpften Weg. Sie waren niemandem begegnet und hatten auch nirgendwo ein Anzeichen dafür gefunden, dass hier jemand gegangen war oder gerastet hatte. »Ich frage mich warum.«

Nicola zuckte mit den Achseln und schnitzte weiter an einem kleinen Holzstück, mit dem er sich schon seit gestern die Zeit vertrieb.

Bereits am zweiten Tag ihrer gemeinsamen Wanderung hatte Ragin das Gebirge gesehen. Zuerst konnte sie sich keinen Reim darauf machen. Was sie in der Ferne sah, wirkte wie eine Reihe tiefliegender Wolken, doch dass diese sich nicht veränderten, ergab keinen Sinn. Schließlich fragte sie Nicola.

»Das ist der Beginn des Gebirges«, sagte er.

»Ach so.«

Mit diesem Wissen veränderte sich ihr Blick und sie erkannte – je nach den Sichtverhältnissen des Tages – die Berge mit ihren steinernen Flanken und weißen Schneemützen. Ehrfurcht überkam sie, wenn sie diese fernen Riesen anblickte und eine Art Sehnsucht. Etwas zog sie zu ihnen, zu ihrer unbewegten Größe. Ihr Näherkommen sah sie von Tag zu Tag daran, dass sie mehr Details erkennen konnte und vor allem, dass sich der ersten Reihe an Bergen eine weitere nach der anderen anfügte. Und schließlich zeichnete sich vor den grauen Gesteinsriesen dunkler Bewuchs ab, der zu ihren Füßen den Grund bedeckte. Die Ödnis fand ihr Ende also vor den Bergen. Zumindest sahen sie das, bevor das Tiefdruckgebiet sich über ihnen festgefressen hatte und sie mit ständigem Regen und der damit einhergehenden schlechten Sicht beschenkte. Hier wurde Alice zum Problem, denn die Katze wollte bei Regen nicht unterwegs sein, sondern sich einen ausgehöhlten Baum suchen – derer es dank der häufigen Blitztreffer am Bach viele gab – und das unangenehme Wetter verschlafen. Aber auch wenn sich Ragins Einstellung zum Ankommen stark entspannt hatte, hatte sie wenig Lust, sich tagelang mit Nicola im Zelt zu verkriechen, das ohnehin durch seinen Ausflug durch die Geröllwüste ein paar Löcher abbekommen hatte. Nachdem Alice zum dritten Mal spurlos verschwunden war, durchforsteten die Menschen ihr Gepäck und fanden genügend Ausgangsmaterial für einen schnell zusammengehefteten Regenschutz, den sie wie eine Klappe über Shrees Kissenbezug befestigten. Der letzte Räucherfisch wurde eingesetzt, um die Katze aus ihrem Versteck hervorzulocken und sie in ihre nun halbwegs wasserfeste Hängematte zu setzen, die zuvor noch an einem erbarmungswürdig qualmenden Feuer zumindest angetrocknet worden war. Darin blieb sie nun und verließ ihre tragbare Höhle nur für die notwendigen Pausen.

Als endlich der grüne Streifen längs des Bachs sich erweiterte, bis er zu einer ganzen Landschaft wurde, verpassten sie diesen Übergang, der das Ende der Ödnis darstellte. Sie trotteten im Nieselregen daher, bis sie plötzlich feststellten, dass sie auf einer Kreuzung standen.

Verwirrt blickten sie in die drei Richtungen, die sich ihnen nun anboten und dann einander an. Ein Pfosten stand nass in dem Winkel zwischen geradeaus und rechts. Sie gingen näher und konnten dann sehen, dass in das Holz grobe Symbole eingeschnitzt waren, die jeweils mit einem Pfeil verbunden waren. Das Holz war alt und nachgedunkelt, ein Riss zog sich durch eines der Symbole, und sie brauchten eine Weile, bis sie etwas erkannten.

»Das sieht aus wie ein Haus«, sagte Ragin und Nicola nickte.

»Kann das eine Blume sein?«, fragte er.

»Sieht so aus, aber was soll eine Blume hier?«

»Na, vielleicht gibt es ja einen Ort, der so heißt.«

»OK, ja, kann schon sein. Und was ist das hier?« Ragin zeigte auf eine Reihe von drei Zacken.

»Berge?«

»Sind die nicht überall dahinten?«

Nicola überlegte einen Moment.

»Schon«, sagte er dann. »Aber vielleicht ist das hier der Weg durch die Berge?«

»Ein Pass, meinst du?«

Er zuckte mit den Achseln.

»Ich finde ja, das Haus sieht gut aus«, sagte er, »und vielleicht ist es nicht so weit weg.«

Der Weg zum Haus führte geradeaus. Die Bäume längs des Baches vermehrten sich in diese Richtung zu einem beginnenden Wald. Ragin war nass, sie fror und fand, dass ein Dach genau das sei, was ihr gerade fehlte.

»Lass es uns versuchen.«

Sie waren gerade so lang gegangen, dass ihre Hoffnung, bald auf eine schützende Unterkunft zu treffen, wieder zu sinken begann, als sich ihnen nach einer Wegkehre der Blick in ein Tal öffnete. Bei trockenem Wetter hätte es sicher idyllisch ausgesehen, wie da in der Biegung des Baches eine Reihe von Gebäuden lag, die meisten davon Wirtschaftsgebäude eines Bauernhofes. In einem Stall meckerten Ziegen, die auch die Nase voll vom Regen hatten. Zur Linken stand ein großes Langhaus, im gleichen Stil wie die Fachwerkhäuser in Ergonstadt, aber größer und ausladender. Zur Haustür führte eine doppelte, überdachte Treppe hinauf und von dem vorderen Giebel des Daches hing ein Schild, von dem die Regentropfen herabrannen. Sie konnten nicht erkennen, was darauf stand, aber Nicola nahm es als Zeichen.

»Das ist ein Gasthaus«, sagte er, »Ich habe davon gehört, dass es hier so was gibt.«

Ragin beschleunigte ihre Schritte. Aus dem Schornstein stieg ein dünner Faden Rauch hoch. Ein sehr gutes Zeichen, das noch verstärkt wurde durch einen Hauch angenehmer Gerüche, die auf Gekochtes hinwiesen. Der Regen ließ nach und als sie die steinerne Treppe hochstiegen, drang sogar ein Sonnenstrahl durch die Wolken. Er brachte die Tropfen zum Funkeln, die am Dach hingen und sich versammelten, bevor sie sich lösten und auf das Geländer fielen. Nicola bediente den großen Klopfring aus einem schwärzlichen Metall, der die Holztür zum Schwingen brachte. Schritte erklangen auf hölzernen Dielen, dann öffnete sich die Tür. Ein großer Mann stand in der Diele, der selbst Nicola noch um ein paar Zentimeter überragte. Seine dunklen Haare waren in einen glatten Zopf zurückgenommen, sein langes, etwas asymmetrisches Gesicht wirkte neutral, die dunklen Augen betrachteten sie einen Moment lang schweigend. Dann – nein, er lächelte nicht, aber sein Gesicht hellte sich durch irgendetwas auf, was er mit den Augen tat – begrüßte er sie:

»Ihr bringt die Sonne mit euch, da sollt ihr mir doch sehr willkommen sein! Was kann ich für euch tun?«

Ragin sah, dass er sie unter seiner Floskel mit wachem Interesse musterte.

»Etwas zu essen wäre gut und ein Platz, an dem wir unsere Kleidung trocknen können.«

»Wenn es weiter nichts ist. Kommt herein!«

Ehe sie es sich versahen, stapften sie hinter ihm her die ausgetretene Holztreppe in den nächsten Stock hoch.

»Ein oder zwei Zimmer?«, fragte er und Ragin schien es, als habe er längst schon alle wichtigen Informationen über sie aufgenommen. Als sie beide hastig »Zwei!« sagten, nickte er nur und öffnete ihnen zwei Türen.

»Jedes Zimmer hat eine Ecke von unserem großen Kachelofen, den wir unten von der Küche aus heizen«, sagte der Wirt und fuhr fort: »An der Wand lehnt ein Holzgestell, das ihr ausklappen könnt, um eure nasse Kleidung auszubreiten. Essen gibt es unten in der Gaststube.«

Ragin hätte sich am liebsten direkt auf das Bett fallen lassen, nachdem sie die Tür hinter sich geschlossen hatte. Aber sie war sich bewusst, wie durchweicht ihre Kleidung war und darum legte sie zunächst vorsichtig den Rucksack ab und lehnte ihn mit der Seite an die Kacheln, die eine angenehme Wärme abstrahlten. Unter der Katzenregenplane regte sich etwas und Alices Pfoten zeigten sich an der Seite. Als Ragin den Stoff anhob, schob sich der Kopf der Katze aus der Hängematte und nach einem Aufschütteln der Ohren schaute sie sich um. Die Abwesenheit von herabfallenden Tropfen wurde zur Kenntnis genommen und Alice hopste heraus. Auf den trockenen Holzdielen begann sie, sich zu putzen. ›Angekommen und endlich im Trockenen‹, schien ihr Schnurren zu sagen.

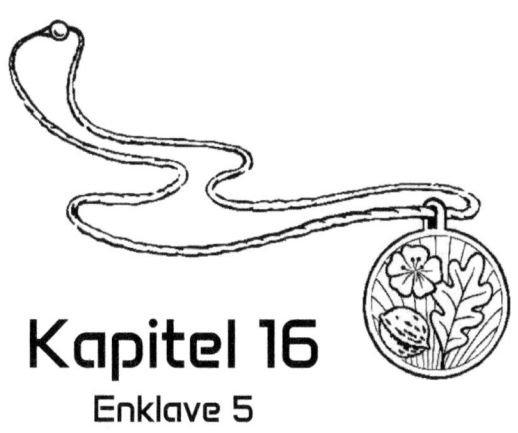

Kapitel 16
Enklave 5

Wenig später verließ Ragin ihr Zimmer, in dem sich offenkundig ein Rucksack erbrochen hatte. Jede freie Fläche – das hölzerne Wäschereck eingeschlossen – war mit nassen bis feuchten Dingen behängt. Die hellgrünen Kacheln, die sich um eine runde Form in der Wand des Zimmers schmiegten, heizten den Raum gut auf und noch bevor sie damit fertig gewesen war, alles aufzuhängen, hatte sich das Glas in dem kleinen Fenster schon beschlagen. Sie hatte es geöffnet und kurz nach draußen geschaut. Jemand hatte die Ziegen aus ihrem überdachten Verschlag gelassen und diese knabberten zufrieden an Kräutern und Gras, die sich jenseits des Zauns gerade noch in ihrer Reichweite befanden. Der kleine Garten, den sie beim Ankommen nicht richtig gesehen hatte, war gut bestellt, die verschiedenartigen Pflanzen teilten sich einträchtig den Platz in den Beeten. Genügend Regen schien es ja zu geben. Ganz tief unten im Rucksack hatte sie eine letzte Garnitur trockener Wäsche gefunden, dazu eine enganliegende Hose und eine dünne Jacke. Hightech Sportklamotten aus einer anderen Epoche, die sie als eiserne Reserve eingepackt hatte. Doch als sie den Gastraum betrat, ging ihr auf, wie sehr sie damit aus dem Rahmen fiel. Der Wirt wandte den Blick als erster von ihr ab, doch die Gäste, die an den Tischen saßen, wussten wenig von Diskretion. Fast dachte sie, dass sie nackt weniger Aufsehen erregt hätte. Nicola winkte ihr aus einer Ecke des Raums, wo er bereits an einem Tisch saß und Ragin beeilte sich, zu ihm zu kommen und sich zu setzen. Er zog ein Gesicht.

»Etwas weniger Auffälliges hattest du nicht mehr?«, fragte er.

»Nicht in trocken.« Ragins Gesicht war ganz heiß von der unerwünschten Aufmerksamkeit. Nicola zuckte die Achseln.

»Sie werden drüber wegkommen«, sagte er.

Da kam auch schon der Wirt mit einem schwer beladenen Tablett. Er stellte tiefe Teller mit einem gehaltvollen Eintopf vor seine neuen Gäste, gab ihnen Löffel, stellte einen Korb mit dick geschnittenen Brotscheiben zwischen sie, ebenso wie ein Töpfchen mit Butter. Als letztes stellte er eine Kanne mit einer dampfenden Flüssigkeit ab und reichte ihnen henkellose Becher.

»Tee nach Art des Hauses«, sagte er und Ragin roch den angenehmen Duft einer Kräutermischung. Sie lächelte und bedankte sich. Doch der Wirt überließ sie nicht ihrer Mahlzeit, sondern zog sich einen Stuhl heran und setzte sich, das Tablett lehnte er an das Tischbein.

»Ihr kommt von drüben?«, fragte er und hob sogleich die Hände. »Verzeiht, es geht mich nichts an, ich weiß, aber meine Frage hat einen Anlass. Und bitte, bedient euch, lasst euch von mir nicht stören.«

Ragin schaute Nicola an, doch der hatte anscheinend ebenso wenig Erfahrung mit so einer Situation wie sie. Sie nahm sich ein Stück Brot, harte Kruste, weiches Inneres und strich sich etwas Butter darauf. Den ersten Bissen kauend, betrachtete sie den Wirt und sein Etablissement. Sie lächelte.

»Wir sind durch die Ödnis gewandert, ja«, sagte sie und tauchte den Löffel in den Eintopf ein.

»Das dachte ich mir. Gratulation, dass ihr es geschafft habt!«

»Danke, danke.« Nicola schien die Suppe zu schmecken.

»Wir hatten lange keine Gäste mehr von drüben.«

»Wir auch nicht von hier«, antwortete Nicola und beide Männer musterten sich einen Moment lang. Von einem anderen Tisch rief jemand eine Bestellung. Der Wirt drehte sich um und schrie:

»Kommt gleich!«

Dann konzentrierte er sich wieder auf Nicola und Ragin.

»Ihr seht schon«, sagte er entschuldigend. »Wenn es passt, würde ich mich gern heute Abend in Ruhe unterhalten, wenn die Herrschaften hier weitergezogen sind. Fürs Erste aber möchte ich euch sagen: Die erste Mahlzeit und die erste Nacht sind für Besucher von drüben kostenlos. Danach müssten wir darüber reden, wie ihr bezahlen könnt. Und jetzt entschuldigt mich bitte.«

Zum ersten Mal verzog er seinen Mund zu etwas, was als Lächeln durchgehen konnte. Dann stemmte er sich hoch, nahm das Tablett auf und kehrte wieder zu seiner Theke zurück.

Ragin beschloss, sich den Appetit nicht verderben zu lassen.

»Was ist da drin?«, fragte sie Nicola, nachdem sie den ersten Löffel des Eintopfs genossen hatte.

»Irgendeine Sorte Rüben, vielleicht noch Mairübchen«, sagte er und nahm dann selbst noch einen Löffel. »Möhren, vielleicht Kartoffeln und einen Teil von unseren huftragenden Freundinnen da draußen.«

Ja, die kleinen faserigen Fleischstücke waren auch Ragin aufgefallen. Gemeinsam mit dem Inhalt des Brotkorbs hatten sie auf jeden Fall eine schmackhafte und sättigende Mahlzeit vor sich. Vielleicht die einzige, die sie hier bekämen.

»Hast du eine Idee, wie wir hier etwas bezahlen können?«, fragte sie Nicola, als der mit dem letzten Stück Brot den Teller auswischte. Kauend zuckte er mit den Achseln.

»Ich habe in Ergonstadt mit dem Bibliothekar gesprochen und er hat mir alles rausgesucht, was wir in den letzten Jahren über diese Enklave erfahren haben. Der letzte Erfahrungsbericht war vierzig Jahre alt.«

»Und was stand da drin?«

»Er war von der letzten Person, die von dieser Seite zu uns gekommen ist. Die war abgehauen, weil es hier nicht gut lief. Es ging um Missernten und darum, dass eine Gruppe die Macht übernommen hatte und allen anderen befehlen wollte, was die zu tun und zu lassen hatten.«

Das passte dann ja auch zu einer Wiedereinführen von Bezahlung. Ragin dachte an die auf Gemeinschaft beruhenden Kommunen auf der anderen Seite der Ödnis. Wenn sie ehrlich zu sich selbst war, hatte es sie überrascht, dass deren egalitäre, auf einem generellen Verständnis von Verbundenheit beruhenden Prinzipien funktionierten. Zu ihren früheren Lebzeiten hatte sie so etwas nicht erlebt – wobei: Was hatte sie denn schon erlebt außer dem hierarchischen System auf der Jacht und dem verzweifelten Durcheinander einer sterbenden Welt? Einzig die Verbundenheit des Teams auf der Station war ihr Beweis dafür gewesen, dass Hierarchie am allerwenigsten gebraucht wurde, wo Menschen sich mit ihren Talenten und Stärken für ein wichtiges Ziel einsetzen.

Nicola hatte sich zurückgelehnt und umgeschaut.

»Für mich gibt es hier genug Arbeit. Die Tische und die Stühle sind alt, einige behelfsmäßig geflickt. Wenn ich mir die Bauten ansehe, gibt es da bestimmt noch mehr zu tun.« Er lächelte selbstgefällig. »Ein Schreiner ist immer willkommen.«

Ragin lachte.

»Dann muss ich mir um dich also keine Sorgen machen, meinst du?« Sie klopfte ihm auf die Schulter und stellte überrascht fest, dass sie ihn inzwischen liebgewonnen hatte. Er lachte auch und goss sich beiden den Rest von dem Tee ein.

»Mir fällt schon was ein«, sagte Ragin. »Aber jetzt will ich erstmal in einem Bett schlafen, bevor ich verlerne, wie das geht.«

»Jetzt schon?« Nicola schaute in das helle Tageslicht, das durch das Fenster fiel. Ragin zuckte die Achseln.

»Ich will unbedingt noch mit dem Wirt sprechen, doch dazu muss ich warten, bis die Gäste da weg sind und den Luxus eines kleinen Mittagsschlafes kann ich mir doch gönnen, nachdem wir erfolgreich diese Scheißsteinwüste durchquert haben.«

Dann ging sie doch lieber erstmal nach draußen, nachdem sie den Tisch verlassen hatte. Der Sonnenschein machte aus dem Hof und dem Garten einen freundlichen Ort und sie schlenderte an den Beeten vorbei zu dem Gehege mit den Ziegen. Die kamen neugierig heran und betrachteten Ragin mit ihren seltsam waagerechten Pupillen. Als klar wurde, dass sie nichts zu essen bei sich trug, erlahmte das Interesse der kleinen Herde. Unter einem Baum mit großen Blättern stand ein Bänkchen, dessen Sitzfläche einen tiefen Riss aufwies – ein weiterer Beleg dafür, dass ein Schreiner sich hier die ein oder andere Mahlzeit verdienen könnte. Darauf saß jedoch bereits jemand. Es war eine kleine alte Frau, die grauen Haare straff am Kopf zurückgenommen und in einen runden Dutt gewunden. Sie schaute mit hellen grauen Augen hoch von ihrer Arbeit, als Ragin heranschlenderte. Auf ihrem Schoß hielt sie eine große Schüssel mit Erdbeeren.

»Oh, entschuldige«, sagte Ragin. »Ich wollte nicht stören.«

Die alte Frau schüttelte den Kopf und lächelte.

»Ein bisschen Gesellschaft ist immer angenehm«, sagte sie, wobei sie einen Mund ohne Zähne enthüllte und Ragins sonderbare Kleidung kurz musterte, bevor sie ihre Arbeit wieder aufnahm.

»Kann ich helfen?«, fragte Ragin.

Jetzt schauten die grauen Augen überrascht. Die Alte kramte in der Tasche ihres Kittels und brachte ein weiteres Messerchen zum Vorschein. Der Hand, mit der sie es Ragin übergab, war anzusehen, dass ihre Besitzerin ihr Leben lang damit gearbeitet hatte. Die dicken, kurzen Finger hatten senkrechte Risse in den Fingerkuppen, in denen sich jetzt der Erdbeersaft braun gesammelt hatte. Doch waren sie geschickt, wie Ragin feststellte, als sie sich anschaute, wie die Erdbeeren vom Grün befreit wurden. Sie ahmte es nach, so gut sie konnte und die Frau lächelte zufrieden.

»Wir haben ein neues Kätzchen hier«, sagte sie und wies mit dem Kinn zu einer erhöhten Plattform im Gehege der Ziege. Dort lag Alice und blinzelte in die Sonne.

»Sie ist meine Begleiterin«, antwortete Ragin und die Frau schaute erstaunt.

»Ich wusste gar nicht, dass Katzen mit einem kommen wie Hunde.«

Ragin zuckte die Achseln und lachte.

»So viel weiß ich von Katzen nicht. Aber die hier hatte wohl Lust darauf.«

Ein Zicklein sprang auf die Plattform und forderte Alice mit gesenktem Kopf zum Spielen auf. Doch die gähnte nur und drehte sich auf die andere Seite.

»Das sind schöne Kleider«, sagte die Alte. »Wo trägt man so etwas?«

»Ach, die habe ich nur gefunden in einem alten Keller.« Ohne genau benennen zu können, warum, zögerte Ragin, hier ihre Geschichte zu erzählen. Sie hatte ja auch in ihrer Nachbarschaft nicht damit hausieren wollen, nur war in den dortigen Kommunen die Erinnerung an die *Fabulous Eleven* so lebendig gewesen, dass es das gar nicht gebraucht hatte. Was die alte Frau über Ragins ausweichende Antwort dachte, ließ diese sich nicht anmerken, sie nickte nur freundlich.

»Ungewöhnliche Farben«, sagte sie und setzte hinzu: »Steht dir gut.«

Sie bearbeiteten die Erdbeeren, bis die eine Schüssel leer und die andere gefüllt war. Ragin gab der Frau das Messer zurück.

»Vielen Dank für die Hilfe«, antwortete die Alte und stand auf. »Jetzt koche ich Erdbeermarmelade.«

Es war der süße Duft der kochenden Erdbeeren, der Ragins Nase streichelte, als sie aus ihrem Mittagsschlaf erwachte. Sie hatte sich nach dem Ausflug in den Garten wie angekündigt hingelegt. Die fest mit Stroh ausgestopfte Matratze war eine Wohltat für den Rücken gewesen und unter gelegentlichem Blöken der Ziegen war sie in einen leichten und luxuriösen Dämmerzustand geglitten, bis sie schließlich fest eingeschlafen war. Der Himmel durch das Fenster zeigte nur ein paar weiße Wolken vor blauem Hintergrund. Erfrischt richtete Ragin sich auf, begierig darauf, mit dem Wirt zu sprechen. Aber vorher wollte sie noch etwas überprüfen, an das sie sich beim Einschlafen erinnert hatte. Der leere Rucksack war inzwischen völlig getrocknet und Ragin schaute in sein Inneres. Hinter einer überhängenden Tasche befand sich ein verborgenes Fach, das sich mit einem gut getarnten Reißverschluss öffnen ließ. Darin befanden sich vier Säckchen aus dünnem Material mit schwerem Inhalt. Jokki war auf die Idee gekommen, jedem der vorgepackten Rucksäcke einen kleinen Schatz mitzugeben, seine menschenfeindliche, misstrauische Seele sei gepriesen. Kupfer, Gold, Silber und Edelsteine. Es war nicht viel, aber für etwas Proviant für den Rest ihres Weges würde vermutlich ein kleiner Teil davon ausreichen. Sie musste jetzt nur herausfinden, was der Wirt am höchsten schätzen würde.

Beim Verlassen des Raums fiel ihr Blick auf das graue Gewebe, das Jakta ihr mitgegeben hatte und das zwischen ihrer Ausrüstung lag. Hier schien ihr jedoch nicht der richtige Ort, um nach einer Person zu suchen, die damit etwas anfangen konnte.

Als sie die Gaststube betrat, war diese leer bis auf den Wirt, der allein an einem Tisch saß. Ein Sonnenfleck fiel durch das

Fenster darauf und auf einen Napf mit etwas sehr intensiv Rotem darin. Langsam drehte sich der Wirt um und betrachtete Ragin.

»Ich habe gehört, du hast meiner Mutter geholfen«, sagte er und winkte sie zu sich mit einer Hand, die ein Buttermesser hielt. »Probier mal ihre Marmelade.«

Das ließ sich Ragin nicht zweimal sagen und setzte sich auf den freien Stuhl über Eck ihres Gastgebers. Er schob das Schneidebrett, auf dem ein paar Brotscheiben lagen, zu ihr hin und reichte ihr das Messer. Unter seinem aufmerksamen Blick strich sie Butter auf ein Brot und dann einen Klecks lavaroter Marmelade. Es war köstlich.

»Mein Name ist Bartwyn«, sagte der Wirt unvermittelt.

»Ich bin Ragin«, antwortete Ragin kauend. Etwas war an dem Mann, das ihr vermittelte, ihm vertrauen zu können. Er schaute sie kurz an, als bedeute der Name etwas für ihn, dann schaute er zum Fenster hinaus.

»Das ist köstlich, danke an deine Mutter.« Sie legte das Messer zur Seite und schaute ihn an.

»Ich muss morgen gleich weiter und brauche Proviant für eine Woche oder so.« Er nickte und sie fuhr fort: »Ich habe Edelmetalle und einen schönen Stein zum Tausch.«

»Zeig mal.«

Sie hatte eine Probe von ihren Kostbarkeiten in eine kleine Tasche ihrer Jacke gesteckt, holte sie jetzt heraus und legte sie auf den Tisch: je ein fingerlanges Stück Zwei-Millimeter-Draht in Gold, Kupfer und Silber und einen geschliffenen Edelstein in Grün. Seine Augenbrauen schossen kurz in die Höhe.

»Das ist zwar nicht ganz unsere übliche Währung«, sagte er, »aber ich werde damit sicher etwas anfangen können.« Prüfend nahm er die Drähte hoch und bog sie, drückte den sauberen Rücken des Messers darauf und betrachtete die Delle, die das hinterließ. Den Stein nahm er zwischen seine Finger, die lang waren und denen seiner Mutter nicht im Geringsten ähnelten. Er hielt ihn gegen das Licht und kniff die Augen ein wenig zusammen.

»Sehr schön«, sagte er und legte ihn wieder vor Ragin hin. »Die dreifache Menge an Kupfer wäre einen randvoll gepackten Rucksack wert.«

»Dann wollen wir so handeln«, sagte Ragin. »Und wofür bekomme ich ein üppiges Abendessen für mich und meinen Begleiter?«

»Den Schreiner?«, Ragin nickte. Bartwyn schaute nach draußen und jetzt erst hörte sie die Geräusche von Säge und dann von Hammer.

»Der kann doch eigentlich für sich selber sorgen«, meinte der Wirt.

»Kann er. Aber ich schulde ihm was.«

»Ein gebratenes Huhn mit Gemüse und Wein?«

»Kein Wein. Gebratenes Huhn mit Gemüse klingt genau richtig.«

»Das Gold und das Silber decken das ab.«

Sie gab ihm die Edelmetalldrähte.

»Den Rest von dem Kupfer bringe ich dir nachher. Das mit dem Geld«, fragte sie, »ist das bei euch schon immer so gewesen?«

Er strich seine Bezahlung ein, dann legte er den Kopf schief und schnaubte kurz – vermutlich ein Lachen.

»Nichts ist schon immer so gewesen«, sagte er. Dann stand er auf und schob seinen Stuhl nach hinten. »Ich gebe Mutter Bescheid, dass es heute Abend Hühnchen gibt. Iss ruhig den Rest des Brotes, es sei denn, die Marmelade sagt dir nicht zu.«

Davon konnte gar keine Rede sein und Ragin verputzte alles bis auf den letzten Krümel. Während sie aus dem Fenster sah, rief sie sich die Karte dieser Region über ihr b2i auf. Der Bachlauf hatte sie siebzig Kilometer westlich von dem Ort abgesetzt, an dem Roger in seiner Station auf sie wartete. Früher hatte es vor dem Gebirge eine Straße gegeben, die nach Osten führte, bevor sie Richtung Süden in ein Tal einbog, in dem sich damals eine größere Stadt befunden hatte. Sie verglich die alten Daten mit einer handgezeichneten Karte aus Serkans Beständen. Einen Moment legte sich die Erinnerung an Serkans aufregende Gegenwart wie eine Decke über sie, bevor sie sich wieder den anliegenden Aufgaben widmete. Es sah so aus, als ob dieser Weg noch existierte – vor vierzig Jahren existiert hatte. Bei normalen Verhältnissen bräuchte sie höchstens drei Tage, aber wenn sie etwas gelernt hatte, dann dies: Die Verhältnisse waren nie normal.

Alice hatte bei den Ziegen geschlafen. Vielleicht kannte sie dies von ihrer Kindheit, überlegte Ragin, die sich immer mal wieder gefragt hatte, wo und unter welchen Umständen die Katze aufgewachsen war. Bei der großen Toleranz, die das Tier gegenüber allen möglichen Arten von Gefährten und Umgebungen gezeigt hatte, schloss sie aus, dass es ein Wildling war. Ragin stand am Fuß der Treppe zum Eingang des Gasthauses und zog die Gurte des Rucksacks in die richtige Form. Bartwyn hatte zu seinem Wort gestanden und sie mit hochwertiger Nahrung versorgt. Er hatte sogar eine kleine luftgetrocknete Wurst zu dem Brot, den Eiern, der Erdbeermarmelade und dem getrockneten Obst gelegt. Sie würde es noch nicht einmal in zwei Wochen schaffen, zu verhungern. Aber sie hoffte mal stark, dass sie so lange nicht mehr brauchen würde. Insgeheim fieberte sie schon ihrer Heimkehr entgegen, wo sie mit ihren elektronisch aufgezeichneten Teamgenossen die Entwicklungen diskutieren würde, die sie auf ihrer Reise gesehen hatte. Hier in der Enklave 5 gab es zum Beispiel keine Nüsse ... noch. Es gäbe viel zu tun, wenn nur erst die lästige Anfrage von Roger bewältigt worden wäre.

Hatte sie Heimweh? Wenn sie ehrlich war, gefiel ihr diese neue Enklave nicht. Das Vorhandensein von Geldverkehr war ihr viel unsympathischer als der Ansatz, den sie beim Waldvolk und in Ergonstadt kennengelernt hatte. Wobei das Prinzip eines Gasthauses natürlich auf so einer Form des allgemeingültigeren Austausches von Werten beruhte. Nach ihrem Festmahl gestern hatte Bartwyn sich noch auf ein Glas zu ihr gesetzt und ihr die Geschichte des Gasthofes erzählt, während Nicola bei einer kleinen Gruppe Pilger abgewandert saß, die zum Abend noch eingetroffen waren.. Ursprünglich war hier aus einem Bauernhof eine Pilgerherberge geschaffen worden, auf Betreiben des Klosters, das nur eine weitere Tagesreise in Richtung Südwesten entfernt war. Die Versorgung der Gäste war vom Kloster unterstützt worden. Die Klosterbewohner betrieben viel Landwirtschaft und alles, was zur Bewirtung der Pilger benötigt wurde, kam von ihnen. So war es noch zu den Zeiten, in denen Bartwyns Eltern den Hof betrieben. Doch hatten sich die Dinge geändert. Wie genau wollte Bartwyn nicht erzählen. Sobald er merkte, dass Ragin in die lokalen Geschehnisse nicht eingeweiht war, zog er sich auf Andeutungen zurück. Immer noch kamen Pilger, diese mussten jedoch zahlen, wie jeder andere. Das Kloster hatte seine eigenen Probleme und so ging es auch dem Gasthof. Andere Kunden der Vergangenheit waren Wanderer aus der benachbarten Enklave gewesen. Bartwyns Vater hatte ihm noch erzählt, dass der Weg durch die Ödnis in seiner Jugend lebhaft genutzt worden war – Ragins Assoziation der größeren Lagerplätze war also zutreffend gewesen. Aber durch eine Reihe von Missernten und anderen Unglücksfällen waren die Siedlungen hier geschrumpft und zu sehr mit ihrem eigenen Überleben beschäftigt gewesen, um am Austausch mit fremden Hungerleidern interessiert zu sein, die durch die Ödnis kamen, um von den Geschenken der anderen zu leben.

Ja, so konnte man es natürlich auch sehen, dachte Ragin, die den Zusammenstoß der Systeme erkannte. Verrückt, wie unterschiedlich sich die Dinge entwickeln konnten. Bartwyn hatte sie mehr als einmal genau betrachtet, ihre Reaktionen auf das, was er erzählte, beobachtet und sie war sich sicher, dass er viel mehr zu erzählen hatte, als er herausließ. Warum er so misstrauisch war, verstand sie nicht, schließlich: Was hatte ein Gastwirt zu verlieren, der ohnehin öffentlich auf dem Weg der anderen lebte? Aber wer schaute einem anderen schon hinter die Stirn?

»Irgendwelche Ratschläge?«, fragte sie, als sie den letzten Rest ihres Bieres ausgetrunken hatte und mehr als reif für das Strohbett war. Seine dunklen Augen blickten sie an, bevor er langsam blinzelte und sich dann zurücklehnte.

»Nichts, was dir neu sein würde«, sagte er und zum letzten Mal fragte sie sich, ob er erraten hätte, wer sie sei.

Nachdem er ihr am Morgen den Rucksack gefüllt hatte, hatte er sich entschuldigt, er habe auf einer der oberen Wiesen zu tun. Ragin zupfte Alice einen kleinen Halm aus dem Fell und richtete sich auf. Von Nicola hatte sie sich am Abend bereits verabschiedet, beide rechneten sie damit, dass sie sich nach Ragins Besuch bei Roger bald wiedersehen würden.

Außer Ragin und der Katze schienen alle zu schlafen und das war ihr recht. Zwar war der Pilgertrupp auch in ihrer Richtung unterwegs, aber einmal würde sie nun doch ganz gern auf Gesellschaft verzichten.

»Komm«, sagte sie zu der Katze, die der Aufforderung mit hoch aufgerichtetem Schwanz folgte.

Sie wanderte für sich, drei Tage lang und schlief in ihrem kleinen Zelt, ohne behelligt zu werden. Es begegnete ihr fast niemand und die wenigen Häuser, die vom Weg aus zu sehen waren, ließ sie links liegen. Schließlich stand sie an einer Gabelung. Der gut genutzte Weg bog in das Tal zu der ehemals großen Stadt ab, während sie nun einen kaum sichtbaren Pfad nehmen musste, der sie in das Gebirge hineinzuführen schien.

Sie hatte hier kampiert, um ihren Weg zur Station am Morgen mit frischen Kräften und Sinnen anzugehen. Doch war der Pfad weitaus besser in Schuss, als sein Anfang hatte vermuten lassen. Roger musste für einen alten Mann noch ziemlich rüstig sein, wenn er hier so oft entlang ging – oder er musste eine Menge Besuch empfangen, was möglicherweise der Grund für seine Schwierigkeiten war. Alice hatte es sich in der Hängematte gemütlich gemacht, während Ragin den letzten Kilometer ihrer Reise durch einen niedrigen und offenen Nadelwald bewältigte, die Steigung eine nicht geringe Herausforderung für ihre Kondition, die sich hauptsächlich auf gerader Strecke ausgebildet hatte. Etwas erregte ihre Aufmerksamkeit, eine Kleinigkeit, die sie nur aus dem Augenwinkel wahrgenommen hatte. An einem der Felsen, die zwischen den kleingewachsenen Fichten heraustachen, war ein Mechanismus befestigt, den sie aus einer anderen Zeit kannte. Genau genommen war es einer, den sie gemeinsam mit Naledi entwickelt hatte. Eine Kombination aus einem Sensor und einer Abschreckungswaffe. Die Verteidigungsfunktion schien nicht aktiviert zu sein – so hoffte sie, denn sie war schon zu nah, um sich dem Stromschlag zu entziehen, würde er auf sie zielen. Was jedoch keine Auskunft darüber gab, ob ihre Anwesenheit bereits entdeckt worden war und in der Station einen Alarm ausgelöst hatte. Ihren Aufstieg hinderte nichts und sie fand bald ein weiteres dieser Gadgets, dieses Mal an einem Baumstamm befestigt. Schließlich stand sie am Ende des Weges. Der hatte sie auf einen Felsen geführt, welcher wiederum in einem steilen Abhang endete. An der Tür der Station musste sie vorbeigegangen sein.

»Roger?«, rief sie und nutzte die erzwungene Pause, um einen Schluck aus ihrer Wasserflasche zu nehmen.

»Wer will das wissen?«, kam eine Antwort von einer Stelle zirka hundert Meter hinter ihr.

»Ragin.«

Stille. Dann hörte sie Rascheln und Schritte näherkommen. Es musste da einen sehr gut getarnten Abzweig geben, denn es dauerte, bis sie die näherkommende Person sah. Ein kleiner Mann platzte auf den Pfad, er war schmal, alles an ihm, auch sein Kopf, dessen weißes Haar in alle Richtungen abstand. Jetzt, wo sie ihn von Nahem sah, erinnerte sie sich daran, ihn einmal getroffen zu haben. Er strahlte und ließ unregelmäßige Zähne sehen.

»Ragin!«

Bevor sie mit ansehen musste, wie er weiter zu ihr hinaufschnaufte, ging sie ihm lieber entgegen. Seine Augen leuchteten vor Freude, wie seine geröteten Wangen.

»Mensch, du hast es geschafft!«

Er prallte fast gegen sie und nahm sie ungefragt in eine stürmische Umarmung.

»Ich habe wirklich überlegt, ob ich nicht den Zweipersonen-Kopter flott machen sollte, um nach dir zu suchen!«

»Zweipersonen-Kopter …?«

»Aber das ist ja jetzt nicht mehr nötig, komm, ich zeig dir den Weg. Was bin ich froh, dass ich heute Morgen vergessen habe, die Schocker einzuschalten.«

»Du schaltest sie ein?«

»Ja, natürlich nicht nachts, hier gibt es ein paar Bergziegen – vielleicht auch nur verwilderte Hausziegen –, die lösen gern mal Fehlalarme aus. Aber, wie gesagt, heute habe ich das vergessen.«

»Was ich immer für ein Glück habe«, sagte Ragin und ließ sich von Roger in den Eingangsraum der Station 5 führen.

ENDE

Wie es weitergeht, erfahrt ihr in Teil 3 ,,Die Kämpferin«.

Glossar

Alte: Ehrenname für die Bewohner der *Station* ›David 7‹, die fünfhundert Jahre vor dieser Geschichte mit der Wiederbelebung der Erde begonnen haben.

Angelus: ›Artifical Neuronal GEL Universal Singularity‹ Eine künstliche Intelligenz, die dank eines neuartigen Materials die Leistung in der Berechnung komplexer Zusammenhänge aller bisherigen KIs übersteigt. Erfunden, um die massiven Probleme der Erde zu lösen, doch von dem reichsten Mann der Welt gekapert und als Kernstück in die *Long-Flotte* eingebaut. Etwas mehr über diese Geschichte ist in dem Zeitreiseroman »Eine zweite Chance« nachzulesen.

Augments: Technische Ergänzungen zur Verbesserung von Körperfunktionen, meist durch eine Verknüpfung mit Hirnregionen und Nervenzellen, können Hormonausschüttungen anregen und körpereigene Prozesse verstärken. Als Kind reicher Eltern des 22. Jahrhunderts ist Ragin mit einer Reihe von Augments ausgestattet, die ihre Regenerations- und Leistungsfähigkeit maximieren.

b2i: Ursprünglich von ›broadcast to I‹, ein eher sperriger Arbeitstitel eines Produkts, das sämtliche individuellen Geräte zur Kommunikation abgelöst hat. Wird im Schädel so implantiert, dass es Zugang zu allen Sinnesnerven hat und dient als Interface zum Web sowie zu allen Intranets, mit denen es sich verbinden kann. Damit können Sinneseindrücke ergänzt werden, zum Beispiel Einblenden von Richtung oder Karten zur Navigation, oder auch ganz ersetzt. Letzteres wurde zum Konsum von Medien und bei der Teilnahme an Spielen genutzt. Im 22. Jahrhundert so verbreitet, wie heutzutage Handys.

Empress of the World: Name der Jacht, auf der Ragin aufgewachsen ist. Ihre Eltern hatten sich darauf zurück gezogen, als die Unwetter- und Flutlagen gemeinsam mit den Dürren und Hitzeperioden ein Leben auf den Kontinenten unangenehm gestalteten. Reiche wurden immer wieder zum Ziel von Gewaltausbrüchen, sodass die Geldelite sich dem Zugriff auf ihre Luxusschiffe entzog.

Enklave: Bezeichnung für einen Lebensraum, der sich auf eine *Station* zurückführen lässt. Kennzeichnet die Reichweite der jeweiligen Neubelebung und Auswilderung von Pflanzen und Tieren, die von der Station ausging. Zwischen den Enklaven ist der Lebensraum durch Erosion zu Stein- und Geröllwüsten reduziert worden.

Fabulous Eleven, auch ›Fab11‹ oder ›die Elf‹ (s. *Alte*): Legendäre Gruppe aus 11 Personen, die die *Station* ›David 7‹ bevölkerte. Teil einer globalen Organisation, die zunächst gemeinsam an der Auflösung der reflektierenden Partikel in der Atmosphäre und der Rettung aller erreichbaren Spezies durch Kälteschlaf gearbeitet hat. Von 13 *Stationen* aus leisteten dann jeweils isolierte Teams die Arbeit der Wiederansiedlung von Pflanzen und Tieren mit Hilfe von Kälteschlafkapseln über den geplanten Zeitraum von fünfhundert Jahren. Ragin ist die letzte Überlebende ihrer Station, der Rest des Teams existiert nur noch als *Mnems*.

Kombinator: Gerät zur Nahrungsherstellung, Ragin hat ein funktionsfähiges Exemplar in ihrer Station. Bereitet nach dem Prinzip des 3D-Drucks aus stark heruntergebrochenen Einzelkomponenten glaubwürdige und schmackhafte Gerichte zu.

Kommune: Allgemeiner Begriff für jeden menschlichen Zusammenschluss in der Enklave 7.

Long-Flotte oder nur Long: Vom reichsten Mann der Welt über Jahrzehnte im Weltraum gebaute Luxusflotte, die nach dem *Quick Fix* mit der Geldelite und einer Menge hochqualifizierten Personals an Bord Richtung Mars startete, gesteuert und überwacht von *Angelus*. Ragin vermutet ihre Eltern unter den Passagieren.

Mnem: Komplexe, virtuelle Darstellung einer Person. Wird mit Hilfe eines zusätzlichen Abspielgerätes über das b2i in eine sicht- und fühlbare Projektion verwandelt. Kann dank sehr fortschrittlicher Technologie auch Erinnerungen an Interaktionen als *Mnem* in den Speicher integrieren. Ragin kommuniziert so mit ihren verstorbenen Teammitgliedern. Die Übertragung in einen einfacheren, stationären Speicher ist möglich, wenn dabei auch die Bildqualität der Wiedergabe leidet und außer der visuellen Projektion keine zusätzlichen Sinne bedient werden können.

Quick Fix: Der preisgünstigste Vorschlag zur Abkühlung der überhitzten Erde, auf den sich der Rest der Anführer der Weltgemeinschaft einigen konnte. Leider waren die Partikel, die zur Reflektion von Sonnenlicht in die Atmosphäre eingebracht wurden, nicht ausreichend in Bezug auf ihre Wechselwirkung mit anderen Stoffen untersucht worden. Die Partikel lösten sich nicht wie geplant aus der Atmosphäre sondern verblieben in ihr, was die Abkühlung zur *Schneeballerde* zur Folge hatte.

Rogue: Bezeichnung für Personen und Gruppierungen, die in der ersten Zeit nach dem Einfrieren der Erde mit Waffengewalt das Prinzip des Stärkeren verfolgten. Haben sich nach und nach den *Kommunen* angeschlossen.

Schneeballerde: Resultat des *Quick Fix*. Die erwünschte Temperaturabsenkung wurde nicht gestoppt, was eine Abkühlungsdynamik verursachte, die im Ein- und Überfrieren der gesamten Erdoberfläche endete.

Station: Bunkeranlage mit Kälteschlafkammern, Laboren und Wohnquartieren. In der Station ›David 7‹ wirkten die *Fabulous Eleven* mit unzählbaren eingefrorenen Tier- und Pflanzenspezies. Diese schützten und verteidigten sie, bis die Temperaturen und der Zustand der Umgebung es zuließ, sie auszuwildern. In der benachbarten *Enklave* hat die Station 5 dieselben Aufgaben erfüllt, hier wartet Roger darauf, dass Ragin ihm zu Hilfe eilt.

Zittie: Vermutlich ein ehemaliges ›Citycenter‹ nahe Ergonstadt. Hier leben außerhalb der Mauern weitere Mitglieder der Gemeinschaft, die es lieber nicht ganz so eng haben. Die ehemaligen Lagerräume der Geschäfte haben eine abenteuerliche Ausstrahlung auf die Bewohner der neuen Welt.

Dank

Puh! Selbst ein schmales Buch kann doch mehr als ein Jahr brauchen, vom ersten Wort, bis es endlich im Handel ist! Dass es nun so in dieser Form vorliegt, ist mir eine Freude, besonders, weil in meinem Hinterkopf schon der dritte Band drängelt.

Auf dem Weg der *Reisenden* haben mich viele Menschen begleitet, mit unterschiedlichen Beiträgen und Ermutigungen. Euch möchte ich hier danken.

Zunächst einmal mein herzlicher Dank an alle, die nach dem Lesen der *Erwachten* ihre Freude auf die *Reisende* ausgedrückt haben. Es tut mir leid, dass ich so lange gebraucht habe.

Dann möchte ich mich bei all den Menschen bedanken, die mir ihr Wissen und ihre Expertise zur Verfügung gestellt haben. Für die Reisende waren das vor allem Jochen Will, mit dem ich die Beschaffenheit der Ödnis diskutieren konnte. Mit Nicole Schöbel hat mich eine Batterie von Kurznachrichten verknüpft, in denen wir die Möglichkeiten von Ragins Augments besprochen haben und in denen sie mir ihr umfangreiches Fachwissen ausgekippt hat – auch wenn das mehr im dritten Band Anwendung finden wird.

Extrem dankbar bin ich meinen treuen Testleserinnen und Testlesern, von denen ich sehr liebevoll einen guten Rundumschlag an Meinungen und Rückmeldungen serviert bekommen habe. Wie schön, dass ihr immer noch bereit seid, meine halbgaren Entwürfe zu lesen. Dies sind Katja Weber, die verantwortlich für die Entstehung der *Zitties* ist, Lotta Garstka, die mich in meinem Weg bestärkt, eine coole weibliche Hauptfigur zu schreiben, Marco Schaumlöffel, der mir auch die Stellen angestrichen hat, die er gemocht hat, Mary Wolf, die mir nicht nur als Sensitivity-Readerin ganz genau auf die Finger schaut, Sandra Will, die sich aus Freundschaft und Kollegialität auf mein Genre einlässt, sehr vorsichtig anmerkt und zuverlässig wunderbar formulierte Rezensionen schreibt, Sigrid Minrath, die mein Schreibgeländer ist, weil sie bereits während der Entstehung kapitelweise mitliest und mir mit ihrem Feedback zeigt, ob die Geschichte sich auf dem richtigen Weg befindet. Und mein Bruder Sven, der sich immer die Zeit nimmt, seine Ingenieurssicht für Logik und Technik einzubringen. Auch meinen Eltern möchte ich danken, die sich immer noch auf jedes neue Buch einlassen, das ich produziere. Immerhin habe ich meine Liebe zum Lesen und auch zur Science-Fiction von ihnen vermittelt bekommen.

Last but not least möchte ich mich bei Daniel Simon Richter bedanken, der als Testleser die erste und als Lektor die verbesserte Version des Buches gelesen, kommentiert und bearbeitet hat. Als gewiefter Weltenbauer passt er auf, ob ich mich auch an meine früheren Ideen halte und trägt mir auf seine höfliche, liebenswerte und rücksichtsvolle Art (im Herzen britisch – oder kanadisch?) seine Fundstücke vor. Abgesehen davon beeindruckt er mich immer wieder mit seiner einzigartigen Mischung aus breitem Wissen und Bescheidenheit. Danke, dass du an meiner Seite bist!

Dieses Mal darf ich auch noch zwei Vertreterinnen der visuellen Künste danken: Silke Schäfer hat mir die Kapitelzierde nach meinen Vorstellungen gestaltet und Celina Grubbe eine wunderschöne Karte von Ragins Welt gezeichnet und geduldig jeden meiner Änderungswünsche umgesetzt. Danke, dass ihr das für mich gemacht habt!

Ein Wort in eigener Sache

Liebe Leserin, lieber Leser,

ich hoffe sehr, »Die Reisende« hat dich gut unterhalten. Vielleicht kennst du sogar jemandem, dem du dieses Buch gern leihen – möglicherweise sogar schenken würdest. Darüber würde ich mich natürlich sehr freuen.

Dieses Buch ist ohne Unterstützung durch einen Verlag entstanden und somit ganz mein eigenes Werk. Das Einzige, was ihm (noch) fehlt ist: Bekanntheit.

Und hier kommst du ins Spiel. Falls es dir gut gefallen hat, wäre es sehr schön, wenn du irgendwo im World Wide Web deine Meinung kundtun würdest. Das kann in einem richtigen oder einem Online-Buchladen sein oder bei Amazon, in deinem Social-Media-Netz oder in einer Gruppe. Toll wäre natürlich eine positive Bemerkung bei Lovelybooks oder Goodreads – oder einer anderen dieser Seiten, wo Bücherfreundinnen sich austauschen.

Es braucht nur ein, zwei Sätze über das Buch, damit andere, denen es gefallen könnte, neugierig darauf werden. Keine wissenschaftliche Abhandlung. Fünf Minuten. Für mich wäre das sehr, sehr wertvoll.

Ich schreibe derweil einfach mal weiter.

Wir sehen uns spätestens beim nächsten Buch!

Pass gut auf dich auf.
Anette Schaumlöffel

Mehr von Anette Schaumlöffel

Die vergessenen Götter (ab 16)

Als Taschenbuch und eBook bei Amazon erhältlich.

Ariane hat den Traum von einer beruflichen Karriere hinter sich gelassen und sich mit ihrem Job als Sekretärin und ihrem renovierungsbedürftigen Häuschen arrangiert. Doch als ihr ein geheimnisvoller Mann über den Weg läuft, erinnert sie sich daran, dass ein Abenteuer das Leben ungemein bereichern kann. Da taucht auch noch ein undurchsichtiger Rivale auf und Odin selbst hegt Pläne, die Ariane gar nicht gefallen.

Was als harmlose Romanze beginnt, wird zu einem wilden Ritt – nicht nur durch bodenständige Landschaften und schöne Städte, sondern auch durch das, was von der Welt der nordischen Götter noch übrig ist. Und das ist eine ganze Menge mehr, als Ariane sich je hätte träumen lassen.

»Kurzweilige Mischung aus alten Mythen, authentischer Romanze und Fantasythriller!«
U. T.

»Wunderbare Sprache, intelligenter Plot und eine echte Abwechslung!«
Breumel

»Kennen Sie das? Wenn man Glück hat, trifft man einmal im Jahr auf ein Buch, das einen fesselt, das man nicht mehr aus der Hand legen kann. Von dieser Art ist dieser Roman, der allen Genres spottet und alle Erwartungen unterläuft - gute wie schlechte. Volle Punktzahl!«
Stefan Hunsicker

317

Eine zweite Chance

Als Taschenbuch und eBook im Buchhandel erhältlich.
Ab Sommer 2025 auch als Hörbuch!

Jeremy hat zu viel Kraft, dafür aber keine Perspektive. Jane stehen alle Türen offen, doch scheint hinter keiner etwas Interessantes auf sie zu warten. In der Welt einer deutschen Kleinstadt umkreisen sie einander, ohne zu ahnen, dass sie schon bald in ein unmögliches Abenteuer hineingezogen werden.

Etwas mehr als hundert Jahre in der Zukunft ringt Xenon mit einem Entschluss. Er besitzt die einzige Zeitmaschine der Welt und am liebsten würde er mit ihr in die Vergangenheit reisen, um die Klimakatastrophe abzuwenden. Doch wird sein Können in der Gegenwart gebraucht, damit der Raumfrachter Yoda etwa 200 Überlebende von der unbewohnbaren Erde rettet.

Gegenwart und Zukunft werden verwoben und durcheinandergebracht. Oder ist es vielmehr Ordnung, die durch die verrückten Ideen einer einzigartigen KI wiederhergestellt wird?

»Dieser Roman von Anette Schaumlöffel steckt von Anfang bis Ende voller Überraschungen und Entdeckungen.«
Sandra Will auf Amazon

»»Eine zweite Chance« bietet all das, was die Science Fiction so besonders machen kann – eine Zukunft die zwar düster aussieht, in der es aber auch noch Chancen und Wege gibt, dem endgültigen Untergang mit Idealismus, Träumen und Mut zu entgehen, aber auch der Ermahnung, das wir in der Gegenwart auf die warnenden Stimmen hören und es besser machen sollten, um es gar nicht erst zum Untergang kommen zu lassen.«
Christel Scheja auf fantasyguide.de

»Fachlich, stilistisch und erzählerisch ein herausragender Roman, der es geschafft hat, mich in seinen Bann zu ziehen. Jeder Charakter ist einzigartig und so tiefgründig gezeichnet, dass er dir auf der Straße begegnen könnte. Es steckt genügend Humor und Hoffnung in den Zeilen, um das anspruchsvolle Thema zu tragen. (…) Toller Roman! Hat einen Preis verdient!«
Mila Lang auf Lovelybooks

Die Essenz der Königin

Als Taschenbuch und eBook im Buchhandel erhältlich.

Eigentlich sollte Katta nur schnell Kaffee für ihre Mutter kaufen, doch dann stolpert sie in ein Abenteuer, das ihr Fantasy-Buch zu Hause in den Schatten stellt. In der Parallelwelt, in die sie entführt wird, haben die Tiere das Sagen und Menschen sind nicht besonders helle.

Eine geheimnisvolle Essenz ist verschwunden, und eine furchteinflößende Königin verlangt sie zurück. Doch niemand, dem Katta begegnet, ist die Person, die sie zu sein vorgibt. Und alle haben ihre eigenen Pläne.

Wie gut, dass Katta in der anderen Welt zaubern und sich in jedes Tier verwandeln kann. Trotzdem muss sie all ihren Erfindungsreichtum aufbieten, um die verworrene Verschwörung zu einem guten Ende zu bringen.

»Ein spannendes Buch mit einer noch spannenderen und überzeugenden Story, welches mir ein Paar tolle Lesestunden beschert hat.«
KC auf Goodreads

»Ein sehr spannendes, fantastisches Abenteuer mit einer tollen Leseatmosphäre.«
Juliana22 auf Lovelybooks

»So wird die Erzählung über ein Mädchen, das eigentlich nur Kaffee kaufen sollte und dabei in eine aberwitzige Geschichte gerät, ein sehr erbauliches Buch, das aber dennoch aufmerksames Lesen erfordert. Unterhaltsam und klug ausgedacht, erwarten die Leserschaft großartige Nebenfiguren, die mir sehr viel Freude bereitet haben.«
Daniel S. Richter

In einem Land nach unserer Zeit - Teil 1: Die Erwachte

Als Taschenbuch und eBook im Buchhandel erhältlich. Als Hörbuch auf den üblichen Plattformen!

Zwei, die einander das Leben retten: Eine Katze und eine Frau. Fünfhundert Jahre nach dem endgültigen Klimakollaps, der komplett vereisten Erde, erwacht Regina in einer Kälteschlafkapsel. Sie ist allein und erinnert sich weder an ihr Leben noch an ihre Aufgabe. Die kleine Katze, die sie geweckt hat, zeugt davon, dass die Natur wieder freundlich zu ihren Geschöpfen ist. Doch gilt das auch für Menschen?

Während in Anette Schaumlöffels erstem Zukunftsroman „Eine zweite Chance" die Protagonisten in Raumschiffen dem Untergang der Erde entfliehen, zeigt „Die Erwachte", wie es auf der Erde weitergegangen ist. Auch wenn die Gruppe, der sich Regina angeschlossen hat, nur wenig gegen die unmittelbaren Auswirkungen der eisbedeckten Erde ausrichten konnte, haben sie doch hart daran gearbeitet, zu retten, was nur möglich war.

Regina ist die Letzte und darf die Erfolge genießen … wäre da nicht ein unwillkommener Notruf, der sie zwingt, ihre Sicherheit zugunsten eines Fremden aufzugeben.

Ein wahrer Pageturner, der mit einer packenden Geschichte und glaubhaften Charakteren überzeugt. Anette Schaum-löffel zeigt ihr Talent für dystopische Zukunftsromane und macht Lust auf mehr. Ich kann es kaum erwarten, den nächsten Teil zu lesen und bin gespannt, wie die Geschichte weitergeht.

Leseratte123 auf Vorablesen

Wenn das Schlimmste bereits geschehen ist, legt sich die Angst und man ist der Lage, klar zu sehen. Ein Zukunftsroman, der ohne Schönmalerei dennoch ein Gefühl von Ruhe hinterlässt.

Sandra Will auf Amazon

Anette Schaumlöffels Schreibstil ist klar, lebendig und humorvoll, ich lese ihre Hoffnung vermittelnden Geschichten immer mit Vergnügen und freue mich auf den zweiten Band 'Die Reisende'

Carola1475 auf Lovelybooks

In einem Land nach unserer Zeit
Teil 3: Die Kämpferin

geplant für Februar 2026.

Allein gegen eine Übermacht

Wo ist Ragin da nur gelandet? Eben noch war sie dabei, sich nach fünfhundert Jahren Kälteschlaf mit einer wiederbelebten Welt anzufreunden. Doch in der benachbarten Enklave, in die sie einem Hilferuf gefolgt ist, wartet eine üble Überraschung auf sie.

Ihr Zeitgenosse Roger hat sich gründlich in Schwierigkeiten gebracht und Ragin um Hilfe gerufen. Rasch stellt sie fest, dass sein Schutz nicht ihre Priorität ist. Denn die Technik, die sich auf seiner Station befindet, kann in den falschen Händen Schlimmes anrichten. Interessenten gibt es bereits.

Ragin ist allein und trotz ihrer besonderen Fähigkeiten hoffnungslos unterlegen. Doch hat sie von ihrer Katze Alice gelernt, dass Aussichtslosigkeit kein Grund ist, um aufzugeben. Und dass man erst allein ist, wenn man aufhört, nach Verbündeten zu suchen.

Der letzte Teil des Dreiteilers wartet wieder mit sympathischen Figuren,
originellen Ideen und überraschenden Wendungen auf.
Und natürlich mit ausreichend Katzenszenen.